휴전 60주년을 맞아 펴내는 눈물겨운 민족서사 실화소설

뜨거운 침묵

신균선 장편소설

한누리미디어

국립중앙도서관 출판시도서목록(CIP)

뜨거운 침묵 : 신군선 장편소설 / 지은이 : 신군선. -- 서울 : 한누리미디어, 2014
p. ; cm

표제관련정보 : 휴전 60주년을 맞아 펴내는 눈물겨운 민족서사 실화소설
ISBN 978-89-7969-486-4 03810 : ₩18000

한국 현대 소설[韓國現代小說]

813.7-KDC5
895.735-DDC21 CIP2014022745

작가의 말

6.25 한국전쟁이 일어나던 60여 년 전 그때 그날처럼 아름답던 신록의 계절이 유년기의 시간대로 날 돌려 세운다. 시간의 흐름이 빠르다는 생각을 하면서 문득 벽에 걸린 거울을 들여다보니 거울 속에는 나보다 30년이나 더 젊어 보이는 아버지의 환한 얼굴이 투사(透寫)된다.

참으로 놀랄 일이다. 한 순간 잊고 지나친 세월 속에서 아버지에 대한 느꺼움이 유년시절의 그리움으로 재생되어 전의식(前意識) 속으로 내 기억의 시간대를 변형시키기 시작한다.

아버지는 농부였으며 무학으로 한글을 터득한 모범농가의 표상이었다. 그러면서도 인품이 뛰어나서 근엄한 학자처럼 보였다. 공부를 못한 안타까움이 있지만 농사일에는 동네뿐만 아니라 이웃 동네에까지 잘 알려진 어른으로 추앙을 받아온 분이다. 그리고 정부에서 모범농가에 종모우를 보급했는데 우수농가여서 그 황소를 보급 받아 사육하며 종자도 보급하고 논갈이나 밭갈이를 집집마다 날짜를 정해 가며 도와주기도 했다.

또한 동네의 큰 일꾼이기도 했다. 토질을 잘 알기 때문에 영농기반 조성에 선구자 역할을 했다. 6.25 한국전쟁이 터졌을 때에는 동네 반장을 맡아 가난한 동네를 이끌어 나가는 모범 반장이기도 했다. 해방 직후 동네 청년들이 농촌계몽 활동을 할 무렵 청년들에게 살아가는 법을 찾아 도와주기도 했고, 공산군이 남침했을 때는 동네 주민을 위해 감싸 안으며 침략군으로부터 마을 주민을 보호하느라 애써온, 애국자는 아니어도 그야말로 동네를 지키는 수문장이었다.

의용군으로 끌려가는 동네 청년들을 숨겨주었고 주민들에게 강제 노역을 시키려는 분주소 치안대와 불편한 관계를 늘 앞장서서 해결함으로써 동네를 편안하게 했다. 그런데 점령지의 지역 위수사령관으로 온 젊은 장교가 과거 우리 국군이었는데 점령군 대장으로 돌변하여 나타났다. 우리 이웃 동네에 살았으며 해방 직후 농촌 계몽활동을 할 때 도와주기도 했던 바로 그 사람이었다. 이 사람은 한국군 1개 중대를 이끌고 월북해 그 대가로 높은 계급의 위수사령관이 되어 금의환향한 것이라고나 할까?

이렇게 동네 사정을 누구보다 잘 아는 점령군 사령관이 왔다. 무엇보다 두려운 것은 동네 사정을 훤히 들여다보는 자가 왔기에 더 두려운 긴장감이 앞섰다. 청년들을 의용군, 학도의용군, 여성동맹원 등 다양한 방법으로 강제징집하여 끌고 갔으며 애국지사를 포박 구금했고, 급기야 우리 아버지에게 종모우를 내놓으라고 명령했다.

공산당 명령에 맞서 반항하던 아버지는 모진 고문을 당한 끝에 결국 종모우를 놈들에게 빼앗기고 반동으로 몰려 사형 위기에 처했으나 기적적으로 탈출하여 목숨을 구했다.

아버지는 1.4후퇴 이후 수복하는 도중에 종모우를 빼앗아 간 치안대원을 토굴에서 생포했으나 구명운동을 벌여주기도 한 심지 굳은 농부였다. 자기를 죽이려고 온갖 악정을 일삼던 적을 눈앞에 놓고 처형해야 한다는 많은 동네 사람들을 뒤로 하고 국군 지휘관에게 관용을 베풀어 살려주기를 간청한 사람은 흔치 않다. 그런 분이 우리 아버지였다.

또한 아버지는 피난 당시 가족을 피신시키느라 국군의 노무동원에 응하지 못한 죄책감 때문에 전쟁이 치열했던 중동부 전선에 보급대원으로 자원했다. 동네 젊은이들이 보급대원으로 가지 않으려고 원행으로 피하였지만 아버지는 어머니의 간절한 만류도 뿌리치고 자원 입대하였으며 전장에서 많은 부상자를 구하고는 끝내 백마고지에서 용맹스럽게 전사했다. 나라를 위하는 일에는 늘 앞장서온 지각 있는 농부였던 것이다. 아버지의 책임감만은 그 누구보다 투철하여 동네를 적으로부터 지키겠다는 각오로 자신의 역량을 유감없이 발휘한 아버지를 어떻게 잊을 수 있단 말인가?

거창한 민족적 아픔 이전에 참담한 6.25 한국전쟁 중에 군번 없는 민간 보급대원으로 전사한 아버지의 원혼을 반세기가 넘게 심장에 묻고 살아온 저자는 지난날에 대한 부끄러운 반성과 뼈저린 아픔을 한 순간도 잊을 수가 없었다. 그래서 기억 속 녹슨 시침을 60년 이전으로 되돌려 《뜨거운 침묵》이라는 일종의 6.25 한국전쟁에 얽힌 '한 조각의 눈부신 비늘처럼 사물의 아주 작은 에피소드(揷話)'를 기억나는 대로 아버지와 당신이 목숨처럼 아꼈던 종모우를 골격으로하여 정신적 산물로 형상화했다. 그래서 이 혼돈의 시대를 살아가는 젊은 세대들에게 하나의 작은 교훈 사사의 계기를 만들어 공동체 의식과 상생의 소중함을 다시금 일깨워 주어야 할 소임을 절감하였기에 내부로부터 굳게 잠가 놓았던 낡은 기억의 빗장을 풀고 용기를 내어 열어보기로 작정한 것이다.

6.25 한국전쟁을 배경으로 저자의 신앙과도 같은 존재인 아버지를 골격으로 하여 칠순이 넘은 세월, 격랑에 떠밀려오면서 언젠가 이름 모를 낯선 항구에 닻을 내리기까지 그 항해의 선장이며, 거목처럼 자리잡은 삶의 모형이었던 기억들, 충격적인 감동을 안겨주지는 못할지라도 나름대로 체험을 다듬어 본 것이다.

역사적 안목이나 주어진 일상사에 관심을 지닌 이들은 다소 이해하고 있겠지만, 현재 6.25 한국전쟁의 참전 생존자는 약 25만 명이 되지만 계속 노령화되고 있는 추세이다. 분명 6.25 한국전쟁은 북한의 김일성이 구소련의 스탈린의 사주와 중국의 마오쩌뚱의 적극적인 지원하에 1950년 6월 25일 새벽에 기습적으로 38선을 돌파 남침함으로써 시작되었다. 공산주의자들의 불법 남침 사실은 1990년 구소련(소비에트연방)의 붕괴 후, 소련이 보유하고 있던 6.25 한국전쟁 관련 자료에 의해 확인된 역사적 사건이다.

휴전협정으로 현 군사분계선을 축으로 분단이 고착된 채 오늘에 이르고 있지만 무엇보다 자명한 것은 남북간의 일시적 합의로 포성은 멈췄을 뿐,

아직도 남북은 전쟁의 긴장 상태에 놓여 있다는 것이 현실이다.

아버지가 담긴 풍경은 저자의 삶에 언제나 화산처럼 남아 있다. 그리고 6.25 한국전쟁 당시 피의 능선에서 배고픔을 참아내면서도 주먹밥을 목숨처럼 아껴 오신 아버지! 전쟁이 지나간 오늘에 다시 그 주먹밥을 전쟁 역사 속에서 끄집어내어 전후 세대들에게 맛보여 주고 싶다. 본문 속에 담겨 있는 시(詩) 〈아버지의 풍경〉과 〈가칠봉의 주먹밥〉도 그런 것이다.

특히 화자 자신도 한 사람의 지각 있는 국민으로서 휴전 60여 년을 계기로 마땅히 역할 분담을 하여야 하지만, 일부 국민들의 6.25 한국전쟁에 대한 왜곡된 인식의 틀 깨기와 이 전쟁에 참전한 미국을 비롯한 16개 국 소속의 UN군 참전용사와 그들을 파병한 나라의 국민들에 대한 감사의 뜻을 표명해야 하고, 또 그간에 이완된 우리 국민의 안보의식 제고와 한미동맹의 유지 강화의 문제는 반드시 유념해야 할 일이다. 현실적으로 6.25 한국전쟁의 참상을 알리는 매체는 다양한 양상이지만, 역사의 기록은 천 년이라고 하듯 전쟁의 아픔을 가장 정확히 표현하는 소통의 도구는 문자임에 틀림이 없다.

TV나 영화로 느끼는 아픔의 강도는 책을 읽으며 주인공의 관점에서 느끼게 되는 아픔에는 결코 미칠 수 없기 때문이다. 글의 사실적 표현을 통한 전쟁의 참상과 전쟁 이면의 서술은 독자가 책 속의 일부가 되어 경험하기 때문에 주인공의 고통이 자신의 고통으로 다가와 전쟁의 아픔을 조금이나마 더 생생하게 경험할 수 있을 것이다.

모름지기 5천 년 역사의 맥이 굽이치는 아름다운 한반도에서 전쟁의 상흔은 치유되어야 하고, 자유민주주의 수호와 인류의 평화를 위해 다시금 긍정적 사고로 열정을 쏟아야 한다. 위대한 조국을 다음 세대에게 문화유산으로 물려주어야 할 최소한의 시대적 소임이 오늘의 우리에게 있음은 명심할 일이다.

특히 참담하고 암울했던 동족상잔의 비극이었던 6.25 한국전쟁 발발 64주년을 맞으며 안타깝게도 점차 망각되어가고 있는 전쟁의 실체와 그 양상을 바르게 인식하고 투철한 안보의식을 구축하여 유비무환의 태세를 확립하는 일에도 주의집중을 하여야 한다.

더불어 이 책이 피비린내나는 전쟁을 통해 정신적 육체적으로 물려받은 유전자(遺傳子)가 생과 사의 교감을 통해 이승과 저승을 잇는 불멸의 끈(業)이 되어 항상 삶의 잠언과 의미를 새삼 일깨워 주는 계기가 되기를 바란다.

끝으로 이 책이 나오기까지 고증과 자문을 아끼지 않은 소설가 이동희, 윤형복, 엄창섭, 정선교 님과 NK지식연대 대표 김홍광 교수, 박건하 사무국장, 주효영 선생 등께 고마움을 표하며, 6.25 한국전쟁의 정체성을 다시금 확인하고 그 교훈을 바탕 삼아 이 같은 비극적인 전쟁이 이 지구상에서 다시는 재발하지 않도록 항시 금화처럼 반짝이며 깨어 있는 의식으로 '평화수호자' 로서의 시대적 소임 또한 엄숙하게 수행할 것을 이 땅의 충직한 독자들에게도 조심스럽게 요청하며 작가의 변으로 갈음한다.

2014년 5월 1일

안인진 안보공원에서

차례 Contents

서장

－아버지의 풍경

아버지는 내 하늘이고
내 곁에 남아 있는 엄하고 인자하신 스승이셨습니다.
유명을 달리 해도
이승과 저승을 오고 가며
날 비춰주신 환한 보름달이었습니다.

아버지는 농부이셨습니다.
외양간에 마음을 풀어 놓고 황소와 동무하는
건초 더미의 푸른 꿈을 키워주는 희망이었습니다.

아버지의 땀방울은 내 삶의 정신이었고
그분의 뒷모습에는 늘 잠언이 족자처럼 남아 있습니다.

아버지는 한국전쟁 때 주먹밥을 져 나르는
군번 없는 용사였지만 굶주린 배를 움켜쥐고도
마지막 남은 주먹밥 하나를
부상당한 적군에게 먹이고 전사했습니다.

아버지는 원한과 증오를 사랑으로 감싸 안고
전쟁의 앙금 씻을 용서를 가슴에 담았습니다.

아버지는 이 세상에 안 계시지만
지금도 내 곁에 따뜻한 솜털 이불 같은 분
든든한 버팀목이 되었습니다.

아버지는 나의 아름다운 풍경입니다.

▲ 찔레꽃

귀환

많은 사람들이 정동진으로 몰려들었다. 인파는 한여름 웅덩이의 올챙이들처럼 바글거렸다. 말발굽 모양의 찻길에 자동차는 가지도 오지도 못하고 땡볕에 꼬리를 물고 서 있었다.

부서져 내리는 햇볕에 반사된 각양각색의 옷들은 눈이 부실 지경이었다. 위에서 내려다보면 사람들이 들끓는 바다는 알록달록한 꽃밭처럼 보였다. 한 마디로 정동진은 사람 천지였고 승용차 천지였다. 토요일이라 인파는 더욱 밀렸다.

인파 속에 한 사나이가 승용차 속에 갇힌 채 두 시간째 머물러 있었다. 도무지 전진이 되지 않았다. 그렇다고 차를 빼서 오던 길로 되돌아갈 수도 없었다. 짜증이 극도에 달했지만 이 상황에서는 어찌 할 도리가 없었다.

사내는 차창 유리를 내렸다. 훅하는 열기가 차 안으로 밀려 들어왔다. 사내는 노점을 지키고 있는 노인에게 물었다.

"말씀 좀 여쭙시다. 안인으로 가려고 하는데 여기서 멉니까?"

"안인요? 한참 지내왔는데요. 되돌아서 오던 길로 2십 리쯤 더 가래요."

"아참, 그리고요. 북한 잠수함이 전시돼 있다고 하던데, 거긴 어딥니까?"

"오다기 못 봤드래요? 좀 가다 보면 길가에 큰 군함이 있는 거기래요."

"감사합니다."

"신사 양반? 내가 안인에 사는데 누굴 찾으시오?"

"네, 신용자 씨라고요. 잘 아세요?"

"알다마다…. 거길 가려면 차를 요리로 빼시오."

노인은 특별히 그의 자동차를 좁은 뒷길로 안내해 주었다. 사내는 노인이 가르쳐 주는 대로 해안도로를 달렸다.

한참을 달리다 보니 정말 큰 군함이 보였다. 사내는 승용차를 도로 한쪽에다 세웠다.

차에서 내린 사내는 시선을 이리저리 옮겨 잠수함을 찾았다. 전시해 놓은 북한 잠수함이 눈에 들어왔다. 사내는 잠수함을 향해 걸어갔다.

"아, 내가 타고 넘어온 잠수함이야."

사내는 혼잣말로 중얼거리며 잠수함 곁으로 다가갔다. 갑자기 지난날의 자기 모습이 주마등처럼 스쳐 지나갔다.

사내 자신이 6.25 한국전쟁이 고착화되던 1951년 가을에 북한 함흥에서 태어나 자라면서 인민군에 지원해서 인민무력부 정찰국, 해상처 제22전대 공작요원으로 근무했었다. 1996년에 저기 있는 잠수함을 타고 남하하여 안인진 해상에서 잠수함 조타장을 사살했다. 그리고 자신이 잠수함을 조종했다.

최대한 육지 가까이로 잠수함을 몰았다. 아니 어머니의 고향인 안인 쪽으로 방향을 틀고 암초가 있는 곳으로 몰아서 강제 충돌시켰다. 그리고 자신은 잠수함에서 탈출해 자수했던 것을 기억했다.

사내의 이름은 박경대다.

박경대 그는 6.25 한국전쟁 때 속아서 북으로 넘어갔던 여인, 최금녀의 아들이다.

경대는 몸을 세웠다. 전시해 놓은 북한 잠수함으로 향하지 않고 자신의 승용차에 올랐다. 잠수함을 봄으로써 다시 생각하고 싶지 않은 지난날에 대한 추억이 떠오를 것이 두려웠기 때문이었다.

경대는 수많은 생각을 하면서 자동차를 몰아 해안도로를 달렸다. 한참을 달리다가 속도를 줄였다. 잠수함을 몰아 암초에 일부러 박았던 곳이 이쯤이라고 기억을 했다. 대한민국 땅에 첫발을 내딛던 곳임을 생각하니 감회가 새로웠던 것이다.

다시 자동차의 속도를 높였다. 안인진 포구에서 장거리 마을로 접어들었다. 군선강이 보였다. 군선교 다리를 건너 얼마 안 가서 안인 장거리 마을에 도착했다.

바로 국도변 산 밑 이 자리가 신재한 씨의 집이었고, 바로 앞집이 지서(파출소). 그러니까 전쟁 때 분주소였고, 또 그 옆이 공회당(마을회관) 자리였다. 그리고 그 아래 물레방앗간이 있었다. 그 집들 뒤로는 야산이 펼쳐져 있었고, 그 앞으로 강릉을 연결하는 해안도로(7번 국도)와 군선강물이 흐르고 있었다.

경대는 자신의 어머니에게 들어왔던 장거리 마을을 둘러보았다. 그 눈에는 무언가를 갈구하는 빛으로 가득 채워져 있었다. 경대는 몸을 굽혀 땅바

▲ 1996년 9월 18일 강릉 안인진 앞바다에 좌초된 북한 잠수함을 우리 군이 인양하고 있다.

닥에 엎드렸다. 흙에 대한 경외감을 느낀 경대는 입술을 내밀어 땅에다 입을 맞추고 몸을 세웠다.

귀향의 기쁨이 물밀듯 엄습해 왔다. 가슴이 벅찼다. 무엇보다도 자신을 잉태한 곳이라는 사실이 경대의 가슴을 더욱 설레게 했던 것이다. 그렇게도 애타게 와 보고 싶었던 어머니의 고향이 아니던가!

1996년 북에서 잠수함을 타고 남하하면서 강동면 대포동 앞바다에서 같이 타고 왔던 인민군 대항자 몇몇을 죽이고 탈출한 후 군 초소에 가서 자수했다. 이후 군 수사기관의 보호하에 신분 세탁하여 국방부 군무원으로 봉직하다가 퇴임하고 이제야 이곳 안인을 찾은 그였다. 환갑의 나이로 바로 어제 퇴임했다. 퇴임식과 동시에 어머니의 고향인 안인을 제일 먼저 찾은 것이었다.

그러고 보니 6.25 한국전쟁도 벌써 환갑을 지냈다는 생각이 들었다. 경대의 출생이 1951년이니 6.25 한국전쟁이 발발한 바로 다음 해였던 것이다.

경대는 일단 안인의 한 모텔에다 여장을 풀고 신용자 씨를 찾아 나섰다.

경대는 어머니에게 수없이 들었던 신용자 씨와 그의 부친인 신재한 씨, 그리고 종모우에 얽힌 사연을 잊지 않고 있다.

안인은 그토록이나 그리워하던 어머니의 고향이다. 그리고 경대는 자신이 이곳에서 잉태되었다는 사실에 새로운 감회가 솟아오름을 느꼈다. 그런 의미에서 환갑이란 나이의 세월을 보내고 이제 고향 땅을 밟은 경대에게 있어서는 귀환이라는 말이 더욱 새삼스럽게 느껴지는 것이었다.

그 오랜 세월을 보내고 이제 와서 어머니의 친구들을 찾는 것이 그리 쉬운 일은 아니다. 자신의 어머니가 그렇게 말했던 종모우를 자식처럼 아끼고 사랑했던 신재한 씨는 휴전직전에 국군 보급요원으로 지원해 계급과 군번 없이 싸우다가 백마고지에서 이 세상을 떠난 사람으로 알고 있다.

그나마 다행인 것은 신재한 씨의 딸인 신용자 씨가 생존해 있다는 사실이었다. 그러나 80대 중반의 고령으로 몸이 불편해서 서울 병원에 입원해 있다고 한다.

경대는 인민군 사령관이었던 김기일 씨 부인인 한용숙 씨의 생가를 찾았다. 그러나 기대했던 것처럼 그렇게 반겨주지는 않았다. 경대 또래의 한 사내가 마지못한 듯 경대를 집안으로 맞아들였다.

사내는 김기일의 아들 김준이라고 자신을 소개했다. 경대도 최금녀 씨의 아들이라고 말하자, 준은 자신의 어머니에 관한 이야기를 들려줬다. 경대는 김준의 이야기를 귀담아 들었다.

한용숙은 인민군 사령관이었던 김기일의 부인이었다. 남편과 헤어진 후 준을 데리고 숨죽여가며 은둔생활을 해온 것이었다.

"내 인생 절반은 실패한 거야."

한용숙은 늘 이런 말을 했다는 것이었다. 김기일과는 2년 남짓의 짧은 결혼생활이 이어졌을 뿐이었다.

사실 6.25 한국전쟁이 발발했을 때 한용숙의 남편은 북한 공산군의 지역 사령관이라는 화려한 지위를 내세워 점령지에서 그들이 말하는 위대한 혁명의 역사를 새롭게 만든다는 허망한 꿈과 의욕에 부풀어 있었다.

그러나 그 이면에는 대한민국의 국군이었다가 어느 날 갑자기 북한 공산군이 되어 고향에서 인민군 사령관의 직무를 수행하게 된 자신이 누군가의 감시를 당하고 있다는 의식이 그림자처럼 따라다녔다.

한용숙은 쫓기듯 초조해 하는 남편의 표정을 통해 일이 심상치 않게 돌아가고 있음을 읽을 수 있었다. 용숙 또한 여성동맹원이었지만 감시의 대상이 되어 아무도 모르는 곳으로 피하고 싶은 충동을 느낄 때가 한두 번이 아니었다.

급기야 남편이 후퇴 명령을 받고 북으로 떠나자 함께 북으로 가지 못한 용숙은 국군이 수복하자 인민군 사령관의 아내라는 죄목으로 철창신세를 져야 했다. 복역을 마치고 나오자마자 아들 준을 낳았다. 아버지도 없는 핏덩이를 기르며 산다는 것은 차라리 죽는 것보다도 못하다는 생각에 몇 번인가 자살을 시도했었다.

그러나 모진 게 인간의 생명이어서 삶과 주검의 문턱에서 아슬아슬하게 살아남게 되었다.

아들 하나를 데리고 세상의 따가운 눈초리를 감내하며 그 어려운 세월을 홀로 살아간다는 것은 죽음만큼이나 힘겨운 일이었다. 너무나도 고통스러운 나날이었기에 어린 준을 잠재워 놓고 혼자서 숨죽여 가며 울기도 많이 했었다. 그렇지만 천성적으로 자존감이 강해서 남들 앞에서는 내색을 하지 않고 이를 악물고 살면서 아무에게도 털어 놓지 않았다.

용숙이 서른두 살 되던 해였다. 한없는 절망감에 싸여 삶을 포기하려던 그 순간에 기적처럼 내민 손길이 있었다. 예수께서 내민 구원의 손이었다. 용숙은 그 손을 힘껏 잡았다.

좌절의 끝이 보이지 않던 자학의 구렁에서 정말 감사하게도 구원의 빛을 접하게 된 것이었다. 부활과 생명의 주님께서는 놀랍게도 용숙에게 평안을 선사했다.

20년의 세월이 훌쩍 흘러 목숨처럼 소중한 아들 준이 대학에 입학할 때는 삶의 보람과 기쁨도 컸지만 한 편으로는 막막하기 이를 데가 없었다.

등록금과 하숙비에 대한 부담감이 일순 거대한 벽으로 다가왔기 때문이었다. 하루하루 먹고 살아가는 일상이 힘겨웠고 육체적으로도 탈진된 상태에서 아들의 대학진학은 큰 짐이 아닐 수 없었던 것이다.

대학을 졸업해 좋은 직장에 취업을 하여 가난과 고통으로 찌든 어머니를 편하게 모시겠다는 아들의 간절한 소망을 꺾을 수도 없고 보니 그야말로 진퇴양난이었다. 용숙은 아들이 입학시험을 치르러 가던 날 아침에 일부러 미역국을 먹였다. 시험에 떨어지길 바라는 마음이 합격하기를 바라는 마음보다 더 컸던 것이다.

하나님께 드린 기도의 내용도 합격이 아니라 낙방이었다. 그러나 하나님은 용숙의 기도를 들어 주지 않고 아들의 합격을 허락하였다. 주위의 몇몇 사람들이 준의 합격을 축하했지만 용숙에게는 숨통을 조여 올 생활고가 더 큰 고민이었다.

생활 밑천으로 정성껏 간직해 놓았던 얼마의 돈과, 친정과 교인들이 십시

일반으로 모아준 돈으로 가까스로 대학의 입학등록을 마쳤다.

입학식 날이었다. 남들은 새 양복과 구두에, 그리고 가족들의 축하 속에서 희희낙락이었지만 점퍼와 바지, 운동화까지 얻어 신고 점심은 짜장면이 고작인 준에게 있어서 희희낙락은 그저 남의 일일 뿐이었다.

용숙에게 있어서 전쟁이 가져다 준 후유증은 그렇게도 눈물겹도록 뼈아픈 고통이었던 것이다.

어려운 가정 형편에 고학을 하면서도 비교적 우수한 성적으로 준이 대학을 졸업했다. 어렵사리 졸업은 했지만 막상 취업을 하려니 얼굴도 모르는 아버지로 인한 연좌제에 걸려 그렇지 않아도 바늘구멍만한 취업의 문이 준에게는 아예 닫혀 버리고 만 상태였다.

비정한 현실 앞에서 많은 날을 고뇌하던 준은 선배들의 권유로 농사짓기로 결심을 굳히게 되었다. 준은 농촌 사람들의 버팀목으로 평생을 살아왔던 종모우, 신재한 씨처럼 농사일을 하겠다는 다짐을 굳혔다.

조금은 여유를 갖고 진로를 찾겠다는 생각으로 동네 형을 친형처럼 따르며 세상 살아가는 지혜를 배우기로 작정을 하고 나섰다. 그렇게 결심을 하고 나니 격한 감정은 그런대로 평정을 회복할 수 있게 되었다.

어머니 한용숙은 50세가 되던 해인 1980년에 중병을 이기지 못하고 끝내 한 많은 삶을 마감하였다. 준은 견디기 힘들 때마다 어머니 무덤을 찾았다. 간혹 술에 취해 무덤에서 잠을 자는 날도 있었다고 준은 경대에게 털어놓았다.

이런 준에게 전혀 알 길조차 막막했던 아버지 김기일의 소식을 전하여 준 경대가 얼마나 반갑고 고마웠는지 모른다. 경대는 준에게 김기일의 절박한 죽음에 대한 사연을 소상히 전해 주었다.

"부친께서는 당시 고향을 떠나 다시 북쪽으로 가느니, 차라리 죽음을 선택했지요. 자폭하셨습니다. 그 선택이 훗날 가족들의 마음을 편하게 할 것이라고 생각했던 것이지요. '우리 가족이 절대로 북으로 찾아오지 않도록 전하여 달라' 고 하는 유언을 남기시고, 권총으로 삶의 최후를 맞이하셨습니다."

경대는 어머니 최금녀에게서 전해 들은 이야기를 또박또박 준에게 들려주었다.

준은 경대를 데리고 산으로 올랐다. 얼굴도 모르는 아버지의 소식을 전해 들은 준은 새로운 감동을 안은 채 어머니의 무덤 앞에 섰다. 절을 하고 엎드려서 아버지의 소식을 고했다.

사실 준에게 있어 아버지의 자결 소식은 충격이 아닐 수 없었다. 서럽기도 하고, 억울하기도 하고, 아버지가 불쌍하기도 했다.

입술을 깨물며 참았던 뜨거운 눈물은 결국 통곡으로 변해 버렸다. 어둠의 적막을 깨뜨리는 통곡소리가 허공에 메아리쳤다.

준은 어머니의 무덤 앞에서 두 분의 맑은 영혼에 주님의 은총이 함께 하기를 간절히 기도했다.

이 지구상의 그 많은 국가 중 이렇게 남북이 분단되고, 이산가족의 아픔을 겪는 나라가 대한민국 말고 또 어디 있는가?

밤이 깊어서야 두 사람은 피를 나눈 형제처럼 서로의 아픔을 공유한 채 산에서 내려왔다.

바람에 부딪히는 나뭇잎 소리와 인기척에 놀라 푸드득거리는 밤새의 울음소리가 달빛에 하얗게 부서지고 있었다.

하산하면서 경대는 자신의 처절했던 북한생활과 인간성을 상실한 동물적 야성으로 특수훈련을 받으며 악착같이 살아온 생활을 회상했다.

반면 개인의 행복과 자유가 보장된 남한 땅이지만 준이 체험한 피맺힌 인생의 여정이 자신의 처절했던 북한생활과 다르지 않았을 것이라는 생각에 가슴이 저며 오는 것도 함께 느꼈다.

그러면서도 생전에 아버지의 얼굴을 보지 못한 자신들의 처지를 생각하며 형제애 못지않은 동갑내기의 우정을 확인할 수 있었다. 그나마 다행스러운 것은 같은 운명을 지닌 전쟁 후세들끼리의 희망을 담은 무언의 약속이 고통에 처한 위기와 현상을 기필코 이겨내리라는 집념으로 굳혀졌다는 사실이었다.

경대는 종모우의 아버지라고 불렸던 신재한 씨의 딸, 인민군에게 소를 빼앗겨 분노와 증오로 슬퍼했다던 그 신용자 씨를 하루라도 빨리 만나고 싶었다. 특히 자신의 어머니와 신용자 씨는 어떤 관계인지 알아보고 싶었다.

신용자는 농촌계몽활동에도 여성의 몸으로 열정적으로 헌신해 왔으며 농촌후계자로서의 힘겨운 역할도 부족함 없이 해냈다는 소리를 들었다.

비극적인 전쟁도 겪었다. 인민군 사령관인 김기일의 끈질긴 구혼을 용기있게 거절했고, 그런 위험 속에서도 반공청년단장인 김재기와 뜨겁게 사랑을 나눈 이야기를 경대는 자신의 어머니에게서 수없이 들어왔다.

김재기는 북한 인민군 점령시절부터 교량폭파와 북한군 분주소를 습격, 보급품 운반차량의 급습과 소금창고에 붙잡아둔 애국지사의 구출 등 북한 공산당의 후방 교란작전에 혁혁한 공을 세운 인물이었다.

휴전 직전 마침내 반공청년단장으로 크게 활동한 김재기는 강릉경찰서의 공비토벌기동대장으로 임명을 받았다. 인민군 점령 당시 신용자의 신분이나 행위가 밝혀지지는 않았지만, 김재기와의 미묘한 관계가 김기일에게 알려져 정신적으로 위협을 받기도 했다. 그러나 지성과 미모, 그리고 나라사랑에도 열정적이던 용자는 수복 후 공비토벌이 치열하게 전개되는 위기상황에서도 두려움이나 망설임 없이 공비토벌 기동대장 김재기와 화촉을 밝히고 새로운 항해를 시작했다.

1950년 6월 25일 발발한 6.25 한국전쟁은 1953년 7월 27일, 당일 전선을 기준으로 남쪽을 남한, 북쪽을 북한으로 분단된 상태로의 휴전협정을 체결하고 일단은 소강상태로 접어들었다,

휴전협정 직전까지도 전방에서는 유리한 고지 점령을 위한 치열한 공방전이 전개되었다. 후방에는 병력이 없어 공비의 기습 공격에 대비하여 경찰기동대가 지역 방어의 소임을 수행하였다.

강릉 경찰기동대는 산세가 험준한 태백산 준령을 넘나들며 공비 소탕작

전에 임했다. 그러나 지형적으로 강릉은 동쪽이 바다이고 남서쪽으로는 대관령을 감싸고 있는 태백산맥의 등줄기가 뻗어 있는 곳이다.

태백 준령은 우뚝 솟아 있는 만덕봉, 칠성산, 석병산, 오대산, 태백산으로 이어졌다. 동해로 뻗어 내린 태백산 준령 밑으로는 또 산세가 깊고 험한 왕산골, 임곡리, 북동리, 산계리, 임계리, 송계리, 소금강과 양양의 어성전 등 많은 계곡이 있어 그야말로 첩첩산골이었다. 그래서 공비 방어에 어려움이 많았다.

이처럼 태백산과 적멸보궁(寂滅寶宮)이 자리한 오대산 비로봉은 지리산에서 북상한 공비들의 은거지로 당시 그들의 본부가 위치한 곳이다. 그러므로 군 병력 없이 텅 빈 강릉은 공비들의 빈번한 기습 목표가 될 수밖에 없었다.

6.25 한국전쟁 도발 당시에는 국군의 저항이나 격전이 없어서 남침한 공산군에 의한 피해가 별로 없었던 강릉지역이 전쟁에 패배하여 북으로 도주하기 위한 퇴로를 뚫으려는 굶주린 무장공비, 탄약이 없는 공비, 북상하려는 그들의 생존에는 강릉을 기습 공격하여 부족한 보급품을 탈취하는 유일한 수단이며 방편이었다.

그런 까닭에 치안이 공백상태인 시내를 벗어나 벽지 마을은 밤마다 공비들의 습격이 감행되어 인명피해도 극심했지만 소와 닭, 돼지 등 가축을 비롯한 쌀, 보리, 감자 등 곡물의 약탈이 극심했다. 심지어 벽지 주민을 이용하여 양식과 가축을 끌어가고는 노역한 선량한 주민들을 총탄이 아깝다고 죽창으로 무참히 살해하는 만행도 서슴지 않았다.

화전민의 독가촌을 자신들의 중간 근거지로 삼아 국군이나 경찰의 기밀을 발 빠르게 접하고 탐색하였다.

김재기는 무기도 제대로 공급받지 못한 빈약한 경찰기동대를 이끌고 공비소탕작전에 불철주야로 임했다. 마을 청년단원들을 신고조로 하여 공비들의 습격을 저지해 왔다. 대다수 공비들은 인민정규군이라 무전기와 사단급 병력을 움직이고 있었다. 휴전 직전의 남한 후방 교란작전에 불안을 느낀 주민들은 밤마다 공포에 떨며 피난을 다녀야 했다. 그런 공포 때문에 한 곳에 모여 밤을 새우는 날이 점점 많았다.

강릉 시내는 점차 수가 많아진 공비들의 잦은 습격을 당하였다. 공비들은 읍사무소와 경찰서와 관청에다 불을 질렀다. 파출소에 보관되어 있는 무기는 모두 탈취 당했다.

거기다 공비들은 주민들과 경찰가족, 지방의 유지들을 마구 붙잡아 가서는 산골짜기 한 군데다 몰아넣고 나무창과 대창으로 얼굴과 배를 찔러 죽였다. 대학살이었다. 인간의 탈을 쓰고 할 수 없는 잔악한 행위를 물먹듯이 저질렀다.

공비토벌작전 국군부대가 강릉에 배치되자 또 다시 치열한 전투가 벌어졌다. 그런 와중에 판문점에서는 포로교환이 이루어지고 있었다.

포로교환 소식이 전해지자 잔악한 공비들은 포로병으로 대우 받기 위한 작전의 일환으로 출몰 횟수를 다소 줄이기는 했으나 산간지역에서는 여전히 양식 탈취, 인명 살상 등이 수 없이 자행되어 그 피해는 이루 말할 수 없었다.

경찰기동대장 김재기는 만덕봉과 석병산 일대에서 공비들과 치열한 격전을 벌이다가 장렬하게 최후를 맞이했다는 소문이 사람들의 입을 통해서 널리 퍼져 나갔다.

하늘은 김재기와 신용자의 순수하고 열정적인 사랑을 시기한 것인가. 저들의 지고지순한 지상에서의 사랑은 풀잎에 맺힌 이슬처럼 그렇게도 빨리 끝을 맺어버리고 말았던 것이다.

신용자는 그토록 사랑하는 남편이 전사한 줄도 모르고 살이 찢겨나가는 산고를 겪은 끝에 새 생명을 탄생시켰다. 유복자—. 그야말로 그 아버지가 죽는 순간 새로운 생명이 그 뒤를 잇는 숨바꼭질 같은 새로운 탄생과 죽음이었다.

죽음과 새 생명의 출산은 희비가 엇갈리는 아픔이었다. 한 많은 서러움을 운명처럼 안고 살아야 하는 이 겨레의 모진 고통이었다. 또 하나의 생명의 탄생, 그것은 일면 민족의 환희이며 진정한 축복일 수도 있었다.

박경대는 이러한 어머니들의 가슴 아픈 이야기를 수없이 들어왔다. 정말이지 민족의 비극이었다. 그리고 허망했다. 경대는 그 허망함을 부둥켜안은 채 안인리 장거리 마을에서 살기로 결정했다.

안인리에 터를 잡은 지 일주일이 흘렀다. 신용자가 병원에서 퇴원해 집에 왔다는 소식을 접했다. 경대는 신용자의 집을 찾아갔다. 큰절로 인사를 올린 그는 자신의 신분을 밝혔다.

"제가 최 금(자) 녀(자)의 아들 박경대입니다."

"금녀 아들?"

신용자의 표정이 순간적으로 석고상처럼 굳어져 버렸다.

"북에 있을 사람이 어떻게 여길 왔지래."

신용자는 북한의 '북' 자 소리만 들어도 놀라곤 했다. 전쟁의 후유증이었다. 그 아픔을 가슴에 안은 채 지금까지 60여 년간 살아온 것이었다.

"저는 지금 대한민국 사람입니다. 1996년에 있었던 안인진 잠수함 사건 아시죠? 그때 자수해 왔어요."

신용자는 그제서야 약간의 긴장이 풀리는 모양이었다.

북으로 넘어갔던 최금녀의 아들이 환갑이 되어서 찾아왔다. 신용자는 자신의 나이를 손꼽아 보았지만 올해 팔십인지, 팔십하고도 하나인지 둘인지 분간을 하지 못하는 모양이었다. 신용자는 최금녀보다 몇달 앞서 태어나긴 했으나 동갑이었다. 그러니까 1950년 6월 한국전쟁 때 같은 스무 살이었으니까 지금(2013년) 나이는 83살이 맞았다.

"그런데 이 땅에 온 지 17년이나 지났는데 왜 이제야 찾았는가?"

신용자가 작은 소리로 물었다.

"오고 싶었습니다. 그런데 저는 북에서 온 사람이라 눈치가 보여 못 왔습니다. 그러다가 바로 얼마 전에 퇴임했습니다. 그리고 저도 이곳에서 살려고 안인으로 왔습니다."

"잘 생각했네. 아주 잘 왔어."

노인은 지그시 눈을 감고는 예전 전쟁 때의 모습을 그리고 있었다. 당시

20살의 용자와 금녀, 25살의 김기일과 21살의 박범호, 그리고 25살의 김재기 등은 물오른 청춘, 사랑이 움돋는 아름다운 때를 마음껏 구가하고 있었다.

그들은 사랑의 열병을 앓으며 아무도 모르는 세상의 행복을 홀로 끌어안은 채 행복하게 웃고, 때로는 울기도 했다. 6.25 한국전쟁이 일어나던 날, 돌이킬 수 없는 일, 그런 일들 앞에서 한참을 울어야 했다. 슬펐다. 차라리 세상이 무너져서 아픔도 느낄 새도 없이 죽어버렸으면 했다. 하지만 지금은 시간이 흘러서 벌써 60여 년의 세월을 넘겨 버렸다.

"자네 어머니를 북에다 두고 왔나?"

"네. 그런데 제가 넘어오던 그해 1996년 6월에 돌아가셨습니다."

"그래?"

"벌써 17년이나 됩니다."

"더 살다 가지. 전쟁 때 그렇게 내가 넘어가지 말고 숨으라고 했는데……, 김기일이라는 사람이 자네 어머니를 강제로 북에 보냈지래."

최금녀는 김기일에게 속아서 북으로 보내졌다. 정착한 곳이 함흥이었다. 함흥 바닷가 포구 어촌에 정착했다.

최금녀는 그곳에서 마치 좌초한 난파선처럼 그렇게 의지할 곳 없는 비운의 방랑자의 삶을 살았다.

최금녀 자신이 20세를 갓 넘어선 나이에 태어난 고국 땅에 머물러 있으면서도 가끔 새삼스럽게 고국에 대한 그리움과 사모의 정을 느끼게 되는 이유는 따뜻한 감성을 지녔기에 이국 땅 같은 북쪽 하늘 밑에서 남쪽 하늘을 그리워하는 이산가족의 뼈아픈 설움을 공유하였기 때문이었을 것이다.

비교적 유년기 학창시절을 자유분방하게 보내며 남한에서 생활한 젊은이들이 제도권 내에서 북한 체제에 적응하지 못하고 자유에 대한 소중함을 자신도 모르게 절감하게 된 것이다.

구속과 압제로 북한 땅이 먼 남의 나라같이 느껴졌으며 남한 땅이 몹시 그리워졌다. 금녀는 남과 북 양쪽의 정치 체제를 경험하였기에 자유분방했던 남한 땅 강릉이 얼마나 소중한 곳인지를 절실히 깨달았다.

"그럼 김기일이라는 분은 왜 최금녀 씨를 강제로 북에 보냈을까요?"

경대는 자신이 가장 알고 싶어 했던 부분을 물었다.

"그야 금녀가 자네를 가졌기 때문이지."

"저희 어머니가 저를 가졌다고 해서 북으로 넘길 이유가 되겠습니까?"

"당시 김기일 인민군 사령관은 한용숙이라는 부인과 살고 있었어. 그 사람이 자네 어머니와 불장난으로 자네를 가졌다니."

경대는 그렇다면 김기일과 자신의 어머니와는 도대체 어떤 관계였을까? 머릿속이 정리가 되지 않았다. 경대는 자신의 어머니와 신용자의 말이 전혀 달라 무척 당황하고 있었다.

경대는 투명한 창문을 통해 밖을 내다보았다. 산 그림자가 진 먼 봉우리로 시선을 돌렸다. 빠르게 흘러가는 구름이 산을 뒤덮어 밝은 초록빛을 검은 빛으로 바꾸고 있었다.

이제 어머니가 잘못 말했던 의문점이 술술 풀리기 시작했다.

경대는 눈썹 밑을 파고드는 땀을 훔치는 새, 여러 감정이 구름만큼이나 빠르게 왔다 갔다 했다.

잠시 후 침묵을 지키고 있던 경대의 입이 열렸다.

"그런데 저희 어머니는 박 범(자) 호(자)이신 분이 아버지라고 하셨거든요."

경대는 어머니와 함께 북한 함흥 바닷가에서 살았다. 어촌에서 최금녀는 홀로 아들 경대를 키우면서 농사도 지으며 항구에서 일을 하면서 살았다. 어릴 때부터 금녀는 경대에게 박범호가 아버지라면서 38선을 넘던 최후의 죽음에 대해서 이야기를 자주 했었다. 아버지의 애절한 죽음을 자주 들려주었던 경대 어머니였다.

아버지는 의용군으로 입대하게 되었고, 아버지와 잘 아는 친구 2명과 38선을 넘어 북한으로 끌려가던 중이었다. 인제 산골짜기에서 탈출을 시도했다. 신갑선과 이학봉만 탈출을 했고 경대 아버지인 박범호는 탈출하는 중에 인민군에게 붙잡혔다. 박범호는 반동분자로 그 자리에서 총살당했다.

청상과부가 되어 한 많은 삶을, 남편의 죽음으로 인한 죄책감을 가슴에 품고 살아온 최금녀였다.

아들 경대에게 시간이 있을 때마다 눈시울을 붉히면서 아버지의 억울한 죽음을 하나도 빼놓지 않고 마치 기도문처럼 말했다고 한다.

"자네 어머니는 그만한 이유가 있었다니."

신용자는 83세의 나이에도 불구하고 눈동자가 반짝 빛을 토했다. 60여 년 전의 6.25 한국전쟁의 비극이 너무나도 생생하게 기억에 남아 있기 때문일 것이었다.

"어머니는 왜 저에게 그런 거짓말을 하셨을까요?"

"박범호 씨를 너무 사랑했기 때문에…. 그리고 김기일 씨는 자네 어머니를 북에 있는 박범호 씨에게 보내 주는 것을 구실로 삼아 자네 어머니를 건드렸다니. 자네 어머니는 자네를 뱃속에 갖고 박범호 씨가 죽은 줄도 모르고 38선을 넘었드래. 그기 더 억울했지래. 그래서 남편이나 다름없던 죽은 박범호 씨에게 미안하고 죄가 되어 자네 성씨를 박씨로 했겠지래."

박경대는 그제서야 이해가 되는 것 같았다.

점령군 강릉지구 위수지역 인민군 사령관 김기일은 위수사령관으로서 무엇을 잘못 처리했는지는 몰라도 인민보위부 장교에게 몇 번에 걸쳐 신랄한 비판을 받았다.

점령지에서의 훈령을 제대로 수행하지 못하여 그 자신이 상부로부터 철저히 감시를 받고 있다는 사실을 의식한 후부터 자신감을 상실한 채 때로는 남몰래 자학하는 버릇까지 엿보이기 시작했다.

비록 국방군으로서 월북한 공적은 인정되었으나 현지에서 반동분자 색출 및 처형의 실적이 부진했고, 심지어 고향 선후배들로부터 청탁을 받아 제대로 치안 활동을 수행하지 못한 책임을 추궁받기도 했다.

특히 남한의 저명인사 납치 북송 실적이 거의 없었을 뿐더러 여러 가지 문제점으로 점차 자신의 신분이 자아비판의 대상이 되고 있었다. 고향을 떠나 목적도 없이 북한으로 향하는 심정, 일단은 애정의 깊이는 고사하고 아내를 홀로 남한에 두고 온 허탈감, 영원히 고향의 친지들을 배신한 일 등등을 감당할 수 없어 심한 갈등으로 고뇌하다가 끝내 권총으로 자살을 시도한 것이었다.

그렇게 불행한 삶을 마감하기 직전, 김기일은 숨을 거두면서 최금녀에게 최후의 유언을 남겼다.

"금녀, 내가 죽은 후 북쪽에서 살더라도 기회를 보아 반드시 남쪽으로 탈출하시오. 고향에 가서 아내(용숙)를 만나면 북쪽보다 남쪽이 더 자유롭고 살기 좋으니 절대로 태어날 아기와 북쪽으로 올 생각을 말고 반드시 남쪽에 남아서 잘 살아 달라고 전하여 주시오."

이같이 금녀에게 자신의 유언을 꼭 전해 달라고 하며 눈을 감지 못한 채 한스러운 운명을 하였다.

그곳은 해발 1천 미터가 넘는 대암산 자락이었다. 금녀는 혈혈단신으로 누구도 의지할 곳 없는 곳을 향하여 힘겨운 산모의 몸을 겨우 버티며 원산항 좀 떨어진 작은 포구 어촌에 도착하였다.

김기일의 유언이 귓가에 생생하게 맴돌고 있어, 그녀는 몹시 괴로운 시간 속에서 죽음을 절감하며 하루하루를 고통 속에서 보내게 되었다.

그 와중에 금녀는 목숨을 걸고 건강한 사내아이를 분만했고, 얼마 뒤에는 병약한 몸이었음에도 불구하고 인민군 병영에서 쫓겨나고 말았다. 그 후 어촌에서 모진 목숨을 겨우 연명해 가며 아기를 키웠다. 죽음보다 더 고된 인생의 역정을 강인한 인내력으로 버텨 나갔다.

그 때의 상황이 죽음보다 더 잔인하고 가혹했다. 돌이켜 보면 병영생활을 하다 아이가 들어선 것도 모르고 보낸 지난날이 징그러웠다.

어느날 위수사령관실에서 금녀는 낮에 점심 먹은 것이 체했는지 저녁 먹을 무렵부터 속이 울렁거렸다.

'내가 뭘 먹었더라?'

되짚어 봐도 별로 먹은 것이 없었다.

헛구역질을 심하게 하자 눈물이 났다.

'아차, 그러고 보니 북새통에 생리를 거르지 않았던가! 그리고 아이를 갖지 않았던가?'

워낙 경황이 없던 터라 대수롭지 않게 여겼는데, 기일의 아이가 들어섰다. 아니다, 기일의 아이가 아니라 범호의 아이가 틀림없다.

기일의 아이일지라도 범호의 아이라고 해야 마음이 편했기 때문이다. 누가 뭐라 해도 이 아이는 지금부터 범호의 핏줄이다. 옛날 범호와 둘이 남몰래 만난 장소는 동리에서 조금 떨어진 물레방앗간이었다. 그때는 매일 저녁 만났다. 둘이 만나는 신호는 부엉이 울음소리였다. 부엉이 울음소리가 들리는 날에는 저녁을 일찍 해 먹고 어둠의 밤길을 밟으며 밤고양이처럼 그곳으로 향했다. 때론 범호가, 때론 금녀가 먼저 와 기다렸다.

달빛이 고요히 흐르는 밤, 물소리와 풀벌레소리만 정적을 깨우고 있었다. 범호와의 사랑은 점점 무르익어가고 있었다. 처음엔 가벼운 포옹이나 입맞춤이 전부였으나 만나는 횟수가 많아질수록 둘의 욕구도 강해져 서로 한 덩어리가 되고 말았다. 처녀성이 무너지던 날 밤 범호의 품에 안겨 금녀는 한없이 울었다. 기쁨과 아픔의 눈물이 와르르, 그러나 범호는 꼬옥 끌어안아 주었다.

둘은 결혼을 굳게 약속했다. 그리고 아들을 낳으면 경대, 딸을 낳으면 경희로 경(慶)자를 넣어 경사스러움을 표하자는 깊은 뜻을 새겨두기로 했다. 그런데 결국 전쟁은 범호를 저 세상에 먼저 보내고 말았다.

절망을 했지만 또 생각을 달리 하면 범호의 생명이 새로운 핏줄로 잉태하게 된 것은 실로 가슴 설레는 사랑의 선물이었다. 금녀로서는 다음 세상에 가서 범호를 만나면 떳떳하게 혼자서 당신의 아들을 잘 키웠노라고 말하고 싶었다.

그랬다. 아이를 임신한 처녀가 병영생활을 지속할 수가 없어 병영 밖 할머니집에 민박을 얻어 출산준비를 할 때다. 돌이켜 보면 처녀가 아이를 가진 부끄러움을 주인 할머니에게 들켜 창피한 꼴을 보이지 않으려고 애를 쓰다가 심한 헛구역질로 알게 되었으며 할머니는 딸자식처럼 돌보아주어 무사히 순산할 수 있었는데 꿈만 같은 일이었다.

그 당시에는 늘 그랬듯이 저녁을 먹은 후에는 날마다 공회당에서 주체사상 교육이 있었다.

주인 할머니의 억센 사투리가 들려 왔다.

"아니, 와 전구도 안 켜구 깜깜한데 뭐 하는 게야."

'빨리 공회당에 가야지…….'

그제서야 금녀는 정신이 번쩍 들었다.

급하게 불을 켰으나 심한 현기증이 몰려왔다. 눈을 뜨기조차 힘들었다.

"할머니 들어오세요."

문을 열고 들어선 할머니가 말했다.

"야, 금녀야 날래 가자우. 늦게 가면 비판 받는다우."

"예."

그렇게 말하는 동시에 헛구역질을 해댔다.

"이 에미나이 아새끼 가졌구만."

순간 금녀는 무척 부끄러웠다.

"아니예요. 점심 먹은 게 체했나 봐요."

"그저 귀신은 속여두 나는 못 속이는 벱이야, 아바이는 누구지?"

"난리통에 죽었어요."

"어카면 좋단 말인가. 처녀가 애비 없는 애새끼 뱄으니까니."

할머니는 혀를 찼다.

"집에 있으라우. 내 가서 아파가지구설라므니 나오지 못한다고 할꺼니까니."

"감사합니다."

금녀는 갑자기 할머니 손녀딸로 둔갑되었고 손녀사위는 남조선에 있고 몸푸느라고 이곳에 왔다고 둘러대었다.

신 것이 먹고 싶으면 풋사과며 설익은 포도를 구해 주었다.

드디어 열달이 되자 산통이 심해 죽을 것만 같았다. 열두서너 시간이 흐른 후에야 사내아이를 낳았고, 산고에 지쳐 까무러쳤다. 정신을 차리고 들여다보니 기일과도 비슷하다가도 범호와도 판박이 같았다.

누가 뭐라 해도 틀림없는 범호의 자식이다. 그러고 어디선가 범호가 막 달려오는 듯했다. 그러고 금녀에게 "금녀 수고했어, 사랑해"라며 금녀의 볼에 입맞춤해 줄 범호가 오는 듯했으나 범호가 없다는 사실이 너무 가슴 아파 눈물이 마구 쏟아져 내렸다.

"야레, 에미나이가 울면 눈 나빠지는 거야."

할머니는 그러며 첫 국밥을 끓여 왔다. 미역국에 잡곡을 섞은 미역국밥이었다. 도저히 목구멍으로 넘어가지 않았다.

"아새끼레 가슴팍에 젖이 나와야 할 거 아니가, 많이 먹으라우."

아기 젖 먹이는 것까지 생각하여 챙겨 주시는 할머니가 무척 고마웠다.

'그래 내가 마음 굳게 먹고 아기를 키워야지.'

아이가 무럭무럭 자라는 동안 금녀는 말할 수 없는 고통을 겪으며 북조선에 온 것을 무척 후회했다.

남조선에 있었더라면 초근목피가 아닌 조개, 미역, 한약 등으로 산후조리를 했을 텐데 북조선을 원망하며 구차한 삶을 이어갔다.

'내가 꿈꾸던 북조선은 이런 게 아니었는데….'

후회가 물밀듯 밀려 왔지만 세월은 어느덧 자식을 낳아 인민군대에 보낼 만큼 컸고, 이제는 죽음을 기다려야 하는 세월만큼 덧없이 흘러가고 있었다.

"제가 남하할 때에는 그 분은 저 하늘에 별이 되어 저를 내려다보시고 있었을 겁니다."

경대는 눈을 감고 말하였다.

“그런데 자네는 잠수함에서 스물다섯인가 다 죽고 어떻게 혼자 살아남았는가. 신문에는 생포했다고 하던데 그게 자넨가?”

“어머니 때문에 한국에서 살려고 잠수함을 의도적으로 암초에 들이박고 탈출해 자수했어요. 신문에 난 것은 사실과 다릅니다.”

“자네 어머니도 그렇지만, 자네도 대단한 사람이구만. 잘 넘어왔네.”

“잘 됐어요. 어머니가 고생만 하다 돌아가셔서 그렇지만요. 그리고 저는 어머니의 시신을 보고도 처리 못하고 남한에 와 버려서 마음이 아픕니다.”

경대는 눈물을 흘렸다. 16세 때부터 경대는 어머니의 곁을 떠나야 했다. 그건 바로 속칭 ‘위대한 인민군’에 입대를 해야 했기 때문이었다.

불과 16살, 아직 두 볼이 붉은 청소년의 티를 벗어나지 못한 나이였다. 경대가 입대하자 인민군 소속 군관들이 경대의 자존감을 세워 주었다. 경대의 부친을 혁명 전사로 추켜세우는 것이었다. 어떤 군관은 경대의 얼굴이 붉어질 정도로 추켜세웠다.

“경대 동무, 아버님은 남조선에서 태어나 남조선의 악질 반동분자들에게 죽임을 당했다. 그 즈음 구사일생으로 살아남아 우리 해방군이 남침하였을 때 북조선 김일성 어버이 수령님을 도와 위대한 역전의 영웅으로서 많은 공을 세웠다. 낙동강 전선이 우리에게 불리해지자 의용군으로 지원 입대하여 낙동강 전선에 투입되었고 남조선 괴뢰에게 밀리게 되자 육탄으로 적진에 들어가서 싸우다가 산화한 위대한 어버이 수령님의 장한 아들이시다. 그래서 경대 동무는 아버지 뒤를 이어 남조선 통일을 위해 목숨을 바칠 장한 김일성 수령 어버이의 아들이다.”

경대는 김일성 수령을 위해 통일전선에 뛰어들어 열심히 임무를 수행할 것을 굳게 다짐했다.

결국 경대는 특수요원으로 차출되었다. 그곳은 인민무력부 정찰국이었다. 해상처 제22전대 공작요원으로 발탁되었다.

경대는 특수부대로 발탁되어 한 달 정도는 별 무리 없이 잘 먹고 지냈다. 그렇게 한 달을 넘겼다. 제1단계로 본격적인 공작원으로 활동하기 위해 견디기 힘든 훈련을 받았다.

먼저 군도(軍刀) 사용법을 익혔다. 적과 마주쳤을 때 군도를 쓰는 방법이라든가 급소를 찌르는 방법을 몇 개월 동안 훈련한 뒤, 1주일 동안 휴식을 취하였다. 또 다시 제2단계 훈련으로 산악을 타는 강도 높은 훈련과 산에서 굶주림을 극복하는 훈련을 근 6개월 동안 계절을 바꾸어 가면서 반복하였다.

야생동물 중에서도 뱀이라든지 개구리 등을 잡아 생식하는 훈련과 더덕과 도라지, 칡뿌리, 도토리 같은 것을 통해 연명하는 훈련도 했다. 겨울이면 빙벽을 오르는가 하면 모진 추위에도 산악에서 밤을 새우거나 또는 눈이 하얗게 쌓인 계곡에서 굴을 파야 했고, 그 굴에서 견디는 훈련도 하였다. 묘지 속을 파고 들어가서 거처하는 방법도 빼놓지 않았다.

이렇게 엄청난 훈련을 마친 뒤 제3단계로 권총을 휴대하고 사격훈련을 했다. 매일 5시간씩 1년간을 지속했다. 태권도와 합기도, 유도 등 갖가지 호신술도 연마했다. 그리고 제4단계로 공작원을 따라 공작선을 타고 남쪽으로 침투해서 상륙한 후 산에서 먹을 것을 찾아 버티다가 다시 공작선을 타고 귀대한 후 훈련연습을 반복했다. 그 대상지역은 주로 6.25 한국전쟁 당시 북한군이 침투했던 강릉 정동진 아니면 삼척과 울진이었다.

소형 잠수함을 타고 잠복하는 간첩훈련을 숙달될 정도로 반복했다. 그런 후 약 6개월 동안 사상무장 정신교육을 실시했으며, 통제된 북한 체제에서 별다른 감시를 받지 않고도 다소 사치스러울 정도의 생활이 허락되었다. 그 후에야 경대에게는 어머니 최금녀를 자주 찾아볼 수 있는 특권이 주어졌다.

금녀는 아들 경대가 무슨 교육을 받고 돌아온지도 모르고 남한의 자유스럽고 평화스러웠던 때를 회상하며 유언을 들려주었다.

"내가 언제 죽을지는 모르지만 너에게 유언을 꼭 들려주고 싶다. 어미의 마지막 당부로 알고 적어두어라. 경대야, 너는 꼭 남한으로 가야 한다. 인제군 골짜기에서 돌아가신 너희 아버지 원혼을 달래 주어야 하고, 그리고 또 한 가지 할 일이 있다. 지난날 김기일 사령관이 북녘으로 후퇴하다가 고향과 한용숙이라는 아내를 버린 죄책감에 양구에서 권총으로 자살을 했다. 그때 이 어미에게 부탁을 한 게 있다. '내 아내에게 절대로 북조선으로 오지 말고 남한에서 태어날 자식과 행복하게 잘 살기를 바란다고 전해 주시오' 라던 그분의 유언을 이 어미를 대신해서 그 부인에게 반드시 전해 주어야 한다. 그리고 이 모든 사실을 잘 알고 있는 신용자 씨를 찾아가서 모든 것을 물어 보거라."

아무리 북의 공작요원으로 세뇌교육을 받은 경대였지만, 그토록 애절하게 당부하는 어머니의 말을 외면할 수는 없었다.

"고향인 강원도 강릉군 강동면 모전리 뙛마을 동네에 가면 종모우와 사경을 헤맸던 신재한 씨의 딸, 신용자라는 내 친구가 있으니, 꼭 찾아가서 얘기를 전하면 자식처럼 돌보아줄 것이다."

이런 당부의 말도 결코 잊지 않았다. 그러나 어디까지나 경대는 북한의 특수 공작원으로 세뇌교육을 받은 공산당원이기 때문에 어머니의 말이 심각하게 가슴에 와 닿지는 않았다.

1996년 6월, 외박을 나온 경대는 곧장 어머니가 계신 집으로 달려갔다. 그런데 이게 웬일인가? 어머니가 살았던 집은 불에 타서 볼썽사납게 주저앉아 있었다. 집은 뼈대만 앙상하게 남은 채 흉한 몰골을 하고 있었다.

경대는 어머니를 찾았지만 보이지 않았다. 목청 높여 어머니를 부르며 찾았다

"어머니!"

마침내 차가운 바닥에 누워 있는 어머니를 찾았다. 어머니의 가슴팍에서는 붉은 피가 흐르고 있었다. 그 모습을 본 경대의 눈에서 불꽃이 튀었다. 이런 만행을 저지른 자들을 갈아 마시지 않고는 살 수 없을 것 같았다.

"어머니!"

경대는 절규하면서 어머니를 부둥켜안았다.

순간 경대는 어머니가 돌아가시지 않았을지도 모른다고 생각했다. 그래서 어머니의 코끝에 손가락을 대보았다. 희미한 온기를 느낄 수 있었다. 아직 숨이 끊어지지는 않았다. 차갑게 얼어붙은 뺨에 느껴진 경대의 체온에 어머니의 눈이 조금 열렸다.

"어머니, 정신 차리라요. 이게 무슨 일입넵까?"

경대는 오열을 하며 끈끈한 피가 아직 마르지 않은 어머니의 가슴을 두 손으로 눌렀다. 그래도 피는 계속 샘솟고 있었다.

"경대야! 꼭 남조선으로……. 니 어서 피하거래."

경대의 눈에선 핏발이 더욱 두드러지고 목울대가 쉴 새 없이 씰룩거렸다.

"그들이 누굽넵까? 어머니, 누가 이런 천인공노할 짓을……."

"누군지 모르겠다. 경대야, 제발 남조선으로……."

그렇게 아들에게 마지막 말을 남기고 금녀는 눈을 감았다.

지금까지 숨을 놓지 않고 있었던 것은 아들 경대를 만나고 가기 위해서였던 것처럼 어머니는 그렇게 갑작스럽게 맥을 놓아버렸다.

"어머니! 어머니!"

경대는 어머니의 시신에 얼굴을 묻고 슬픔을 토해냈다. 피울음이 그의 목구멍에서 터져 나왔다. 이것이 현실이라는 것이 경대는 믿어지지 않았다. 억장이 무너져 내렸다. 그리고 격렬한 분노가 경대를 덮쳐 왔다.

"복수는 꼭 필요한 것이지."

경대는 어머니의 마지막 유언을 지킬 것을 맹세했다. 핏발 선 경대의 눈에서 뜨거운 눈물이 흘러내렸다.

그 때 자동차 소리가 들렸다. 경대는 그 소리에 어머니를 두고 몸을 피해야 했다. 여기에 있다간 자신도 잡혀서 죽임을 당할지도 모른다는 생각이 들었다. 복수를 결심한 경대는 어머니를 그대로 둔 채 몸을 피했다.

그 길로 귀대한 경대는 아무 것도 모르는 체했다. 그리고 여느 날과 다름없이 공작훈련에 임했다.

1996년 9월 9일이었다. 인민무력부로부터 긴급지령을 전달 받게 되었다. 임무는 삼척 앞바다 침투였다.

60명 중 25명이 선발됐다. 그런데 선발된 25명 중에 경대가 빠졌다. 경대는 복수를 위해서, 또는 귀환을 위해서 지원을 요청했다. 그래서 26명이 선발되어 1996년 9월 13일 저녁에 함경남도 퇴조항에 도착해서 상어급 잠수함에 올랐다.

물속을 가르며 남방한계선을 넘었다. 경대는 예의주시해서 잠수함 내부를 살폈다. 우선 탈출구부터 확인해 두었다.

침투 예정 지역은 삼척이었다. 강릉 앞바다를 지나고 있었다. 경대는 구명조끼를 더 껴입고 만반의 탈출 준비를 마쳤다. 곧바로 조타실로 뛰어들었다.

TT권총을 조타장 머리에 대고 방아쇠를 당겼다. 그리고 조타키를 잡았다. 잠수함 속도를 높였다. 뱃머리를 안인진 쪽으로 돌렸다. 총소리를 듣고 공작대원들이 달려왔다.

달려드는 공작대원들을 단숨에 제거한 경대는 서둘러 안인진 육지와 가까운 곳까지 잠수함을 몰았다. 그리고는 암초를 향해 돌진했다. 잠수함을 그 암초에다 들이박았다.

경대는 미리 살폈던 탈출구 버튼을 눌렀다. 문이 열리자 잽싸게 그 구멍을 통해 올라왔다. 경대는 뒤따라 탈출구로 올라오는 공작대원들을 총으로 쏴버리고 그 문짝을 닫아버렸다.

그때 거센 파도가 밀려왔다. 파도에 심하게 흔들리던 잠수함이 뒤집히고 말았다. 경대도 바닷물에 묻히고 말았다. 그러나 경대는 파도와 싸우면서 헤엄쳐 상륙하는 데 성공했다.

9월 17일 한밤중에 상륙한 곳이 강동면 대포동이었다. 해안 경계선을 빠져 나가려고 했지만 철조망이 쳐져 있어 빠져 나갈 구멍이 없었다. 그때 어둠 속에서 인기척을 느낀 경대는 자수해서 도움을 요청하려고 다가갔다. 그런데 거기에서는 젊은 남녀가 밀회를 즐기고 있었다.

경대는 잠시 생각했다. 어딘가 철조망 구멍이 있기에 저들이 들어왔을 것이라고 생각한 경대는 조심스럽게 주위를 살폈다. 아니나 다를까 개구멍이 있었다.

경대는 그 구멍으로 빠져나와 일단 불빛이 보이는 곳으로 달려갔다. 해안초소였다. 초소에서는 경대를 발견하고 써치라이트를 비치며 검문했다.

"누구야! 암호를 대라! 암호를…."

그때 경대는 두 손을 번쩍 들고 "귀순하겠소. 귀순이오" 하고 크게 소리쳤다. 그러자 초소에서 누군가 "그 자리에 손을 들고 서 있어라! 움직이면 총살이다!" 하면서 다가와 압송해 갔다. 경대는 자신이 북한의 특수공작원이라고 밝히고 자수했다. 자수하면서 잠수함이 암초에 걸려 좌초됐다는 것과, 그 잠수함에는 북한공작대 해상처장 김동원 대좌 이하 24명이 타고 있었는데 모두 총에 맞아 죽어 있을 거라고 했다.

해안경비대는 경대를 보안부대로 안전하게 이송하는 한편 신속하게 잠수함을 접수했다.

경대는 쾌재를 불렀다. 어머니 죽음에 대한 멋진 복수였다. 또한 무사히 귀환했다. 어머니의 마지막 유언인 북한 탈출에 성공했다. 세뇌된 공작요원보다 목숨을 걸고 낳아서 길러준 자애롭고도 부드러운 모성의 힘이 더 강하다고 경대는 생각했다.

보안부대에서 오랜 시간동안 피 마르는 조사과정을 거친 후 경대는 드디어 대한민국 국민이 되었다.

취업도 되었다. 국군 군무원으로 근무하게 된 것이다. 그러는 동안에도 안인에 종모우 신재한 씨와 그의 딸인 신용자 씨를 만나려고 했지만 17년이 지나도록 뜻을 이루지 못했었다.

그러다 드디어 오늘 이렇게 어머니의 친구인 신용자 씨를 만나서 경대 자신이 한국에 넘어온 사연을 들려주게 되었다.

경대의 태는 이 땅에 묻히지 않았지만 이곳에서 잉태되었다. 잉태된 곳이니 고향이나 진배 없다. 이곳을 고향으로 생각하고 살기로 작정한 그는 일단 빈집을 얻었다. 신용자는 자신의 땅 300평를 경대에게 주었다.

60년 만의 귀향이다! 경대는 어머니의 고향에서 어머니의 옛 친구의 도움을 받으면서 살게 되었다는 사실이 여간 감격스럽지가 않았다.

게다가 동족상잔의 아픔을 함께 겪은 친구, 김기일 인민군 사령관과 아내 한용숙 씨의 아들 김준을 만나게 된 것도 여간 감회가 깊은 것이 아니었다.

김준 또한 인민군 사령관의 아들이라는 딱지가 늘 붙어 다녀 남한에서 취직하기도 힘들었고 사업을 벌이기도 힘들기만 했다. 그는 그저 노동판의 날품팔이에 만족해야 했다. 그러다 문득 아버지에 대한 동경심으로 월북에 대한 충동도 여러 번 느꼈다고 했다.

그와 같은 고통과 마음의 깊은 상처를 다독여 줄 사람은 아무도 없었다. 아버지의 오명의 제물이 되어 우울증에 시달리며 암울한 세월을 보내다 보니 어느새 환갑 나이에 이르렀다.

엄밀히 따지면 경대와 김준은 배다른 형제가 되는 셈이다. 그러나 경대는 그 사실만큼은 인정하고 싶지 않았다.

점령군

푸르름이 눈부신 신록의 계절 6월, 1950년 초여름의 한낮은 산자락이 온통 초록빛으로 채색되어 있었다. 맑게 개어 있던 푸른 하늘이 갑자기 먹구름으로 뒤덮였다. 번개가 번쩍이더니 곧 천둥이 쳤다. 번개는 눈부신 섬광(閃光)을 허공에 그어댔고 금방이라도 폭우가 쏟아질 것같이 하늘의 기세는 험악했다.

신재한은 밭에서 일하다 말고 마당 한켠 말뚝에 매여 있는 종모우(種牡牛)를 외양간에 몰아넣었다. 그리고 봉당에서 담배를 말아 불을 붙였다.

순간의 적요(寂寥)와 평화로움이 자신을 감쌌다. 녹색의 물감을 온 천지에 뿌려 놓은 듯, 잔잔히 흔들리는 논자락의 어린 벼 포기들은 하나의 그림이었다. 마을 앞 들판 밭두렁에는 농부의 구김살 없는 풍요로운 삶에 대한 소망이 춤추듯 부풀어 올라있고, 작은 날개를 파닥이는 새떼의 비행은 자유로움과 여유로움의 극치를 이루고 있었다.

황금의 햇살을 반사하며 춤추는 나뭇잎마다 싱그러움으로 충만하여 생동감이 넘쳐났다. 분명 천상의 화가들이 능숙한 솜씨로 화려한 꽃과 현란한 새들의 군무를 그려서 화폭에 담아둔 듯했다.

그러나 이러한 평화와 고요함은 한 순간에 사라져 버리고 말았다. 하늘에 검은 구름이 빠르게 흐르더니 이 지역 특유의 높새바람이 무서운 기세로 불어 닥쳤다.

전통적으로 강릉에는 봄 한 철 높새바람이 심하게 불어온다. 흔히들 이 지역은 기후적으로 간혹 봄이 없다고 말한다. 그렇듯이 강릉지방의 봄은 다른 곳에 견주어 유독 건조하고 짧았다.

유독 이 지방은 늦은 봄에서 초여름 사이에 태백산맥을 넘는 높새바람이 극심하다. 그 영향으로 이 시기에는 가뭄이 심해서 농작물이 성장하는 데 막대한 지장을 주었다.

"난리가 날라나?"

재한은 봉당에 쪼그리고 앉아 하늘을 쳐다보면서 무엇인가 심상치 않음을 예감하고 있었다.

재한은 이곳에서 몇 대를 살아오면서 그런 것들을 잘 알아맞히곤 했었다. 일제 강점기 때에도 그랬었고, 나라가 반 토막 남북으로 나누어진 때에도 그러했다.

그가 태어난 곳은 1912년 안인의 장거리였다. 강릉군 강동면 상시동(上詩洞) 하시동(下詩洞) 모전(茅田) 안인(安仁), 이곳은 예부터 시향(詩鄕)으로 불렸다. 한 때는 예국(濊國)의 수부도시로 산수가 조화롭게 어우러진 곳이었다.

신재한과 김진매는 1929년 열여덟 동갑내기로 결혼을 했다. 그리고 슬하에 2남 4녀의 자녀를 둔 농주였다.

'아무리 자식이 많아도 하늘이 다 키워내고 팔할쯤은 바람이 키워낸다'는 옛 어른들의 말을 곧이곧대로 믿고 우직하게 살아온 그였다.

장거리 마을은 강동면사무소와 5리쯤 바다 쪽으로 떨어져 있었다. 대부분 지서와 면사무소는 같은 곳에 있는데, 강동지서는 장거리 마을에 소재하고 있었다. 이곳 장거리 마을은 일제 강점기 때 소금창고와 쌀 배급창고가 있었고, 정미소와 물레방앗간이 있었으며, 5일장이 섰기 때문에 장거리라고 불리었다.

이곳에서 강동초등학교는 시내 쪽으로 1킬로미터쯤 떨어져 있었고, 후면에는 나지막한 반고개가 있었다. 장거리 마을에서 동쪽으로 5리쯤 되는 거리에는 푸른 동해가 가슴을 활짝 펼치고 있었다.

평온한 아침을 여는 감미로운 새벽의 강물과 우우 질주하는 파도 위에서 반짝이며 부서지는 눈부신 햇살, 그리고 푸른 들판에 생기를 불어넣는 바람은 고즈넉한 산동네에 무한한 여유로움을 제공하고 있었다.

여느 농사꾼이 그러하듯 재한의 손에서도 종모우와 자잘한 농기구가 떠날 날이 없었다. 사시사철 오직 흙에 묻혀 사는 것이었다.

아침 일찍 일어난 재한은 지게를 지고 소꼴을 베러 산에 올랐다. 아침안개가 자욱하게 깔린 산에서 꼴을 찾으면서도 왠지 불길한 예감에 기분이 좋지 않았다. 그래도 꼴을 한 짐 짊어지고 집으로 총총 돌아왔다.

아침이 되어 재한은 소를 마당에 끌어다 매고 아침 식사를 마치고 집을 나섰다. 밀짚모자를 쓴 채 삽을 어깨에 둘러매고 집 앞 논으로 향했다.

그날 논에 김을 매려고 마을의 일꾼들을 맞추어 놓았다. 김매는 데 지장이 없도록 논물을 적당히 빼려는 것이었다. 그런데 그때 일꾼 중에 누군가가 외친 "난리가 났대요"라는 말에 재한은 목소리 나는 쪽을 바라보았다. 아닌 게 아니라 바다를 향해 흐르는 군선강 쪽 아랫마을에 사람들이 다급하게 왔다갔다 하는 걸 보니 무엇인가 심상치 않음을 느꼈다.

'정말 난리가 난 걸까?'

재한은 혼자 중얼거리며 논을 향해 걸음을 옮겼다.

"아버지요? 큰일 났더래요."

그때 큰딸 용자가 저만큼서 치맛자락을 날리며 급하게 뛰어 오고 있었다.

"왜들 이 지랄이래?"

"아버지요. 글쎄 정동진 등명락가사의 뒷산 쪽으로 북한군이 새빨갛게 상륙했대요."

"북한군이! 왜?"

"그긴 몰라요. 얼른 숨어야 한대요. 쟈들이 대포와 총으로 막 쏠 거래요."

재한은 딸의 말을 듣고 집안으로 들어갔다. 그래도 설마하며 일꾼들을 기다리고 있었다. 그런데 반나절을 기다려도 아무도 오질 않았다.

얼마를 더 기다렸을까? 논과 밭에서 일을 하다 말고 집으로 뛰어 들어가는 사람들이 차츰 더 많아지기 시작했다. 동네 사람들은 모두 불안에 떨며 일손을 놓고 있었다.

재한은 소 말뚝에 매어져 있던 황소의 고삐를 풀어 외양간에 들여맸다. 그런데 문을 닫으려는 순간 그만 문짝이 떨어지고 말았다.

'이상스럽게 왜 문이 떨어지는 것일까.'

재한은 고개를 갸웃거리며 생각해 봤다. 아무래도 알 수가 없는데 더 이상한 것은 자주 발광을 하던 황소가 오늘따라 병든 소처럼 조용한 것이었다.

재한은 소를 살폈다. 주먹 만한 황소 눈에서 구슬 같은 눈물이 뚝뚝 떨어지고 있는 것이 아닌가.

어제 날씨도 그렇고 하여튼 불길한 조짐임에 틀림없었다. 뭔가 좋지 않은 일이 생길 게 분명했다.

급히 지서에 가서 정황을 알아보아야겠다고 생각한 재한은 황급히 집을 나섰다. 지서에는 이미 동네 사람들이 모여서 큰일이 벌어졌다며 웅성거리고 있었다.

어쨌든 이 일로 온통 동네가 뒤숭숭했다. 강릉지구 반공청년단원들도 예기치 못한 일들로 우왕좌왕 어쩔 바를 몰라 했다. 용자도 동네를 지키겠다며 반공청년단원들 틈에 끼어 바쁘게 설치고 있었다.

"용자야 넌 여자다."

아버지의 만류에도 용자는 막무가내였다.

"잘못하다간 나라를 빼앗긴다고요. 이렇게 맥 놓고 당할 수만은 없잖아요."

용자는 이런 때일수록 여자들이 나서서 국군들에게 약과 물이라도 대주어야 한다면서 청년단에 들어갔다. 재한은 그런 영특한 딸을 보면서 아내가 딸을 낳던 기억을 떠올렸다.

아내의 조그마한 입술에는 늘 웃음이 담겨 있었고 미소가 떠나지 않았다. 두 사람은 동갑내기 부부였다. 참으로 행복했었다. 재한은 열여덟 살에 관례를 치르고 아내를 맞았다. 처음 본 순간 재한은 아내에게 마음을 빼앗겨 버리고 말았다. 한시도 떨어지고 싶지 않은 아내였다.

자장가를 부르는 아내와 그 소리에 잠이 드는 딸의 그림자를 장지문을 통해 늘 보아왔다. 그럴 때마다 재한은 차마 문을 열지 못하고 어여쁜 그림자만 한참을 보다가 돌아서기가 일쑤였다.

그렇게 세월이 흐르다 보니 어느새 아이가 자랄 만큼 아내는 작아져 있었다. 지독한 산고에 시달린 아내의 얼굴은 어딘지 모르게 처연해 보이면서도 아름다운 모습을 잃지 않았다.

재한은 싱긋 웃으며 여윈 아내의 뺨을 쓸어보았다. 도자기처럼 매끄러운 아내의 뺨에 고운 홍조가 어렸다. 아직 고개도 제대로 가누지 못하는 아기를 안고 있는 아내의 미소가 가실 줄을 몰랐었다. 그런 아름다운 아내를 바라보는 재한의 눈에 사랑이 그득했다. 그는 너무나 아깝고 귀해서 함부로 손대는 것이 두려운 듯 아내를 조심스럽게 당겨 안았다.

아내의 품에서 까무룩 잠이 들었다가 요란한 소리에 잠이 깬 아기는 또랑또랑한 눈으로 사방을 둘러봤다. 보통의 아기가 아니라고 생각했던 그 아기가 용자다.

귀염을 받고 자란 용자는 처녀로 훌쩍 커 버렸다. 어엿한 처녀로 자란 용자는 미모가 뛰어났다. 큰 키에 얼굴이 미인이라는 입소문이 온 동네에 자자했다. 거기다 동네에서 농촌계몽운동원으로도 열심히 봉사하는 것이 용자의 주가를 한층 높였다.

처음에는 모두들 전쟁이 터졌다는 걸 별로 실감하지 못했다. 그런 와중에 강릉공군비행장에 사령부를 둔 제8사단이 정동진에 적이 대거 상륙했다는 상황보고를 받고 아침 6시에 사단작전회의를 소집했다. 우선 제10연대로 하여금 적을 최대한 저지토록 명령했다. 삼척에 주둔한 제21연대를 강릉으로 이동시켜 주저항선인 연곡 사천선에서 북한군을 저지 격멸하여 사수토록 했다. 명령을 받고 출격한 군부대가 박격포 진지를 방고개 부근에 설치하고 방어진지를 구축하는 것을 목격하고서야 주민들은 비로소 전쟁이 일어난 것을 실감할 수 있었다.

대한청년단장인 김재기와 그 조직원들은 농촌계몽운동으로 봉사만 해 왔기에 갑자기 이런 전쟁 틈바구니에서 어쩔 줄 몰라 했다. 일단 국군부대 후면에서 야경대원으로 보조 역할을 할 수밖에 없었다.

'서울 방어가 최우선' 이라는 상황통보를 하달 받은 강릉지역 주둔 제8사단은 이 전쟁이 장기화될 것이라는 판단을 하고 6월 25일 오전 10시를 기해 작전지역내에 계엄령을 선포했다. 그리고 모든 군수품은 대관령 너머 진부리로 넘기며, 군 · 경 가족과 공공기관을 후방으로 피난 및 소개(疏開)시키도록 예하부대에 하달하고 민간 차량을 징발하여 기동력 확보를 도모했다.

이에 따라 사단은 장병가족에게 6개월분의 봉급과 비상식량을 지급하고 계엄업무를 담당할 민사부장을 임명하면서 주민들의 피난계획도 수립하였다.

주민들은 군을 신뢰하고 적극적으로 협조함은 물론 지원에도 발벗고 나섰다. 강릉호국단 산하 1,400명의 학생들도 자발적으로 참여했다. 그들도 탄약 및 보급품의 운반과 부상자 구호, 또 일부는 연락업무도 담당했다.

국군병력이 육본의 작전명령을 받고 대관령을 통해 남쪽으로 후퇴하였다. 주민들은 국군과 함께 후퇴할 수 없는 정황이어서 토굴을 파 피난의 근거지로 삼았다.

안인 장거리 마을 사람들은 지서가 가까이 있어서 상황을 빨리 접할 수 있었다. 지서는 전에도 빨치산 공비들의 습격으로 가끔 위협과 피해를 당하여 왔던 터라 다른 마을에 비해 불안과 공포가 더 심했다. 그 때문에 파출소 주변의 민심은 극도로 불안했다.

북한군이 쳐들어 왔으니 피난을 가라는 구(리)장의 방송이 흘러 나왔다. 재한은 방송을 듣고서야 식구들과 황소를 둔덕 마을 동생네 집으로 피신시켰다. 그리고 자신은 혼자 빈집을 지키기 위해 남아 있었다.

그 후 얼마 지나지 않아서였다. 따따따! 하는 총소리가 여기저기에서 들려 왔다. 미처 피하지 못한 사람들은 두더지처럼 보리짚단을 파고 들어가 몸을 숨겼다. 막 보리타작이 끝난 뒤라 퇴비장에는 보릿짚이 잔뜩 쌓여 있었다. 하늘이 무너지고 땅이 갈라지는가 싶도록 대지는 포탄 터지는 소리로 요란했다. 포탄 날아가는 소리가 하늘을 그어댈 때마다 사람들은 필사적으로 보릿짚을 파고들었다.

얼마나 그렇게 난리를 쳤을까. 갑자기 사위가 고요해졌다. 그 틈에 보리짚단에 파묻혀 있던 사람들이 하나둘 머리를 내밀고 밖의 동정을 살폈다. 다행히 죽거나 다친 사람은 없었다.

이미 이 동네는 가족들을 대피시키고 가장 몇몇 사람들만 남아서 미처 대피시키지 못한 소나 중요한 물건들을 지키고 있었다.

여섯 명의 마을 사람들이 공회당에 모여서 대책을 의논했지만 별 뾰족한 수가 없었다. 그들이 전전긍긍하고 있을 때 여러 개의 군화발소리가 요란하게 들렸다. 그리고 구호소리가 들렸다. 그 소리에 재한은 무릎으로 기어 방문 유리를 통해 바깥의 동정을 살폈다.

한 떼의 인민군들이 못도랑을 타고 마당으로 들어섰다. 갈색과 황톳빛 중간쯤의 군복으로 보아 얼른 봐도 인민군 복장이었다. 20여 명이 대열을 갖추었는가 싶더니 이내 마당에다 군장들을 풀어 놓았다.

재한과 동네 사람들은 극도로 긴장한 상태에서 숨을 죽이고 있었다. 곧 인민군 한 놈이 문을 열었다. 모두들 놀란 토끼처럼 마른 침만 꼴깍꼴깍 삼키고 있었다.

"우린 조선의 인민해방군입네다."

한 인민군은 재한에게 동네의 정황을 물었다.

"우린 그저 농사일만 해대는 농사꾼들이 돼서 뭐가 뭔지 잘 모른다오."

재한은 간단하게 대답해 주었다. 인민군은 좋은 이미지를 보여주어 동네 사람들을 안심시키려고 언어도 조금은 예의를 갖추어 부드럽게 말했다.

재한은 인민군의 요구대로 멍석과 자리들을 내주었다. 거기다 밥을 지어 먹을 수 있도록 부엌까지 내주었다.

공회당 마당에서 인민군들은 밤새도록 군장과 병기들을 손질하고 수리하느라 북적거렸다.

술내와 피비린내, 살타는 노린내가 얇은 창호지 틈새로 새어들어 왔다. 양 무릎을 세우고 앉아 있던 재한은 한숨과 함께 조용히 눈을 감았다.

집이 폭격을 맞았는데, 나가 보고 싶었지만 인민군들 때문에 나갈 수가 없었다. 가족들은 5리나 떨어진 산골짜기 동생댁에 대피를 시켜서 안심이 되었지만, 몰고 간 소가 어떻게 되었는지 궁금했다.

재한은 공회당 방에서 나와 먼저 자신의 집으로 향했다. 갑자기 핑하는 소리가 나더니 꽝하는 소리가 지척에서 들렸다. 재한은 반사적으로 땅에 엎드렸다. 엎드린 자세로 기어서 퇴비장 보리짚단 속으로 파고 들었다. 거기에도 이미 사람들이 대피하고 있었다.

포탄이 재한의 집 마당가에 떨어지자 여기저기서 포탄 터지는 소리가 들렸다. 세상이 뒤집히는 굉음과 함께 장독대는 순식간에 온데간데없이 날아가 버리고 말았다.

간장독이 깨져 간장이 흘러나와 도랑물에 씻겨 내려갔고 된장 고추장과 막장 등은 깨어진 항아리와 함께 땅바닥에 뒤범벅이 되었다. 생전 처음 당하는 일이었다. 난리도 이런 난리가 없었다.

봇도랑 길을 타고 걸어오는 인기척이 들렸다. 군화발자국 소리였다. 어둠 속에 물체가 움직였다. 그 물체는 보리짚단으로 다가가고 있었다. 동네 사람들이 대피하고 있는 곳을 향해 인민군이 따발총을 들이대며 소리쳤다.

"동무들, 해방군이 내려왔으니. 안심하고 나오라우."

인민군은 재한에게 따발총구를 들이대고 호통을 쳤다.

"빨리 나오라우."

명령에 이끌려 재한과 함께 숨어 있던 여동생 내외와 몇몇 마을 사람들이 마치 전쟁터의 포로병처럼 손을 머리에 얹고 보리짚단 속에서 나왔다.

"내래 북조선 인민해방군입네다. 빨리 손들고 나오라우야!"

다시 명령하자, 모두 공포에 떨며 얼른 손을 들고 나왔다.

이 동네에는 강동지서가 있었다. 그래서 전부터 공비들이 자주 숨어들어 지서부터 습격을 했다. 이 동네는 그런 곳이기 때문에 이번 인민군들도 지서가 목표였다. 지서 옆이 재한네 집이기 때문에 제일 먼저 인민군에게 점령당했다.

인민군은 겁에 질린 재한의 얼굴에서 다소 노령임을 알아보았던지 다소 억양을 낮추었다.

"동무들은 안심하고 집안에 들어가 계시라우야."

재한과 그 일행은 두려움에 떨면서도 일단 방안으로 들어갔다. 인민군도 방에 따라 들어왔다.

"반장동무 나오시라오우야."

"저가 반장이래요."

"이름은?"

"신재한."

"신재한. 신재한 동무는 세포위원장과 분주소장을 뽑을 때까지 동무가 임시 세포위원장이오."

"……."

"대답하시라우. 여기서 대답을 하지 않으면 동무는 바로 처형하겠소."

'처형? 이건 또 무슨 말인가. 죽인다는 말 아닌가?'

"네. 알겠습니다래."

매사에 낙천적인 그는 '북한군도 같은 조선 사람인데 농사꾼을 죽이기야 하겠느냐?' 하는 안일한 생각으로 그들의 말에 고분고분 따랐다.

공회당에서 진을 치고 있던 인민군은 다음 점령지를 향해 떠났다. 인민군이 철수하자 재한은 피난해 있는 가족을 찾아 동생 집으로 갔다. 그런데 큰

딸 용자가 보이지 않았다. 재한은 용자가 보이지 않자 마음부터 불안했다. 아내에게 용자의 행방을 물어보았지만 아내도 모른다고 했다.

"이 외딴 산골보다 차라리 우리 집이 더 안전할 것 같으니 집으로 내려가자."

재한은 아끼던 소를 앞세워 몰고 가족들과 함께 집으로 돌아왔다. 그러나 집은 폭격을 맞아 폭삭 주저앉아 버리고 말았다.

본래 재한의 집터는 한 장의 풍경화였다. 마당가로 우거진 오죽과 유실수들이 숲을 이루어 집을 감싸고 있었다. 그 숲 사이로 철없는 아이들이 새들과 더불어 노래하며 뛰놀았다. 그러나 지금은 폭격을 맞아 흔적도 없이 사라지고 말았다.

마을도 온통 불안의 도가니로 검은 안개가 드리워지고 있었다. 하얀 모시옷을 입고 잠시 피했다 집에 들어선 재한의 아내 김진매 역시 망연자실한 채 넋을 잃고 무심한 하늘만 쳐다보며 한숨을 토해냈다.

"엄마야. 엄마야!"

그녀는 허물어지듯 땅바닥에 쓰러지며 울음을 토해냈다. 그야말로 피를 토하는 울음이 그녀의 목구멍에서 터져 나왔다. 이것이 현실이라는 것이 믿어지지 않았다. 아침에만 해도 아무 일 없던 집이었다. 참으로 허망하기 짝이 없는 일이었다.

"용자 아버지요, 이제 우리 어떻게 살아야 해요?"

재한의 아내는 넋을 잃은 듯 중얼거리며 다른 질그릇을 가지고 나와 땅바닥에 엎질러진 된장을 숟가락으로 퍼담으며 말했다.

장독 옆 화단에는 6월의 푸르름을 자랑하며 아름답게 핀 모란과 작약꽃도 폭격에 겁을 먹은 듯 고개를 푹 숙이고 있었다. 그러면서도 어떻게든 살아보려는 듯 안간힘을 쓰고 있는 것 같아 애처롭기 짝이 없었다.

땅바닥에 쏟아진 장은 그야말로 그녀의 가슴에서 쏟아진 진홍빛 생명의 피였다. 장독대 옆에서 익어가는 빨간 앵두 역시 무언가 생명을 호소하는 듯했다.

재한의 아내는 숟가락으로 연신 장을 퍼 담았다. 거기에 눈물도 함께 담겨 있었다.

그 모습을 바라보고 있던 재한은 시선을 황소(종모우)에게 돌렸다. 종모우가 되새김질을 하는 것을 보는 그의 입가에 미소가 살짝 걸렸다.

재한은 집이 폭격을 맞아 폭삭 무너진 데다 당장 땟거리 장만이 막연하고 장독이 깨져 산산조각이 났어도 종모우만 무사하면 그것으로 만족하다는 표정이었다.

그는 마을의 반장 일을 보았기에, 어쩔 수 없이 인민위원회의 명령을 따를 수밖에 없었다. 공회당과 학교 운동장에서 개최되는 인민대회가 있을 때마다 마을주민 모두의 참석을 독려하여야 했다. 정말 죽기보다 싫은 일이었지만 어찌할 도리가 없었다.

일주일 후였다. 그러니까 7월 3일이었다. 오전 10시에 강동초등학교에서 인민대회가 있다면서 안인리와 모전리 사람들을 소집시켜야 했다. 장거리에서 강동초등학교까지는 5리(2킬로미터)였다.

단상 앞에는 인민군 두 명이 총을 들고 서 있었고, 그 옆에 동네 주민인 홍포일과 표남일이 붉은 완장을 찬 채 나란히 서 있었다.

"신재한 동무가 임시 위원장으로 수고했습네다. 신재한 동무에게 박수를 보내주시라우요."

한참동안 박수소리가 울려 퍼졌다.

"여기 이 마을을 담당할 인민세포위원장 홍포일 위원장을 소개합네다. 그리고 분주소장 표남일 소장도 소개합네다."

홍포일과 표남일은 한두 살 나이 차이가 있었지만 한 동네에서 같이 자란 재한의 친구들이었다.

재한은 강제에 의해 위원장 일을 맡아보는 것이 죽기보다 싫었는데 이제 그 굴레를 벗게 되니 금방이라도 날아갈 것만 같았다.

재한의 가족과 친척들은 요주의 인물로 감시를 받고 있었다. 재한의 조카 신수선은 현직 경찰관이었고, 재한의 큰형은 강릉시내 강릉초등학교 교장으로서 아프다는 핑계로 학교에 출근하지 않고 숨어 있는 상태에서 사상적으로 불온하다는 딱지가 붙어 있었던 것이다.

매일 저녁 어둠이 깔리기 바쁘게 마을 주민들은 공회당에 모여야만 했다. 공회당에서 의무적으로 김일성 유일사상 학습과 김일성 주체사상 교육을 실시했기 때문이었다. 남조선 배타운동과 정신교육 등 밤마다 학습활동으로 쉴 틈을 주지 않았다.

그리고 별을 보며 일하기 운동이라는 구실을 붙여 새벽부터 저녁 늦게까지 쉴 틈을 주지 않았다. 개인의 자유란 남의 나라 이야기가 돼 버렸다. 생지옥 같은 나날의 연속이었다.

어느 날이었다. 인민군 사령부 고위관리의 방문을 앞두고 마을이 바짝 긴장하고 있었다. 인민위원회에서는 마을 사람들을 인민회관(공회당)에 강제 소집해서 온종일 공산 학습을 시켰다.

학습을 받던 재한은 소에게 꼴을 주기 위해서 중간에 잠깐 빠져 나왔다.

"어이 표남일 분주소장님, 집에 소새끼 꼴을 줘야 하니 먼저 가 봐야겠네."

"재한이, 지금 뭐하는 거래. 계속해서 소를 핑계대고 빠지면 동무는 반동이야."

"살아 있는 생명인데, 종일 소가 굶고 있지 않는가."

"좋아. 모레부터 그 소와 우마차로 군수품을 실어 나르는 조건으로 보내주겠네."

그 뒤부터 재한은 매일같이 소와 우마차를 징발 당해 군수품을 전방(남쪽)에 수송하는 일을 했다.

어느 날인가는 세포인민위원회에서 농지세를 부과한다고 했다. 재한의 아내가 밭에 나가 보니 인민위원회에서 조 한 단을 베어 줄기를 세고 있었다. 좁쌀 낟알을 세어 평수와 면적에 해당하는 농지세를 물린다는 것이다. 또한 감나무의 감도 숫자를 세어서 공출하는 제도를 만든다는 것이다. 사회주의 국가의 모든 곡물은 개인 것이 아닌 북조선 중앙정부의 재산이라는 것이다.

이와 같은 일은 세상에 듣도 보도 못한 것이었다. 그런데도 그들은 지상의 낙원이라고 떠들어댔다. 공산당의 몰수정책은 농지세 부과 방법으로도 구체화 되었다. 농지세 명목으로 주민들의 고혈을 짜내는 데만 혈안이 되어 있었다. 보다 못한 재한은 노골적으로 이의를 제기했다. 그러나 돌아온 건 반동분자라는 오명뿐이었다.

9월이 되었다. 더위가 한풀 꺾여 밤이면 제법 선선한 느낌이 들었다. 안인과 정동 앞바다에서 함포소리가 들렸다. 남진하던 북한 인민군들이 3개월 만에 북상한다는 소문이 들렸다. 재한은 국군의 북진이 시작되었음을 짐작했다. 그러나 인민군이 후퇴한다는 사실을 동네 사람들은 전혀 알지 못했다.

그렇게 되면 소금창고에 갇혀 있던 유명 인사들은 학살을 당할 것이 확실하다는 생각이 들었지만 지금의 재한으로서는 어찌해 볼 도리가 없었다.

9월 24일이었다. 바로 옆집에 살면서도 잘 찾아오지 않던 지문대가 뜻밖에 재한을 찾아왔다. 문대는 분주소의 사환으로 근무하고 있었다. 문대는 일본정치 때부터 지서에서 급사로 근무해 왔는데 이웃에 사는 재한과는 각별한 사이였다.

지문대는 중요한 정보를 재한에게 귀띔해 줬다. 문대가 인민위원회에서 극비문서를 수령해 오는 길에 아무래도 이상하다는 생각이 들어 연필을 살짝 굴려서 문서봉투를 뜯어 보니, 재한과 재한의 형인 신재국의 이름 위에 빨간 점이 찍혀 있더라는 것이었다. 이 점은 오늘밤 처형시키라는 지령인 것 같아서 미리 알려주는 것이니 빨리 피신하는 것이 좋겠다는 것이었다.

재한은 즉시 형에게 그 사실을 알렸다. 재한 형제는 어머니가 싸주는 밥통을 들고 뒷산으로 피신을 했다.

아니나 다를까, 밤 열시쯤 되었을 때였다. 분주소에서 장총을 멘 인민군 병사와 분주소장 표남일이 찾아와서 대뜸 재한을 찾았다. 재한의 아내는 전혀 긴장하거나 당황한 내색 없이 태연하게 다음과 같이 둘러댔다.

"큰아버지 병이 갑자기 심해져서 용자 아버지와 같이 시내 병원에 가셨는데요. 아직까지 돌아오시지 않아 우리도 걱정하고 있어요."

표남일의 얼굴에 당혹스런 표정이 스쳐 갔다.

"신 동무가 오는 즉시 분주소로 나오라고 전해 주시오."

재한은 산길에 능숙하지 못한 교장인 형과 산속에서 며칠 밤을 지냈다.

그러나 먹을 것도 없고 산속 생활에 익숙하지 못한 그들은 견딜 수가 없어서 강릉 시내로 잠입해 들어왔다.

강릉옥천초등학교까지 숨어든 그들은 교실 마루 밑을 은신처로 머물렀다. 재한은 시내 골목길에서 밥찌꺼기를 주워다가 물에 씻어 두 형제가 허기를 채우면서 며칠 동안 피신을 했다.

그러던 중 국군이 곧 북진하여 마을을 수복한다는 소식을 들었다. 재한은 젊은이들의 도움을 얻어 형 재국을 밤중에 큰집으로 피신시켰다. 하지만 국군이 수복한다는 정보만 있었을 뿐 분주소와 인민위원회는 여전히 점령군의 손아귀에 남아 한동안 마을 사람들을 괴롭히고 있었다.

종모우(種牡牛)

낙동강 전선에서 많은 인민군이 전사했다는 소식이 안인에 퍼지자, 강릉지구 위수사령부 김기일 사령관은 병력보충을 위해 젊은이들과 학생들을 의용군 또는 학도 의용군 명목으로 징용을 명령했다.

그 명령을 받은 부락 인민위원회와 분주소는 무척 바빠지기 시작했다. 사령관 명령에 각 분주소와 부락인민위원회는 젊은이들을 강제로 의용군에 지원하게 해서 병력을 보충했다.

동네 젊은이들을 다 잡아가 버리자, 각 동네는 텅 빈 마을이 되어 을씨년스럽기까지 했다. 안인도 예외는 아니었다. 안인 장거리 마을은 전쟁이 터지기 전의 그 평화롭던 분위기는 찾아볼 수 없게 되었다. 황량하고 삭막하기 이를 데 없었다.

장거리 마을은 공산당원들의 횡포가 날로 심해가고 있었다. 산속 토굴에 은신해 있던 반공청년단원들이 밤이면 복면을 하고 동네에 내려와 부락인민 세포위원장 홍포일과 분주소장 표남일의 집에 불을 지르거나 그들 가족에게 위협을 가하자 동네 주민들에 대한 단속을 더욱 강화했던 것이다.

세포위원장 홍포일과 분주소장 표남일은 주야간 경비병을 보강하고 경비를 강화했다. 그러나 웬일인지 주민들에게 지나치게 거만하며 기세등등하던 모습이 점차 수그러들었다.

홍포일과 표남일은 정보망이 새어나갔다는 사실을 알아차렸다. 첩자 색출로 내부 수색에 나섰다. 첩자가 누구인지 드러나지 않자 조직원을 내세워 유화술책을 쓰기도 했다.

실제로 인민위원회 내부에 첩자가 있었다. 그 첩자는 한 청년이었다. 그는 새로운 정보가 있으면 용자에게 전해 주었다. 용자는 그 정보를 반공청년단원들과 은밀히 접촉하며 전해 주었다. 딸의 행동에 걱정이 앞선 재한은 시종 침묵으로 일관했다.

재한은 들로 산으로 소먹이 마련하는 일과 토질을 개량하는 일 외에는 다른 동네로 나들이하는 것조차 삼가고 있었다.

그러던 8월 어느 날 홍포일과 붉은 완장에 인민군복을 입은 표남일이 느닷없이 재한의 집으로 들이닥쳤다. 홍포일은 평소 성격이 괴팍하고 매몰차기 이를 데 없는 인물이었다.

재한과 마주친 표남일은 두어 번 헛기침을 하고서는 조금은 위엄을 깐 목소리로 말했다.

"재한 동무에게 간곡하게 부탁할 말이 있어서 왔네. 다름이 아니고 앞으로 우리 조선인민공화국의 위대하고 거룩한 해방군에게 적극 협조해 주어야 한다는 부탁의 말씀을 전하고자 왔네."

홍포일이 이렇게 말하자 표남일도 은근히 협박투로 언성을 높였다.

"재한 동무, 만약 서로 간의 협조가 잘 안 되면 서로가 불편하니 명심하기 바란다."

그렇게 통보를 하고 되돌아가 버렸다.

며칠 뒤 홍포일은 표남일을 대동하고 또 다시 재한의 집을 찾았다. 홍포일은 집에 들어서면서도 재한에게 위협조로 삿대질을 해대면서 격한 어조로 윽박질렀다.

"동무 백씨(맏형님)는 교장선생이면서도 우리의 거룩하고 위대한 해방군이 왔는데 어찌 학교에 안 나오는 거래? 해방군에게 적극 협조하지 아니 하면 악질 반동분자로 몰아세워 처형을 하겠다래."

그 말을 전해 들은 재한은 소름이 오싹 끼쳐 놀란 표정을 지었다.

"알겠네."

재한은 짧게 응답했다.

그러자 홍포일은 목줄에 핏대를 세우며 다시 명령조로 말했다.

"이제부터는 매일 저녁에 마을 인민위원회에도 꼭 참석해서 악질 반동분자로 낙인찍히지 않도록 처신 똑 바로 하라요, 신재한 동무! 동무네 백씨의 아들 신수선 반동은 남조선의 검은 개라는데 그것부터가 반동 가족에 속한다는 걸 이제 똑똑히 알라우."

검은 개는 경찰을 빗대어 하는 말이었다.

평소에 말수가 적은 재한이지만 그 말을 듣고는 변명을 하지 않을 수가 없었다.

"형님은 학교에 나가기 싫어서 안 나가는 것이 아니라, 지금 몸이 많이 편찮아서 병원 치료 중이라 출근을 못하시네. 그리고 나는 또 나대로 농사일을 하다가 허리를 다쳐 어쩔 수 없이 인민위원회에 참석하지 못했네. 그저 조금 이해해 주게."

홍포일과 표남일은 불만으로 가득 차 있었지만 어쩔 수 없다는 듯 중얼거리며 돌아갔다.

8월 14일에 그들은 또 집에 찾아왔다. 지난 번과 같은 말로 재한을 강하게 몰아세우며 협박했다. 이에 재한도 한 발 양보하지 않을 수 없었다.

"형님은 입원중이어서 도저히 출근을 못하게 되었다네. 나라도 짬짬이 마을 인민위원회에 참석토록 하겠네."

재한은 어쩔 수 없어 마을 인민위원회에 참석하기는 했지만, 김일성 장군 노래를 가르치는 걸 보고는 비위가 뒤틀려 틈을 보아 도중에 나와 버렸다.

한여름의 삼복더위는 사람들을 더욱 짜증나게 했다. 장마철이라 흐린 날에도 찜통처럼 푹푹 쪄대기는 마찬가지였다. 그런 무더위 속에 재한의 형님인 신재국은 방문을 굳게 닫은 채 누워 있었다.

죽으면 죽었지 어린 아이들에게 김일성 유일사상을 가르칠 수는 없어서였다. 이 생각 저 생각에 재국의 머리는 터져 나갈 것처럼 아팠다.

평온했던 동네가 하루아침에 공산당 세상으로 바뀌는 바람에 괴로움에 시달리는 사람이 한둘이 아니었다. 어느 날이었다.

"안에 신 교장 선생 동무 있습니까?"

벌레보다도 더 징그러운 세포위원장(면장) 홍포일과 분주소장(파출소장) 표남일이 왼쪽 팔뚝에 빨간 완장을 두르고 마당 가운데에 나란히 서 있는 모습을 문틈 사이로 내다본 재국은 자리에 누워 신음소리를 냈다.

"김기일 강릉지구 위수사령관께서 출두하시라는 명령이래요."

방으로 들어온 녀석들은 재국의 병환에는 아랑곳없다는 듯 퉁명스럽게 내뱉었다.

"출두명령? 보다시피 내 몸뚱아리가 이 모양인데, 어떻게?"

"난 그런 거 잘 모르오. 3시까지 도착하지 않으면, 안 좋은 꼴을 당할 기래요."

전 같으면 신 교장선생 앞에서 고개도 제대로 들지 못하고 굽실대던 놈들이었다. 하루아침에 정치 체제가 바뀌면서 공산당의 붉은 완장과 인민군복을 입은 놈들은 남녀노소를 불문하고 폭력을 휘둘러댔다.

특히 자기네들보다 농토가 많은 사람과 동네 유지로 지내며 잘 살던 사람들에게는 횡포가 더 심했다. 그 중에서도 벼르고 별렀던 것이 재한의 두 형제였다. 놈들에게 있어서 재한네는 눈엣가시였다.

용자에게는 큰아버지가 되는 신재국은 교장이라는 신분에도 불구하고 자신을 호출하는 표남일의 명령에 따르지 않을 수 없었다.

재국은 용자를 불렀다.

"용자야, 나하고 같이 좀 다녀올 데가 있다."

안인에서 사령부까지는 20리 길이었다. 20리 길을 걸어서 강릉위수지구 인민군 사령부 위병소에 다다랐다. 위병소에서 신원을 확인한 후 보초병의 안내를 받으며 사령관실로 향했다.

강릉위수지구 인민군 사령부는 강원도 최고의 거상인 최준집의 저택을 점령해서 사령관실로 쓰고 있었다.

돌돌돌 물 흐르는 소리가 들렸다. 용자는 큰아버지를 놓칠세라 팔을 부여잡았다. 부드러운 꽃 잔디가 정원을 곱게 꾸미고 있었다. 정원 가득한 꽃향기에 취한 용자를 앞서 걷던 큰아버지 재국이 측은한 눈으로 바라보았다. 재국의 눈에는 걱정이 가득 서려 있었다.

자색이 유난히 고운 작약 꽃잎이 밤바람에 이리저리 휩쓸리며 달콤한 향기를 뿌려대고 있었다. 사락사락 푸른 잎사귀에 꽃잎 부딪치는 소리가 둘 사이의 애절함을 더욱 깊게 만들어주고 있었다.

한 인민군이 손을 뻗어 자색 빛 아름다운 꽃을 꺾었다. 그것을 지켜보던 용자는 저도 모르게 고개를 가로저었다. 저런 꽃이 되어서는 안 되는 것이다. 용자는 순간적으로 꽃에 취해 약하게 마음먹은 자신이 경멸스러웠다.

건물과 건물을 연결하는 긴 기와집 사이로 총을 들고 군화를 신은 인민군들이 바쁘게 오고갔다.

강릉에서 소문난 부호 최준집의 저택에는 아름드리 은행나무와 감나무가 흐린 날씨에도 불구하고 반짝반짝 빛을 발하고 있었다. 나무 그림자를 드리운 연못에는 비단잉어가 가득했다. 아름다운 연못과 어울리지 않게 총검술을 하고 있는 갈색 군복의 인민군 그림자가 물결 따라 일렁거렸다.

돌돌돌 흐르는 작은 폭포, 귀한 백단나무로 만든 정자, 금색으로 만든 분수대, 그 모두가 최준집의 엄청난 부를 상징했다.

인민군들은 용자를 밖에 세워둔 채 신재국을 사령관실로 안내했다. 김일성 사진과 인공기가 걸려 있는 그 아래 갈색 군복을 입은 군인이 보였다.

위용이 당당한 인민군 사령관 김기일이었다. 재국은 김기일의 모습을 훑어보았다.

김기일은 붉은 별이 달린 모자를 쓰고 있었다. 갈색 군복 상의에는 붉은 견장이 달려 있었고 손에는 짧은 지휘봉을 들고 높은 의자에 앉아 있었다.

그는 재국을 보자 일단 의자에서 황급히 일어섰다.

"교장 선생님 동무, 정말 오랫만입네다. 병중이라던데 오시라고 해서리 죄송합네다. 거기 앉으시라우요."

조금은 경우 바르게 말을 하고 있었다. 재국은 김기일이 권하는 의자에 앉았다. 그 앞에 김기일이 와서 앉았다. 기일은 짐짓 다리를 꼬며 거만을 부렸다.

"그 동안 잘 지내셨습네까?"

"그저 그럭저럭 지냈네."

"이제 위대한 북조선 해방군이 왔는데, 왜 아프다는 핑계만 대고 학교에 나가지 않으십네까? 그러지 말고 이제는 제발 학교에 출근을 하시래요."

그의 억양은 강릉 특유의 것이었지만 단어는 북한말과 강릉말을 혼합해서 사용하고 있었다. 잠시 침묵한 재국은 자신의 입장을 밝혔다.

"난 자네가 이렇게 높은 사람이 되어 여기 와서 최고사령관이 되어 있을 줄은 꿈에도 몰랐네. 내가 학교에 나가기 싫어서 안 나간 것이 아니고, 보다시피 이렇게 몸이 불편해서 나가지 못했네. 그래서 말하는 건데 난 몸이 아파서 학교에 나갈 수 없으니, 교장을 다른 사람으로 바꾸어 주시게나."

김기일 사령관은 다소 부드러운 어투로 신재국을 계속 회유했지만, 재국은 자신의 의지를 굽히지 않았다.

사실 그는 위수사령관의 높은 지위에 있지만, 개인적으로 신 교장과는 사제지간이었다. 지금도 윗동네(모전리)에는 김기일의 부모는 물론 형제들이 살고 있었다. 또한 김기일의 사촌형은 신 교장의 3년 후배가 되는 친구 사이이기도 했다.

그런 사람이 국가를 배신하고, 고향을 배신하고, 부모와 가족을 배신하고, 친구들을 배신한 채 인민군 사령관이 되어 강릉위수지구(강릉 동해 삼척 양양) 사령부를 관장하고 있었던 것이다.

김기일이 처음부터 인민군이 된 것은 아니었다. 김기일이 북으로 넘어간 이면에는 사랑했던 신용자가 있었다. 불과 3년 전의 일이지만 김기일은 국방군에 입대를 했었다. 물론 홧김에 저지른 일이었지만 말이다.

그런데 용자에 대한 그리움으로 허덕이던 어느 날 기일은 편지를 썼다. 그러나 답장은 오지 않았다. 기일은 군대에 자원 입대했다. 양양군 38선 최전방부대에 배속되었다.

비가 내리는 어느 날이었다. 그 비를 다 맞으며 용자와 같이 지냈던 기억을 떠올리고 있었다.

그날도 비가 내리고 있었다. 기일은 봉당에서 내리고 있는 비를 내다보았다. 잎사귀에 맺힌 빗방울에서 용자의 눈망울이 떠올랐다.

그런가 하면 사무치게 그리운 용자의 눈빛을 닮은 별을 끌어내려 부둥켜 안고 눈물을 흘리기도 했다. 소나무 가지에 소복이 쌓인 흰 눈에서 용자의 새하얀 웃음이 떠오를 때면 그야말로 미칠 것 같은 그리움에 몸을 떨기도 했다.

그렇게도 고대하던 첫 휴가를 나왔다. 휴가를 나와서 제일 먼저 하고 싶었던 것은 용자와의 데이트였다. 눈빛만으로도 서로의 마음을 읽을 수 있을 뿐만 아니라 서로를 포근하게 안아줄 수 있을 거라 기대했다. 그런데 용자는 기일의 요구를 거절했다. 안타깝기는 했지만 기일은 용자와 눈을 마주치는 것만으로도 살 것 같았다. 안타깝고 애절하면서도 행복했다.

신용자를 만나려고 하면 뜬금없이 한용숙이 나타났다. 용자가 기일을 피하는 반면 용숙은 무척이나 기일을 따랐다.

용숙은 용자에 비해 인물이 크게 빠지거나 어떤 일에도 뒤지지는 않았다. 그러나 기일은 용자에게만 마음이 끌리는 것을 어찌 할 수 없었다.

기일에게는 용자 외에 그 어떤 여자도 여인으로 보이지 않았던 것이다. 기일의 눈에는 언제나 용자의 하얀 피부와 오목조목 윤곽이 뚜렷한 얼굴만이 아롱거렸다. 커다란 눈이 고운 이마와 조화를 이루며 선하면서도 단아한 느낌이 들게 했다.

용숙에게도 부드럽고 오뚝한 코와 작고 도톰하게 물기를 머금은 입술이 있었다. 용숙은 귀여우면서도 무르익은 농염한 모습으로 다가왔다. 용자가 우아하면서 매혹적인 미인이라면, 용숙은 청초함과 남실거리는 애교를 더한 미인이라고 할 수 있었다.

용자의 매력이 은은하면서도 아찔한 것이라면, 용숙에게서는 화사하게 터뜨려진 만개한 꽃 같은 매력이 느껴졌다. 둘 다 아름다운 여인들이라서 그런지 외모가 다르면서도 닮은 듯했다. 용자의 마음을 자신에게 돌려놓는 데에 실패한 기일은 꿩 대신 닭이라는 심정으로 용숙과 사랑을 나누고 귀대를 했었다.

그런데 동네에는 이상한 소문이 퍼졌다. 기일이 용숙을 강간했다는 그야말로 말도 안 되는 소문이었다. 용자에게는 물론 동네 사람들에게 용숙을 강간했다는 비난과 손가락질을 받았다. 치욕도 그런 치욕이 없었다. 치욕에 몸부림칠 때마다 기일은 그냥 칵 죽어버리고 싶었다.

하지만 그냥 죽을 수는 없었다. 어떻게 해서든 자신에게 욕해댔던 동네 사람들을 응징하고만 싶었다.

북녘에서 들려오는 확성기에 귀를 기울였다. 남쪽 사람 누구든 북쪽으로 오기만 하면 최고로 환영하고 최고로 대우해 주고, 계급도 대좌 이상으로 대우해 준다는 것이었다. 기일은 그 방송을 귀담아 들었다.

그러던 어느 날이었다. 중대장이 은근히 접근해 왔다. 월북할 뜻이 있으면 자신을 따르라는 것이었다. 기일은 중대장을 비롯한 몇몇 군인들과 같이 38선을 넘고 말았다.

인민군에서 승승장구한 김기일은 6.25 한국전쟁의 와중에 인민군 사령관으로 강릉지역에서 최고의 권력자로 돌아와 있었다.

신재국의 따끔한 충고만 듣고 사령관실에서 나온 기일은 부속실로 들어갔다. 창밖을 내다보던 기일은 꽃잎을 만지고 있는 한 여인을 발견했다. 그렇게 그리워하고 애타게 보고 싶었던 용자, 그 용자가 거기 있었다.

"이 세상 어느 꽃보다도……."

기일은 자신도 모르게 혼잣말로 중얼거렸다. 이유 모를 눈물이 기일의 눈가에 맺혔다. 당장 밖으로 뛰어나가서 용자를 끌어안고 싶었다. 그러나 지금 그녀의 큰아버지가 부관한테 한참 고문당하고 있을 거라는 생각이 미치자 미안한 생각이 들기도 했다. 한편 용자가 같이 온 줄 알았다면 신 교장을 좀 더 친절하게 대할 수 있었을 것이란 생각에 후회가 되기도 했다.

그가 다시 사령관실로 들어왔을 때 사령관실에서는 언제 왔는지 부관이 들어와서 곤봉으로 신재국의 머리를 부서져라 내리쳤다. 재국은 신음을 내뱉으며 머리를 감쌌다.

"교장 동무, 내일부터 학교로 출근하시라우. 이건 명령이오. 교장 동무?"

재국은 한동안 웅크리고 있다가 두 눈을 힘겹게 뜨고 조금 전까지 머리를 감싸고 있던 손을 바라보았다. 손에 시뻘건 피가 묻어 있었다. 순간 공포가 밀려오면서 동시에 통증에 눈을 감고 입밖으로 새어 나오려는 신음을 억지로 삼켜야만 했다.

"내가 불편한 몸인데 도저히……."

"그 더러운 아가리로 무슨 소릴 하는 게요? 조선인민공화국은 그런 거 모르오."

그러면서 곤봉으로 여러 차례 신재국을 내리쳤다. 고통을 이기지 못한 재국은 그 자리에서 혼절하고 말았다.

한참 후 정신을 차렸지만 몸을 제대로 움직일 수 없었다. 희미한 의식 속에서도 피비린내에 공포감만 더할 뿐이었다.

발자국 소리가 들리더니 한 인민군이 등을 어루만졌다. 재국은 소름이 돋았다. 하지만 재국으로서는 할 수 있는 것은 아무것도 없었다.

"출근하지 않으면 교장 동무는 반동분자로 처형당할 수도 있다는 걸 모르오?"

재국은 차라리 죽여 달라고 말하고 싶었지만 고문에 의해 목에서 말이 터지지 않아 고개만 가로 저었다.

그것은 재국의 거부를 나타내는 몸짓이었는데 인민군은 대답으로 받아들인 모양이다. 잠시 실내는 고요가 찾아들었다. 어느 정도 몸을 추스를 수 있게 되자 재국은 풀려났다.

재국은 피투성이가 된 채로 바닥에 간신히 몸을 지탱해서 기어나왔다. 그걸 본 용자는 "악!" 하고 비명을 질렀다.

아들 같은 어린 김기일 일당들에게 빰이며 고문과 욕설에 큰 수모를 당한 것을 생각하면 분하기가 이루 말할 수 없었다. 용자에게 몸을 의지한 채 기다시피 하여 어둠이 깔릴 때 쯤 집에 도착했다.

신재국은 세상이 공산당 인민주체사상으로 바뀌었다는 것이 싫었다. 김기일의 인민군 사령부 지시에 따라 김일성주체사상을 교육해야 하는 것이 죽기보다 싫었다.

그 동안은 아프다는 핑계로 학교에 출근하지 않았다. 그런데 오늘 제자이자 자식 같은 김기일과 그 일당에게 호되게 당한 것이 분하고 억울해서 견딜 수가 없었다. 결국 화병이 도졌다. 시간이 지날수록 고열로 시달렸고, 심한 통증에 우울증이 겹쳐 말할 수 없는 시달림을 당하고 있었다.

재국은 일어나 앉았다. 사각형의 창문이 일순 밝아지며 달빛이 쏟아져 들어와 그를 흠뻑 적셨다. 달빛에 드러난 그의 얼굴이 환한 빛으로 물들었다.

안인 이곳에서 태어나 어릴 적부터 친하게 지내던 사람들이었다. 복사꽃 만발한 봄과, 살구꽃이 지천인 여름에도, 붉은 단풍 알록달록한 가을에도, 설화(雪花) 가득 핀 겨울에도 늘 함께 지내며 행복하고 즐거웠었다. 그러나 그 시대는 이미 없어졌다고 생각하니 가슴이 저며 오는 것이었다.

그래도 재국은 한 가닥의 희망을 갖고 있었다. 그건 국군이 북진하여 인민군을 몰아내고 자유스러운 대한민국을 회복할 것이라고 믿는 것이었다.

그러다가도 공기를 갈기갈기 찢어 버릴 듯 쏟아냈던 욕설과 고문을 생각하면 또 머리가 아파오고 오한이 든 것처럼 온몸이 덜덜 떨려 다시 자리에 눕게 되는 것이었다.

위수사령관인 김기일은 다른 곳은 몰라도 안인 사람들을 직접 채근하고 간섭할 뿐만 아니라, 북한공산당이 자행하는 모든 일을 직접 조정하고 나섰다. 심지어 처형하는 일까지도 도맡아 시행하는 무소불위의 막강한 권력을 행사하고 있었다. 그러니 동네 사람들은 피난을 가지 않고 살려면 놈들의 뜻에 따를 수밖에 없었던 것이다.

면사무소는 인민세포위원회로 바뀌었다. 인민세포위원장은 홍포일이었다. 그리고 안인 장거리 강동지서는 분주소로 바꾸어 놓았다. 분주소장은 표남일이었다. 인민세포위원회와 분주소에서는 남학생들을 학도의용군으로 강제 징집해서 인민군에 입대케 했다. 그리고 동네 여성들은 여성동맹을 조직해 가입하게 만들어 놓았다.

여성동맹위원장을 한용숙으로 임명했다. 여성동맹은 인민해방군을 뒤에서 지원하는 일을 담당케 했다. 그 뿐만 아니라 반동분자 색출과 여타 지역의 선무활동 및 여자동맹원들을 통하여 정보를 수집하는 등 그 역할이 매우 컸다.

김기일은 비굴하게도 권력으로 점령지의 여성들을 노획물처럼, 아니 노예처럼 취급하여 성폭행을 일삼았다.

월북하기 전의 김기일은 안인 마을에서 용자는 물론 친구들과 함께 농촌 문맹자 야간 글공부와 결핵환자 관리 등 농촌계몽활동을 함께 했었다. 그랬던 그가 이렇게 변할 줄은 꿈에도 몰랐다. 그 원인이 용자 때문이라고 하지만 변해도 너무 변한 것이었다.

용자에게 사랑을 거절당하자 배신과 자존심에 상처를 받아 월북을 한 그였다. 월북해서 권력자가 되어 용자 앞에 나타났다. 이건 용자에 대한 복수였고, 동네에서 자신에게 손가락질을 해댔던 사람들에 대한 복수였던 것이다. 그런 한 편으로 그리움이 마음에서 떠나지 않던 용자에게선 복수가 아닌 그리움의 정이 솟구쳐 마음 한 구석이 쓰리기도 했다.

7월 30일이었다. 전쟁이 터진 지 한 달이 넘어서고 있었다. 안인은 공산당의 인민체제로 변해 가고 있었다.

재한은 인민위원회의를 마치고 해질 무렵 집에 돌아왔다. 밥상머리에 앉아 가족들과 밥을 먹고 있었다.

"저녁밥을 먹고 동네 지선이 형과 종명이 아버지를 집으로 모셔 오고, 집집마다 다니며 내일 아침 초등학교에서 인민군 환영대회가 있으니 모두 마을회관에 꼭 참석토록 하라고 전해라."

재한은 어린 아들에게 조금은 긴장한 듯 밝지 않은 표정으로 말했다. 밥을 먹고 난 아들이 동네를 한 바퀴 돌고 오자. 집으로 오라고 한 사람들이 재한의 집에 모였다.

"내일 강동초등학교에서 인민군 환영대회가 있는데, 우리 동네 사람은 모두 그곳에 참석해야 하고 갈 때엔 마을 청년이 맨 앞쪽에서 인솔하여야 하네. 그리고 환영대회가 끝나면 부락마다 청년들이 인민군으로 지원 입대해야 하는데, 윗동네 모전리에서는 강동면의 인민위원회 위원장 아들이 지원한다고 하니, 우리 동네는 청년들이야 자네 둘 밖에 더 있는가? 그래서 궁리 끝에 동네도 살고 자네들도 살자면 강제로 끌려가는 것보다 내일 지원해서 출발하면 면사무소를 거쳐 강릉 시내에 가서 다른 의용군 지원자와 합치게 되네. 어디론가 갈 텐데 그때 탈출하여 밤에 뒷산으로 해서 우리 집으로 내려오게. 이것은 내가 곰곰이 생각해 낸 묘안일세. 자네들은 어떤가?"

그렇게 물으면서도 재한은 낮은 어조로 당부했다.

"우리 마을에서는 청장년 중에 누구도 의용군에 가거나 적들에게 끌려가서 고통당하는 일이 있어서는 안 되네."

재한은 말을 아끼듯 몇 마디 짧게 하였다.

"어차피 낙동강 전선에서 많은 괴뢰군이 희생되었으니, 그 전선을 지키기 위해서 병력을 투입할 텐데, 우리가 그들의 총알받이가 되는 수밖에 다른 도리가 있겠습니까? 동네 어르신들의 마음을 편하게 해 드리고 꼭 탈출해서 돌아올 테니 염려 마시고, 우리 동네를 잘 이끌어 주세요."

그들은 재한의 말에 순순히 동의를 했다.

"우리 옛날 왜놈들 순사 때려주던 그때도 살아남았는데 이런 일 못 넘기겠습니까? 꼭 따돌리고 돌아올 테니, 막걸리나 한 통 준비해 주세요."

조금은 여유 있게 웃음 섞인 어투로 말했다. 세 사람은 재한 아내가 보아

온 술상 앞에 앉아 여담을 나누었다.

"우리 도장방을 내일 아침에 청소하고, 좀 넓게 치우고 불빛도 새어나가지 않게 준비할 테니, 자네들은 산에 숨어 있다가 깜깜한 밤에 내려와야 하네. 특히 누가 보지 않게 행동에 조심들 하게."

그들은 그렇게 계획을 세우고 헤어졌다.

다음날이었다. 재한 아내는 도장방(뒷방)으로 쌀 단지와 밀가루 단지, 그리고 보리쌀 포대를 옮겼다. 그 좁고 작은 공간을 서넛이 누워 잘 수 있도록 넓혀 놓고 청소를 해 두었다. 그리고 불빛이 밖으로 새어나가지 못하게 이불로 문을 가려두었다.

환송식이 있는 날이었다. 그러니까 고등학생이나 대학생들을 학도의용군으로 강제로 지원하게 해서 입대시키는 날이었다.

점심 때 강동초등학교 운동장에 주민들이 가득하게 동원되었다. 여성동맹원들이 붉은 리본을 가슴에 달고 강동면민들을 부락별로 정돈시킨 뒤 김일성 장군 노래 등 선동가를 부르게 했다. 이어 김기일 사령관의 격려사가 있었다.

사령관의 격려사가 끝나자 윗동네 한 사람이 단상에 올라왔다. 그는 강도 높게 선동적인 연설로 목청을 높였다.

"북한 해방군이 우리 면민들을 크게 도와주어서 오늘 이렇게 환영행사를 하게 되었습니다. 그런데 낙동강 전투가 치열한 가운데서도 우리 인민군대가 승전을 하니, 이제 우리도 해방군을 적극적으로 돕고 의용군을 보냅시다. 나도 아들을 먼저 보내겠습니다. 여러분들도 의용군에 입대하도록 자식들과 마을 청년들을 설득하고 독려해 주시기를 간절히 요청합니다."

힘차게 외친 그 사람은 김일성 만세까지 불렀다. 의용군에 지원한 젊은이들에게 '위대한 혁명 동지'라느니 '용맹스러운 전사!'라고 추켜세우고는 그들을 인솔하여 행사장을 빠져 나갔다.

모인 주민들은 그 행군이 끝날 때까지 박수와 환호성을 외치며 그들을 바라보고 있었다. 어떤 할머니는 '강제로 내 아들을 짐승처럼 끌고 가는구나'

하고 소리를 지르다가 인민군들에게 잡혀서 개처럼 질질 끌려 나가기도 했다.

밤중이었다. 뒤뜰 문 두드리는 소리가 났다. 재한은 얼른 문을 열고 그들을 맞이했다. 세 사람이 방으로 조심스럽게 들어왔다.

다음날이었다. 재한은 동네 소식과 인민군의 동정도 살필 겸 인민회관(공회당)으로 가 보았다. 마을의 분위기는 긴장감으로 팽배해 있었다. 의용군 입대자가 강릉을 떠나 북쪽으로 가던 중 절반이 탈출하였다는 소식이 온 동네에 쫙 퍼졌다.

분주소에서는 탈출자들을 잡고자 마을 길목을 지키며 검색을 강화하고 주민들에게 수상하고 낯선 사람을 보면 분주소로 신고하라며 단단히 교육을 시키고 있었다.

동정을 살피고 집에 돌아온 재한은 흔적이 남지 않도록 뒤뜰에 난 발자국을 지우고 옷가지 등을 다시 점검해 두었다.

재한은 가족과 동지들에게 신호를 만들어서 알려 주었다. 산마루 쪽 언덕길에 흰색의 옷이 걸린 장대가 꽂혀 있으면 무사히 집으로 들어올 수 있다는 신호였고, 그 반대로 색깔이 있는 깃발을 세워두면 위험하다는 신호였다. 또한 빨래의 색깔로도 신호를 정했다. 어려운 문제가 생겼을 때는 검은 빨래를 널어서 그들을 피신하도록 했다. 가능한 한 바깥 출입은 한밤중을 이용했고 신발은 항상 신은 채로 생활했다.

며칠 후 홍포일과 표남일이 불시에 재한의 집을 찾아왔다.

"이 동네에서 두 놈이나 의용군 대열에서 도망을 쳤는데, 그 놈들은 악질 반동분자요. 그런 놈들은 발견하는 즉시 지체하지 말고 연락하시오."

그들은 그렇게 다그치고 돌아갔다. 그들이 돌아간 후 주민들이 탈출의용군을 숨겨주고 있다는 정보가 노출되어 대대적인 가택수색이 있을 것이라는 소문이 나돌았다.

용자는 잽싸게 이 사실을 반공청년단장에게 알렸다. 반공청년단원들은 서둘러 숨어 있는 이들을 임곡리의 광산촌 광구로 피하도록 주선했다. 광구 속에는 이미 비밀리에 숨어서 활동하는 반공청년단원들이 여러 명 있었다.

주민들의 투철한 반공의식과 협조에 힘입어 장거리에서는 탈출의용군이 붙잡히거나 그 가족이 의용군에 끌려가거나 불이익을 당하는 불상사는 발생하지 않았다.

또한 반공청년단원들은 의용군 탈출자들을 밤마다 찾아다니며 청년단 본부로 집합을 시켰다. 그 대원의 수가 40여 명에 이르니 제법 큰 저항세력이 되어 위수사령부를 위협하게 되었다. 위협을 느낀 위수사령부는 이들을 토벌할 계획을 세우고 있었다.

불과 얼마 전까지만 해도 김기일과 김재기는 절친한 친구 사이였다. 그러나 지금 김기일은 인민군 위수사령관, 김재기는 반공청년단 단장. 본의 아니게도 그들은 서로의 적개심을 불태우는 처지에 놓여 있었다.

재한은 어떻게든 정보를 입수하기 위해 마을 인민회관과 분주소에 협조하는 척하면서 인민회관과 분주소에 자주 들르곤 했다.

며칠 후 8월 3일이었다. 김기일은 용자를 만나기 위해 표남일 분주소장에게 용자를 데리고 올 것을 명령했다. 명령을 받은 표남일은 용자를 분주소로 불러들였다.

"용자야, 김기일 사령관 동지께서, 니 호출이다니."

"죽으면 죽었지, 거긴 싫다니까요."

"니 사령관의 명령이래니."

"싫다니요. 어서 돌아갈래요."

용자는 분주소 문을 열고 밖으로 나왔다. 집에 돌아와서도 방바닥에 털썩 주저앉아 무릎을 세우고 얼굴을 양 무릎 사이에 끼웠다.

그렇잖아도 지난 달 큰아버지 신재국 사건으로 인해 충격이 가시지 않았는데 호출이라는 말에 치가 떨리면서도 한 편으로는 불안해 견딜 수가 없었다. 혹시 용자 자신도 재기와 함께 반공청년단을 이끌고 있다는 사실이 발각되지나 않았나 하여 영 불안했다.

만약 그렇게 된다면 용자 자신은 물론 김재기 등 여러 동지들이 반동분자로 몰려 처형될 판이다. 그렇잖아도 김재기에게 용자를 빼앗긴 김기일은 화풀이할 기회를 노리며 서로 앙숙으로 지내고 있던 처지가 아닌가!

용자가 자신의 호출을 거부했다는 말을 전해 들은 김기일은 몹시 불쾌하여 발끈했다.

'감히 누구의 명령이라고 거절을 해?'

김기일은 분이 나서 어쩔 줄 몰라 했다.

그럴 때마다 김기일은 위수지구 안에 있는 젊은 여자들을 불러 들였다. 마음에 드는 젊은 여자를 택해서 자신의 시중을 들게 했다. 만약에 반항하거나 자신의 마음에 안 들게 하면 가차없이 가두어 두거나 인민군 장교에게 넘기곤 했다.

그날 김기일은 마음에 드는 한 여인을 골랐다. 기일은 자신의 지프차에 여인을 태우고 시내에 있는 경포관으로 들어섰다. 작약이 흐드러지게 핀 정원을 지나 맑은 물이 흐르는 작은 시내를 건넜다.

"이곳은 아무도 찾지 않는 곳입니다. 사령관님을 위해 마련했습니다."

"신경 써 줘서 고맙군. 그리고 내가 왔는데, 어느 누구도 내 눈에 띄어선 안 되지."

여인은 시원한 2층의 전각으로 기일을 안내했다. 여름 꽃이 만개한 정원이 한눈에 들어왔다. 시원한 바람이 상쾌감을 더해 주고 있었다. 사방으로 뻗은 건물들이 전각을 중심으로 장엄하게 늘어서 있었다.

어둠이 점점 내려앉고 있었다. 방에 들어서자마자 기일은 여인을 감싸 안았다. 김기일은 여인에게 자신의 하소연을 늘어놓았다.

달에게 부탁했다
내 사랑이 어디에 있나
찾아봐 달라고
달은 대답 대신 담벽에 그림만

그려 보인다
바람에 일렁이는 그림자는
용자의 모습이던가
그리움만 커져서 한숨지으니
내 한숨도 바람결에 흔들리더라

–〈그리움〉

느슨해진 그의 입가만큼이나 부드럽게 풀린 눈동자로 기일은 사랑을 노래하고 있었다.

밤하늘에는 별들이 쏟아질 듯 초롱초롱 빛나고 있었다. 그 별들은 두 사람의 머리 위를 비추어주고 있었다.

수줍게 얼굴을 내민 달 또한 빙긋 웃으며 두 사람을 바라보고 있었다. 그 위에서 춤을 추는 여인의 손가락과 시(詩)를 읊는 기일의 입술이 서로의 마음을 절절이 담아내고 있었다.

"말씀 중에 용자라고 하시던데요."

여인이 무언가 궁금하다는 듯 물었다. 그 물음에는 대답도 않은 채 기일은 여인에게 달려들어 와락 끌어안았다. 기일의 거친 숨결이 여인의 뺨을 간지럽혔다.

"윽!"

숨이 막힌 여인이 신음을 토해냈다.

"넌, 용자 대신이다."

"용자는 지금 김재기라는 사람과 열애 중인데요. 그런 용자를 못 잊는다니요."

"김재기와 용자가 열애 중이라……. 혹시 그들이 반공청년단에 있다는 말은 못 들었나?"

"맞아요. 반공청년단."

"그래 난 가야겠다."

"사령관 동지를 위해 늘 비워 놓겠습니다. 언제고 찾아주시지요."
그런데 김기일은 그 여인이 공산당 당원이라는 사실을 모르고 있었다.

7월 18일이었다. 신재국 고문 사건이 있은 지 며칠이 지난 날이었다.
"동무 안에 있습니까?"
부엌에서 설거지를 하고 있던 용자 어머니가 마당에 누가 와서 부르는 소리에 내다보았다. 마당에는 홍포일과 표남일이 붉은 완장을 두르고 나란히 서 있었다.
"재한 동무 안에 있습니까?"
홍포일이 말했다.
홍포일은 용자 아버지 신재한보다 두 살이 많았다. 아랫동네에서 태어나서 같이 자라면서 학교도 같이 다녔고, 농사일까지 같이 하면서 지내오던 친구였다.
홍포일은 아랫동네에 살면서 재한네 땅을 밟고 다닐 때마다 늘 배 아파했다. 그리고 농사에만 매달려 열심히 일을 해서 잘 사는 재한을 미워했다.
"어서 오시오. 애 아버지는 소 몰고 풀 뜯기려고 들에 나갔는데요."
"들어오는 대로 곧 바로 분주소로 나오라, 꼭 전해 주시오."
그들은 무척 불쾌한 표정을 지으며 몸을 휙 돌려 가 버렸다.
재한 아내는 그들이 돌아가는 등을 바라보고는 꼭 무슨 수작을 부리려는 것 같아 불안해졌다. 급히 찾는 것도 그렇고, 심술이 덕지덕지 붙은 그 상판떼기도 불만으로 가득 차 홍조를 띄고 있었다. 용자는 물론 그 동생들도 불안하기는 마찬가지였다.
해질녘이 되어서야 재한은 소를 앞세우고 집으로 들어섰다.
"용자 아버지요, 당신 집에 들어오는 대로 분주소로 나오시랍데요."
아내는 부락인민 세포위원장과 분주소장이 찾아왔었다는 말을 전하면서 걱정스런 표정을 지었다. 그 말을 들은 재한은 곧장 나설 준비를 서둘렀다.
"내 이럴 줄 알았다니, 이 쌍놈의 빨갱이 새끼들."

"그 사람들 왜 그러지요? 도대체."

"뻔하지 뭐. 우리 종모우 내어 놓으라는 거지."

"뭐요? 소? 소를 내주면 우리 농사는 어떻게 지으라고요, 참."

아내는 기가 막힌 듯 한숨을 쉬었다. 재한은 댓바람에 분주소로 달려갔다. 그렇게 나간 재한은 밤 9시가 지나도록 집에 돌아오지 않았다. 초조하게 남편을 기다리던 아내는 불안한 마음에 견딜 수 없어 아들을 데리고 분주소로 찾아갔다.

반달이 희미하게 길을 밝혀 주었다. 아내는 분주소 마당에서 발을 동동 구르면서 가장인 재한이 나오길 기다렸다.

밤 10시쯤이 되어서야 재한은 분주소의 문을 열고 나왔다. 얼굴에는 수심이 가득 차 있었다.

"여보 뭐래요, 그 사람들."

불안한 심정으로 속을 끓이던 아내가 물었다.

"별일 아니야. 우리 아들놈도 같이 왔나?"

말은 그렇게 하면서도 재한은 계속해서 한숨을 토해 내고 있었다.

"자, 걱정들 말고 집에 가자."

재한은 아들의 손을 잡고 집으로 발걸음을 옮겼다. 그의 걸음이 황소걸음처럼 무거워 보였다. 아내는 분주소에서 있었던 일들이 궁금해 자꾸 물어보았지만 재한은 한숨만 길게 몰아쉴 뿐 전혀 대답하지 않았다.

재한네는 밭과 논이 많았다. 아랫동네나 윗동네 사람들은 그런 재한네를 부러워했다. 그런데 표남일은 생각이 달랐다.

농토를 많이 차지하고 있는 것은 잘못된 것이라며 영 못마땅해 했다. 표남일은 열심히 일해서 잘 먹고 행복하게 사는 집들을 싫어했다. 그런 차에 공산당 세상이 되자 인민해방 새 세상이 왔다며 마구 설치고 다니는 것이었다.

그러나 재한이 부자로 사는 것이 어디 공짜로 된 것이던가? 남들이 건달로 놀 때 재한은 소와 더불어 소처럼 일을 해서 땅을 장만했다. 남들이 놀음

할 때도 재한은 소에게 신경 쓰고 농사일에만 골몰했다. 겨울에 남들이 놀 때 재한은 가마니치고 자리와 멍석을 매었고, 소를 거뒀다.

그런 재한이 잘 사는 것은 지극히 당연한 일이다. 그게 배 아프고 그게 못마땅하다면 그게 어디 심보가 제대로 된 인간인가 말이다.

밤은 점점 깊어가고 있었다. 그러나 재한은 잠자리에 들지 못하고 담뱃대로 애꿎은 재떨이만 두들겨댔다.

"망할 놈의 세상. 지들은 바쁜 농사철에도 일은 않고 건들건들 놀기만 하는 새끼들이……."

혼잣말로 중얼거렸다.

"뭐, 소를 내놓으라고?"

재한은 실성한 사람처럼 말하며 한숨을 토해냈다. 다른 것은 몰라도 소만큼은 내놓을 수 없었다.

소 때문에 많은 농사를 지을 수 있었고, 농토도 사들일 수 있었다. 무엇보다 가족들이 쌀밥을 먹으며 이만치라도 살 수 있었던 것도 다 그 소 때문이었다. 그런 소를 내놓으라는 것은 자신에게 죽으라는 것이나 다름없었다.

공산당 체제로 바뀐 지금은 자본정치는 막을 내렸다. 분배의 사회통합 시대가 왔다면서 소는 물론 땅, 집, 모두가 공산당 소유라고 했다. 그래서 편안한 사회가 돌아왔다면서 표남일은 떠벌리고 다녔다.

재한은 그들이 말하는 사회통합 정치가 싫었다. 그렇다고 다른 나라로 도망갈 수도 없는 노릇이니 안타까움만 더해 갈 뿐이었다.

첫닭이 울었다. 여름이라 이미 먼동이 트고 있었다. 재한은 밤을 하얗게 새워 버리고 만 것이다. 담뱃대에 불을 붙였다. 타들어가는 속을 그렇게라도 진정시키고 싶었다.

담배 연기는 재한의 마음처럼 허공에서 흩어졌다. 흐르는 눈물을 닦을 생각도 못한 그는 담배가 다 타들어 갈 때까지 그냥 서 있었다. '제발 꿈이었으면……' 하는 마음이 간절했다.

아침이었다.

"어머니, 아버지와 소가 없어졌어!"

아들 녀석이 부엌으로 뛰어들며 말했다. 그때 재한의 아내는 솥에서 주걱으로 아침밥을 퍼서 하얀 사기사발에 담고 있었다.

해 뜰 무렵이라 이슬을 맞은 매미소리만 들려올 뿐 아들에게 어머니의 대답은 없었다. 재한의 아내는 몰래 눈물을 훔치고 있었다.

그녀는 아침밥을 몇 숟갈 뜨기 바쁘게 밥 한 사발과 나물무침을 싸들고 집을 나섰다.

"어머니, 무슨 일로 아버지가 꼭두새벽에, 도대체 어디에 가신 거래?"

용자가 물었다.

"분주소에서 우리 소가 우리 것이 아니라잖아. 인민공화국은 공동소유이기 때문에 오늘 우리 소를 빼앗아 가겠다고 해서, 아버지가 소를 몰고 공산당이 없는 깊은 산골로 숨어갔단다."

소가 없으면 그 많은 농사는 누가 지으며, 거름은 어떻게 져낼 것인가. 용자는 공산당들이 해도 너무한다 싶었다.

이렇게 공산당의 파렴치한 처사에 분노하고 있을 때였다. 홍포일과 표남일은 인민군 소대장을 데리고 또 재한의 집을 찾아왔다.

"재한 동무는 어딜 갔소? 소는 어딨소?"

그들은 충혈된 눈을 번득이며 윽박질렀다.

"그걸 내가 어떻게 아오?"

"왜? 소를 공출한다고 재한 동무에게 분명히 말했는데, 어찌 협조는 안 하고 버티고만 있는 게요?"

그들은 용자 어머니에게 삿대질까지 해대며 윽박질렀다. 그녀도 두 사람의 얼굴을 빤히 응시하면서 대들었다.

"아저씨. 왜? 우리 소를 빼앗아 가는 거래요? 소를 빼앗아 가면 농사는 어떻게 지으라고 그래요?"

그녀는 상기된 표정으로 평소의 그녀답지 않게 격한 말을 내뱉었다.

"여성 동무, 그 소는 남조선 당국에서 종모우로 동무 집에서 사육하도록 임시로 맡겨 놓은 소이니, 이제 그 소는 우리가 남조선 정부를 접수한 이상, 자동적으로 우리 조선인민공화국 재산이요. 그래서 우리가 잡아 통일전선에 나가는 해방군에게 대접하려는 게요. 그러니 하루 속히 소를 우리들에게 돌려줘야 하오. 이제야 똑 바로 알아듣겠소? 이 여성 동무야!"

홍포일은 강압적인 어투로 말했다. 계면쩍게 옆에 서 있던 표남일도 덧붙여 거들었다.

"위대한 우리 북한 전사들이 남쪽 전선을 뚫으며 부산까지 진격해야 하는데, 빨리 소를 잡아 고기를 전방에 보내야 하오. 그러니 여성 동무도 적극적으로 협조하시라요."

평소 심성이 곱고 다소곳하여 말을 아끼던 그녀였다. 그러나 지금은 망설임 없이 강한 어투로 말을 맞받아치며 대꾸했다.

"당신들, 시끄러워요. 그 소는 우리 정부에서 내려준 소인데, 우리 용자 아버지가 돈을 주고 산 소래요. 우리 소로 윗동네 아랫동네까지 논밭을 갈고, 또 거름도 실어 나르고, 종자도 번식시키고 핸 거 다 알잖아요. 그런 소를 어떻게 당신들의 소라고 우격다짐을 핸대요?"

그녀는 이렇게 강한 어투로 다그쳤다. 그리고 너무나 억울하고 분해서 눈물을 흘리며 악을 썼다.

"소를 내놓지 않으면 처형 받는다는 걸 모르오?"

"차라리 날 잡아 가소."

표남일과 홍포일은 오래 전부터 그 소를 탐내고 있었다. 소가 묵묵히 일을 잘할 뿐 아니라 힘도 세어서 장정 열 몫을 하고도 남았던 것이다. 그 소 덕에 재한네가 날이 갈수록 살림이 넉넉해지고 부자가 되는 것이 그들에게는 배가 아팠던 것이다.

재한은 동네 친구로서 그들이 배 아파하는 것을 뻔히 알면서도 해마다 소를 통해 얻은 이익을 표남일과 홍포일에게 나눠 주었다. 거기다 보거래로 논밭을 갈아달라면 그냥 갈아주었고, 무거운 짐도 실어 날라다 주었었다.

그런데 마른하늘에 날벼락도 유분수지, 어쩌다 빨갱이 세상으로 변하면서 종모우가 인민공화국의 소라니, 그녀에겐 도무지 이해가 되지 않는 말이었다.

용자는 물론 동생들도 한결같이 어떤 상황이 벌어진다 해도 종모우는 지켜야 된다고 의지를 다졌다.

재한에게 있어서 소는 가정에 평온을 가져다주었고, 가족들에게 희망을 안겨주었고, 돈을 모으게 만들었고, 일을 하게 만들어 주었다. 그런 소가 없다면 농사를 포기해야 한다.

농사를 지으려면 우선 논밭의 흙을 갈아엎어야 했다. 논밭을 갈아엎는 데는 황소밖에 없었다. 이 황소는 상머슴으로 밭갈이 논갈이를 전담했다. 동네의 농사를 짓는 데도 없어서는 결코 안 될 소중한 존재가 종모우였다. 정말 이 소는 농사에 관한 한 동네에서 그 무엇과도 바꾸거나 대신할 수 없는 절대적인 존재였다.

동네 사람들도 그 소를 목숨처럼 아꼈다. 그야말로 금이야 옥이야 자식처럼 아끼고 소중히 여겼다.

그러나 공산당의 탈을 뒤집어쓰고 빨갱이가 되어 권력의 꼭두각시로 변신한 표남일에게 있어서는 동네 농사일은 전혀 안중에도 없었다.

신재한의 아내 김진매는 절대로 종모우를 내줄 수 없다며 악을 썼다. 표남일과 홍포일도 질 수 없다는 듯 공출이라는 논리를 펴면서 빼앗으려고 기를 썼다.

진매는 표남일과 홍포일의 억지 주장에 강하게 맞섰다. 종모우를 빼앗기는 것은 곧 생명을 잃는 것이나 마찬가지였기 때문이었다. 재한은 가족보다도 종모우를 먼저 챙기고 지극 정성으로 보살폈다. 그런 심정도 모르고 소를 빼앗겠다니, 천하에 날강도가 따로 없었다. 그 놈들이 날강도 아닌가.

표남일 일당과 한 바탕 거칠게 입씨름을 한 진매는 그날 저녁 늦게야 산에서 돌아온 재한과 마주했다. 진매는 낮에 있었던 일들을 낱낱이 재한에게 알려 주었다.

재한은 그 이튿날도 새벽같이 밥을 싸들고 산으로 피신을 하였다. 산속에서 이틀 밤을 새우고 늦은 밤이 되어서야 집으로 돌아왔다.

공산당들도 소의 내력을 잘 알고 있었기에 민심의 동요를 우려하여 다그치는 일이 조금 수그러들었다.

다음 날이었다. 분주소 내부는 물론 외곽까지 대청소하느라고 온 동네가 야단법석을 떨었다. 위수사령관 김기일이 안인을 방문한다는 것이다.

표남일에게 있어서 사령관 김기일은 자식 같은 연배였지만 사령관의 예우 차원에서 분주소 내 청소를 독려했다. 그리고 보초병도 늘려서 경계를 강화했다.

김기일이 인민군 지프차를 타고 거들먹거리며 동네에 들어섰다. 표남일은 바짝 긴장하여 사령관을 맞이할 준비에 온 정성을 다 했다. 그런데 김기일은 분주소를 그냥 지나쳐서 재한의 집으로 직행하는 것이었다.

분주소와 재한의 집은 바로 이웃해 있었다. 그런데도 분주소를 먼저 들르지 않고 재한의 집으로 향했다는 것은 이상한 일이 아닐 수 없었다.

기일이 재한의 집을 먼저 찾은 것은 순전히 용자를 보기 위해서였다. 용자네 집에서 좀 떨어진 곳에 차를 세운 기일은 천천히 걸어 용자의 집 앞에 이르렀다.

기일의 모자에 붙은 붉은 별이 번쩍였다. 갈색 군복에 붉고 노란 견장이 위엄을 더해 주고 있었다. 바지에는 붉은 줄이 아래로 그어져 있었다.

기일은 운전병을 시켜서 용자를 부르도록 지시했다. 지난 날 함께 농촌계몽운동을 하면서 서로 우정을 나누고 사모했던 때를 생각하면 감회가 새로워지는가 싶었다.

"사령관 동지, 용자 동무를 모시고 왔습네다."

기일은 눈을 들어 용자를 바라보았다. 얼마나 그리워했던가. 얼마나 기다렸던가. 얼마나 보고 싶었던가. 용자를 지척에서 보는 것이 정말 꿈만 같았다.

용자를 보는 순간 기일은 눈이 부셔옴을 느꼈다. 비록 수척하기는 했지만 전보다 더 화사한 모습을 하고 있었다. 무어라고 말을 하려던 기일은 그녀의 눈에 담긴 어떤 슬픔의 흔적을 보고는 말을 꺼내지 못했다.

용자의 볼을 타고 눈물 한 방울이 또르르 굴러 내렸다. 그것을 본 기일은 자신도 모르게 손이 용자의 얼굴로 향하려는 것을 느꼈지만 얼른 손을 거둬들였다.

용자의 맑고 깊은 눈빛을 보면서 기일은 그녀가 자신과 함께 있는 것에서 위안을 얻는 것 같은 느낌을 받고 다행이라고 생각했다.

청초하고 매혹적인 그녀는 마주하고 있는 모습에서 또 다른 분위기를 느끼게 해 주었다. 기일은 그저 포근하고 아늑한 모습으로 아련하게 하는 용자가 가끔 누이동생처럼 느껴지기도 했다.

"용자, 난 너를 정말 많이 보고 싶었다니."

차마 기일과 얼굴을 마주 볼 용기가 없어서 용자는 고개만 끄덕였다. 그 바람에 머리카락이 앞쪽으로 흘러내리면서 설원처럼 새하얀 용자의 목덜미가 드러났다. 아무도 손대지 않은 것처럼 보이는 피부가 기일을 자극했다. 이미 그가 마음껏 만나보고 싶어했는데도 그녀는 자신에게 늘 처음처럼 보이는 것 같았다.

"용자? 마이(많이) 어렵지래?"

"아니요. 좀."

"그럴 거래. 니 내가 이 동네 때문에 곤란한 게 너무 많아. 그래서 자주 오지도 못했대니. 오늘은 참말로 니 보고 싶어서……."

"용숙인 잘 있지요?"

얘기가 길어질까 봐, 또는 곤란한 얘기가 나올까 봐 용자는 기일과 같이 동거를 하고 있는 한용숙의 안부를 물었다.

"응."

"금녀도 비서로 있다는 말을 들었는데요."

"응. 재기도 잘 있지?"

"글쎄요. 잘 만나지 못해서 잘 있는지는 몰라요, 재기 오빠는……."

용자는 기일에게 거짓말을 하고 있었다.

"응? 같이 청년단에 있다는 얘길 들었는데……."

"잘못 들었을 거래요. 맨 빨갱이 세상인데 어떻게 청년단에 붙어 있드래요?"

"용자야. 지금은 조선민주주의인민공화국이야. 빨갱이가 뭐래? 넌 아직도 남조선 사상에 젖어 있다니, 재기도 그렇고."

"기일 오빠하고 재기 오빠는 친한 친구잖아요."

"그래서 내 마음이 이래 아프다니. 이래서 내가 안인이 싫다니."

용자는 그 말에 슬그머니 몸을 돌렸다. 더 말을 나누고 싶었지만 한용숙 때문에 더 말할 수도 없었고 부탁할 수도 없었다. 그래서 용자는 고개를 숙인 채 돌아서서 걸어갔다.

당황한 기일은 화도 났지만 아쉬움에 못 이겨 그만 울상이 되어 버렸다.

"그래 계속 그렇게 나오면, 어디 두고 보지래."

기일은 혼잣말을 하고는 점점 거리가 멀어지는 용자의 등을 바라보았다. 기일 자신은 선 채로 꿈을 꾼 것 같다는 생각이 들었다. 그리고 용자와 함께 하던 지난날의 추억이 가슴에 깊게 새겨지는 것을 느꼈다. 색이 섞이지 않은 맑고 투명한 기억이었다.

기일은 애가 탔다. 용자가 겪는 어려운 일에 힘이 되어주지 못하는 게 안타까웠다. 얼굴을 스치고 지나가는 산들바람처럼 용자는 그렇게 그런 만남이 되고 말았다.

분주소의 표남일과 홍포일 세포위원장도 분주소를 들락거리다 먼발치서나마 용자와 기일의 해후를 지켜보고 있었다.

기일이 차를 돌려서 군선교 쪽으로 향하자 표남일과 홍포일은 달려 나와 기일에게 인사를 했다. 그러나 기일은 화가 잔뜩 났는지 그들의 인사를 받지 않았다.

한편 용자는 집에 들어왔다. 어머니와 동생들이 김기일 사령관과의 만남에 대해 무척 궁금한 표정으로 물었다.

"그 사람은, 우리 집에 왜 왔데?"

여동생이 물었다.

"내 친구 용숙이 있잖아. 용숙이와 정식으로 결혼은 안 했지만, 동거하고 있다는 거랬어. 그 사람과 재기 오빠는 친한 친구잖아. 안부도 묻고, 혹시 힘든 일이 있으면 언제든지 자기에게 연락을 해 달라고 하드래니. 그래 난 절대 그런 일이 없을 거라고 잘라서 말했드래니. 참 금녀가 비서실에 근무하는데 여성동맹원이라더라. 아참, 무엇보다 개인적으로 다소 궁금한 일들도 있겠지만, 이렇게 찾아오는 일로 인해 주위의 사람들 대하기에 조금은 불편하드래니, 가급적 찾아오지 말아 달라는 부탁도 해부랬지 뭐."

용자는 솔직하게 말했다.

김기일 인민군 사령관이 안인에 다녀간 후부터 표남일과 홍포일은 용자네 집에 발걸음이 뜸했다. 그러나 그게 며칠 가지 못했다. 한 열흘이 지나서였다.

그날은 아침부터 황소가 음매하며 슬프게 울어댔다. 아니나 다를까. 홍포일과 표남일이 용자네 집에 찾아와 소를 내놓으라고 협박하고 나섰다. 그러나 재한은 절대로 소를 내놓지 못하겠다고 버텼다.

사흘 후였다. 그들이 또 찾아왔다.

"재한 동무 있소?"

재한 아내 진매가 부엌문을 열고 내다보았다.

"우리 용자 아버지는 어델 나가고 없어요."

"맨날 어델 가는데요?"

그들의 눈동자에는 핏발이 서 있었다. 오늘은 쉽게 물러나지 않겠다는 의지가 그 핏발이 선 눈에 가득 담겨 있었다.

"……."

재차 묻는 말에 진매는 대답을 하지 않았다.

“재한 동무가 만약 내일까지 위대한 해방군에게 소를 내어주지 않으면, 반동분자로 몰아서 반드시 처형하겠소.”

그들의 말에는 결연한 의지가 담겨 있었다. 그들은 독사눈으로 진매를 쏘아보고는 몸을 돌려 가 버렸다.

그들이 가 버리자 진매는 부엌으로 들어갔다. 독사눈을 하고 쏘아보던 표정을 떠올리자 온몸에 소름이 오싹 돋았다가 사라지는 느낌을 받았다. 그리고 불안했다.

어쩐지 느낌이 좋지 않았다. 이번만은 엄포로 그칠 것 같지 않았다. 불안한 마음이 자꾸 엄습해 왔다. 부엌 바닥에 맥없이 주저앉았다. 눈물이 자꾸 뺨을 타고 흘러내려 부엌 바닥을 적셨다.

진매는 안인에서 누대에 걸쳐 살아온 집안의 딸이었다. 그녀의 친정은 이웃동네인 모전마을이다. 그녀는 예쁜 처녀로 참하게 자라서 재한과 결혼했다.

중매결혼이었다. 그녀는 성품이 조용하고 용모가 단아했다. 하지만 체격이 왜소했다. 고된 시집살이를 감내해야만 했다. 시어머니의 구박이 아주 심했다.

시어머니는 한 달에 한 번 정도 재한과 잠자리를 허락할 정도로 잠자리 간섭도 심했다. 삼년 동안 숨 한 번 제대로 쉬지 못한 채 모진 시집살이를 한 그녀였다.

결혼한 지 3년만에 큰집에서 조금 떨어진 장거리 마을로 분가를 했다.

재한 부부는 동갑내기로서 열여덟 살 때 그녀 친정이 넉넉치 못하여 그야말로 숟가락 하나만 달랑 들고 와서 결혼생활을 시작했다. 그 탓에 겪어내기 힘겨운 홀대 속에서 눈물겨운 신혼생활을 보내야만 했다.

소를 몰고 산 속으로 피신해 온 재한은 고개를 젖혀 괘방산 쪽을 올려보았다. 괘방산은 그 높이를 감히 잴 수 없을 만큼 높았다. 그곳에서 뿜어져 나오는 기는 세상에 무서울 것이 없다고 여겨오는 재한이었다.

그런데 거기에 붉은 인공기가 그를 조롱하듯 펄럭이고 있었다. 하늘을 꿰어찬 듯 기세 좋게 휘날리는 인공기가 가슴을 짓눌렀다.

초저녁 여름 더위가 식을 무렵 산에 올라갔던 재한은 소를 몰고 집으로 돌아왔다. 그는 잔뜩 겁먹은 것 같은 아내의 눈동자가 크게 흔들리는 것을 보고 대번에 무슨 일이 있었음을 직감했다. 아내는 걱정스런 표정을 지으며 홍포일과 표남일의 최후통첩을 전해 주었다.

"용자 아버지요, 우리 식구는 소보다도 용자 아버지의 생명이 더 중요하드니, 소한테 너무 미련을 갖지 말자구요. 용자 아버지요. 이제 그 사람들에게 그 소를 내어줍시다래."

"……"

재한은 입을 굳게 다문 채 침통한 표정을 지었다. 밤은 점점 깊어갔다. 재한은 한숨만 푹푹 내쉬며 밤새 담뱃불을 끄지 못한 채 고민하고 있었다.

이대로 고집을 부렸다간 그들에게 처형당할 것이 뻔하다고 생각되었다. 그렇다고 두 눈을 뜨고 놈들에게 소를 내어줄 수는 없었다. 자신의 생명보다 더 소중히 여기는 종모우가 아닌가.

그리고 한 동네에서 태어나 같이 자란 홍포일과 표남일에게 무릎을 꿇어야 한다는 생각을 하니 재한은 모멸감으로 억장이 무너지는 듯하였다.

뜬눈으로 날을 밝혔다. 밖으로 나온 재한은 소에게 꼴을 한아름 던져 주었다. 그런데 소도 눈치를 챘는지 꼴은 쳐다보지도 않은 채 눈물을 글썽이며 재한을 쳐다보고 있었다.

미물 짐승인 소도 저 죽을 줄 이미 알고 있었단 말인가? 재한은 소의 목을 끌어안고 소와 같이 눈물을 흘렸다.

"내가 너를 어떻게 해야만 하나?"

재한은 한을 담은 목소리로 소에게 중얼거렸다.

소가 알아들었을까. 소가 갑자기 머리를 크게 휘두르는 바람에 소의 목을 끌어안고 있던 재한은 저만치 나가떨어졌다. 소는 미친 듯 한참 동안 씩씩대며 몸부림을 쳤다.

"음, 정 떼려는 줄 안다. 하지만 너만은 보낼 수 없구나."

소는 알아들었다는 듯 커다란 눈에 눈물을 가득 담고 있었다. 비록 말 못하는 짐승이지만 인간과의 교감이 감정으로 통한다는 속설은 그냥 속설만은 아닌 듯싶었다.

소를 쳐다보기가 민망한 재한은 애써 소와의 눈맞춤을 피했다. 소와 더불어 농토를 갈고 곡식을 실어나르며 삶을 영위해 온 지난 날들. 세상을 경작하던 동고동락의 질긴 인연을 그렇게도 한 순간에 허물어 버릴 수 있단 말인가.

재한은 자신의 무기력에 가슴이 저려오고 울컥 목줄기를 타고 올라오는 분노를 삼켜야 했다. 그것도 천인공노할 공산당 빨갱이 앞잡이에게 단 한 번의 저항도 못한 채 무릎을 꿇을 수밖에 없는 자신의 처지가 한심스럽기만 했다.

날이 밝기도 전에 홍포일이 재한을 찾아왔다. 붉은 완장을 찬 네 사람이 재한의 뒤에 버티고 서 있었다. 아무래도 강제로 소를 끌어낼 태세였다.

"동무들, 외양간의 소를 끌어내!"

홍포일의 뒤에 서 있던 자들이 외양간에 들어가 소의 고삐를 풀어 끌어냈다.

소가 끌려나오는 것을 본 재한은 울분에 치를 떨었다. 몸을 부르르 떨던 재한은 순간 지게 작대기로 홍포일의 어깨를 내리쳤다. 홍포일이 손을 들어 막으려 했지만 재한은 사정을 두지 않고 연거푸 내리쳤다. 견디지 못한 홍포일은 이내 도망치기 시작했다. 재한은 쫓아가서 머리를 내리쳤다.

"네놈도 나와 함께 안인 들판에서 농사를 짓던 농부가 아닌가? 논밭에서 서로의 얼굴 맞대고 흉허물 없이 지내던 네놈들이 빨갱이 완장을 찼다고 이렇게 맘대로 해!"

홍포일은 지게 작대기에 맞아 쓰러진 채 신음만 내뱉고 있었다. 그러다가 매가 멎자 엉금엉금 기어 도망을 치면서 함께 온 놈들에게 소리를 질렀다.

"저놈도 같이 잡아! 내가 어떤 놈인지 알게끔 니놈을 잡아 당장 사령부에 넘길 테니 그리 알아라."

"그래도 이놈이? 너 빨갱이질 못하게 내가 널 죽여주마, 이 썅눔의 새끼야!"

이번엔 아예 죽일 작정을 하고 다시 지게 작대기를 높이 치켜들어 몇 번을 내리쳤다. 그러자 뒤에 있던 놈들이 달려들어 재한의 팔을 낚아채 포박을 지웠다.

재한은 결국 소가 끌려가는 것을 보고 있을 수밖에 별 도리가 없었다. 끌려가지 않으려는 소의 모습이 너무 애처로워 재한은 포박을 당한 채 몸부림치며 안타까워했다. 비록 말 못하는 짐승이지만 자기의 운명을 예감한 저항으로 느껴져 재한은 억누를 수 없는 눈물을 마구 분출시켰다.

"음메에!"

마치 가족과의 아쉬운 이별을 고하는 듯한 그 소리가 애간장을 녹이는 것이었다. 가슴을 저미는 아픔과 억울함에 몸부림치던 재한은 어느 순간 정신이 몽롱해져 그만 땅바닥에 쓰러지고 말았다.

뒷걸음질을 치며 끌려가기를 싫어하던 소는 군선강변 소나무 숲속으로 그 모습이 사라졌다.

종모우는 재한에게 있어서 정신적 지주였다. 지금까지 정성을 소에다 모두 쏟아 부었지 않은가. 정말로 눈물겨울 만큼 소에게 애착을 가졌었다.

재한에게 있어서 소는 가족 이상이었다. 살림의 밑천이며 든든한 상머슴으로 미더운 친구와 같은 소중한 존재이기도 했다. 농부에게 있어서 소는 한 집안의 재산목록 제1호였다. 그 황소의 힘으로 자식들 학교공부도 시켰지 않은가.

재한은 외양간을 부엌과 연결하여 지었다. 그래야 숨소리를 공유하며 한 가족처럼 살 수 있기 때문이었다.

예로부터 사람과 소는 가장 가까운 곳에서 주거생활을 함께 해 왔다. 소에게 사용되는 여러 도구도 인간생활과 거의 관계가 깊기에 소가 있는 부엌과 잇닿은 외양간에 비치해 두었다.

허구한 날 그는 눈빛으로 소와 의사를 소통했다. 항시 외양간 부근에 소달구지를 비롯한 여러 가지의 도구들을 비치해 두었다. 가끔은 자식들에게도 소와 관계된 여러 도구의 쓰임새에 관해 차근차근 설명하여 주기도 하였다.

우마차, 워낭, 구융, 작두, 삼태기, 멍석, 구렝이, 끌개, 훍쟁이, 보그래, 써래, 외양간, 퇴비장, 쇠죽을 끓이는 가마솥, 멍에, 소먹이로는 꼴, 깍지여물, 콩깍지, 깍지가리 등등이 소와 연관되어 쓰이는 말들이다. 그런데 이제 이런 것들이 다 소용 없어진 것이다.

또한 텃밭에서는 주로 겨울철에 암소를 끌고 와서 건강한 종모우와 교배를 시켰다. 교배 후의 품삯으로는 소에게 먹일 콩과 콩비지 등이었다. 그러나 이젠 그런 것도 다 소용이 없게 되었다.

"이랴. 워어 워."

"움메에!"

논갈이, 밭갈이할 때의 이 정겨운 소리도 이제는 끊어지고 말았다. 인간과 소 사이에는 사람의 정과는 또 다른 보다 깊은 정이 있다. 그 시끄럽지 않고 은은히 울리는 워낭소리에는 인고의 땀이 묻어 있다.

평생 고달픈 삶의 일터에서 다져온 동지애를 통해 서로를 위로하는 그 진지한 모습으로 가슴을 찡하게 울려주었던 농우(農牛)와의 기억들, 소와 잠자리를 함께 하다시피 한 재한은 소에 대한 남다른 애정을 가지고 고된 인생길을 묵묵히 걸어 왔었다.

이른 새벽에도 소의 '음메에' 하는 울음소리가 외양간에서 들려오면 그는 그 추운 겨울 새벽 잠자리에서도 벌떡 일어났다. 여물을 끓여 구융에 퍼주고 소가 쇠죽을 다 먹을 때까지 구융 앞에서 움직이지 않았다.

찌는 듯한 무더위 속에서는 쇠죽 대신 꼴을 안아다가 주고 수시로 끌개로 소머리부터 등과 사타구니 엉덩짝까지 골고루 긁어주었다. 모기, 날파리, 진드기도 떼어주고, 쫓아주고 때로는 하루살이 떼를 쫓아주기를 아이 돌보

듯 하였다.

여름날 동 트는 새벽이면 소와 함께 들에 나가서 풀을 뜯기고, 콩밭, 조밭을 맬 때도 소는 어두울 때까지 언제나 함께 있었다. 그런가 하면 불승(佛僧)들이 하는 명상호흡으로 서로의 감정을 이입하는 대화법을 터득하기도 하였다.

밭갈이, 논갈이할 때에는 보그래, 훍쟁이, 멍에 등을 지게에 얹은 채 소를 앞세워 일터로 향하기도 하였다. 밭머리에서 점심을 먹은 뒤에는 소와 한참 쉬다가도 '이랴 낄낄 워어 움메에' 소리를 합창하듯 몇 번이고 반복하며 서로의 피로와 고단함을 함께 이겨냈다.

동네에 소가 없는 집들은 돌아가며 날짜를 받아 밭을 갈아주기도 했고, 거름을 실어 들판에 나르는가 하면 농산물을 들에서 집으로, 집에서 시내로 실어 날랐다.

일을 마치고 둥근 달을 등불 삼아 집으로 돌아올 때, 나지막하게 울리던 워낭소리와 우마차 바퀴소리에는 사람 사는 냄새가 흠씬 묻어 있었다. 소에 대한 재한의 각별하고도 눈물겨운 행동은 운명적이라고 할 수 있었다.

혹한의 찬바람이 뼛속으로 파고드는 겨울 날, 외양간의 바람막이로 가마니를 펴서 문풍지처럼 달아 매주느라고 손등이 얼어 터졌던 일도 있었다. 그러하지만, 쇠똥이 엉덩이에 말라붙을까 봐 끌개를 들고 살다시피 하며 외양간의 쇠똥 쳐내는 데도 게으름을 피우지 않은 것도 그러했다.

그에게 있어서 외양간 청소를 자주 하는 것은 단순히 가축을 돌보는 일상의 행위가 아니라 '세상의 이치란 받은 만큼 돌려주는 것' 이라는 말을 확인이라도 시키려는 것 같았다. 어떤 면에서 그는 소에 대해 충성을 다하는 종과도 같다는 착각이 들 정도였다.

그것을 알기라도 한 듯 때로는 소도 그가 고삐를 들고 들로 나가면 신나는 듯 앞장을 서서 고개를 좌우로 흔들고 워낭소리에 맞춰 어진 울음소리를 길거리에 뿌리곤 했다.

겨울이나 늦가을 농한기에 주로 이루어지는 소의 교배 때가 되면 집 앞

텃밭은 우(牛)신랑 우(牛)신부의 신혼방이 된다. 일단 교배가 끝나면 암소 주인은 황소 먹이로 콩이나 비지장을 푸짐하게 남겨두고 간다. 그날은 종모우의 생일이다.

이렇게 그를 비롯한 가족과 마을 주민들이 아끼는 황소였는데, 인민해방군이라는 놈들이 소를 잡아먹겠다고 협박하여 강탈하여 갔으니, 재한은 분통이 터져 견딜 수가 없었던 것이다.

목숨을 잃는 일이 있을지라도 소만은 살리겠다는 일념으로 산으로 들로 밤마다 피해 다니던 일을 생각하면 더욱 가슴이 미어지는 것 같았다. 그러나 어디다 대고 하소연을 할 것인가. 어디에도 자신을 지켜줄 수 있는 나라나 이웃이 없음에 재한의 마음은 한없이 슬펐다.

소가 없는 집안은 침울한 분위기가 흐르는 가운데 썰렁하기 그지없었다. 또한 여물을 끓이던 여물가마솥, 외양간, 구융(통나무로 만든 소먹이 통), 멍에, 보그래(밭을 갈 때 쓰는 쟁기), 써래(논 고를 때 쓰는 기구) 등 이제는 전혀 쓸모가 없어져 버린 농기구들이 을씨년스런 모습을 더해 주고 있었다.

가까운 친척과 마을 사람들도 위로할 말이 없어 그의 집에 발걸음을 멀리하고 찾아 주는 이는 아무도 없었다.

소가 끌려간 다음날 오전이었다. 용자는 아버지가 불쌍해서 막걸리라도 사다 드리려고 울다가 밖으로 나왔다. 용자는 주전자를 챙겨들고 좁은 논둑길로 나가려다 장총을 멘 인민군 병사 두 명이 군선강 돌다리를 건너는 걸 발견했다.

그들을 본 용자는 얼마나 분통이 터지는지 총이라도 있으면 당장 그들을 쏘아 죽이고 싶은 충동이 일어났다. 그런데 그 인민군은 다른 데도 아닌 용자 자신의 집으로 향하고 있는 것이 아닌가. 놀란 용자는 그만 집으로 뛰어 들어갔다.

"아버지요? 인민군이 아버질 붙들러 오는 것 같은데요. 얼른 숨어요!"

아버지는 하얀 한복 바지저고리를 정갈하게 입고 있었다.

"소도 잡아 갔는데, 피하면 뭐하냐. 잡아가래지 뭐."

"아버진 가족들 생각은 안 해요."

"죽이기야 하겠냐. 그리고 이젠 그런 세상은 끝인가 보다."

용자는 아버지의 손을 잡고 울면서 피할 것을 종용했지만 소용없었다.

결국 인민군 두 놈은 홍포일에게 폭력을 가했다는 이유로 재한을 포박해서 끌어가고 말았다.

어릴 적, 용자는 아버지의 무릎 위에서 많은 것을 배웠다. 아버지는 사랑을 맏딸 용자에게 쏟아 부었다. 딸 용자도 이 세상 어떤 아버지보다 그런 자상한 아버지를 좋아했다.

어디로 가는지도 모르는 채 끌려가는 재한의 모습이 불쌍해서 용자는 얼마나 울었는지 모른다. 하지만 용자는 아버지를 꼭 구하고 말겠다는 다짐을 하고 이를 갈았다. 그리고 애써 눈물을 감췄다.

재한이 끌려간 지 2시간쯤 지난 뒤였다. 어디서 왔는지 인민군 한 떼가 재한의 종모우를 앞세우고 솔밭으로 몰려들었다.

놈들은 재한이 그토록 생명처럼 아끼고 보살피던 종모우를 솔밭 한 곳에 매어 놓더니 잔인하게도 정수리를 도끼로 내리찍었다. 소는 맥없이 픽 쓰러지고 말았다. 그 광경을 바라보던 동네 사람들은 한결 같은 심정이 되어 소리 없이 눈물만 흘렸다.

표남일과 홍포일의 배후조종을 받고 있는 놈들은 죽은 소의 멱통에서 쿨쿨 쏟아지는 선혈을 양동이에 가득 담아내었다.

어떤 놈들은 양동이에 담겨 있는 붉은 선지를 무슨 보약이라도 마시는 듯 양은 종재기(사발의 반 정도 작은 사기그릇)로 퍼서 두서너 잔씩 거푸 마시기도 했다.

김이 모락모락 피어오르는 소의 부위를 해체하듯 잘라낸 놈들은 소의 생간을 피 묻은 칼로 썰어 먹는가 하면 살코기는 살코기대로 내장은 내장대로 돌 위에 걸어놓은 가마솥에 넣고 장작불을 지펴가며 끓여댔다.

가마솥의 쇠고기가 푹 끓어 넘쳐나며 뜨거운 김을 마구 뿜어내고 있었다. 그러자 붉은 완장을 찬 자들이 솥에서 고기를 건져내어 막걸리 잔에 술을 따르며 국밥을 만들어 한 그릇씩 나누어 먹었다.

그런 광경을 멀찍이서 바라보던 용자는 이빨을 갈아대며 김기일에게 꼭 자기 손으로 복수하겠다고 다짐을 하고 또 다짐했다. 소뿐만 아니라 아버지를 반동분자로 몰아 끌고 간 김기일을 결코 가만 두지 않겠다고 마음 속으로 칼을 갈았다.

용자는 강릉위수지구 인민군 사령부를 찾아가 자신의 신원을 밝혔다.

"신재한 씨를 만나러 왔는데요."

"신재한 동무는 처형하기로 결정되어 처형장에 있다우."

자신의 아버지가 처형장에 넘겨졌다는 소리를 듣고 용자는 분노의 울음을 터뜨렸다. 한참을 울던 용자는 지금 눈물을 흘리며 울고만 있을 때가 아니라는 생각을 하고 집으로 돌아왔다. 처형장을 습격하기로 결심한 용자는 일단 청년단장인 김재기를 집으로 불러들였다.

어머니는 남편이 처형될 거라는 소식에 실신해서 누워 있었다. 어머니는 딸 용자 얼굴에서 범상치 않은 빛을 보고 힘없는 손으로 용자의 옷자락을 잡았다.

"용자야. 어델 갈래는 거래?"

"아버지 모셔 올래요. 저 없는 사이 동생이 잘 돌봐줄 거래요."

용자는 차가운 물수건을 어머니의 이마에 대주며 말했다.

"생각 많이 하려 들지 말래. 어머니 내 금세 다녀올 테니. 제발 그때까지 더 심하게 아프지 말래?"

"야, 니 자꾸 불안한 생각만 든다야. 용자 니 그냥 여기 있으래니."

"아버질 모시러 가는 거라니까. 금방 다녀올 테니."

"응, 그래 니 조심하래이."

용자는 눈동자로 끄덕여 보이고 방을 나왔다. 재기도 따라 나섰다. 그 때가 이미 자정을 훌쩍 넘어 새벽을 향하고 있었다.

열에 들뜬 상태에서도 엄마의 눈에 용자는 참 예뻐 보였다. 아직 어린 티가 가시지 않은 분홍색 입술은 조각해 놓은 것처럼 앙증맞았고 서글서글한 눈동자가 참으로 고왔다.

남자가 좋아할 부류의 아가씨였다. 용자는 일하는 아버지를 늘 선머슴처럼 두 손을 걷어붙이고 도왔던 착한 처녀였다.

용자는 남장을 하고 부엌칼을 찾아 품안에 넣었다. 누가 보더라도 처녀로 보이지는 않았다. 씩씩한 청년으로 변장해 있었다.

아버지가 갇혀 있는 처형장까지는 20리 길, 부지런히 걸어도 한 시간 이상 산길을 걸어야 하는 거리였다. 자칫하면 늦을 수도 있다.

용자는 먹구름으로 뒤덮인 까만 하늘을 올려다 보았다. 무척 어두웠다. 날이 밝기 전에 아버지가 있는 곳에 도착해야 했다. 용자는 유난히 밝은 밤눈을 의지해 어둑한 산을 타고 달렸다. 고초를 겪고 있을 아버지 생각에 마음은 급할 대로 급했다. 급한 마음만큼 뜀박질도 빨랐다. 입에 하얀 거품을 문 채 달리고 또 달렸다.

핏발 선 용자의 눈에 희뿌옇게 동이 터오는 하늘이 보였다.

'조금만 더, 조금만 더 빨리.'

용자는 소리 없이 뛰었다.

"용자야, 너 괜찮은 거래?"

재기가 가쁜 숨을 몰아쉬며 물었다. 용자가 이렇게도 산을 잘 타리라고는 전혀 상상도 못했다. 한참 젊은 나이의 그로서도 용자를 따라잡기가 쉽지 않았다. 무공 따윈 익힌 바도 없지만 용자를 위해서라면 무슨 일이라도 해낼 수 있으리라는 자신감이 용솟음쳤다.

턱까지 차 오른 숨을 억지로 목구멍 아래로 밀어 넣으면서 재기는 한 번 더 물었다.

"곤하지 않냐?"

이번에도 대답이 없을 줄 알았는데 용자가 퉁명스럽게 대꾸했다.

"괜찮아, 재기 오빤 지금도 늦지 않았어. 어서 동네로 가래이?"

"지금 가려면 따라오지도 않았드래."

사내답게 되받는 재기의 말에 대꾸할 새도 없이 용자는 앞만 보고 달렸다.

용자에게는 피가 마르는 시간이었다. 손도 못 써보고 아버지를 보내게 되는 건 아닌지 오직 그 걱정뿐이었다. 재기를 돌아볼 여유 같은 건 없었다. 조금씩 붉어지는 하늘이 용자의 목을 죄었다. 사위가 조금씩 밝아지자 높이 솟은 절벽이 보였다. 그리고 인민군의 상징인 붉은 깃발(인공기)도 어렴풋이 보였다.

용자는 꼭두새벽인데도 처형 구경하러 몰린 사람들을 증오스런 눈으로 훑었다. 사람 죽이는 것이 구경거리라니 참으로 모진 것이 인심이었다.

용자는 사람들 틈으로 숨어들었다. 재기 역시 잘 알아보지 못하게 얼굴 변장을 하고 용자의 뒤를 따랐다.

"까아악, 까아악."

불길하게 까마귀가 새벽부터 울어댔다. 죄인의 명줄이 끊어지면 한 달음에 냉큼 내려와 인육을 찢어발기려는 듯 상공을 빙빙 돌고 있었다.

아침놀에 반사된 사람들의 눈동자가 광적으로 번들거렸다. 하나도 빼놓지 않고 다 보려는 듯 눈을 부라린 그들의 모습에서 용자는 거센 증오를 느꼈다.

'당신들 뜻대로 되지 않을 것이다. 내 기필코 아버지를 구해내고 말 테니까.'

용자의 선이 고운 턱에 힘이 실렸다.

종소리가 울렸다. 작고 둔중하게 시작되었던 종소리가 커지고 높아질수록 사람들의 웅성거림도 커졌다.

커다란 뿔피리도 울렸다. 검은 견갑을 입은 금부교위(禁府校尉)가 그 소리가 끊어지기 전에 일단의 인민군이 수레 하나를 이끌고 나타났다.

가쇄(쇠사슬)를 찬 죄인은 다름 아닌 신재한이었다. 밧줄에 포박된 자신의 아버지 모습이 눈에 들어오자 용자의 핏발 선 눈은 더욱 벌개졌다.

묶인 채로 끌려나오는 재한의 눈은 움푹 들어가 있었다. 망설일 틈이 없었다. 막 앞으로 한 발 나서려는데 재기가 용자의 팔을 잡았다.

"제발. 신중하게 생각해야 돼. 자들은 총을 들고 있잖아, 용자야."

재기는 자신의 첫사랑이며 장담하건대 마지막 사랑도 될 용자가 위험에 처하는 것을 보고 싶지 않았다.

자신에게 조금의 무공이라도 있다면 용자를 도울 수 있을 텐데, 그렇지 못한 것이 못내 아쉬웠다. 그런 걱정을 아는지 모르는지 재기를 돌아보는 용자의 눈이 무서운 빛을 발했다.

"재기 오빠, 이왕 같이 왔으니 도와달래니. 해 줄 수 있겠어?"

"그래, 뭐든지."

"내가 인민군들의 주위를 흐트러놓을 테니, 아버질 모시고 무조건 뛰어. 여기서 멀어지면 멀어질수록 좋아."

"널 두고 도망가라고?"

"아버질 안전한 곳으로 모시고 가달라는 거야, 부탁이다. 들어줄 거지?"

머루처럼 까맣게 반짝이는 용자의 눈동자를 보자니 말려도 소용이 없을 것 같았다. 너무나 비장한 눈빛이었다. 재기는 무겁게 고개를 끄덕였다.

"용자야, 니 무사히 돌아오래이."

"재기 오빠. 걱정 말래니."

목숨에 미련을 남겨둔 것은 아니지만 성공을 장담할 수 있는 건 아니다. 앞으로의 일은 오직 하늘만이 아신다. 용자는 재기의 어깨를 한 번 굳세게 잡아주었다.

"날 믿으래. 재기 오빠야!"

"그래 아저씨는 나한테 맡겨."

"그럼, 간다."

"조심하래이, 용자야."

걱정스레 바라보는 재기를 뒤로 하고 용자는 사람들을 헤치고 천천히 앞으로 나아갔다.

용자의 손이 소리 없이 움직였다. 허리춤에 매달려 있던 식도가 맑은 소리를 내며 세상 밖으로 나왔다. 맑은 검광을 뿌리며 나온 칼은 그 끝이 파르르 떨었다. 아버지가 막 수레에서 내리려는 찰나였다.

용자는 적시를 기다리며 손끝에 힘을 주었다. 기회는 단 한 번뿐이다. 선불리 행동했다간 모든 것이 물거품이 되고 만다.

용자는 날이 선 눈동자를 빠르게 굴렸다. 우선은 사람들이 너무 많았다.

'조금만 더 기다려 보자.'

용자는 자꾸 조급해지는 마음을, 거칠게 튀어 오르는 심장을 억누르고 있었다.

인민군들이 아버지를 수레에서 잡아끄는 것을 바라보았다. 비틀거리는 아버지를 나무기둥에다 묶고 그들은 뒤로 물러섰다. 그리고 물러선 그들 대신 인민군 두 명이 장총을 들고 나타났다.

용자는 자신의 아버지가 묶여 있는 기둥을 주시했다. 그리고는 총을 겨누는 인민군을 향해 식도를 높이 치켜들었다.

그때였다. 검은 얼굴 가리개로 얼굴을 가린 젊은이가 인민군을 향해 돌진했다. 용자가 잠시 넋을 잃고 바라보는 사이 검은 멱리(눈만 내놓고 얼굴 가리개)의 남자는 무서운 기세로 AK장총을 휘둘렀다.

그의 행동은 결코 용자를 도우려는 것 같아 보이지 않았다. 그는 닥치는 대로 사람을 마구 쓰러뜨리고 있었다. 그는 무서운 속도로 용자에게 다가왔다.

획! 하고 바람이 일었다. 그와 동시에 용자는 저만치 나가떨어졌다. 남자는 용자를 깔아뭉갰다.

"감히 이곳이 어디라고 행패냐?"

처형장을 감독하고 지시하는 인민군 사령부 소속 보위부원이 앙칼지게 물었다. 인민군의 총구가 검은 멱리에게 겨누어져 있었다.

"강동면 안인을 지키기 위해서 왔다. 이 총을 치워다오."

이 말에 보위부원이 싸늘하게 웃었다.

"천둥벌거숭이마냥 두려운 것이 없는 모양이구나. 내 눈에 거슬렸으니 살아 돌아갈 생각은 말아라."

그의 주위로 붉은 기가 소용돌이치며 몰려들었다. 용자는 칼을 움켜쥐고 사나운 기세로 남자에게 달려들었다. 남자는 그 칼을 막아냈다. 순간 날카로운 금속성과 함께 용자는 뒤로 나가떨어졌다.

용자는 흙바닥에 나뒹굴었다. 총구 끝에 달린 대검이 용자의 목을 겨누고 있었다.

"너도 빨갱이냐? 죽어라!"

흑의의 남자는 대검으로 용자를 찍어 눌렀다.

배부른 고양이가 쥐를 놀리듯 그는 쓰러진 용자를 희롱하고 있었다. 순간 용자는 섬뜩한 느낌과 함께 목이 쓰라려 옴을 느꼈다.

그때 재기는 모두의 시선이 용자와 검은 복면의 남자에게 쏠려 있는 사이 나무 기둥에 묶여 있는 재한을 재빨리 풀었다.

"아저씨, 묶인 체하고 있어요. 제가 저기 먼저 가 있을 테니 기회를 봐서 뛰어 나오세요."

재한은 고개를 끄덕였다. 재기는 슬그머니 산속으로 몸을 숨겼다.

"난 아직 죽을 때가 아니래니."

용자가 말했다.

"입만 살아 나불대는구나. 가소로운 것."

그렇게 말하는 남자의 눈동자에는 아무런 감정도 실려 있지 않았다. 다만 대검을 용자에게 조금 더 깊이 들이밀 뿐이었다.

퍼런 날 끝에 붉은 피가 조금씩 스며들었다.

피까지 나게 만든 것을 본 인민군은 복면의 남자가 자기 편이라고 생각하고는 겨누었던 총을 거두었다.

방금 생긴 상처에서 붉은 피가 점점 더 진하게 흘렀다. 맥이 뛰노는 곳이 더욱 세차게 뛰고 상처는 쓰리고 욱신거렸다. 하지만 아무래도 좋았다.

용자는 시선을 옮겨 주위를 살폈다. 많은 것들이 보였다. 아버지를 묶어 둔 기둥도 보였다. 그런데 나무 기둥만 있을 뿐 아버지는 보이질 않았다. 사람들 틈에 서서 걱정스런 얼굴을 하고 있을 재기도 보이지 않았다. 그런데 자신의 목에 칼을 겨눈 남자의 얼굴은 그대로 있었다.

용자는 남자의 눈매를 살폈다. 남자의 형형한 눈이 용자의 눈과 마주쳤다. 용자는 그가 빙긋이 웃는 것을 보았다.

"마지막 남길 말이나 해 보는 게 어떠냐?"

멱리 사내가 차갑게 외쳤다. 그러면서 용자를 위협하는 척 허리를 굽히더니 작은 소리로 말했다.

"어서 아버지를 모시고 가라. 그 칼로 날 찌르는 척하란 말이다. 내가 아파서 도망가면 날 잡겠다고 쫓아와야 한단 말이야."

용자는 상황판단이 빨랐다. 멱리 사내가 허리를 펴려는 순간 잽싸게 칼로 찌르는 척했다. 멱리 사내는 용자의 칼에 맞은 척하고 뛰어 달아나기 시작했다. 몸을 벌떡 일으킨 용자도 그를 잡으려는 척 쫓아서 뛰기 시작했다. 얼마쯤 내달리던 사내는 용자와 다른 방향으로 내달렸다.

죽을힘으로 내달아 산모퉁이를 돌았다. 그리고는 우거진 숲으로 숨어들었다. 잠시 당황하던 인민군들이 추격해 쫓아왔지만 산길에 밝은 용자를 붙잡을 수는 없었다.

놈들을 확실히 따돌렸다고 생각한 용자는 잠시 멈춰서 숨고르기를 했다. 그제서야 목 부분이 몹시 쓰리고 아픈 것을 느꼈다. 멱리 사내가 목을 너무 세게 찌르는 바람에 피가 많이 흘렀다.

용자는 산속을 살피며 아버지를 찾았다. 아마 재기와 멀리 갔을 거라고 생각한 용자는 아버지가 숨어 있을 만한 곳을 살폈다. 그런데 저만치 높은 산등성이에서 참나무 가지가 흔들리는 것이 보였다.

아버지가 보내는 신호가 틀림없었다. 용자는 잽싸게 산등성이에 올라 아버지와 재기를 만났다.

"아버지, 괜찮드래요?"

재한은 눈을 들어 금지옥엽보다 더 귀한 자신의 딸을 보았다. 무사한 아버지를 보는 용자의 눈도 뜨거워졌다.

"용자야, 네가 여긴 웬일이더냐?"

평소에 카랑카랑한 아버지의 목소리였다. 그러나 지금 아버지의 목소리에 지난날의 그 기백은 사라지고 없었다. 힘없이 처진 아버지의 목소리를 듣는 용자의 눈에 뜨거운 눈물이 고였다.

"어머니와 동생들이 집에서 기다리고 있잖아요."

"그래. 소는?"

재한은 소가 어떻게 되었는지 그게 더 궁금했던가 보다.

"그눔에 소! 소가 사람보다 더 중요하드래요?"

평소 같으면 감히 할 수도 없는 말이었지만 용자는 안타까운 마음에 아버지의 가슴을 두드리며 원망스러운 듯 말했다. 그 바람에 극도로 쇠약해진 재한의 몸이 휘청거렸다.

"용자야, 너 아버님한테 그렇게 함부로 해도 되는 거래?"

재기가 용자를 나무랐다.

"사람이 더 중요하지. 그눔에 소가 더 중요하데? 아버지 그깐 소, 쟈들이 다 처먹었드래."

원망이 가득 찬 목소리로 말하는 용자의 목에서 피가 튀었다. 그걸 본 재기는 자신의 옷을 찢어 지혈을 시켰다.

"근데, 검은 멱리를 한 그 사람이 누구야? 누군데 우리를 도와줬드래?"

불현듯 멱리를 생각한 용자가 재기에게 물었지만 재기는 자신도 모르겠다고 했다.

밤을 기다려 그들은 동네로 들어왔다. 그런데 집에 온 재한은 한동안 텅 빈 외양간을 들여다보며 한숨을 쉬었다. 가족들이 저마다 위로의 말을 했지만 재한에게는 그 소리가 전혀 들리지 않는 모양이었다.

재한은 마치 실성한 사람이 된 듯 어머니를 여위었던 그날처럼 가슴으로 울고 잠자리에서도 흐느끼곤 했다. 아내는 "그럴수록 더 모질게 마음을 먹어야 한다"며 위로했지만 결국 심한 우울증과 화병이 도져 재한은 자리에 누운 채 일어나지를 못했다.

"작은 아버지요."

재한의 조카 신갑선이 찾아왔다. 갑선은 태권도 2단의 유단자였다.

"갑선 오빠야. 아버지가 많이 아프대요."

갑선은 용자와 같이 방에 들어가 누워 있는 재한의 옆에 앉았다.

"작은 아버지요, 얼른 일어나요. 이렇게 누워만 있으면 어떻게 해요."

그때 용자의 시선이 갑선의 주머니에 멎었다. 검은 천이 뾰쪽이 고개를 내밀고 있었다. 용자는 검은 천을 잡아 뺐다.

"오빠야, 이건?"

갑선이 검은 천을 낚아챘다.

"용자 니, 쓰리꾼이나? 왜 남의 것을 슬쩍하고 그래나?"

"오빠였어!"

"뭘?"

용자는 자신의 목에다 손을 댔다.

"여길 찌른 사람이 오빠였어?"

"……."

갑선은 아무 말도 하지 않았다.

"오빠야? 생명의 은인이었어. 도와줘서 고마워, 오빠야."

"그래도 우리 작은집 일인데 어떻게 보고만 있을 수 있나."

"역시 오빠는 태권도를 하더니 몸이 날렵하더라."

"니 목은?"

"그런다고 진짜 피 나오게 찌르냐?"

용자가 웃음이 가득한 얼굴로 말했다.

"니 목에 피 안 나왔으면 우리 세 사람 다 총 맞았다."

갑선과 용자는 재한이 아파 누워 있는 것도 잠시 잊은 채 무용담을 나누고 있었다.

재한이 처형장에서 극적으로 탈출을 해서 살아 돌아왔다는 소문이 동네에 자자했지만 사람들은 혹시 있을지도 모를 보복이 두려워 재한의 집을 찾아오지도 못했다.

그 소문은 분주소에도 들어갔다. 표남일은 사령부 김기일에게 찾아가 처형장에서 재한이 탈출해 도망쳤다고 보고를 했다. 순간 기일은 그 무슨 말도 안 되는 소리를 하느냐며 호통을 쳐댔다.

김기일은 그날 처형할 사람이 4명이라는 보고만 받았지 그 중 신재한이 끼어 있었다는 사실은 모르고 있었다.

재한을 처형하기로 결정한 것도 표남일이었다. 남일은 재한을 반동분자로 몰아 서류를 조작해서 처형장으로 넘겼던 것이다. 그 서류를 받은 처형장에서는 서류를 자세히 검토하지도 않은 채 처형을 집행했던 것이다.

"왜, 용자 아버지 신재한이라고 말 안 하고 동무 맘대로 했어!"

김기일은 표남일에게 삿대질을 하며 호통을 쳤다.

"여태까지 그런 식으로 진행해 왔던 터라……."

"동무도 처형당하고 싶어? 신재한 씨는 안인 사람이야. 그리고 용자 아버지란 말이다!"

표남일이 김기일에게 보고하러 갔다가 욕만 실컷 먹고 왔다는 소문이 사람들의 입을 통해 온 동네에 쫙 퍼졌다.

그 소식을 전해 들은 재한은 놀랍게도 자리를 박차고 일어났다. 흰 두루마기를 주섬주섬 걸쳐 입은 재한은 강릉 시내 5일장으로 나갔다.

가족들은 종모우 일로 답답해 하던 재한이 장터에 나가 바람이라도 쏘이려는 줄 알았다. 그러나 재한은 우장(소시장) 거리인 포남리로 갔다. 전부터 교분이 있는 이를 찾아서 소 한 마리를 빌려달라고 했다.

그간에 겪은 애절한 사연을 재한은 모두 털어 놓았다. 평소 재한의 강직한 인품을 잘 알고 있던 그 사람은 두 말 없이 소를 빌려 주었다.

빈손으로 집을 나간 재한의 손에 고삐가 잡혀 있었고, 그 뒤에 누렁 황소한 마리가 따라오고 있는 모습을 본 동네 사람들은 자신의 일처럼 기뻐하며 하나같이 재한의 뒤를 따라 집으로 들어왔다.

당장 소가 없으면 마을의 농사일은 할 수 없었다. 이제 본격적인 가을걷이가 시작되는데 볏섬이라도 나르려면 소는 절대적으로 필요한 존재였다. 속이 무척 상하기는 했지만 그렇게나마 소를 빌려온 것이 다행이라고 생각한 재한의 표정이 무척이나 밝았다.

공산체제는 아무리 사유재산이라지만 개인적으로 소를 사고 팔 수가 없었다. 그리고 모든 상거래는 북한 돈으로만 이루어졌다. 그런데 재한은 북한 돈은 없고 또 그 소를 살 만한 여유자금도 없었다.

그리고 주민들은 물건을 팔고 살 때 북한 돈으로 거래하는 것을 원하지 않았다. 어쨌든 공산 치하에서의 매매는 화폐문제도 그렇거니와 사람들이 거래하기를 원하지도 않았다. 그래서 물물교환이 최선의 방책이었다.

상거래 문제도 북한군이 주둔한 지역민들에게는 뼈아픈 일상의 고통이었다. 어디 그 뿐이던가. 동네의 평화가 깨어지고 친구와 친구 사이가 하루아침에 원수가 되고, 이웃이 경계의 대상이 되고 젊은이들은 의용군에 강제로 징병을 당해야 하는 참상을 매일 겪어야 했다.

소와 더불어 일을 하고 기쁜 마음으로 동네 사람들이 협력하기 시작한 지 불과 며칠이 되지도 않았다. 그 지긋지긋한 홍포일이 또 재한을 찾아왔다.

"재한 동무, 저번에 내가 미안하게 됐네. 수고스럽지만 이제 위대한 해방군이 남쪽에서 전승하고 있는데, 군수물자 수송이 잘 안 되어서 어쩔 수 없이 자네에게 부탁하는 것이니 그 일에 함께 해 주기를 바라네."

뻔했다. 우마차를 징발하자는 것이었다. 재한은 화가 난 어조로 일언지하에 거절해 버렸다.

"네 놈들이 소를 가져가더니 또 나한테 왜 그러는데. 이번은 나 못해."

"좋다! 그렇다면 재한 동무 가족 모두를 반동분자로 몰아 처벌할 수밖에 없다. 알겠나?"

홍포일은 협박투로 말하였다. 그 말에 재한은 몸을 부르르 떨었다. 그러나 홍포일의 결연한 의지로 보아 놈의 요구를 거절할 경우 어떤 결과가 초래될 것인지를 짐작할 수 있었다.

"알았네. 내가 잘못 했다. 인민위원장의 요구대로 하겠네."

재한은 어쩔 수 없이 놈의 요구를 수용할 수밖에 없었다. 소와 마차로 군수품 날라주는 힘겨운 일에 재한은 강제로 징집되었다.

20여 일이 지났다. 군수품을 남쪽 경상도까지 실어다 주고 돌아오는 길이었다. 아무래도 우마차를 표남일 일당에게 빼앗길 것 같은 예감이 들었다. 재한은 잘 아는 집에 우마차를 맡겨 놓았다. 그리고 소만 몰고 산등성을 타고 남대천을 건너 사람들의 눈을 피해서 걸었다. 소도 뒷산에다 숨겨두고 집으로 몰래 들어왔다.

무사히 집으로 돌아온 재한을 보고 온 가족이 안도의 한숨을 쉬었다. 20여 일이 지나는 동안 전혀 소식왕래가 없었기에 마치 죽은 사람이 살아 돌아오기라도 한 듯 모두가 기뻐했다. 모두가 기뻐 어쩔 줄 몰라 하는 중에도 아내 진매는 부엌으로 나가 새벽밥을 지었다.

사랑과 절망

어머니 품속과도 같았던 고향 장거리 마을의 물레방앗간은 최금녀의 젊은 추억, 사랑의 숨결이 꽃향기처럼 깃들어 있는 보금자리이기도 했다.

전쟁의 회오리 속에서도 두 남녀의 사랑은 물레방앗간 한쪽에서 시작되었다. 최금녀와 박범호의 사랑은 전쟁이 터졌어도 변함이 없었고 그 누군가가 시기하여도 변함이 없었다. 그러나 그들의 사랑을 갈라놓은 것은 점령군의 또 다른 무소불위의 질투심이 작용했기 때문이었다.

그들을 시기한 자는 이 강토를 정복한 공산당 위수사령관 김기일이었다. 남한 땅을 점령한 여세를 몰아 이루지 못한 지난날의 자기 한을 달래지 못해 후배들의 연정을 질투삼아 의용군이라는 명목을 덮어씌워 전쟁터로 내몬 잔인한 수법이었다. 그러고 금녀를 자기 여자로 만들 줄이야 그 누가 알았겠는가.

3년 전이라면 금녀는 여고 학생이었다. 금녀는 꿈 많고 감성이 풍부한 미모의 소녀였다. 그런가 하면 많은 남학생들에게는 말할 수 없는 연모의 대상이었다.

어느 날이었다. 경포대로 가을 소풍을 갔을 때였다. 사내답고 늠름한 한 남학생을 발견한 금녀는 그만 한눈에 반해 버렸다. 그 역시 소풍을 온 남학생이었다.

1년 선배인 그 남학생도 금녀를 보고 마음에 들었던지 급속히 친해진 그들은 경포대 해송밭을 거닐며 대화를 나누었다. 남학생은 박범호라고 자신을 소개했다.

그것을 시작으로 해서 서로 편지를 주고받다가 마침내 안인진 포구가 있는 바닷가에서 밀회를 즐겼다.

손을 잡고 파도소리를 들으며 등대 쪽으로 거닐다가 커다란 바위에 올라갔다. 저 멀리 수평선을 바라보며 시간가는 줄 모르고 있다가 감미로운 첫 입맞춤을 하기도 했다.

금녀로서는 태어나서 입맞춤은 처음이었다. 그게 시작이 되어 금녀와 범호는 거리낌없이 자유롭게 서로의 몸을 매만지기까지 발전하게 되었다.

그런데 걸림돌이 생겼다. 동네 사람들의 눈이었다. 소문이 퍼졌다. 그러니 드러내놓고 범호네 집이나 금녀네 집을 드나들 수도 없었다. 학생의 신분이었으니 더욱 그러했다.

동네 사람들의 눈을 피해서 사랑을 속삭일 공간이 없는 게 그저 안타깝고 답답할 뿐이었다. 범호보다 더 답답한 사람은 금녀였다. 밀회장소를 찾다가 금녀가 발견한 곳이 동네 물레방앗간이었다. 물레방앗간은 장거리 강동지서에서 좀 떨어진 외진 곳이어서 밀회장소로서는 그만이었다.

어느 날 초저녁이었다. 두 남녀는 어두운 물레방앗간에 멍석을 깔아놓고 앉았다. 범호가 금녀의 옷고름을 풀었다. 금녀에게서는 무르익은 처녀의 향기가 발산해 물레방앗간을 가득 채웠다.

금녀는 범호의 허리를 끌어안았다. 범호 역시 금녀의 허리를 힘껏 끌어안았다. 그 가냘프고 황홀한 여체에서 배어 나오는 향기가 범호의 정신을 황홀한 세계로 이끌어갔다. 그 어떤 어휘로도 표현할 수 없는 황홀한 향기였다.

범호 품에 안긴 금녀는 황홀감에 젖어 가녈히 몸을 떨었다. 몸이 뜨거워지고 숨이 가빠졌다. 그 뜨거운 체온과 숨결이 고스란히 범호에게 쏟아졌다.

자신도 모르게 터져 나오는 신음을 참으려 금녀는 무진 애를 썼다. 그러나 금녀는 이미 자제력을 잃은 상태였다. 범호 역시 끓어오르는 열정을 주체할 수가 없어 두 팔에 힘을 주어 금녀를 우악스레 끌어안았다.

살과 살이 밀착되며 비벼지는 감촉에 쾌감의 가루가 우수수 흩날렸다. 아찔한 그 느낌에 금녀는 자신도 모르게 허리를 뒤틀며 이빨로 입술을 물었다. 깨문 입술 사이로 가냘픈 신음이 새어나왔다.

'학! 학!' 하는 금녀의 신음이 귓속으로 파고들자 범호는 자제력을 잃어가고 있었다. 봇물 터지듯 밀려드는 극렬한 쾌감이 온몸을 감쌌다. 그냥 안고만 있을 뿐인데도 두 사람의 호흡은 극도로 거칠어졌다. 서로를 너무 아끼는 두 사람이었기에 상대방을 지켜주려고 신음을 참으며 몸부림쳤다. 되는 대로 내뱉으면 소중한 사람이 부끄러워할까 봐 신음을 참느라 그들의 숨결은 더욱 거칠어졌다.

금녀는 자꾸만 호흡이 가빠지고 몸이 꿈틀거렸다. 목이 마른 것 같기도 했다. 마치 마약에 중독되기라도 한 것처럼 간지럽고 안타까워지며 자신도 모르게 전신이 요동치고 있었다.

맞닿아 비벼지는 범호의 단단한 가슴이 너무 황홀하고 달콤했다. 그 속에 깊이 스며들고 싶었다. 쾌감에 겨워 꿈틀거리는 자신의 모습이 부끄럽지도 않았다. 너무 황홀해서 그 쾌감의 순간을 한없이 지속시키고 싶은 안타까움뿐이었다. 그 와중에도 범호가 자신을 끝내 지켜줄 거라는 믿음은 조금도 흔들리지 않았다.

부둥켜안고 허우적거리며 서로를 비비고 문지르면서도 범호와 금녀는 동시에 두려움을 느꼈다. 단순한 욕정으로 서로를 안은 것이 아닌데도 뭉텅뭉텅 피어오르는 죄스러움이 동반된 쾌감에 아연해 하며 몸을 떨고 있었다.

꽃을 피우고 향기를 발산하게 한 범호의 정성에 금녀의 마음의 문이 저절로 열린 것을 두 사람은 알 수 없었다. 그 열린 마음의 문을 통해 저항할 수 없는 고혹적인 향기가 발산되는 줄 그들은 아직도 모르고 있었다.

그 비밀을 짐작조차 할 수 없는 두 사람이었기에 그들은 그저 껴안고 몸부림칠 뿐이었다.

혹시라도 욕정이 동반되지 않은 채 극으로 치닫는 그 쾌감이 깨어질 것이 두려워 두 사람은 더 세게 부둥켜안았다. 쾌감에 빠져 허우적거리면서도 감히 다음 단계로 옮길 생각은 하지도 못한 채, 의지를 배반하고 한없이 커지는 자극에 안타까워하며 부둥켜안고 꿈틀거릴 뿐이었다.

보드랍고 매끄러운 금녀의 두 다리가 범호의 탄탄한 허리를 끊어버리기라도 하려는 듯 휘감은 채 조여 왔다. 허벅지 사이에 끼인 감촉만으로 정신이 아득해진 범호가 어쩔 줄 모르고 버둥거렸다. 금녀의 보드라운 볼이 범호의 볼을 문지르고 거친 숨결이 귓속으로 파고들었다.

계속 학! 학! 하는 신음과 함께 금녀는 허리를 뒤틀었다. 매끄럽고 보드라운 다리가 범호의 허리를 조여왔다. 그 바람에 단단하고 뜨거운 범호의 그것이 금녀의 중요 부분에 닿았다. 범호는 기겁하여 허리를 움직여 금녀에게서 떨어지려 했지만 뜻대로 되지 않았다.

아슬아슬한 순간이 반복되고 두 사람의 숨결은 더 가쁘고 거칠어졌다. 달콤하고 황홀한 숨결이었다. 범호의 허리를 감고 있는 금녀의 두 다리에는 힘이 가해지고 뜨거운 숨결이 범호의 얼굴을 마구 강타했다. 서로가 뒤엉켜 버둥거리며 꿈틀대다 보니 어느 순간 두 사람은 격렬하게 한 덩어리가 되어 떨어질 수가 없었다.

두 사람의 입에서 격한 신음이 동시에 터졌다. 얇은 옷을 사이에 두고 닿았지만 그 날카로운 자극에 금녀와 범호는 부르르 몸을 떨었다. 금녀는 신음을 흘리며 범호를 더 으스러지게 껴안았다. 그리고 범호가 자신에게서 떨어지지 못하도록 꼰 다리에 힘을 주었다. 범호가 피하려 할수록 더 세게 밀어붙였다.

쾌감에 정신이 아득해진 상태에서도 금녀는 자신을 지켜줄 것이라고 믿어진 범호가 믿음직스러웠다. 그리고 의지를 따르지 않는 자신의 몸이 원망스럽기까지 했다. 자기는 처녀의 몸으로 순결을 생명처럼 지켜야 된다는 의식도 까맣게 잊고 있었다. 오히려 그녀 자신이 쾌감에 빠져들고 있었다.

하아! 하는 금녀의 신음과 거친 숨결이 범호의 얼굴에 화악 끼쳤다. 범호는 금녀를 껴안은 채 부르르 떨었다.

"금녀야."

금녀는 어쩔 줄 모르는 범호의 눈에서 자신을 아끼는 마음을 읽었다. 범호를 더 세게 껴안으며 금녀는 황홀하게 속삭였다.

"범호 오빠야. 괜찮아요. 미안해 하지 않아도 돼요."

속삭이는 금녀는 자신의 몸 속에서 일어나는 움직임에 대해 스스로 경악을 금치 못하고 있었다. 가쁜 숨을 확확 쏟아내면서도 자신을 지켜주려는 안간힘을 읽은 금녀의 눈에서 뜨거운 눈물이 쏟아졌다.

"오빠야. 오빠야."

"금녀야!"

범호는 온 힘을 모아 금녀의 몸을 부둥켜안고 부르르 떨다가 넋을 놓아버렸다. 범호의 뜨거운 피가 금녀의 몸 속에 쏟아져 스며들었다. 금녀는 마치 불세례라도 맞은 듯 뜨거운 황홀경에 빠져 몸부림쳤다. 금녀는 자신의 몸 속에 그렇게 뜨거운 피가 흐르고 있을 줄 몰랐다.

범호는 황홀함에 흠씬 젖어 있는 상태에서 금녀를 마주 볼 수 없었다. 혹시 금녀를 욕보인 건 아닌가 하여 얼굴을 들 수 없었다. 미안함과 죄책감에 울음이 쏟아지려는데 금녀의 보드라운 손이 범호의 얼굴을 쓰다듬었다. 그런 범호의 마음을 읽기라도 했다는 듯이 금녀가 그를 당겨 안으며 포근하게 속삭였다.

"범호 오빠야. 부끄러워하지 않아도 된다니. 오빤 지금까지 날 지켜주었잖아. 오빤 날 쳐다봐 주래이."

그래도 범호는 고개를 들지 못했다.

왠지 눈물이 굴러 떨어질 것만 같았다.

"범호 오빠야, 나까지 부끄럽게 만들기니? 그러고 있으니까 내가 죄인처럼 느껴지잖아."

그 말에 힘입어 범호가 고개를 들었다. 금녀가 범호의 입술을 찾았다.

"괜찮아. 예쁜 우리 범호 오빠야. 이렇게 착하니 어케 좋더래."

욕정 없이 시작하여 황홀하게 막을 내린 꿈같은 몸부림이었다. 금녀의 품에 안긴 범호는 마치 꿈을 꾸고 난 것 같았다.

그 며칠 후였다. 어슴푸레한 달밤에 방앗간에서 범호와 금녀가 다시 만났다. 전처럼 멍석자리를 깔았다. 문틈을 비집고 두 사람을 따라들어온 하얀 달빛을 그대로 받으며 범호는 금녀를 와락 끌어안았다.

배춧잎을 벗겨내듯 금녀의 옷을 벗긴 범호는 달빛에 하얗게 드러난 금녀의 몸을 격렬한 기세로 탐했다. 봉긋 솟아난 젖무덤을 애무하며 압박을 가했다. 그 때마다 금녀는 뜨거운 피가 콸콸 쏟아지는 듯 온몸이 열병으로 달아오른 한 마리 야생마가 되어 범호의 목덜미를 끌어안고 거친 숨을 몰아쉬었다.

"너무 하고 싶어 내 죽겠다니."

두 사람의 입에서 무거운 비명이 터졌다. 몸부림치며 금녀가 끝내 울음을 터뜨렸다. 금녀 자신도 스스로의 몸에서 일어나는 움직임에 경악을 금치 못했다. 도저히 믿을 수 없었다. 금녀는 범호의 어깨를 물어뜯었다.

쾌감이라는 말로는 표현이 안 되는 그런 느낌이었다. 어떠한 말에도 담을 수 없는 오묘한 느낌이었다.

범호는 모든 것을 금녀에게 바친 심령 그대로 금녀를 내려다보았다. 눈동자의 검은 색을 하얗게 탈색시킨 채 입술이 꽃잎처럼 떨리는 금녀의 모습은 아름답기 그지없었다. 가슴이 너무도 벅찬 범호는 자신도 모르게 눈물을 뚝뚝 떨구었다.

"금녀야, 나 니 좋다야."

사랑한다는 것이었다. 금녀는 범호를 올려다보며 허리를 비틀다가 범호를 끌어안으며 귀에 달콤한 숨결을 밀어 넣었다.

"범호씨. 이쁜 내 내 신랑감. 좋아 죽겠다니!"

범호의 마음 속에는 낙원이 펼쳐져 있었다. 범호가 상상하거나 보거나 들었던 그 어떤 것보다도 더 아름다운 낙원이었다. 그 낙원 전체를 부둥켜안은 채 꿈틀거리며 빙빙 돌아가고 있었다. 너무도 큰 쾌감에 범호는 꼼짝도 할 수 없었다. 금녀를 부둥켜안은 채 부들부들 떨기만 했다. 허리를 움직인다든가 몸을 움직여 보겠다는 생각조차 할 수 없었다. 금녀를 으스러지듯 껴안은 채 몸을 떨면서 흔들릴 뿐이었다.

꼼짝도 못하는 범호와 달리 금녀는 뼈도 없는 연체동물처럼 출렁거렸다. 금녀의 허리와 엉덩이는 각자 다른 동력으로 움직이는 물레방아처럼 돌아가고 있었다. 황홀한 물결이 출렁이고 있었다.

조인다는 느낌이 들지 않는 포근하고 아늑한 느낌이면서 조임과는 비교도 할 수 없는 황홀한 자극이 두 사람을 휘감고 있었다. 그 황홀경의 정상에서서 아래를 내려다보던 범호의 머릿속에서 한 단어가 떠올랐다. 범호 자신이 금녀에게서 느끼고 겪은 모든 신비함의 실체를 명쾌하게 규명해 주는 바로 그 말이었다.

언젠가 동네에서 김기일과 김재기 등과 범호도 함께 모였을 때였다. 여성편력이 제법 있는 한 친구가 자신이 겪은 한 여성을 '명기(名妓)'에 비유한 적이 있었다.

명기-. 그 단어가 떠오르는 순간 범호는 묘한 쾌감을 느꼈다. 범호의 그 생각이 금녀에게 전달이라도 된 듯 금녀의 움직임에 변화가 일기 시작했다. 비비고 문지르며 눕고 일어서던 금녀가 격렬하게 꿈틀거리더니 빙빙 돌아가며 동그라미를 그려대는 것이었다. 그러다가 새끼를 꼬듯 뒤틀리기도 하는 것이었다. 그것은 금녀 스스로도 자신을 통제할 수 없는, 참으로 묘하기 짝이 없는 몸짓이었다.

"범호 오빠야. 내래 왜 이러는지 모르겠다니."

"처음에는 안 그러더니."

금녀의 몸은 연신 튀어 오르거나 휘저으며 출렁거렸다. 금녀는 정담을 속삭일 때 더 쾌감이 느껴진다는 것을 깨달았다. 말할 때 잘게 흔들리는 몸의 세포가 그대로 쾌감을 증폭시키는 것이었다. 생전 처음 느끼는 쾌감에 금녀는 고개를 뒤로 꺾으며 몸부림쳤다.

그런데 방앗간 안에 범호와 금녀 외에 또 다른 그림자가 있었다는 걸 그들은 까맣게 모르고 있었다.

용자였다. 용자는 처음부터 그들이 물레방앗간에 드나들고 있다는 걸 알고 있었다. 그리고 비로소 그날 현장에서 그들의 정사 장면을 적나라하게 지켜본 것이었다.

금녀의 향기는 점점 더 짙게 퍼지고 있었다. 살아 꿈틀거리는 찬란한 향기였다. 그 신비한 향기는 범호를 극한의 절정으로 밀어 올렸다. 그 극렬한 쾌감은 금녀에게도 고스란히 전이되었다. 금녀는 범호의 허리를 끊을 듯 조이며 몸부림쳤다.

그렇게 꿈같은 한 해를 사랑으로 살아온 범호와 금녀였다.

이렇게 한창 사랑이 무르익은 순간에 전쟁이 터졌다.

지금 최금녀는 인민점령군 위수사령관 부속실 비서와 여성동맹원이라는 막강한 신분을 가지고 있다. 금녀를 사령관 부속실 비서로 채용한 사람은 김기일이었다.

기일은 고등학교 졸업도 하고 똑똑한 금녀에게 항상 눈독을 들이고 있었다. 그래서 기일은 금녀에게 안인에 여성동맹조직을 만들 것을 명령했다.

안인 공회당의 간판은 부락인민위원회관으로 바뀌어 버렸다. 또 국기 게양대에는 태극기 대신에 인공깃발이 바람에 펄럭이고 있었다. 그리고 이승만 대통령 사진이 걸려 있던 사무실에는 김일성의 사진이 걸려 있었다. 그런가 하면 부락인민위원회에서는 매일같이 인민회의에 강제로 나올 것을 강요했다. 거의 의무적으로 '김일성 장군' 의 노래를 배워야 했고, 젊은이들을 의용군에 강제로 입대하게 만들었다.

금녀는 여성동맹위원의 직함도 아랑곳없이 시도 때도 없이 범호와 붙어 다니면서 여성동맹조직은 뒤로 하고 있었다.

공산군 의용군 제2진을 북으로 보내라는 지령이 김기일에게 떨어졌다. 김기일은 분주소장 표남일에게 명령해서 박범호를 의용군으로 강제 입대시키도록 했다. 그 외에 안인에서는 신갑선과 이학봉을 차출해서 영장을 발부했다.

신갑선, 박범호, 이학봉 세 사람은 어디로 가는지조차 모르는 채 의용군의 신분으로 제2진에 배속되어 북으로 넘어가고 있었다. 자신들이 북으로 끌려가고 있다는 것을 눈치 챈 세 사람은 탈출하기로 마음을 먹고 은밀히 계획을 세웠다.

그들은 산을 넘고 또 넘었다. 그리고 서로의 위치에서 수시로 기회를 엿보았다. 마침 좋은 기회를 만나 사전에 약속한 대로 어둑어둑해질 무렵에 그 대열에서 한둘씩 뒤로 빠지면서 탈출을 시도했다.

약속한 비밀장소에서 셋이 만나기로 했다. 그 약속대로 신갑선과 이학봉은 그 시각, 그 장소에서 만났다. 그런데 박범호가 나타나지 않았다.

신갑선과 이학봉은 바짝 긴장한 채 10여 분을 더 기다렸다. 기다린 보람이 있어 드디어 박범호가 나타났다.

"지체할 시간이 없으니, 빨리 이 자리를 뜨자니."

갑선이 재촉했다. 그런데 범호가 그만 땅바닥에 털썩 주저앉아 버렸다.

"난 체력이 떨어져 도저히 갈 수 없으니, 너희끼리라도 빨리 떠나라."

"야 니, 무슨 소리야. 어서 가자니."

"야, 정말 나는 관절이 저려와 도무지 한 걸음도 옮길 수 없으니, 날 여기다 버려두고 너희만이라도 빨리 가라니."

"지금 여기 주저앉아 있다가 들키면 처형당할 것은 너무도 뻔한 일이잖니. 어서 빨리 일어나 산등성이로라도 올라가자. 정말 우리는 함께 살아서 반드시 집으로 돌아가야 해."

그러나 기력이 극도로 탈진한 범호는 더 이상 움직일 수가 없었다.

"야, 죽어도 같이 죽고 살아도 같이 살자고 함께 맹세를 했잖나?"

"갑선아, 학봉아. 정말 안 되겠어. 나는 더 이상 움직일 수 없다니. 제발 나를 버리고, 어서 빨리 이곳에서 떠나줘, 마지막 부탁이야. 그리고 꼭 살아야 해."

끝내 범호가 포기하자, 더 이상 지체할 수 없는 두 사람은 산의 능선을 타고 빠르게 이동하기 시작했다.

세 사람의 탈출을 알아차린 의용군 2진 인솔자들은 돌아오라는 방송을 하며 뒤를 바짝 쫓고 있었다. 갑선과 학봉은 사력을 다해 뛰어 놈들의 추격을 따돌렸다. 그러나 범호는 곧 잡혀 버리고 말았다.

갑선과 학봉은 울산바위 뒤쪽에 이르러 잠시 가쁜 숨을 몰아쉬고 있었다. 이제는 안심해도 되려니 생각했을 때 확성기 소리가 온 산을 쩌렁쩌렁 울렸다.

"너희들 빨리 돌아오지 않으면 범호를 즉각 처형하겠다. 10분을 주겠다."

참으로 기가 막힐 일이었다. 단 10분. 정말 목숨을 걸고 탈출해서 여기까지 도주를 했다. 그런데 10분 안에 자수하지 않으면 범호를 처형하겠다고 한다.

갑선과 학봉은 어떻게 해야 할지 결정을 내릴 수가 없었다. 자수하면 범호는 정말 살려줄 것인가. 또는 자신들의 안전은 보장받을 수 있을 것인가. 한참 생각하던 두 사람이 내린 결론은 비록 자신들이 자수한다 해도 세 사람은 그 누구도 살아남을 수 없다는 것이었다. 안 됐지만 범호는 포기할 수밖에 없다는 결론에 도달한 그들은 그대로 도주했다.

"약속대로 10분이 넘었다. 사수는 거총!"

잠시 고요했다.

"발사!"

"따 탕!"

'전쟁이 없는 나라로 가서 잘 살아라.'

갑선과 학봉은 마음 속으로 빌었다.

이어서 어둠에 잠긴 산의 능선을 향하여 몇 번의 총소리가 소나기를 퍼붓듯이 나더니 잠시 짙은 정적이 깔렸다.

짙은 어둠과 정적이 깔린 고요한 밤하늘에서 유성이 쏟아질 때, 두 젊은이는 험준한 마등령을 올라탔다. 캄캄한 밤이라 위치를 정확히 알 수 없었지만 험준한 공룡능선 쪽으로 발길을 재촉할 수밖에 없었다.

걷고 또 걸었다. 그러다 발을 헛딛는 바람에 언덕 아래로 굴러 떨어졌다. 허리깨의 통증이 심했지만 대강 손으로 문지르고 일어나 걸었다. 그렇게 걷고 걷는 동안 돌길에 채여 찢긴 발은 온통 피투성이가 되었다.

걷다가 지치면 솔잎으로 바닥을 깔고 갈잎을 이불로 해서 덮고 긴 밤을 보내며 날이 밝기를 기다렸다. 살 속으로 파고드는 한기가 엄습할 때는 서로 껴안고 체온을 유지했다. 주린 창자를 계곡의 물로 채우면서 몇 날을 산짐승처럼 도토리를 줍고 도라지, 더덕 같은 뿌리를 캐먹으면서 남쪽으로 남쪽으로 걸었다.

그렇게 며칠을 걸었다. 깊은 산 속의 계곡을 향해 내려가려다 정체를 알 수 없는 군인들을 만났다.

"손들엇!"

갑선과 학봉은 간이 콩알만해져서 두 손을 번쩍 들었다.

"몸에 무기가 있으면 빼내라!"

"아무 것도 없습니다."

그 군인은 총을 겨누고는 몸수색을 했다. 몸에서 아무것도 나오지 않자, 그 군인은 겨누었던 총을 거두었다.

"너희들은 왜 여길 지나가는지 정확히 말해라. 거짓말하면 살아서 못 간다."

그 군인은 어깨총을 하고 있다가 다시 총구를 갑선에게 겨누었다. 갑선은 벌벌 떨면서 거짓 없이 솔직하게 털어 놓았다.

"우리는 의용군으로 징집되어 강제로 끌려가다가 인제 어느 골짜기에서 탈출했습니다. 지금은 집으로 돌아가고 있는 중입니다."

"너희들 집은 어디냐?"

"강릉군 강동면 안인입니다."

갑선과 학봉은 그 군인들을 유심히 관찰하였다. 그런데 계급장도 없고 군복이 통일되지 않았다. 그래서 정체파악이 어려웠다. 그런데 패잔병은 아닌 듯싶었다. 눈빛도 그렇고 다 깨끗해 보였다.

이젠 인민군들이면 죽임을 당할 것이고 국군이면 살아남을 것이다. 죽고 사는 것은 하늘에 맡길 수밖에 없었다. 그렇게 체념을 하고 나니 온몸의 긴장이 풀려나고 정신이 몽롱해졌다.

어느 쪽 군인인지 전혀 알 수 없어서 다소 불안감에 떨면서도 조금은 냉정히 그들 중 한 명의 군모를 조심스럽게 살펴보는 순간이었다. 대한민국의 태극 마크도 선명한 육군 소령 계급장이 눈에 띄었다. 이제는 살았다는 안도감이 핏줄을 타고 온몸에 전율처럼 파동을 쳤다.

"저희들은 강제로 징발되어 북한 공산군 의용군으로 끌려가다가 요행히 탈출을 해서 남쪽으로 가는 길입니다."

군인들은 신갑선과 이학봉이 명주군(강릉시) 강동면에 산다는 것을 확인한 뒤, 몇 가지 형식적인 것을 물어 보고는 그들에게 따뜻한 도움을 베풀며 형제처럼 돌봐 주었다.

"정말 고맙습니다. 감사하는 마음으로 짐을 지고서라도 따라 가겠습니다."

갑선과 학봉은 이제는 살았다는 안도감에 기쁜 마음으로 등짐을 지고 군인들을 따라갔다. 그러나 갑선과 학봉은 이들이 공산군으로 위장한 우리 국군임을 안 후에는 아무 거리낌도 없이 진군하는 북으로 군장을 함께 나누어 지고 원산 인근까지 도와주고 고향 강릉으로 와서 나라를 지키겠다는 결심으로 군에 입대했다.

한편 금녀는 자신의 애인인 범호가 공산군에 총살당한 줄도 모른 채 북에 있을 범호를 만날 날을 기대하고 있었다. 범호는 북녘으로 넘어가 자리잡고 있다는 김기일의 거짓말을 철저히 믿고 있었다.

김기일은 이미 박범호가 탈출하려다 총살당했다는 보고를 받고 있었다. 그러나 이 사실을 금녀에게 알려 주지는 않았다.

금녀는 결국 강릉지구 인민군 위수사령부 산하 여성동맹조직을 위해 젊은 여성들을 모았다. 간단한 인민체제의 교육을 시키고 여성동맹위원회를 강제로 조직하는 데 협조했다. 여성동맹인들로 하여금 공산당 해방군을 위문하는 것과 여성학도의용군으로 지원병을 모집하는 일도 했다. 그렇게 되자 금녀는 공산당에 충성하는 사람으로 인정받게 되었다.

8월 말경이었다. 낙동강까지 후퇴한 국군과 미군은 부산과 제주도에 조병기지(造兵基地)를 설치하여 탄약과 수류탄, 총기 부품의 제조, 노획병기 정비 등의 업무를 수행했다.

금녀는 한국적십자 자원봉사자들까지 끌어들였다. 적십자 회원들을 설득하고 노력동원을 시켜서 장비 및 국내 군수물자를 조달하는 등 적극적으로 협조했다. 그뿐이 아니었다. 초등(국민)학생들을 모아 소년단을 조직하여 '김일성 장군' 노래를 가르쳤다. 제식훈련과 방공호 대피훈련도 시켰다.

어느 날 김기일 사령관이 금녀를 불렀다. 공을 세운 금녀에게 김일성 훈장을 내렸다. 금녀는 범호를 만나기 위해 이번 기회에 북에 넘어가게 해달라고 기일에게 부탁을 했다.

기일은 쉬운 일이 아니라며 발뺌을 했다. 금녀는 무엇이든 하라는 대로 다 할 테니 북에 범호와 같이 있게만 해달라고 사정을 했다.

잠시 생각을 하던 기일은 눈을 크게 뜨고 금녀를 바라보았다.

"그렇게 범호에게 가겠다면 보내주겠다."

김기일은 금녀를 북에 보내주는 대신 조건이 있다고 했다.

"말씀하시라요. 무슨 조건이든 다 받아들이겠습네다."

"북에 넘어가려면 내 비서로 몇 달간 있어야만 쉽게 넘어갈 수 있다. 할 수 있겠어?"

금녀는 범호를 만난다는 것에 고무되어 기일의 청은 무엇이든지 다 들어주기로 했다.

기일은 사령부 부속실 비서가 되려면 자신이 절대로 신임할 수 있어야 한다며 금녀의 몸을 요구했다. 금녀는 그것만큼은 들어줄 수 없다고 거절했다.

"그럼 축하하는 의미에서 내일 강릉시장에 가서 밥 한 끼 같이 하자."

"어디 좋은 곳이라도."

"있지. 나 사령관, 사령관만 갈 수 있는 경포관이라고 하는 곳이야."

금녀는 비서로서 당연히 따라야 한다고 생각했다.

다음 날이었다. 오전 업무를 마친 기일은 시내시찰 명목으로 차를 타고 나섰다. 당연히 비서도 따랐다.

경포관에 들어선 기일과 금녀는 차에서 내렸다. 기일이 먼저 걷자 금녀는 그 뒤를 따랐다. 안에서 여인이 후다닥 뛰어나와 사령관을 반가이 맞이했다.

기일을 안내하는 여인은 전에 기일과 같이 이 집에서 정사를 나누려다 말았던 바로 그 여인이었다. 그 여인은 아주 조용한 방으로 안내했다. 기일이 앉자 금녀도 따라 옆에 앉았다.

"음. 우리 할 얘기가 길 것 같으니 내가 부르거든 오거라."

그 여인은 공손히 인사를 하고 문을 닫고 나갔다. 그리고 잠시 고요가 찾아 들었다.

"웅, 범호 동무는 아주 잘 하고 있다는 연락을 받았다. 그리고 빨리 좀 금녀 동무를 보내 달라는 연락도 받았고."

기일은 천연덕스럽게 거짓말을 하고 있었다.

"사령관 동지. 저도 빨리 가서 범호 오빠를 만나고 싶어요. 빨리 좀 부탁합니다."

"음, 동무는 내 비서로 있어야 사령관 비서의 신분으로 북에 넘어가서 높은 대우를 받지. 범호 동무도 높은 지위에 있어야지? 지금 빨리 가면 일반 동무로 밖에 대우받지 못한다고."

"얼마나 있어야 하는지요?"

"석달 열흘은 있어야 하는데, 그게 좀."

"왜요?"

"난 어느 누구도 믿을 수 없거든. 그래서 지금까지 비서를 두지 않았어."

"믿게 하려면 꼭 내 몸이 필요한가요?"

"동무를 못 믿는 것이 아니라. 금녀를 생각해서 하는 말이야. 그리고 그렇게 빨리 가기를 원한다면 의용군 3진이 갈 때 보낼 수도 있지."

"사령관 비서 신분으로요?"

금녀는 비서 신분으로 간다면 북에서 높은 지위를 유지할 수 있게 된다는 말에 솔깃했다. 그리고 범호도 밑바닥에서 일하는 것보다 높은 직위로 같이 있으면 무척 행복할 것만 같았다.

"자, 동무가 몸을 나한테 바치는 것이 아니라, 위대한 김일성 장군과 당을 위해 충성하는 것이야."

"알았어요. 사령관 동지."

금녀는 눈 한 번 딱 감고 기일이 원하는 대로 다해 주기로 마음을 고쳐먹었다.

기일은 금녀의 손을 잡았다. 동시에 금녀도 자연스럽게 기일에게 몸을 기댔다. 그리고 금녀는 기일을 응시했다. 기일은 손으로 금녀의 턱을 살짝 들어 올렸다. 그리고 금녀의 입술에 자신의 입술을 포갰다.

눈을 감고 있던 금녀는 남자의 입술이 자신의 입술을 살짝살짝 물다가 아랫입술 전체를 문 남자가 입술을 벌려 윗입술까지 덮치며 짙은 입맞춤을 하자, 자신도 모르게 눈꺼풀을 파르르 떨었다.

기일의 입맞춤은 생각보다 오래 지속되었다. 기일이 자신을 얻은 듯 금녀의 어깨를 부드럽게 감싸 안은 채 혀를 밀어 넣으려 하자 금녀는 기일의 가슴을 밀었다.

범호를 두고 자신의 몸을 기일에게 허락한다는 것은 죽기보다 싫은 일이었다. 의외로 기일은 금녀의 반응에 더 이상 욕심을 부리지 않고 입술을 거뒀다. 금녀가 잠시 기일을 응시했다.

"됐어. 나가자."

금녀는 조금 혼란스러웠다. 비열한 방법으로 자신의 육체를 범하려던 남자가 섹스 대신 입맞춤 한 번으로 관계를 끝내는 것도 그렇고, 자신의 거부반응에 순순히 입술을 거둔 것도 조금은 의아스러웠다.

금녀는 방에서 벗어 놓은 옷들을 입었다. 옷을 입고 방을 나온 금녀가 방문을 닫는 순간이었다.

"반동분자. 동무는 범호를 죽일 작정인가 보지? 그리고 나도 동무를 믿을 수 없으니까 비서도 그만 둬."

기일이 돌아서서 방으로 들어가려 하자, 금녀는 다급하게 기일을 불렀다.

"알았어요, 사령관 동지. 알았으니, 제발 그런 말은."

잠시 금녀를 응시하던 기일은 몸을 비켜서서 문을 가리켰다. 고개를 숙인 금녀가 무거운 걸음으로 방문을 열고 안으로 들어섰다. 이불을 내려서 폈다. 그리고 옷을 벗고 알몸으로 펴 놓은 이불 속으로 들어갔다.

"할 말이 있으니까, 날 좀 봐."

옷을 모두 벗고 이불 안에 들어가 있던 금녀는 방으로 들어온 기일의 목소리에 얼굴을 덮고 있던 이불을 걷고 기일을 응시했다.

"오늘은 동무에게 다시 선택권을 주겠다. 어떤가?"

금녀는 그냥 기일의 말을 듣고만 있었다.

"그냥 나와 붙어서 하던가. 범호를 생각해서 곤란하다면 내 애무만을 받던가. 선택을 해."

"그게 무슨."

"말 그대로야. 나하고 하기 싫다면 내 애무만을 받으면 돼. 하지만 중간에 거부를 한다면 이 약속은 없던 걸로 한다. 자 어떻게 할 건가? 나와 할 건가? 아니면 애무만을 받고 말 건가."

그 어떤 것도 받아들이고 싶지 않았지만 금녀는 결국 자신이 둘 중 하나를 택해야만 한다는 걸 알고 있었다.

기일은 금녀의 선택을 기다리는 듯 금녀를 계속 응시했다. 금녀는 눈을 감은 채 자신의 젖가슴을 입술로 빨아대는 기일의 애무에 이를 악물었다.

정사 대신 애무만 허락하고 끝내는 것이 좋을 것이라는 생각을 했지만 그렇게 된다면 북에 있는 범호에게 가지도 못한 채 괜스레 남자에게 자신의 알몸만을 보여준 꼴이 될 게 뻔했다.

남자의 애무가 시작되면서부터 눈을 감고 있던 금녀는 자신의 젖가슴을 움켜쥔 남자의 혀가 젖꼭지를 건드리자, 더욱 주먹을 꾹 쥐었다.

기일의 애무는 부드러웠지만 집요했다. 아주 천천히 진행되고 있었다. 양쪽 젖꼭지를 번갈아가며 혀로 건드리던 남자는 젖꼭지를 입에 물고 부드럽게 빨아대고 있었다. 가끔 목 언저리로 입술을 옮겨 부드럽게 쓸어가던 남자의 입술이 어깨를 따라 내려가다 다시 젖가슴으로 다가와 젖꼭지를 물 때는 금녀는 자신도 모르게 몸을 떨었다. 하지만 감흥의 몸부림은 아니었다. 그저 이 잔혹한 애무에 대한 진저리일 뿐이었다.

"거긴."

애무를 이어가던 남자가 젖꼭지를 입술로 희롱한 채 사타구니에 손을 밀어 넣자 그녀는 황급히 남자의 손목을 잡았다.

"아까 말했을 텐데. 중간에 거부하면 약속은 없던 걸로."

기일의 말에 금녀는 결국 손을 놓을 수밖에 없었다. 그의 손이 가운데에 닿은 순간 중요부분을 힘껏 오므렸지만 그는 위협하듯 그녀의 중요부분을 손등으로 밀었다.

금녀는 다시 한 번 그의 행동에 순응할 수밖에 없었다. 그렇게 중요부분을 쫙 벌린 채 기일의 손이 한가운데에 닿자 그녀는 고개를 옆으로 돌리고는 아랫입술을 깨물었다.

그는 계속해서 손끝만을 움직여 갔다. 여전히 입술은 젖꼭지를 문 채였다. 기일의 손끝이 좀 더 그 안으로 들어와 아래에서 위로 더듬듯 만져갔다.

금녀는 다시 중요부분을 오므리려 했지만 이미 기일의 다리 하나가 금녀의 한쪽 무릎을 막고 있었다. 금녀는 체념한 채 그의 그것을 받아들일 수밖에 없었다.

"사령관 동지. 이제 저는 믿을 수 있는 비서지요?"

금녀는 비서라는 권력의 막강한 힘과 엄청난 위력을 가질 수 있는 기회와, 범호를 만나는 일이 동시에 해결되는 것이라, 눈 한 번 딱 감고 기일이 원하는 대로 해 주기로 다짐했다. 그리고 이왕에 주는 몸 기분 좋게 해 주기로 했고, 또 이참에 자신도 즐기기로 마음먹었다.

밤이 깊어갔다. 등불이 켜진 방안에 두터운 요 위에 남녀가 2시간째 벌거벗은 채 꿈틀대고 있었다.

이미 절정의 순간이 여러 번 지났다. 그런데 금녀는 끝난 것이 아니었다. 탐스런 엉덩이가 기일의 사타구니를 비비고 있어 기분이 아득해졌다. 너무 아찔하여 자꾸만 감기려는 눈을 억지로 뜬 기일은 자신의 배 위에 걸터앉은 금녀를 보았다.

금녀의 엉덩이가 빙글빙글 돌아가고 있었다. 스스로 움직이면서도 금녀는 숨이 넘어갔다. 기일도 다시 몰리는 쾌감에 이를 악물었다. 앞서의 정사에서 느꼈던 것과는 전혀 다른 색깔의 쾌감이 다시 피어올랐다.

기일의 몸무게에서 자유로워진 금녀의 허리와 엉덩이와 속이 따로 움직였다. 허리가 뒤틀리며 엉덩이를 튕기면 엉덩이가 앞으로 밀려나는 데도 뒤로 꿈틀거렸다.

금녀가 걸터앉은 채 고개를 뒤로 꺾으며 흐느꼈다. 미칠 듯한 쾌감에 몸을 떨면서도 기일은 금녀의 움직임이 믿기지 않았다. 동거녀인 용숙에게서는 한 번도 느껴보지 못한 경험이었다. 아니 다른 여인들을 많이 접해 보았지만 이렇게 흐뭇한 성교는 한 번도 경험해 보지 못했다.

"동무. 허리가 어떻게."

"사령관 동지, 나도 모르겠어요. 그냥 돼요. 제가 미쳤나 봐요. 그저 저절로."

정신이 아득한 중에도 기일은 금녀에게 일종의 연민을 느꼈다. 금녀를 행복하게 해 주고 싶어진 기일은 금녀를 끌어안았다. 금녀는 뜨거운 숨결을 내뿜으며 몸을 뒤틀었다. 엄청난 쾌감에 금녀를 끌어안고 떨던 기일은 어느 한 순간 정신이 아득한 상태에서 움직임을 정지해 버리고 말았다.

"범호 오빠에게 꼭 보내주세요. 사령관 동지."

금녀는 팔을 기일의 허리에 두르고 깍지를 꼈다. 그리고 기일을 올려다봤다. 어느새 그 동그란 눈은 원래의 그윽한 눈빛으로 돌아가 있었다.

"동무를 이렇게 만든 건, 용자다. 신용자 때문이라는 걸 잊지 마래."

금녀는 용자 때문이란 말에 놀라지 않을 수 없었다.

"용자 때문이라니요? 사령관 동지."

"그거에 대해선 묻지 말라우. 동무는 내일부터 인민군 사령부 정식 비서다."

금녀를 동무라고 부르는 기일은 그 말투가 어느새 사무적으로 변해 있어서 더 이상 사사로운 말을 할 수가 없었다.

여자의 투혼

8월 30일이었다. 하늘은 구름도 없이 맑았다. 푹푹 찌는 더위는 한풀 꺾이었으나 볕은 오히려 더 따가웠다. 따가운 햇살을 이고 표남일이 찾아왔다. 혹시 재한한테 얻어맞을 것을 염려했음인지 총을 든 인민군을 동원했다.

"신재한 동무 조사할 것이 있다. 사령부의 명령이다."

"소까지 잡아먹고 하셨는데, 왜 또 그런데요. 도대체 아저씨들은?"

용자가 맨발로 뛰어나오며 외치듯 말했다.

"그건 나도 모른다."

"이유가 뭔데 우리 아버지를 무조건 잡아간데요?"

"잘 모르겠지만 널 보고 싶어서 그러는 것 같더라."

"그러면 날 잡아가지 왜 우리 아버지를."

"내일 모레 선무부에서 사령관 동지 생일잔치가 있다. 생일날 동무가 들어와서 사령관 동지께 네 아버지를 모시러 왔다고 하면 보내줄 것이다."

용자는 그 말을 듣고 속상해서 그냥 울어 버렸다.

"그래서 사령관 동지께서 모셔오라는 명령이다. 아마 별일 없이 잘 모실

기래."

"그런 말 다 필요 없어요. 오늘 안에 보내주세요. 만약 안 보내주면 나도 가만 안 있을 거래요."

그들은 재한을 데리고 갔다.

용자와 가족들은 초조하게 밤중까지 아버지를 기다렸지만 오지 않았다. 다음 날에도 그 다음 날에도 아버지는 돌아오지 않았다.

가족들은 사흘 밤낮을 눈 한 번 제대로 붙이지 못한 채 불안한 나날을 보냈다. 이대로 가다가는 용자 자신도 쓰러질 것만 같았다. 도대체 무엇 때문에 아버지를 잡아갔는지 알 수가 없었다.

나흘째 되던 날이었다. 해 뜰 무렵 잠깐 눈을 붙인 용자는 아버지를 찾아 나서기로 작정했다. 어떻게 인민군 사령부에 들어갈까 궁리를 하던 용자는 그날이 바로 김기일의 생일이라는 걸 떠올렸다.

분주소장은 물론이고 동네에서 붉은 완장을 차고 인민위원회에서 일하는 사람들이 다 축하를 위해 사령부에 들어간다는 걸 알았다. 또 그 곳에는 김기일과 동거중인 친구 용숙과 기일의 비서로 근무하는 금녀가 있음을 생각해냈다.

용자는 기일을 찾아가서 아버지를 모시러 왔다고 하는 말을 하기는 싫었다. 기일의 배려가 아닌, 자신의 손으로 아버지를 모시고 나오리라는 각오를 다졌다.

어쨌든 다행스럽게도 그날이 기일의 생일이다. 축하객처럼 위장을 해서 들어가면 된다.

용자는 어머니의 한복을 꺼내 입고 나섰다.

'제길, 이렇게 감기는 걸 어떻게 입고 다니는 거래? 정말 여자들은 용해. 이런 옷을 입고 춤을 추기도 하고 일도 하니 말이야.'

인민군 사령부 사령관사에서 들려오는 노랫소리에 용자는 얼굴을 찌푸리며 다시 한 번 옷매무새를 가다듬었다. 자신의 정체가 드러나서 좋을 일은 하나도 없겠다고 생각되었으므로 용자는 신중에 신중을 기하여 처신했다.

용자는 어머니의 옷을 입은 자기의 모습이 정말 마음에 들지 않았다. 자신도 모르게 여인답게 보이고 싶은 마음이 솟아오르는 게 싫었다. 명경에 비춰 보니 영락없는 여인네였다. 봉긋한 가슴도 붉은 입술도 자기 것 같지 않았다.

그날은 기일의 생일이면서 음력으로 7월 7일, 칠석날이었다. 북한 괴뢰군들이 마을을 점령하면서 전통 절기에 대한 설렘은 간데없이 사라져 버렸지만 지금 용자의 머릿속에는 오직 한 가지 생각만이 자리를 잡고 있었다.

아버지를 지키는 것과 청년단의 힘으로 공산당의 손아귀에서 동네를 회복시키는 것이었다.

이 지역 강릉에서 가장 막강한 세력을 가진 자는 김기일이다. 그의 손만 묶어둔다면 계획을 성사시키기가 훨씬 수월할 것이었다.

"용자는 잘 할 거야."

스스로에게 다짐하듯 나직하게 말했다.

사령부 정문으로 많은 축하객들이 들어가고 있었다. 오늘은 많은 사람들 때문인지 다른 날처럼 검문이 심하지 않았다.

용자도 그 틈에 끼어 쉽게 인민군 사령부 안으로 들어갔다. 사령관사(숙소) 앞에 이르렀다. 송충이처럼 검고 굵은 눈썹을 가진 초병은 낯이 선 용자를 제지했다. 우락부락한 그의 눈빛이 처음 보는 용자에 대한 경계로 번쩍이고 있었다.

"처음 보는 얼굴이다래. 누구냐?"

"난 여성동맹원이고요, 최금녀라는 친구가 부속실 비서로 근무하고 있는데 오늘 정지(부엌)에서 음식거리를 도와달라고 해서 왔는데요. 신용자라 합니다."

초병은 여성동맹원이라는 것과 비서 최금녀의 친구라는 말에 쉽게 용자를 들여보내 주었다.

초병은 아무래도 안심이 되지 않는 듯 용자에게서 눈을 떼지 않고 있었다. 용자도 그걸 눈치 채고 여인들이 왔다갔다 하는 부엌으로 들어갔다.

부엌에 들어서자 마침 최금녀가 있었다. 용자는 반가움에 넘쳐 금녀를 크게 불렀다.

"금녀야!"

"용자야!"

두 여인은 서로 부둥켜안고 반가워하며 눈물까지 흘렸다. 금녀와 용자는 21세의 동갑내기로 안인 한 동네에서 같이 자랐다.

반가움으로 가득 찬 두 여인은 술을 조금 퍼가지고 매자나무 그늘에 마주하고 앉았다. 금녀는 살결이 꽤 곱고 미모가 제법 빼어나서 사령관 부속실 비서로 발탁되었다. 금녀는 몇 모금 술에 취기가 올랐는지 발그레한 얼굴이 되어 자신의 사소한 일들을 모두 털어놓았다.

"니, 여기에 있으면서 범호 오빠와 어떻게 만나?"

"비서로 있으면 전에처럼 못 만나지 뭐."

"내 말은 물레방앗간 말이야."

"엄마야! 용자, 니 그걸 어떻게 알고 있었데니?"

"……."

용자는 대답 대신 금녀의 얼굴을 물끄러미 쳐다보았다.

"야 이 간나야. 나 부끄럽다야."

금녀는 대번 얼굴이 홍옥처럼 발개졌다.

"범호 오빠가 그렇게 좋아?"

"응. 이 간나, 물레방앗간에서 우리를 봤겠다야."

"다 봤어. 우리 집에서 얼마 안 되잖아. 그런데 아무한테도 얘기 안 했어."

"고맙다야 이 간나야. 용자야 고마워. 그런데 난 딴 여자와 다른가 봐."

"왜?"

"내가 더 부끄러워 해야 하는데, 범호 오빠가 더 부끄러워 한다니. 나 미치겠어. 아무래도 내 몸이 정상이 아니야."

"무슨 소리래. 근데 범호 오빠를 어떻게 하는데, 니 말해 봐."

용자는 아버지를 구하러 온 것을 잠시 잊고 있었다. 금녀는 2년 전에 범호와 열애에 빠졌던 금녀 이야기를 떠올리고 있었다.

농촌계몽활동을 할 때부터 범호와 금녀가 열렬하게 사랑했던 사실을 잘 알고 있는 용자는 두 사람의 재회를 마음 속으로 빌어주는 우정의 염려를 주고받는 한편 김기일의 비서실에 근무하는 금녀 덕택에 아버지를 구할 수 있는 정보를 얻게 되었고 인민군 사령부 안에서 아버지를 구할 수 있는 아주 좋은 기회가 주어졌다. 금녀 때문에 보초병들의 시선과 의심에서 벗어날 수 있었다.

아무튼 금녀는 기일에게 몸을 바쳐 사령관에게 신임 받는 비서가 되었다는 사연을 들은 용자는 자신도 모르게 긴 한숨을 쉬었다.

"금녀 넌 정말 북에 넘어가려고?"

"북에 가야지. 그러려고 사령관 동지에게 몸까지 바쳤는데. 가서 꼭 우리 범호 오빠를 만나야지."

금녀의 각오는 대단했다. 용자도 더 이상 어떠한 말을 할 수가 없었다.

"그러다보니 용자 닌 여기 웬일이래?"

"오늘 김기일 사령관 생일이라서. 아, 그보다 사령부에서 우리 아버지를 조사하겠다고 모시고 갔어. 그래서."

"응, 참 안 됐구나."

"사령관 생일이고 해서 혹시 아버지를 만날 수 있나 해서, 어디에 계시는지 알려 줄 수 있지, 니?"

"글쎄, 아마 선무부에 있을 거야. 사령관 동지 생일 선무부에서 잔치해."

"그래?"

"그런데 선무부는 사령관이 직접 관여하는 곳이라 내 힘으로는 좀 그렇다야."

"아니야 됐어. 어디에 있는지만 알면 됐어."

강릉지역 인민군 위수사령관 밑으로 선무부, 보위부, 보급부, 훈련부, 여맹부 그리고 사령관 비서실 등의 조직이 있다. 이들이 막강한 권력을 장악하고 있다. 이들은 매일 정기적으로 한두 번씩의 회의를 하고서는 관할 지역의 모든 상황을 파악하고 종합 대책을 세워 나간다.

이들 6개 부장 회의에서 반동분자 색출, 애국지사 연금과 의용군 및 학도 의용군 징발, 점령군 환영대회 개최, 보급품 수송, 전리품 관리 등 다양한 업무를 관장하였다.

선무부는 김기일이 직접 관여하고 있어 금녀도 어찌할 수는 없었다. 하지만 용자는 아버지가 어디에 있는지를 알게 된 것만도 다행이라고 생각했다.

"같이 들어가 볼래? 그런데 아버지를 만날 수 있을지 난 모른다."

"못 만나면 할 수 없지 뭐."

"그쪽엔 아무도 못 들어가. 나하고 가면 저 초소만은 검사 안 받고 그냥 들어갈 수 있어."

"고마워. 그러고 보니, 니 대단하다야."

정말 인민군 초병 네 명이 총을 들고 입구를 지키고 서 있었다. 개미 한 마리도 통과할 수 없어 보였다. 일단 용자는 그 초소를 통과하는 데 성공했다. 이제 남은 것은 아버지가 어디에 있는지 알아내는 것이었다. 여의치 않을 경우 용자는 기일에게 무릎을 꿇더라도 아버지를 꼭 모시고 가리라 다짐했다.

금녀는 용자를 데리고 사령관사로 조심스럽게 걸어 들어갔다. 사령관사로 가던 용자는 먼발치에 서 있는 여인을 발견했다. 자세히 보니 용숙이었다.

'용숙인 여기에 있었구나.'

용자는 마음 속으로 중얼거렸다.

용숙은 안인청년단에 있을 때보다도 더 아름다워 보였다.

"나 들어가 봐야 해. 이 길로 주욱 가면 선무부야. 여기서 니 혼자 가."

"알았어."

용자는 혼자 걸어갔다. 용숙을 만나고 싶었지만 금녀를 생각해서도 그렇고 자존심이 허락지 않아 그만 두었다.

"에미나이 동무!"

인민군 한 놈이 저만치에서 용자를 발견하고 불렀다. 용자는 건물 뒤로 숨어 버렸다. 그리고 큰 창고 같은 곳으로 들어섰다. 그 인민군한테 잡히지 않으려고 어두컴컴한 안으로 깊숙이 들어갔다.

"거기 누구요?"

마치 흐느끼는 듯한 남자의 음성이 들려왔다. 용자는 자신의 귀를 의심하며 한 걸음 뒤로 물러섰다. 잘못 들었겠지. 긴장한 탓이다. 용자는 쓴웃음으로 얼버무리며 고개를 가로 저었다.

용자가 반신반의하며 고개를 저었을 때 희미한 사내의 목소리가 한 번 더 들렸다.

"거기 누구세요?"

용자가 다시 물었을 때 한숨을 쉬는 것 같은 목소리가 용자의 귓가를 간질였다.

"이 안은 너무 갑갑해."

용자는 소리 나는 쪽으로 다가갔다. 그런데 그 목소리가 자신의 아버지 재한의 목소리 같아 순간적으로 아찔함을 느꼈다. 용자는 살금살금 기어 안쪽으로 더 들어갔다.

아버지였다. 아버지가 쇠사슬에 묶인 채 신음하고 있었다. 고문을 심하게 당했는지 용자가 가까이 갔는데도 사람이 옆에 있는 것을 알아채지 못하고 있었다.

용자는 어떻게 아버지를 구할까 머리를 굴려 생각해 봤다. 밖에서는 보초가 감시를 하고 있으니 더구나 난감했다. 어떻게 해야 할지 궁리가 서지 않았다. 잠시 생각에 잠겼던 용자는 좀 전에 금녀와 함께 들어갔던 부엌으로 가서 부엌담당 여인에게 말했다.

"비서동무가 그러는데 오늘은 사령관 동지 생일이고 하니 장비창고에 갇혀 있는 사람에게 음식 좀 줬으면 하더이다."

"이 바쁜데 하필……. 낸 선무부에 잔치 음식을 날라야 하오. 동무가 내 대신 여기 음식을 챙겨 갖다 주시라요."

"대신 하기는 하는데, 나를 알지 못하는 보초병도 있고, 또 그 안에 음식을 주려면 열쇠도 있어야 하는데요."

용자는 은근히 도와주는 척하고 말했다.

"열쇠는 초병이 서 있는 벽에 걸려 있고, 초병에게 저기 소주나 갖다 주면 좋아할 거요. 소주도 오늘 사령관 동지 생일이라 허락하오."

용자는 음식과 소주, 그리고 안주를 챙겨 바구니에 담아 머리에 이고 장비창고로 들어갔다. 눈을 이리저리 굴려서 열쇠를 찾았다. 정말 벽에 열쇠가 보였다. 용자는 눈을 더 빨리 돌렸다. 아버지가 갇혀 있는 문을 찾았다. 그리고 머리에 이고 간 음식 광주리를 내려서 초병 앞에 놓았다.

"오늘 사령관 동지 생일입니다래. 사령관 동지께서 수고하시는 인민군 전사에게 선물로 안주와 술을 주라고 하셔서 가지고 왔으니 많이 드시래요."

용자는 초병을 바라보며 눈치를 살폈다. 그들은 음식을 보더니 감지덕지해 하며 입맛부터 다시고 있었다.

"그런데 처음 보는데, 넌 누구냐?"

"전 오늘 생일잔치에 지원 나온 여성동맹위원입니다."

그제야 그들은 안심을 하고 광주리 앞에 앉았다. 그리고 술 주전자부터 잡았다.

"술은 남조선에선 처음이다래."

놈들은 술을 한 잔씩 마시고 안주를 집으려고 했다. 용자는 따로 마련한 음식을 집어 들며 말했다.

"이건 저 안에 있는 사람에게 주라고 하더이다."

"좋다이, 그러나 이 아까운 술은 절대 안 되오."

그들이 소주를 사발에 가득 담아 찬물을 마시듯 마시고 있는 사이에 용자는 벽에 걸려 있는 열쇠를 벗겨 얼른 손안에 감췄다. 그리고 떡과 전을 담아 안으로 들어갔다.

아버지를 보니 눈물부터 흘러 내렸다. 그러나 눈물을 흘리고 있을 때가 아니었다. 재빨리 자물쇠를 열었다. 그리고 아버지를 창고 한쪽 구석에 숨게 했다.

"아버지요. 여기에 숨어 있다가 보초들이 술이 취해 졸고 있을 때 몰래 빠져 나오시래요. 혹시 보초들이 안 졸더라도 틈을 봐서 빠져 나와야 해요. 나와서 식당으로 오세요. 제가 기다리고 있을게요."

용자는 보초병 두 명에게 음식과 술을 자꾸 권했다. 음식보다는 넉넉히 준비해 간 술을 더 많이 권했다. 초병은 오랜 만에 마셔보는 술인 데다 더구나 미녀가 따라주는 술인지라 넙죽넙죽 잘도 받아 마셨다.

초병의 눈동자가 풀리기 시작했다. 조금만 있으면 곯아떨어질 것이 뻔했다. 용자는 그릇들을 챙겨서 식당으로 들어와 아버지를 기다렸다. 제발 무사히 빠져 나오기를 마음 속으로 빌고 또 빌었다.

그러나 한 시간이 지나 오후 2시가 되었는데도 아버지는 오지 않았다. 용자는 불안에 떨며 거의 미칠 지경이 되었다. 혹시 아버지가 잘못 되지 않았나 하는 생각이 들어 앞이 캄캄했다.

정말 일이 잘못 되었다면 아버지는 살아남지 못한다.

그 때였다. 저만치에서 허연 한복을 입은 아버지가 저고리의 옷고름을 날리며 뛰어오고 있었다. 용자는 부엌문에서 아버지를 향해 손짓했다.

일단 아버지가 부엌까지 들어오는 데는 성공이었다. 용자는 기쁨에 넘쳐 뜨거운 눈물을 흘렸다. 그러나 이제 정문을 통과하는 문제가 남아 있다. 서둘러야만 했다.

아버지를 데리고 정문까지 나왔다. 최대한 태연을 꾸며 정문을 막 통과하려는데 초소병이 막아 세웠다.

"이 분은 사령관 동지 생일축하를 위해 들어온 동무입네다. 비서동무가 정문까지 바래다 주고 오라고 했습네다."

초병은 믿을 수 없다는 듯이 긴장한 빛으로 두 사람을 번갈아 쳐다보았다.

"그럼 비서동무 이름이?"

"예, 최금녀 비서동무요. 못 믿겠으면 비서동무 모시고 올까요?"

과연 사령관 비서의 위력은 대단했다. 사령관 비서라는 말만 듣고도 초병은 벌벌 떠는 표정이었다. 아무튼 용자는 아버지를 구출하는 데 성공했다.

용자도 아버지와 같이 나가고 싶었지만 초병들의 의심을 살 것이 두려워 차마 같이 나가지 못했다. 초병들의 의심을 사게 되면 모든 일이 허사가 될 수도 있다. 용자는 다시 식당으로 들어갔다.

식당으로 들어온 용자는 탈출할 기회만 엿보고 있었다. 밖의 동정을 주의 깊게 살피던 용자는 식당 뒤 담장으로 고양이처럼 다가갔다. 30여 미터 간격으로 인민군 초병들이 보초를 서고 있어 뚫고 나가기가 어렵게 느껴졌다. 일이 잘못 되어 인민군 초병에게 들키는 날이면 총탄에 맞아 죽을 수도 있었다.

그러나 어쨌든 이곳을 탈출해야만 한다. 죽고 사는 건 운에 맡기기로 했다. 용자는 기회를 보아 몸에 걸친 한복을 가슴께로 걷어 올려붙이고 담장을 향해 몸을 날렸다. 그러나 담을 넘지 못하고 그만 초병에게 잡히고 말았다.

용자는 이제 죽었구나 싶은 생각에 눈앞이 아찔했다. 순간적으로 어깨에 뜨끔하는 통증을 느꼈다. 한 인민군 병사가 AK소총 끝에 달린 대검으로 용자의 어깨를 내리찍어 눌렀기 때문이었다. 뼈가 바스러지는 것처럼 고통스러웠다.

"넌 누기니? 요 간나 손들라우!"

이를 갈듯 표독스럽게 외치는 인민군의 목소리가 소름이 끼치도록 공포감을 자극했지만 용자는 정신을 놓지 않았다.

"급해서요."

"남조선 에미나이, 요 반동간나? 딴말 말라우. 에미나이 검 끝에 독이 있는 줄 몰랐으리? 독이 온몸에 퍼져 곧 중독으로 죽을기라우."

그렇지 않아도 인민군 대검 끝에 인두사의 맹독이 묻어 있다는 소문이 파다했다. 그것에 닿기만 해도 생명을 잃는 것은 시간문제라고 했다.

그래서일까. 용자는 어쩐지 정신이 아득해지는 것 같은 느낌을 받았다.

'어서 이곳에서 나가야 한다. 여기서 잡히면 끝장이다.'

이런 생각으로 머리가 복잡할 때 식당 밖에서 인민장교의 분노한 음성이 들렸다.

그 곳은 장비창고였다. 술에 취해 자고 있던 초병 두 명을 닦달하고 있는 듯했다. 이제 그 장교에게 걸리면 더더욱 낭패다. 의식은 점점 혼미해지고 들끓어 오르는 열로 인해 머리가 어지러웠다. 입술이 바싹바싹 타들어갔다.

"와, 죽을 것 같으매? 괴로워서 눈을 뒤집다가 죽으라우. 으하하하!"

용자는 눈을 감았다. 초병의 말에 대꾸할 기력이 없었다. 용자는 비척거리며 몸을 움직여 보았다. 그러나 몸이 말을 듣지 않았다. 초병은 용자가 정신을 완전히 잃었다고 생각을 했는지 무슨 볼일이라도 생긴 듯 잠시 자리를 떴다.

용자는 정신이 가물가물한 상태에서도 이 기회를 놓치면 살아날 기회는 다시 오지 않는다는 생각이 들었다. 죽을힘을 다하여 일어나서 뛰었다. 어디서 그런 힘이 나왔는지 모를 일이었다.

한편 좀 떨어진 누각에서는 김기일이 인민해방을 축하하는 술을 마시고 있었다. 기일은 그 자리에 용자가 와 주길 은근히 바라고 있었다. 아니, 왔을지도 모른다고 생각했다.

아버지를 찾기 위해서라도 당연히 들어올 것이고, 왔으면 아버지를 보내달라고 찾아와 무릎을 꿇고 사정할 것이라는 상상을 하면서 술을 마시고 있었다.

그러나 한참을 기다렸는데도 용자가 나타나지 않았다. 왠지 마음이 울적하고 편치가 않았다.

자신이 태어난 날을 축하하는 자리였지만 기일의 눈에는 진정한 기쁨이 어리질 못했다. 웃더라도 그것은 쓴웃음이거나 억지웃음에 지나지 않았다.

표남일을 통해서 들은 바로는 용자가 아버지를 구하기 위해 들어왔다는 것이었다.

재한을 잡아다 장비창고에 가둔 것도 다 표남일의 꾀를 따른 것이었다. 재한을 미끼로 용자를 낚는다는 것이다. 그걸 받아들인 기일의 심기는 엉망이었다.

심기가 불편한 기일은 용자가 선무부에 들어왔으면 어디에 있는지 찾아보아야겠다는 생각으로 술자리에서 잠시 물러 나왔다. 왠지 용자가 영내 어딘가에 있을 것이란 예감이 들었다. 자신이 직접 찾아보겠다는 심정으로 나섰다.

그런데 표남일이 따라나섰다. 사령관이라는 직책도 그렇거니와 자식 또래인 김기일을 지켜야겠다는 보호본능이 표남일을 자극했던 것이다.

"사령관 동지. 재한 동무는 탈출한 것 갔습네다."

한 인민군 장교가 뛰어와서 기일 앞에 부동자세로 거수경례를 하며 말했다.

"표남일 분주소장! 지금 나한테 장난치기우."

기일은 표남일에게 책임을 물었다.

"아닐 것입니다. 직접 확인해 봐야겠습니다."

기일의 일행은 장비창고 건물로 향하고 있었다. 표남일의 안내로 재한을 가두었던 장비창고로 향했다. 표남일은 자신을 다치게 한 분풀이로 재한을 반동으로 몰았고, 이번 기회에 꼭 처형하게끔 만들려고 꾸몄던 일이었다. 그런데 재한이 탈출해 버렸다는 것은 자신에게 있어서는 치명적인 타격이 아닐 수 없는 것이다.

"동무는 일을 어떻게 그런 식으로 합네까? 이거 다 표남일 동무가 만든 게 아닙네까."

"사령관 동지. 앞으로 절대 그런 일은 없을 겁니다."

"듣기 싫다우. 내가 그렇게 재한 동무를 심하게 다루지 말자고 했는데, 왜 자꾸 재한 동무를 반동분자로 몰아서 이런 일까지 벌이는 겁네까."

"죄송합니다. 사령관 동지."

"듣기 싫다우. 표남일 분주소장 인민재판 때까지 요기다 잡아 가두라우."

인민군 장교는 기일의 지시를 받아 표남일을 그 자리에서 포박해 끌고 가 버렸다.

"장비고를 지키는 보초가 가두어 놓은 사람이 빠져 나가도 모르다니, 그리고 초병이 술을 마시면 어쩌자는 게라우? 근무자 새끼는 모두 감옥에 처넣으라우."

인민군 장교가 그렇게 병사들에게 말하고 있는 사이 김기일 사령관은 등을 돌려 빠른 걸음으로 걸어나갔다.

한편 용자는 죽을힘을 다해 담장을 넘어 발걸음을 떼어 놓았다. 평소의 용자였다면 능히 피할 수 있는 대검이었지만 아차 방심하여 독이 묻은 대검에 찔리고 말았다.

열이 높았다. 피가 끓어올라 밖으로 뛰쳐 나가려는 듯 아우성을 치는 것 같았다. 용자는 그 곳이 어딘지도 분간할 수가 없었다. 열이 오른 눈에는 이제 주위 사물이 모두 희미하게 보였다.

용자는 무거운 몸을 주체하지 못하고 비틀비틀 걸었다. 더듬거리며 앞으로 전진했지만, 독성 때문에 무뎌진 감각이라 큰 도움이 되질 못했다.

그러다가 무언가 딱딱하고 서늘하며 곧게 뻗은 기다란 것이 용자의 손에 잡혔다. 감촉이 서늘하고 옹이가 진 것을 보니 대나무였다. 그때 문득 섬광처럼 스쳐가는 문구가 들렸다.

'우리 아가 용자야, 대나무는 말이다 차가운 기를 가진 나무란다. 솜대의 얇은 속껍질을 죽여(竹茹)라고 부르는데, 해열제를 만들 때 이용되지. 또 댓잎으로는 죽엽죽(竹葉粥)을 만드는데 그것 역시 열을 다스리는 데 효험이 있단다.'

언젠가 아버지에게서 들었던 말이 떠올랐다. 용자는 손을 내밀어 댓잎 몇 개를 따내 입에 물었다. 입 속에 말아 넣고 씹으니 쓴 물이 목구멍을 타고 흘러 내렸다.

용자는 열 오른 이마에 손에 잡히는 대로 아무거나 올려놓았다. 차가운 느낌 때문에 약간 정신이 차려지자 용자는 비가 내리는 것을 알 수 있었다.

기일은 교육장 쪽으로 발걸음을 옮겼다. 이 세상 모든 이들이 두려워하는 인민군 사령관 김기일이 세상을 피해 숨을 수 있는 곳은 오직 이곳이었다. 허허롭게 웃어대는 사람들, 인민권력에 찌들어 거짓 웃음을 짓는 사람들에게 둘러싸여 있는 기일에게 가끔은 혼자 있을 곳이 필요했다.

무심코 걷던 기일의 귀에 거친 숨소리가 들려왔다. 대밭에 풀어놓은 노루의 숨소리라고 하기엔 너무 거칠었다.

기일은 소리가 나는 곳으로 몸을 돌렸다. 댓잎 사이로 언뜻언뜻 비치는 것은 분명 여자였다. 좀 더 가까이 가보았다. 이슬에 젖어 흘러내린 물이 여인의 얼굴을 지나 가느다란 목을 타고 내려 얇은 모시적삼을 적셔 놓았다.

약간 열린 진분홍색 입술이 훤히 보였다. 입술은 열이 오른 사람처럼 뜨거워 보였다. 이마에서 흘러내린 물줄기가 콧날을 지나 입술 선을 따라서 뚝뚝 흘러내려 길고 가는 목을 따라 가슴의 계곡으로 떨어졌다.

'아름다운 여인이라. 그런데 어떻게 사령관 쉼터인 대나무밭에까지 들어왔단 말인가. 사령관사에 침입한 대한청년단인가? 몸에 아무런 무기도 지니지 않은 걸 보면 그렇지도 않은 거 같은데, 그렇다면…….'

기일은 거의 숨을 멈춘 상태로 여인 옆으로 더 가깝게 다가갔다.

"아? 용자, 용자야. 여래?"

기일은 용자를 두 팔로 안아들었다. 용자의 한복 옷자락이 한여름 더운 바람에 하늘거리며 떨고 있었다.

용자는 조금만 쉬었다가 열이라도 내리면 그 때 운기조식(運氣助息)을 해 보려 했는데 그만 정신을 놓아버리고 말았다. 그러다 어렴풋이 정신이 돌아와 실눈을 떴을 때 누군가 자신을 안고 급히 달려가고 있음을 깨달았다.

'누구지?'

용자는 눈을 떴지만 앞이 잘 보이질 않았다. 열이 너무 높아서 눈앞이 흐리게 보이는 모양이었다.

'사내?'

그래 분명 여인은 아니었다. 이렇듯 가뿐하게 자신을 들 여자는 없을 테니까. 게다가 흐릿한 감각으로 느껴지는 손힘에서 사내다운 억셈을 느낄 수가 있었다.

'날 어디로 데려가는 걸까? 날 해치려는 걸까? 아니면 구해 주려는 걸까?'

용자는 한숨을 내쉬며 자기도 모르게 의식의 끈을 놓아 버렸다. 자신을 안고 있는 사람이 강릉지구 위수인민군 사령관 김기일이라는 걸 꿈에도 생각하지 못한 채 깊은 잠에 빠져들었다.

그런 용자를 안고 기일은 사령관 숙소를 향해 걸었다. 관사숙소의 인민군들이 놀라서 달려 나왔다. 사령관사에 있어야 할 김기일이 갑자기 숙소를 찾아왔으니 당연히 놀랄 수밖에 없었다.

맨발로 뛰어나와 그를 맞는 인민부관들도 있었다. 게다가 사령관 혼자가 아닌 것이 더욱 심상치 않았다. 사령관이 몸소 들어 안아 온 계집 때문에 호기심이 동해서 땅바닥에 엎드린 채로 눈만 살짝 치켜 뜬 인민군들도 있었다.

다른 곳이라면 몰라도 이곳 숙소에 여인을 들인 적이 없었기 때문에 그들의 궁금증은 더욱 컸다. 이곳 숙소는 귀빈들이 방문하면 자고 가는 숙소로 만들어 놓은 최고의 시설이었다.

기일은 싸늘한 시선 한 번으로 병사들을 물리쳤다.

"사령관 동지, 시중 들 일은 없사옵니까?"

"공관(空館)!"

숙소를 비우라는 뜻이었다. 김기일 사령관의 말에 모두 부동자세로 거수경례를 하며 숙소에서 빠져 나갔다.

이제 숙소에 남은 것은 푸른 대나무 숲에서 정신을 잃은 창검 끝의 독에 중독된 용자와 기일 자신뿐이었다. 기일은 용자를 침상 위에 내려놓았다.

'안고 싶은 여자, 실로 오랜만이다.'

기일은 손을 뻗어 용자의 옷자락을 풀어 내렸다. 손에 닿는 감촉은 눈으로 보는 것과는 천양지차였다. 마치 옥으로 된 인형을 만지는 듯했다. 옥은 차가운 냉기를 지녔을 뿐이지만 용자에게는 따스한 피가 흐르고 있었다.

맹독으로 인해 비정상적으로 뜨겁긴 해도 참으로 탐스러운 살결이었다. 다리를 쓸어내리던 기일은 초생달처럼 희미하게 자리한 상흔을 보았다. 그것은 날카로운 이빨자국 같기도 했다.

상처는 유난히도 붉었다. 왠지 가련해 보이는 상처였다. 그 상처는 자신 때문이었다는 사실에 갑자기 기일은 눈시울을 붉혔다.

'그때 재기와 싸움만 하지 않았더라면, 용자는 이렇게 고운 피부에 상흔이 남지 않았을 텐데.'

저녁이 되어가고 있었다. 기일의 시선이 용자의 옷을 따라 흘러내렸지만 의식을 잃은 용자는 아무것도 느끼지 못한 채 열이 묻어난 뜨거운 숨만 몰아쉬고 있었다. 겉옷이 스르르 미끄러져 내려간 어깨는 푸른 기운을 내뿜는 등불 아래서 하얗다 못해 푸르스름하게 빛나고 있었다.

'단단히도 여몄군.'

매듭지어진 가슴 띠를 보던 기일은 손가락에 힘을 주어 잡아챘다. 우드득 소리와 함께 가슴을 가리고 있던 띠가 끊어져 버렸다. 그리고 갇혀 있던 부푼 가슴이 기일을 향해 피어올랐다.

아름다웠다. 기일의 입매가 늘어졌다. 용자는 여전히 의식이 없는 채였다. 그런 용자를 탐할 만큼 짐승 같은 자기가 아니라는 것을 기일은 용자가 느끼도록 해 주고 싶었다.

'지금 용자에게 필요한 것은 도움의 손길이다.'

등불을 켰다. 사위가 환해지자 모든 것이 선명하게 드러났다. 용자의 상처가 그리 깊어 보이지는 않았다. 하지만 맹독이 퍼져 목숨이 위험한 것 같았다.

'대검의 독이군. 그런데 사령관인 내가 용자를 살려주는 게 무슨 의미가 있을까?'

기일은 자신에게 물었다. 그리고 스스로 대답해 보았다.

'내가 아무리 사령관이라도 생명을 구하는 것은 나쁜 일이 아니지. 더구나 내가 사랑했던 여인임에랴.'

그렇게 마음 속에 대답하는 기일에게 또 다른 그가 물었다.

'정작 그것뿐인가?'

기일의 입매가 단단히 굳어졌다.

'아직도 난 용자를 사랑한다.'

혼자 중얼거리는 기일에게 대답이라도 하듯 용자는 아까부터 계속 혼잣말을 중얼거리고 있었다. 용자는 무의식중에도 무언가 공포에 떨고 있다고 생각한 기일은 용자의 가슴에 자신의 한 손을 올려놓고 지그시 눌렀다.

꼭 감긴 용자의 두 눈에서 눈물방울이 굴러 내렸다. 아파서 우는 것인가. 기일은 한 손을 여전히 용자의 가슴에 올려놓은 채 다른 손으로는 눈물을 닦아 주었다.

눈물은 따뜻했다. 용자가 흘린 눈물의 온기가 새삼스럽게 느껴질 정도로 기일 자신은 언제 울어 봤는지 기억도 감감했다. 어쩌면 눈물 흘려 울어본 적이 없는 것도 같았다.

동생이 죽었을 때도 기일은 울지 않았다. 누이가 죽었을 때도, 어머니가 죽었을 때도 그는 결코 울지 않았다.

기일은 울어서는 안 되는 거라고, 일인지하 만인지상의 자리에 앉을 사람이 나약해서는 안 되는 거라고 호되게 몰아붙이던 어머니의 모습이 떠올랐다.

'따뜻하군. 눈물이 이렇게 따뜻한 것이었던가?'

기일은 고개를 숙여 용자의 눈물에 혀끝을 대보았다. 짭짤한 맛이 혀끝을 자극했다. 무언가 살아 있는 맛이라고 생각했다. 지금껏 살아오면서 문 닫아 두었던 인간적인 감정으로 용자를 돌봐주고 싶다는 생각이 불끈불끈 치밀었다.

용자의 감은 눈에서 굴러 내린 눈물 한 방울이 매끄러운 뺨을 타고 꼭 다물어진 입술 사이로 스며들었다. 눈물자국을 따라 움직이던 기일의 입술이 망설임 없이 용자의 입술에 살포시 얹어졌다.

열기 올라 뜨거운 용자의 입술에 살포시 닿았을 뿐인데 그 순간 얼어붙었던 기일의 가슴 한 구석이 쿵하고 내려앉았다. 단단하게 굳어 있던 마음의 얼음장이 쩌억 소리를 내며 녹아내렸다.

그 순간 기일의 심장에 불꽃이 피어올랐다. 동시에 입술에 힘이 실렸다. 용자의 입술을 덮은 기일의 입술은 격렬한 마찰을 일으켰다.

기일은 용자와 네 살 차이였지만 한 동네에서 태어나서 같이 자랐다. 용자는 동네 누이동생으로 참으로 예쁘고 귀여웠다.

기일은 어릴 때부터 용자를 좋아했다. 용자가 크면 용자와 꼭 결혼하겠다는 다짐을 하고 용자를 사랑하고 좋아했었다. 그런데 그것이 뜻대로 되지 않았다. 기일은 나뭇가지에 새끼줄을 매고 자신의 목까지 매달려고도 했었다. 그러다가도 용자가 눈앞에서 아른거려 죽지 못하고 대신 군에 입대를 했었다.

군대에 들어가서도 용자가 보고 싶고 그리워서 얼마나 울었는지 모른다. 홧김에 군에 입대했지만 용자가 보고 싶어 1년만에 휴가를 받아 나왔다. 휴가는 25일간이었다.

지난날의 황홀했던 기억을 더듬는 기일의 눈에 따뜻한 눈물이 흘러내렸다.

그 당시 기일은 군에 입대했지만 용자를 한 번도 잊은 적이 없었다. 그저 용자를 애타게 그리며 3일에 한 번씩 편지를 써서 보냈다. 그런데 답장은 한 번도 받아보지 못했다.

그러다가 휴가를 나왔다. 기일은 동네에 들어서기 무섭게 자신의 부모보다 용자부터 찾았다.

그러나 용자는 집에 없었다. 용자는 농촌계몽운동으로 한국청년단 모임에 가고 없었다. 기일은 그 곳을 찾아갔다. 용자는 재기와 나란히 서서 농촌계몽운동원으로 연설연습을 하고 있었다.

"용자야. 나 휴가 나왔다. 나 닐 마이 보고 싶었다니."

용자는 당황스런 눈으로 재기를 바라보았다. 재기도 난처한 듯 당황한 빛을 감추지 못하고 있었다.

"언제 왔드래 기일 오빠야."

용자는 마지못해 인사치레로 입을 열었다.

"나, 니 미치도록 보고 싶었다니."

기일이 용자에게 다가서자, 거부반응을 일으킨 용자는 한 발짝 뒤로 물러섰다.

"이러지 말아 기일 오빠야. 난 좋아하는 사람 있어."

그 말에 기일은 몸이 굳어진 듯 그 자리에 멈추어 섰다. 그리고 얼굴이 일그러지며 충혈된 눈에서는 불꽃이 활활 타올랐다.

기일은 어떻게 해야 할지 몰라 거친 숨만 몰아쉬고 있었다. 그 때였다. 어디에 숨어 있었는지 생각지도 않은 한용숙이 나타나, "오빠야" 하고 달려들며 기일에게 매달렸다.

"용숙아."

숨이 막힐 듯 긴장된 상태에서 돌파구를 찾은 기일은 용숙을 와락 끌어안았다.

"오빠야. 나 오빠가 얼매나 보고 싶었는지 아나?"

그 순간 용자에게 있어서 용숙은 구세주였다.

"용숙아 니 잘 있었나?"

"그래 기일 오빠야. 나 오빠 보고 싶어 미치겠다니."

"용숙아. 니 내게 세상을 갖게 해 주지 않을래?"

기일의 그 말은 용자에게 들어보라는 말이었다. 군복을 입은 기일은 늠름하고 의젓했다.

"오빠. 나도 세상을 갖고 싶어요."

기일은 고개를 끄덕였다. 대번에 가지고 싶은 것이 많아졌다. 그것도 보통 많은 것이 아니었다. 갖고 싶은 것이라면 수단 방법을 가리지 않고 차지하겠다고 다짐했다.

꿩 대신 닭이라고 했던가. 복수를 위해서라면 얼마든지 용숙을 닭으로 이용할 수 있다고 생각했다.

"내가 오빠의 꿈을 이루는 데 도움이 된다면, 기꺼이 그렇게 할래요. 나는…… 이미 오빠 거였잖아요. 오빠가 거두었으니 오빠 뜻대로 하라니요."

기일은 용숙을 데리고 나와 복숭아밭으로 갔다. 복숭아나무가 두 사람을 세상의 시선에서 가려주었다. 기일은 용숙의 작은 몸을 덥석 끌어안았다. 조그만 신음소리가 용숙의 도톰한 입술에서 흘러나왔다.

기일은 용숙의 가슴을 풀어헤쳤다. 단단히 여몄던 용숙의 옷자락이 벌어지자 박속보다 더 하얀 속살이 드러났다.

"오빠야, 낮이잖아. 누가 보면 어쩌시래……."

"용숙아. 난 너를 위해서, 이 세상 모든 것은 다 내 것으로 만들 거야. 용숙이 너는 날 받아들이기만 하면 돼."

당시 스물세 살 젊은이의 억센 팔이 열아홉 살 용숙의 허리를 으스러져라 끌어안았다. 용숙의 입에서 신음이 터져 나왔다. 흘러내린 옷자락 대신 복사꽃잎이 용숙의 하얀 피부에 내려앉았다. 점점이 내려앉은 꽃잎들을 기일은 입술로 쓸어 내렸다. 때로는 입술로 후후 불어내어 탐스런 나신을 덮은 복사꽃들을 치워내기도 했다.

기일은 천천히 용숙의 몸을 쓸었다. 끊어질 듯한 숨소리가 차츰 격해지기 시작했을 때 기일은 그 신음이 용자의 입술에서 흘러나오는 걸로 착각하고 있었다.

복숭아나무와 맞닿은 기일의 몸이 흔들릴 때마다 하늘에서 분홍색 꽃비가 쏟아졌다. 두 사람의 움직임이 격해질수록 복사나무 아래 쌓인 분홍색 비단이 점점 두터워졌다.

기일의 입술에서는 거친 호흡이 부서지고 심장은 말발굽소리처럼 세차게 뛰었다. 그러나 절정에 이르렀을 때 기일은 용숙의 몸 속이 아닌 밖에다 사정을 해 버리고 말았다.

"오늘도 그러네."

용숙은 1년 전에 그랬던 것처럼 기일의 어깨를 껴안으며 입술을 깨물었다. 솔직히 용숙은 기일의 아이를 뱃속에 품어 보고 싶었다. 사랑하는 남자의 아이를 갖고 싶은 용숙이었지만 기일은 그의 분신을 용숙에게 남겨주지 않았다.

그것이 서운하고 서러워 용숙의 눈가에 물기가 고였다. 촉촉히 젖은 용숙의 눈가에 복사꽃 하나가 내려앉았다. 기일은 사랑하는 용자가 자신의 뜻을 받아주지 않아 화가 나 있었고, 용숙은 용숙대로 사랑하는 기일이 용자만 찾고 있어 화가 났던 것이다.

이렇게 용숙과 사랑을 나누는 것을 용자도 알고 있었다. 기일이 용자 자신을 얼마나 사랑하고 있는지 모르는 바 아니었지만 그러나 용자의 마음 속에는 재기 밖에 없었다.

결투

작년에만 해도 그랬었다. 용자는 재기와 손을 잡은 채 안인 바다가 보이는 산길을 오르고 있었다. 그 때 재기는 누군가가 뒤를 밟아 따라오는 것 같아서 긴장하고 있었다. 슬며시 뒤돌아보니까 아까 용자와 만나자는 걸 거절당한 것에 불만을 품은 기일이 따라오고 있었다. 재기는 용자를 잡은 손에 힘을 주었다.

"용자야, 니 뒤돌아보지 마."

용자가 놀라서 뭐라고 말하려는데 뒤에서 기일의 목소리가 들렸다.

"야! 재기야."

재기는 기일과는 친구라 두렵지는 않았지만 용자가 보는 앞에서 흉하게 싸움질하는 모습은 보이고 싶지 않았다. 그러나 그것은 재기의 부질없는 바람일 뿐이었다. 기일의 걸음이 더 바빠지더니 기어코 앞을 막아섰다.

"씨팔, 귓구멍에다 말뚝을 박았나. 서로 주물탕에 꼴려서 부르는 게 니들 안 들려?"

그 야비하고 저속한 말에 용자는 경악을 금치 못했다. 기일의 입에서 그런 상소리가 거침없이 터져 나오다니, 기일의 얼굴이 다시 보였다.

재기는 용자를 감싸 안았다. 호흡을 조절하여 몸의 근육을 이완시키며 나직하게 물었다. 그것을 기일이 아니꼬운 눈으로 지켜보고 있었다.

"기일이 너, 무슨 일이야?"

재기가 그 꼴을 그냥 보아 넘길 리 없었다. 재기는 당당히 말했다.

"용자는 나를 더 좋아한다고. 너 알아? 앞으로 용자를 만나지 마."

줄무늬 셔츠를 입은 기일이 침을 탁 뱉으며 이죽거렸다.

"뭐라고? 그건 늬 생각일 뿐이라고!"

재기는 그 말에 화가 벌컥 났다. 보기만 해도 설레는 소중한 용자에게 말로 오물을 퍼붓는 기일이 짐승처럼 보였다. 재기는 분노로 떨며 이를 악물고 기일을 노려보았다.

회색 점퍼를 걸친 기일은 눈을 부라리고 재기를 째려봤다.

"째려보면 니 어쩔 건데? 니 괜히 수호천사 흉내 내다가 어디 부러지지 말고 저 이쁜 용자만 두고 그냥 가래니."

그때 용자가 나서며 이렇게 말했다.

"오빤, 이러고도 무사할 줄 알아? 지금이 어떤 시대인데 행패래. 어서 비켜요."

이윽고 용자가 발끈하며 기일에게 소리쳤다.

"용자야. 나 닐 사랑한다고. 그런데 왜 재기를 자꾸 만나고 그래."

기일은 용자의 팔을 잡고 쓰다듬었다. 그 더럽고 냄새나는 말에 재기는 치가 떨리고 이가 갈렸다.

"마지막 기회를 주겠다. 지금 당장 무릎 꿇고 정중하게 사과해라."

재기는 솟구치는 분노에 몸을 떨며 씹어 뱉듯이 말했다.

일상생활을 통해서 힘을 겨루어야 할 경우는 수없이 많았지만 막상 싸움을 한 경우는 없었다. 그러나 용자를 지키려면 싸움도 불사할 것이라고 재기는 생각했다. 그때 기일은 험상궂은 인상을 쓰며 다가왔다.

"씨팔 저 새끼가 아무래도 병신이 돼야 니 주둥아리 닥칠기래."

재기도 질세라 용자를 피하게 한 뒤에 길을 막아섰다. 그리고 얼루기보법을 밟으며 몸을 잘게 흔들었다. 재기의 동작을 본 기일은 가소롭다는 듯 비웃었다.

"니 그기 뭔 똥폼이래? 너 택견 흉내 내냐?"

이미 싸움은 피할 수 없는 상황이었다. 기일이 사과한다고 해도 이젠 재기가 그냥 보내주지 않을 터였다.

"기회를 줬는데도 니가 시작한기니 나 원망치 말래이."

기일은 어깨를 들먹거리며 중얼거렸다.

"요즘 농촌계몽운동인지 지랄인지, 간나 새끼들을 다 버려놓는다니깐. 이 씨팔노므 새끼."

"니 자꾸 웬 지랄이냐?"

"그래 한 번 붙어 보자야, 이 새끼야. 내가 이기면 용자는 내 차지다."

"내가 이기면?"

"그야 니 차지지 새끼야."

태권도를 배운 기일은 주먹 아닌 발을 먼저 허공에 날렸다. 상체를 비틀며 그 발길을 손 헤치기로 받아 젖힌 재기는 어깨로 기일의 가슴팍을 강하게 쳤다. 달려들던 힘과 젖히는 힘이 기일의 가슴에서 둔탁한 소리를 내며 부딪쳤다.

컥! 하는 묵직한 신음을 뱉으며 기일이 앞으로 거꾸러졌다. 그러나 기일은 재빨리 몸을 일으켜 세웠다. 기일은 눈으로 가만히 거리를 재어보고 주먹을 날렸다. 그러나 재기는 오른쪽 무릎에 각을 세우고 왼발을 길게 빼내면서 살짝 주저앉았다. 기일의 주먹이 어깨 위로 지나갔다.

재기는 튕기듯 일어나면서 왼손을 뻗어 기일의 목을 활개돌리기로 감아 던졌다. 기일은 목을 쥐고 주저앉아 컥컥거렸다. 그런가 했더니 어느 틈엔지, 기일은 옆에 있는 짱돌을 들고 재기에게 덤벼 내리쳤다. 그걸 보고 놀란 용자가, "악! 재기 오빠!" 하고 비명을 질렀다.

갑자기 용자의 비명이 들려 재기가 돌아보는 순간 재기는 어깨가 불에 덴 듯 뜨끔했다. 그때는 이미 기일이 잽싸게 일어나 짱돌로 재기의 어깨를 내리찍은 순간이었다.

어깨를 움켜쥐는 사이에 기일의 주먹이 재기의 가슴에 꽂혔다. 그 충격에 재기는 뒤로 밀려가서 벌렁 나가떨어졌다.

재기가 넘어지는 것을 본 용자는 가운데 끼어들어 싸움을 말렸다. 그러나 기일이 용자를 세차게 밀쳤다. 그 바람에 용자는 맥없이 저만치 나가떨어졌다.

그걸 본 재기의 가슴 속에서 가눌 수 없는 분노가 끓어올랐다. 짱돌에 찍힌 어깨가 욱신거렸지만 분노는 아픔조차도 삼켜 버렸다.

기일이 다시 던진 짱돌이 재기를 비켜 바람을 갈랐다. 재기는 허리를 뒤로 젖혀서 배 위로 짱돌을 스치듯 흘려보냈다.

마침내 기일의 몸 중심이 흐트러졌다. 재기는 허리를 비틀어 기일의 발목을 걷어차면서 딴죽걸이로 자빠뜨렸다.

분노가 극에 달한 재기는 넘어진 기일의 명치에 주먹을 깊숙하게 꽂아버렸다. 일반적인 타격이 아닌, 수도의 끝으로 찌르며 주먹으로 치는 이중타격이었다. 기일은 버둥대다가 다리를 쭈욱 뻗어 버렸다.

재기는 야비한 말을 한 기일의 멱살을 잡아 일으켰다. 저속하고 더러운 말로 저렇게도 곱고 소중한 용자에게 모욕을 준 기일이 짐승처럼 보였다. 재기는 손에 힘을 주었다. 기일의 목울대를 움켜쥐고 비틀었다.

"재기 오빠야!"

용자가 부르는 소리에 재기는 정신이 번쩍 들었다. 큰일 날 뻔했다. 용자가 만류하지 않았다면 기일의 숨통을 끊을 뻔했다.

캑캑거리며 숨을 고른 기일은 치사스럽게도 다음에 가만 두지 않겠다는 말을 남기고 가버렸다.

용자는 재기의 품에 뛰어들었다. 재기는 품에 안긴 용자의 등을 토닥이면서 지켜내었다는 안도감으로 숨을 길게 내쉬었다.

"용자가 다칠까 봐 얼마나 가슴 졸였는지 몰라. 다친 데 없지래?"

재기는 용자의 머리를 쓸어주며 말했다. 이 가냘프고 여린 용자를 모욕하던 기일을 생각하니 새삼 화가 나려 했다.
"용자 니 마이 무서웠재?"
용자는 겁 많은 커다란 눈으로 재기를 올려다 봤다.
"이상하게 하나도 무섭지는 않다니. 오빠가 지켜 줄 거라고 믿었드래요. 오빠가 다칠까 봐 그것만 걱정했다니요."
재기는 그제야 긴장이 풀렸다. 용자의 솜털 하나라도 다칠까 봐 많이 긴장했던 것이다. 그런데 용자는 무르팍이 까져서 피가 흐르고 있었지만 재기가 마음 아파할까 봐 다치지 않은 체했다.
재기가 갑자기 윗도리를 벗었다. 그리고는 무엇을 찾으려는 듯 샅샅이 살폈다.
"오빠야, 뭐 찾고 있드래요?"
재기는 대답도 하지 않은 채 고개를 갸웃거리며 윗도리만 살펴봤다. 구석구석 살펴보며 혼잣말처럼 중얼거렸다.
"옷 안 찢어졌나 보는 거야. 용자가 사준 건데 찢어지면 안 되잖아."
그러면서 여기저기 계속 살펴봤다. 그 옷이 그냥 옷이 아닌 각별한 의미가 있는 것이기에 재기에겐 소중하기 이를 데 없는 존재였다. 입고 있으면 마치 용자에게 안긴 것처럼 아늑하고 포근한 느낌이 들게 하는 옷이었다.
다 살펴본 재기는 고개를 들고 활짝 웃었다.
"갸! 한 군데도 안 상하고 말짱하네야. 정말 다행이다야."
좋아서 어쩔 줄 모르겠다는 웃음이었다. 그 웃는 모습을 바라보는 용자의 가슴에서 뜨거운 것이 울컥 올라왔다.
조금 전까지 자신을 지켜주기 위해 무섭게 으르렁거리던 사람이었다. 그런 사람이, 자신이 사랑하는 여자가 선물한 옷이 말짱하다고 아이처럼 좋아하고 있었다.
용자는 자신도 모르게 재기를 꼬옥 안아주었다. 안은 채 등을 두드려주며 말했다.
"우리 오빠야. 이렇게 예쁜 우리 오빠야. 너무 예뻐서 어떡하면 좋다래."

산나물 캐려던 애초의 계획은 한 바탕 싸움으로 날아가 버렸다. 집에 들어섰다. 어제처럼 막걸리를 마시자며 용자는 재기의 팔짱을 꼈다.

"기일이가 용자에게 그런 말만 안 했으면 안 싸웠을 거야. 흉한 꼴 보여서 미안해."

"아니래요. 절 지켜주려고 몸을 안 사리는 오빠가 감동스러웠더래요."

감격해 하는 용자의 말에 재기는 대수롭지 않다는 듯이 말했다.

"남자라면 누구나 몸을 내던져서라도 소중한 사람을 지키는 거라니."

그 말이 용자의 가슴에 깊이 꽂힌 채 찌르르 울렸다. 용자는 일부러 장난스레 물었다.

"내가 오빠한테 그렇게 소중한 사람이래요?"

재기는 당연하다는 듯이 대답했다.

"그럼. 내게 하나뿐인 이쁜 용자래니."

묻기를 기다리기라도 한 것처럼 얼른 대답하는 재기가 믿음직스러웠다. 마치 선생님의 말에 얼른 대답하는 착한 초등학생처럼 느껴졌다. 그래도 용자는 웃음을 숨기며 토라진 듯이 삐죽거렸다.

"애걔, 겨우 나라서 소중한 거래요?"

재기는 용자가 아닌 여인으로도 이미 소중한 사람이라는 말을 억지로 삼켰다. 재기의 말과 마음은 어느 것 하나 용자의 가슴에 닿지 않는 게 없었다. 용자는 동그란 눈에 신뢰를 가득 담아서 재기를 바라보았다.

함께 있는 시간이 쌓일수록 재기는 더 큰 존재로 느껴졌다. 재기는 낮지만 또렷한 목소리로 말했다.

"그리고 용자는 내 연인이래. 어떻게 안 소중할 수 있겠나?"

용자는 재기의 손을 살며시 잡아당기더니 자신의 손바닥 위에 올려놓고 다른 손으로 포근하게 덮어 주었다.

단지 용자의 손이 포개졌을 뿐인데도 재기는 그 포근함에 가슴이 저리다. 그 아늑하고 따뜻함을 용자도 같이 느꼈다.

포개지고 감싸쥔 손에서 전해지는 그 느낌이 서로의 가슴에 상대를 더 소중한 사람으로 각인시켰다.

날이 저물고 있었다. 집집마다의 굴뚝에서는 허연 연기가 하늘로 날아오르고 있었다. 그 때 갑자기 비가 내렸다.

재기는 자신의 윗도리로 용자의 머리를 감싸 안은 채 문을 열었다. 옷에 가려 앞이 보이지 않는 용자는 눈을 감고 재기에게 찰싹 달라붙은 채 종종걸음을 옮겼다. 재기의 옷에서 배어나는 체취가 용자에게 깊이 스며들었다.

"용자, 이제 다 왔어."

재기는 머리에 씌웠던 옷을 걷어내며 빗물이 튄 용자의 어깨를 털어줬다.

용자는 재기와 봉당에 나란히 서서 마당에 내리는 비를 바라보았다. 빗줄기가 점점 잦아들더니 거짓말처럼 비는 이내 그치고 바람이 불어왔다.

"여우비였나 보네요."

용자가 재기의 옷을 털어주며 말했다. 아직도 자신의 품에 남아 있는 달콤한 체취를 가만히 들이키는 재기에겐 그 여우비가 고마웠다.

비가 그치자 재기는 자신의 집으로 돌아갔다.

재기가 돌아가고 얼마 후에 기일이 용자를 찾아왔다. 기일은 어른들과 동생들 몰래 용자의 방으로 들어갔다.

그 때 용자는 머리를 감고 말리고 있었다.

"아까 산에서 미안하다야. 니 다친 데는 없고?"

"응, 기일 오빠야."

"재기 그 새끼가 자꾸 우리 사이를 끼어들잖아. 화가 나서 그만."

용자는 그냥 눈을 곱게 흘겼다.

그 때 기일은 용자의 무릎이 까진 것을 발견하고 상처를 어루만졌다.

"왜 그래 기일 오빠야."

"미안해. 다치게 해서."

기일은 아까 자신이 밀치는 바람에 용자가 다친 것에 대해 미안한 마음을 가지고 있었다. 너무 아플 것 같아서 기일의 마음이 아렸다.

다행히 상처가 깊지는 않았지만, 그냥 두면 쉽게 가라앉지 않을 것 같았다. 쑥으로 마사지라도 해야 할 것 같았다.

"어디 옷 좀 올려 봐. 용자야. 약 바르자. 옥도정기 없어? 약방에 가서 사와야겠다."

"아냐. 있어요. 옥도정기는."

기일이 다친 다리를 쓰다듬었다. 용자가 깜짝 놀란 듯 얼른 다리를 거둬들였다.

"많이 아파?"

"아뇨. 오빠 손에 찌르르 하는 것 같아서요."

자신의 느낌을 숨기지 않고 솔직하게 표현하는 용자의 마음이 더 싱그럽게 느껴졌다.

"약 가지고 와 봐."

발목만 보인 것도 부끄러운데 무릎을 보여달라니 용자는 숨이 막히는 것 같았다.

"괜찮은데요."

"이그, 용자야. 니 이 오빠 자꾸 부끄럽게 만들 거래? 빨랑 치마 올려 봐. 뭔 환자가 말을 안 듣고 고집을 부리나?"

용자는 기일의 등을 손바닥으로 찰싹 때렸다. 그러고는 겨드랑이에 간지럼을 태우며 기어코 무릎을 보였다. 그러면서도 용자는 자신이 쑥스러워하면 기일이 더 어색해 할 것 같아서 아무렇지도 않은 척했다.

기일은 한 손으로는 약을 바른 무릎의 상처를 문지르고 나머지 한 손은 발목을 주물렀다.

"다리가 너무 가늘다. 살 좀 쪄야겠다야."

용자는 숨이 가빠서 대답하기가 곤란했다. 다리를 어루만지듯 쓰다듬는 기일의 손길에 숨을 쉬기가 어려웠다. 바라보기만 해도 꽃가루가 날릴 것 같은 기일이 자신의 맨다리를 어루만지고 있었다. 신음이 배어 나올까 봐 용자는 기일이 눈치 채지 않게 혀를 지그시 깨물었다.

"나 군대 있으면서 하루도 안 빼고 니만 생각했다니."

기일의 손길을 깊이 느낀 용자는 얼굴이 붉어진 채 어쩔 줄 몰라 했다. 그 모습이 사랑스러워 기일은 껴안아 주고 싶은 충동을 느꼈다. 기일은 이렇게 착하고 귀여운 한 동네 여동생을 못 껴안아 줄 이유가 없다고 생각했다.

기일은 용자의 가슴에 살며시 볼을 갖다대었다. 그리고 두 팔로 용자의 어깨를 감싸 안았다.

"그만해요. 좀 더 시간을 갖고 다시 생각해 볼래요."

용자는 기일의 가슴을 밀어내었다.

순간 기일의 이마에 주름이 잡혔다.

"다 재기 때문이야? 알았어. 재기 때문이라면 어디 두고 보자."

"그게 아니야 오빠야. 기일 오빠는 용숙이가… 용숙이가 있잖아요."

"용숙이? 용숙인 이제 다 필요 없다니. 난 용자 너 하나면 돼."

용자는 이미 기일과 용숙이 서로 정사관계를 가지는 걸 보았기 때문에 그렇게 말했다. 그리고 그 때 그들의 그 모습을 보고 배신감에 얼마나 울었던가.

"용숙인 어떻게 하려고요? 불쌍하잖아요. 나 다 알고 있다니요."

"나하고 아무 상관없다니."

그 말에 용자는 기일이 나쁜 사람이라고 생각되어 다시는 상대하기도 싫었다.

"상관없으면, 용숙인 뭐가 되나요."

"용숙이하고 나하고 아무 상관없다니."

"그게 무슨 소리예요. 나 다 알고 있다니요."

"좋아. 나 갈게. 재기 때문이라면 가만 있지 않겠어."

기일은 방에서 나가 버렸다.

이틀 뒤였다. 밭에서 김을 매고 집에 돌아온 용자는 그날 저녁에 한국청년단 모임이 있는 날이라 머리를 감았다. 머리카락을 말리고 예쁘게 옷을 차려입고 청년단 모임 장소인 모전에 있는 강동초등학교로 갔다.

교실 한 칸을 얻어 모였다. 그런데 기일과 용숙과 몇몇은 보이지 않았다.

청년단장인 김재기는 인사말을 끝낸 뒤 김기일은 한용숙을 비롯해서 몇몇 청년들과 따로 이상한 모임을 갖는다고 했다. 그 모임은 기일이 휴가기간 동안에 만들어 놓았다는 것이었다.

아무튼 한 동네에 청년단 모임이 두 개가 되고 말았다.

용자는 자기 때문에 기일이 따로 모임을 갖게 되었다는 것이 왠지 모르게 마음이 편치 않았다.

회의가 끝나 집으로 가려고 하려는데 재기가 따라왔다.

"벌써 가려고?"

"우리 집에 아무도 없어서요. 소꼴도 줘야 하고 아무튼 집에 얼른 가 봐야 해요."

"어둡다. 집에까지 데려다 줄게니 니 기다리래."

5리가 넘는 거리를 걸으면서 이야기를 나누는 사이 어느새 집에 도착했다.

"오빠야. 오늘 우리 집에 아무도 없으니까 사랑방에서 자고 가도 되는데."

남녀가 한 집에서 밤을 새울 때 일어날 수 있는 일들에 대한 우려가 생각났지만 왠지 그게 좋을 것 같았다. 아무튼 그날은 아버지 어머니를 비롯한 가족들이 제사로 인해서 모두 큰집으로 가고 아무도 없었기에 무서운 마음에 그렇게 말했지만 어쩐지 안 할 말을 한 것 같아 용자는 쑥스럽기 짝이 없었다. 용자의 집에 온 재기는 외양간에 소꼴을 한 아름 안아다 주며 소를 돌봤다.

소는 워낭소리를 내며 꼴을 씹고 있었다.

이런저런 얘기를 나누다 보니 어느새 자정이 넘었다. 무슨 할 말이 그리도 많은지 두 사람의 이야기는 그칠 줄 몰랐다.

그 때였다. 밖에서 인기척이 났다. 용자와 재기는 놀란 가슴으로 얼른 용자의 방으로 숨어 버렸다.

가족들이 제사를 끝내고 돌아왔던 것이다. 용자는 재기를 자신의 방에다 두고 나와서 가족을 맞이하고 자신의 방으로 들어왔다. 재기는 이럴 수도 저럴 수도 없어 어쩔 줄 몰라 했다.

"오빠 왜? 그냥 자고 가면 되잖아."

용자의 그 말이 싫은 건 아니었지만 그래도 용자의 방에서 잔다는 건 쉽게 결정할 일이 아니었다.

"그래도 그렇지. 어떻게 여기서 자냐."

재기의 말이었다.

"안 잡아먹을 테니 고집 부리지 말래이. 윗목에 자면 돼요."

재기는 용자를 바라봤다. 너무 아름다워서 가슴이 울렁거렸다. 저런 용자와 같은 방에서 잔다면 도저히 잠을 이루지 못할 게 뻔했다.

"용자랑 같은 방에 있으면 내가 잠들지 못할 것 같다. 그냥 갈련다."

"지금 나가면 식구들한테 들통 나요. 자고 새벽에 몰래 나가라니요."

용자는 재기를 꼬옥 안더니 볼에 입맞춤했다. 그리고 재기의 귀에 입을 가져다 대고 감미롭게 속삭였다.

"있죠? 나 오빠가 너무 편하고 좋아."

그 입술의 달콤한 감촉과 보드라운 숨결과 아련한 향기에 재기는 잘게 몸을 떨었다. 그 느낌은 분홍빛 뜨거움이 섞인 설렘 같으면서도 따뜻한 물에 몸을 담근 것처럼 아늑하기도 했다. 재기는 하는 수 없이 그냥 용자의 방 윗목에 드러누워 버렸다.

윗목에 누워 생각에 잠겼던 재기는 어느 샌가 자신도 모르게 스르르 잠이 들었다. 몸을 뒤척이는 재기의 팔에 보드라운 물체가 닿았다. 감미롭고 따스한 숨결이 볼을 어루만졌다. 아련하고 저리도록 감미로운 향기가 코에 스며들었다.

꿈결인가 싶었는데 그 느낌들이 너무도 생생하여 재기는 깜짝 놀라 눈을 떴다. 동그랗고 가냘픈 몸체가 자신의 품에 안겨 있었다.

용자였다. 자신이 용자를 안은 자세가 아니라 용자가 자신을 품은 자세로 같은 이불을 덮고 잠들어 있었다.

이불 속에 용자의 향기와 달착지근한 온기가 가득했다. 그 모습이 말할 수 없이 사랑스러워서 가만히 안아 주었다. 행여 용자의 가슴에 손이 닿을까 봐 조심하며 동그랗고 가녀린 어깨를 안아 주었다.

어느새 눈을 뜬 용자가 재기의 품에서 올려다봤다. 재기는 그대로 용자를 안은 채 머리를 쓸어 올려 주었다.

이상하게도 부끄럽거나 쑥스럽거나 죄책감이 들지 않았다. 어떤 다른 색이 섞이지 않은 마음으로 안았기 때문일 것으로 생각하며 재기는 더 으스러지게 안았다.

용자는 재기의 눈을 마주 보며 예쁘게 웃었다. 재기가 안을 때부터 용자는 깨어 있었다. 그 몸짓에 욕정이 아닌 무색의 사랑이 담겨 있다는 걸 알았기에 자는 척하고 있었을 뿐이었다. 그대로 그 아늑함을 느끼고 싶어서 가만히 있었던 것이다.

안고 있고, 안겨 있는 그 형태가 재기와 용자에게는 자연스럽게 느껴졌다. 어떤 어색함이나 부끄러움도 없이 포근하고 아늑할 뿐이었다.

5일 뒤였다. 재기와 용자가 함께 걷는 안인 길은 초여름의 문턱을 넘은 햇볕이 제법 따갑게 비췄다. 온통 푸른색의 잎들은 햇볕에 반짝였다. 용자의 동그란 어깨에도 햇볕은 소리 없이 내려앉았다.

용자와 재기는 이제 당연한 것처럼 손을 잡고 걸었다. 누가 보아도 서로 깊이 사랑하는 연인의 모습이었다. 주고받는 눈빛에도 사랑하지 않으면 담을 수 없는 그윽함이 있었다.

용자는 재기의 손을 잡으면 그의 심장이 뛰는 소리까지 느껴지는 듯했다. 용자는 살아오면서 지금까지 느껴보지 못했던 그 느낌이 감미롭고 말할 수 없이 좋았다.

용자는 이 동네에다 태를 묻고 자랐다. 20년의 세월이 흐르는 동안 고향 밖을 나가본 적이 별로 없었다.

3년 전부터 기일이 용자를 따라다니며 용자를 무척이나 감싸주고 아껴주었다.

그렇지만 기일은 용자의 마음을 사로잡지는 못했다. 용자는 기일의 애정이 싫지 않으면서도 가끔 용숙이 생각나 기일에게는 용숙이 있다는 생각 때문에 항상 거리감을 느꼈다.

그러다 재기가 끼어들면서 용자는 기일을 멀리하게 되었다. 그리고 재기에게서 느끼는 따뜻하고 아늑하고 든든한 감정들과 안아주고 싶은 마음이 날이 갈수록 재기로 채워졌다.

재기와 함께 있으면 자신이 여자라는 느낌이 생생해지고 신용자라는 이름이 햇살처럼 반짝이며 사각거렸다.

재기와 용자는 파도가 치는 바닷가 바위에 나란히 앉았다. 아무도 없어 조용했다. 바람도 숨을 고르는지 고즈넉한 풍경 속에서 파도가 바위를 두드리는 소리만 들렸다.

"용자야. 우리 꼭 진짜 연인 같지?"

재기가 아까부터 목에서 맴돌던 말을 입 밖으로 밀어냈다.

용자는 장난스럽게 맞장구를 칠 줄 알았는데 뜻밖에도 아무런 말이 없이 쳐다보기만 하며 표정이 딱 굳어 있었다.

자신의 말에 용자가 불편하게 된 것 같아서 재기의 얼굴도 굳어졌다. 그걸 본 용자는 웃음을 터뜨렸다. 또 용자의 장난에 말린 것이었다.

"오빠, 정말 귀여워요. 근데 좀 전에 한 그 말은 빨리 취소하세요."

화난 게 아니라서 다행이라고 생각하며 얼른 취소하려는데 용자가 먼저 말했다.

"오빠, 약속 안 지켜서 미워. 우린 진짜 연인 같은 게 아니라 정말 연인이에요. 벌써 잊었어요?"

만지면 가루가 묻어날 것처럼 매혹적인 여인이었다가, 개구쟁이 소녀의 모습으로 바뀌는 용자 앞에서 재기는 그야말로 속수무책이었다. 그래도 진짜 연인이라는 말이 참 포근하게 와 닿았다.

용자는 밀려 왔다 미처 빠져 나가지 못한 물을 툭툭 건드리며 발장난을 치다가 문득 생각난 듯이 말했다.

"오빠, 재미있는 이야기 하나 해 줘요."

그 말에 재기는 난감했다. 순간적인 위트는 다른 사람보다 더 있는 편이지만, 완성된 형태의 우스갯소리는 아는 게 별로 없었다.

"얼른요."

용자는 아이처럼 재촉했다. 마치 옛날이야기를 해달라고 떼쓰는 어린이처럼 졸랐다. 다행스럽게도 동네 형들한테 들었던 해학 한 자락이 떠올랐다.

"아는 거라고는 딱 하나뿐인데, 좀 야한데…."

"야해도 괜찮아요. 얼른 해 주래니요."

용자는 얼른 해달라며 재촉했다. 그 모습이 참으로 귀엽기만 했다.

"사실은 그렇게 야하지도 않은 이야기야. 음, 어느 마을에 아들 내외와 노부부가 살고 있었대."

용자는 기대에 찬 눈으로 재기를 보고 있었다. 재기는 용자의 눈을 보며 이야기를 시작했다.

어느 마을에 효성이 지극한 아들 내외와 노부부가 살고 있었다. 아들 내외의 효성도 지극하였지만, 아들과 며느리를 아끼는 노부부의 자애로움도 그에 못지 않았다. 효성이 지극했던 아들 내외는 노부모로 하여금 절대 손에 흙을 묻히지 못하게 하였다. 노부부가 일을 거들려고 하면 큰일이라도 나는 것처럼 질색을 했다. 자신들을 불효자식 만드는 거라며 펄펄 뛰며 삽이나 호미는 손도 못 대게 했다.

어느 무더운 여름이었다. 며느리와 아들은 밭에 일하러 나가고 시어머니는 마실을 가고, 시아버지 혼자 집을 지키다가 늘어지게 한숨 자고 일어났다.

점심 때가 되었는지 마침 젊고 예쁜 며느리가 점심을 차리려고 집으로 들어왔다. 안 그래도 배가 출출하던 참이었다. 며느리는 부엌에서 점심을 준비하고 시아버지는 대청에 앉아 기지개를 켰다. 딱딱한 마루에서 자고 일어나서 그런지 등이 가려웠다. 팔을 뒤로 돌려서 긁으려 했으나 가려운 부분이 손에 닿지 않아서 애만 타고 더 가려웠다.

마침 며느리가 상을 차려 들고 부엌에서 나왔다. 밭일을 하다가 온 며느리의 발에는 흙이 잔뜩 묻은 상태였다. 대청에 상을 내려놓은 며느리에게 시아버지가 말했다.

"아가, 등이 가려운데 팔이 닿지 않는구나. 좀 긁어주련?"

며느리는 얼른 '네' 하고 대답하였다. 등을 긁어주려면 등 뒤로 가야 할 텐데 발에 흙이 잔뜩 묻어 있어서 대청에 오르기가 뭣했다.

그렇다고 연로한 시아버지를 일어나게 하는 건 효성이 지극한 며느리로서 못할 일이었다.

어쩔 수 없이 며느리는 시아버지의 앞에서 등 너머로 가려운 곳을 긁어주었다.

"여기가 가려우세요? 아버님."

"으응 그래. 그 아래 옳지. 어이구 시원하다. 그 옆에도 긁어주련? 거기 말고 그 옆에. 옳다구나."

시아버지는 대청에 걸터앉아 있고 며느리는 시아버지 앞에서 허리를 숙인 채 등을 긁어 주는 자세였다. 그러다 보니 며느리의 뽀얀 가슴이 적삼 사이로 살며시 삐져 나와 시아버지의 눈앞에서 아른거렸다. 당연히 그 탐스럽고 어여쁜 젖꼭지도 고스란히 자태를 드러낸 채 시아버지 눈앞을 오락가락했다.

참으로 예쁘고 탐스러웠다. 시아버지는 그만 자신도 모르게 그 예쁜 젖꼭지를 한 입 머금고 말았다. 시아버지는 음흉한 노인이 아니었다. 점잖고 행실이 올바른 사람이었다. 그런 그였던 만큼 음심이 있어서 머금은 게 아니었다. 며느리의 젖꼭지가 하도 탐스럽고 예뻐서 자신도 모르게 머금어 버린 것이었다.

공교롭게도 그 때 점심을 먹으러 집으로 온 아들이 그것을 보고 말았다. 아들이 길길이 뛰고 난리를 쳤다. 그 효성 지극하던 아들이 아버지의 멱살을 틀어쥐고 소리쳤다.

"당신 말이야! 나이를 똥구멍으로 처먹었어?"

아들은 아버지에게 호통을 쳤다.

"노망이 들어도 어쩜 그렇게 추잡하게 들었느냐고요."

노인은 아들에게 멱살까지 잡히고 온갖 모욕을 당하고 나서 기다시피 하여 사랑채로 도망쳐 왔다.

노인은 기가 막혔다. 하늘에 맹세코 엉큼한 마음을 품은 게 아니었다. 그런데도 그 꼴을 보이고 아들에게 그 망신을 당했으니 아주 죽고 싶었다.

너무나도 기가 막히고 어처구니가 없어서 곰방대를 물고 담배만 뻑뻑 피워댔다. 그렇게 담배를 뻐끔뻐끔 피우다가 가만히 생각하니 왠지 억울하다는 생각이 드는 거였다.

노인은 뭔지는 모르지만 너무 억울하게 느껴져서 곰곰이 생각했다. 그러다가 벌떡 일어나서 아들에게 다가갔다. 노인은 아들을 보자마자 따귀를 벼락같이 올려붙였다. 그리고 나서 아들의 멱살을 옭아쥐고는 집이 들썩거릴 만큼 큰 소리로 호통을 쳤다.

"야! 이 천하에 불효막심한 놈아. 너는 내 마누라 젖꼭지를 주구장창 빨아서 쭈구렁탱이 할마시 만들어 놓아도 내 아무 말 안 했는데 그래, 이 치사한 놈아! 니 마누라 젖꼭지 딱 한 번 빨았기로 애비한테 노망들었다고 퍼붓냐? 이 본데 없는 놈아!"

이야기를 듣던 용자의 얼굴이 새빨개지더니 결국 포복절도하고 말았다. 허리를 잡고 웃어대는 용자 등에 꽃잎 하나가 내려와 얹히더니 같이 흔들렸다. 그 모습이 사랑스러워서 가슴이 싸아했다. 두 사람은 파도가 바위에 부딪히는 소리와 갈매기가 허공을 가르며 둥둥 떠다니는 모습이 어우러진 바닷가 신작로를 걸었다. 용자가 재기의 어깨를 때리며 말했다.

"아까 너무 웃었더니 배가 다 아파요."

초여름의 한창 후끈한 바닷바람이 바쁘게 그들의 볼을 스치고 지나갔다. 풀잎들을 가지런히 정리해 주느라 바쁜 바람은 용자의 고운 치맛자락과 부드러운 머릿결도 흐트러 놓았다. 부드러운 치마가 나란히 걷는 재기의 다리에 감기고 까맣고 긴 머리가 흩날리며 재기의 눈을 어지럽게 만들었다.

그런데 저쪽 삐죽삐죽 솟은 바위 근처에 여러 사람들이 보였다. 그쪽은 사람들이 다닐 수 없는 곳이었다. 그런 곳에 10여 명의 사람들이 작은 배에 타고 있었다. 보아하니 안인진 사람들은 아닌 것 같았다.

얼마 후에 그 사람들을 실은 배는 파도를 헤치고 저 멀리 수평선을 향해 달려 나가고 있었다.

용자와 재기는 고기를 잡으러 나가는 어선이려니 생각했지만 분명 어선은 아니었다. 두 사람은 그런 광경을 바라보면서 길을 걸었다. 걸으면서 용자의 향긋한 동체가 햇살에 반사되어 눈부시게 반짝였다.

그 때였다. 누군가가 재기의 어깨를 툭 쳤다. 재기의 앞에는 한 남자가 버티고 서 있었다.

"용자야, 니 나 좀 보자니."

기일이었다. 기일은 용자의 팔을 낚아채며 말했다. 용자는 기일의 손을 뿌리쳤다.

"기일 오빠. 할 말 있으면 재기 오빠가 있는 여기서 말하래."

기일은 쏘아보는 눈초리로 두 사람을 번갈아 보았다.

"용자야. 니 내가 그렇게도 싫은 거래?"

"……."

용자는 대답 대신 고개를 끄덕였다.

"좋아 니. 솔직히 말해? 누구 때문이야?"

"……."

역시 용자는 대답을 할 수가 없어 고개를 가로 저었다.

그 때 듣고만 있던 재기가 끼어들었다.

"저 배는 무슨 배래? 밀선이냐? 너 혹시 저 배와?"

이상히 여긴 재기가 물었다.

"그래 임마. 2년 안에 세상이 바뀐다. 너 아무 것도 모르면 용자를 돌려줘."

세상이 바뀐다? 이게 무슨 말인가. 정말 아리송한 게 이상했다. 그러고 보니 저 선박과 기일과는 무엇인가 관련이 있는 게 틀림없었다.

"니 혹시?"

"그래 임마. 난 며칠 후면 다시 군대 간다."

"또 군대 간다고?"

"그래 용자가 날 싫어한다면 나 진짜 군대 간다."

"야 니, 용자 때문이라니 니 그기 말이 되나?"

"느들 붙어 다니는 꼴 보기 싫어서 난 간다. 하지만 출세해서 용자를 데리러 올 테다. 용자야 기다려."

기일은 등을 보이고 뛰어가더니 저만치에서 사라졌다. 그런데 그가 뛰어가는 뒷모습은 어떤 야망 같은 것이 뒤따르는 것처럼 느껴졌다.

그 모습을 바라보던 용자도 무언가 알 수 없는 앙금이 가슴 속 깊은 곳에 남아 있는 것 같아 자신도 모르게 한숨을 지었다.

용자는 집에 돌아와 누웠다. 기일이 자신 때문에 군대에 다시 들어간다는 말이 어쩐지 불안하기만 했다. 그래도 계속해서 자신을 좋아하며 따르는 기일이 부담스러우면서도 미안하다는 생각이 들었다.

기일은 그 길로 군에 입대했다. 그러나 알고 보니 기일은 이미 간첩선과 접선을 하고 있었다. 정동진에서 보았던 선박은 북한의 간첩선이었다.

회상

그러니까 그 때 간첩선을 타고 38선을 넘었던 것이었다. 인민군이 된 기일은 잠시 동안 2년 전에 용자를 놓고 재기와 싸웠던 기억을 회상했다. 어느 샌가 이유도 모를 눈물이 기일의 볼을 타고 흘렀다.

기일은 손등으로 눈물을 훔치고는 약을 찾아 들었다.

기일은 용자의 상처에 약을 발라 주었다. 마치 옛날에 재기와 싸워서 용자가 무릎을 다쳤을 때처럼 그렇게 약을 바르고 있었다. 대검의 독에 중독된 탓인지 용자의 피부는 검게 변색되어 있었다.

용자는 무엇 때문에 인민군에게 당한 것인가? 기일은 정확하게 모르고 있었다. 핏줄마저 올올히 선 투명한 젖가슴에 붉은 반점들이 좁쌀처럼 여기저기 돋아나 있었다. 그것은 탐스러운 가슴의 정점, 매화의 사랑스런 분홍빛처럼 여릿하고 아름다운 유두를 향해 몰려 있었다. 아니 몰려 있다고 보기보다는 가슴으로부터 온몸으로 퍼져 나가려고 자리잡고 있었다.

불긋불긋한 기운이 겨드랑이 쪽으로, 매끄럽게 퍼진 배 위로 희미하게 물들어 가고 있었다. 사방으로 주검의 기운이 번져 나가고 있었다.

'내가 용자를 살린다면……. 그 때부터 용자는 내 것이다. 온전한 내 것.

내가 인민군 사령관이라서가 아니라 한 남자이기 때문에 소유할 수 있는 여인이다.'

기일의 손끝이 피부에 직접 닿지는 않은 채 용자의 젖무덤 위에 놓였다. 맥이 트이고 정수리에 뜨거운 기운이 몰려들었다.

기일의 짙은 눈썹 끝이 하늘을 향해 올라갔다. 그가 가진 내공의 힘이 소용돌이를 일으키며 내부에서 폭발했다.

기일의 눈이 서서히 감겼다. 그의 손바닥으로 몰린 모든 기운을 따라 용자의 피부 깊숙이 파고들었던 독의 파편들이 조금씩 움직이기 시작했다. 그것들은 마치 핏빛 유충 같았다.

고물고물 움직일수록 용자의 입가는 신음으로 비틀어졌다. 기일은 용자가 아파하는 것이 매우 안쓰럽기만 했다. 그는 자유로운 왼손으로 땀에 절은 용자의 머리카락을 어루만지며 달랬다.

"금방 끝나지는 않지만 죽는 것보다는 낫겠지. 고통스러운 만큼 얻는 것은 더 값진 것이니까."

기일은 그렇게 말하면서도 손끝에 몰린 힘을 늦추지 않았다. 집중한 정신은 한 올도 흐트리지 않으면서 그는 천천히 손을 움직였다.

대검의 독이 머리 위까지 퍼지게 하면 그 때는 이미 늦는다. 뇌가 죽으면 모든 것이 끝이다. 스멀스멀 가슴께로 기어 내려가던 독의 파편들은 점점 커졌다. 좁쌀 만한 크기였던 그것은 기일의 손이 용자의 하체 쪽으로 내려갈수록 끼리끼리 뭉쳐져 팥알 만한 크기로 변해 갔다.

점점 색깔이 더 진해지고 선명해졌다. 독들은 죽은피를 먹으면서 자꾸 커졌다. 잘 모르는 이가 본다면 상태가 더 악화된 줄 알고 손을 놓을지도 모르나 기일은 이것이 청신호라는 것을 알고 있었다.

용자의 몸 상태가 점점 나아지고 있었다. 열에 들떠 말라붙었던 입술에 조금씩 물기가 차오르기 시작하고 뜨거웠던 숨결이 점점 서늘해지고 있었다. 열이 내리고 있었다. 기일의 입가는 자신도 모르게 미소가 맴돌고 있었다.

"이제 다 됐군. 죽은 자가 내뿜은 독기라."

독은 밀폐된 공간에서 시체가 썩을 때 흔히 발견되는 독이었지만 지금의 이것은 마치 살아 있는 생명체처럼 움직였다.

의지를 가지고 있는 것처럼 보였다. 의지를 가지고 있다? 스스로 생각하고 나서 기일은 새삼스럽게 여인의 새하얀 허벅지로 흘러내리는 이제 포도알 정도로 커진 붉은 덩어리들을 바라보았다.

이것은 죽은 자의 육체에서 기인하는 것뿐만 아니라 죽은 자의 사념까지 깃든 것이었다.

기일의 이마에 핏줄이 어리고 입술은 분노로 뒤틀렸다. 기일은 침상에서 벌떡 일어났다. 그가 힘을 늦추자 허벅지까지 내려오던 독 덩어리들이 다시 용자의 가슴을 향해 기어오르려 했다. 날카로운 봉안이 가늘어졌다. 그는 지금 기분이 몹시 좋지 않았다.

힘이 드는지 용자는 자꾸만 몸을 뒤챘다. 몸이 깊은 늪 속에 빠진 것 같았다. 용자는 너무 힘들어서 삶의 끈을 놓아버리고 싶은 듯했다. 그만 포기하고 싶었다. 서서히 눈이 감겨 왔다. 죽음이 달콤하게 스며드는 것 같았다. 이젠 그만 쉬어도 될 것 같았다.

그 때 어디선가 자애로운 음성이 들려왔다.

"용자야, 내 아기 그러면 안 돼. 정신 차려라. 내 손을 잡아."

"누구세요?"

아름다운 여인이었다. 서글서글한 눈매가 어디선가 많이 본 듯했다. 아니 거울 속에서 보았던 용자 자신의 눈동자 같기도 했다. 다정한 얼굴, 눈물 어린 눈동자가 용자를 보고 있었다.

"용자야, 엄마란다. 가여운 것. 조금만 참으렴. 넌 지금 죽어서는 안 돼."

"어머니?"

'그래' 라고 말하는 것 같았다.

꿈속에 푸르름이 묻어나는 눈동자가 용자를 자꾸 불렀다. 그 목소리가 마음에 걸려서 용자는 눈을 감을 수가 없었다. 엄마라고 말한 여인이 내민 손을 잡은 순간 용자는 밝은 빛으로 끌어 당겨졌다.

그러는 새에도 독은 여전히 맹렬한 기세로 용자의 심장을 향해 기어오르고 있었다.

"맘대로 기어올라 봐라. 설치면 설칠수록 끝은 비참해지는 법이니까."

기일이 만들어낸 기의 단도가 밝은 빛을 뿌리면서 공중에서 부유했다. 그는 용자 옆에 다가가 앉았다. 손바닥을 통해 흘러나오는 기일의 기가 용자를 감싸기 시작하자, 독은 다시 다리 쪽으로 내려갔다.

"빨리 손을 써야겠군."

기일의 손이 용자의 매끄러운 다리를 따라 흘러내렸다. 독 덩어리가 용자의 발바닥까지 내려갔을 때 기일의 이마가 한 번 꿈틀하고 움직였다.

기도(氣刀)는 주인의 명을 받아 빠른 속도로 날아와 용자의 보드라운 발바닥 피부를 스치고 지나갔다.

캬악, 피가 튀었다. 거의 흑색에 가까운 죽은피가 째진 상처에서 분출했다.

"조금만 늦었어도 가망 없었겠군."

피는 붉은 기라고는 거의 찾아볼 수 없을 만큼 검게 변해 있었다. 단도가 스치면서 찢어진 피부에서 끈적끈적한 액체가 계속 흘러내렸다. 한참 죽은 피를 쏟아내고 용자가 깊은 숨을 토해냈다. 그 순간이 바로 용자가 어머니의 손을 잡은 순간이었다.

기일은 죽음의 그림자가 사라진 용자의 얼굴을 만족스러운 얼굴로 내려다보다가 공중에서 떠도는 힘을 거둬들였다.

기일의 기도는 주인의 의지대로 원래 있었던 곳으로 돌아갔다. 다시 무형의 기로 돌아가 기일의 몸으로 흡수된 것이다. 이제 남은 것은 보양(補陽) 뿐이다.

죽음의 문턱까지 갔다 온 용자는 지금 귀신의 기처럼 강한 음기만을 내뿜고 있었다.

"내가 불어넣어 줄 수밖에 없군."

기일은 용자를 끌어안았다. 이제 그녀의 몸은 열이 내리다 못해 비정상적으로 차가웠다.

기일은 인민장교 군복을 벗어 발치로 던졌다. 누구의 시중도 들어본 적이 없었던 그가 자진해서 용자를 돌보고 시중들기 위해서였다.

두 사람의 몸은 빈틈 하나 없이 맞닿아 있었다. 용자의 벌어진 분홍색의 입술은 기일의 입술로 단단히 틀어 막혀져 있어 작은 숨 조각 하나 새어나갈 틈이 없었다.

기일은 용자의 코끝에서 가늘게 새어나오는 생명의 기를 느끼고 그녀를 더 강한 힘으로 부여잡아 안았다.

아직 숨이 제대로 돌아오지 않고 있었다. 둔탁하게 뛰는 용자의 심장 소리도 기일의 이마에 깊은 우려가 맺히게 만들었다.

"여인의 입술이라는 것이 이렇게 부드럽고 약한 것이었던가?"

지금 여인의 입술을 유린하기 위해서 그의 입술이 여인의 입술을 파고 들어가는 것은 아니었다. 하지만 기일은 용자의 기가 온전히 돌아와서 부드럽고 약해 보이는 눈꺼풀을 들어 올려 그를 바라보게 되면 서슴없이 안을 것이었다. 그녀가 스스로 무엇을 하고 있는지 알 수 있게 되어 거부해도 들어주지 않을 참이었다.

기일의 두 손이 여전히 차가운 용자의 젖가슴을 움켜쥐었다.

"얼음장 같군."

내공은 그의 입술을 통해서, 두 손을 통해서, 그의 넓은 가슴을 통해서 쉴 새 없이 용자에게 흘러 들어갔다. 온몸으로 기를 발산하고 있었지만 기일에게서는 도무지 힘든 기색이 보이지 않았다. 용자에게 공력을 나눠주는 것은 바닷물을 표주박으로 하나 퍼 올린 것에 지나지 않을 정도로 미약한 것이었다.

기일의 입술 아래서 짓이겨진 용자의 입술은 점점 핏기가 돌아오고 기일의 두 손 아래 놓인 가슴도 점점 분홍빛으로 변해 갔다.

꺾일 듯 뒤로 젖혀진 목 줄기는 기일의 공력을 받아들이느라 조금씩 조금씩 움직이고 있었다.

용자의 온몸이 떨리고 있었다. 경혈이 열리고 숨이 돌아 점차로 온기를 찾았다. 그리고 용자의 눈이 열렸다. 뿌연 안개 사이로 용자는 사내를 보았지만 열로 인해 흐려진 눈동자는 아직 시력을 제대로 찾지 못해서 그가 누구인지, 어떻게 생겼는지 전혀 구별할 수가 없었다.

용자의 시선을 눈치 챈 기일은 천천히 용자의 입술에서 자신의 입술을 떼어냈다.

"용자야, 목숨을 건진 것이 아니니다. 목숨이라는 건 이제 없다. 앞으로 용자의 작은 호흡 하나 머리카락 한 올 모두 내 것이 될진저, 이 밤부터."

목소리가 귀에 익었지만 용자는 누구의 목소리인지 생각해낼 여력이 없었다. 기운이 하나도 없었다.

기일 역시 눈을 뜬 용자의 얼굴이 예뻐서 뽀뽀해 주고 싶었지만 그렇게 하지 않았다. 앞으로 계속 옆에 두고 탐하면 족할 터였다. 과거는 중요치 않았다. 용자의 미래만 자신의 것으로 하면 되는 것이었다.

용자는 아직 고개를 들 힘마저도 제대로 돌아오지 않아 머리를 지탱하고 있는 것마저도 힘에 겨웠다.

고개를 꺾는 용자를 기일의 굳센 손이 잡았다. 용자의 아름다운 머리카락이 검은색의 비단실 폭포처럼 쏟아져 내려 창백한 가슴을 가렸다.

결이 고운 머리카락 사이로 조그맣고 사랑스러운 돌기가 피어올랐다. 검푸른 색과 하얀색, 연분홍색이 어울려 기일의 시야를 어지럽히고 있었다.

"내 말이 들리나 용자야?"

'그래. 누군지 몰라도 댁의 말은 들려.'

알아들었다는 표시로 고개를 끄덕이고 싶었지만 마음대로 되질 않았다.

용자는 자기의 몸이 천근만근이나 무거워서 마치 자신의 것 같지 않은 대로 고개를 조금씩 움직였다. 제 정신이었다면 사내의 입술이 자신의 가슴에 놓인 걸 알면서도 그냥 두지는 않았을 것이다.

아직 피가 제대로 돌지 않는 몸은 사내의 정열을 느낄 수가 없었다. 동상

입어 얼어붙은 발처럼 바늘로 찌른다 해도 느끼지 못할 것 같았다. 지금 용자 자신의 몸이 딱 그러했다. 하지만 자신을 안고 있는 사내의 몸은 너무나도 따스했다.

"아무것도 느낄 수가 없다, 이거군."

어떤 사내가 혼잣말처럼 중얼거리는 말에 용자는 비록 몸을 움직일 수 없어 가만히 있기는 했지만 적잖이 놀랐다. 피부에 와닿은 사내의 맨살이 좋았다. 따뜻했다. 그저 따뜻함이 좋아 용자는 사내가 당겨 안는 대로 자신을 맡겼다. 목이 멜 정도로 그리운 온기였다.

"말할 수도 없을 만큼 기력이 딸리는 건가? 용자야 나야, 기일이. 그래도 아무 말 못하고 알아보지 못하는 건가?"

용자는 낯선 사내가 말하는 대로 이름을 말하기 위해 입술을 벌렸지만 생각처럼 목소리가 잘 나오지는 않았다.

"말해 봐라. 어여쁜 내 용자야."

기일은 용자의 어깨에 남은 초승달 모양의 상흔을 느릿하게 어루만졌다. 그의 손끝에서 전해진 온기를 담뿍 받은 흉터는 진한 분홍빛으로 변해 있었다.

"이 아름다운 용자를."

기일의 입술이 용자의 맨 어깨에 닿았다. 그의 입김이 용자의 척수를 타고 흘러내렸다. 가느다란 음파가 용자의 벌어진 입술 새로 흘러나왔다.

"기……."

기일이란 이름을 다 말하지는 못했다. 그 정도로 말하기가 힘에 부칠 정도로 치명적인 독이었다. 그러나 그 작은 대답에 기일의 얼음장 같던 눈이 부드럽게 풀리며 온기를 머금었다.

"날 알아보는 거래?"

갑자기 강릉 사투리로 말하는 기일의 턱이 용자의 얼굴을 쓸고 지나갔다. 흐릿한 시선 너머로 용자는 기일을 알아보았다. 자신이 처한 상황이 빨리 끝났으면 하는 것, 그것이 용자가 현재 바라는 모든 것이었다. 기일이 자신에게 바라는 것이 무엇인지도 알고 싶지 않았다.

'어차피 기일 오빠는 나를 안겠지. 기일 오빠는 내게 말한 것처럼 한 치의 망설임 없이 한 치의 틈도 주지 않고 그저 인형처럼 안겠지. 감정도 없는 동물처럼. 나는 재기 오빠가 있는데.'

용자의 초점 잃은 아름다운 눈동자가 촉촉하게 젖어드는 것을 기일의 냉철한 시선은 하나도 놓치지 않고 바라보고 있었다. 기일이 용자가 울고 있는 모습을 보자니 마음이 아팠다. 용자가 눈물을 흘리게 하고 싶지 않았다. 기일은 마음 속에서 조그맣게 애정이 싹튼 감정에 스스로 놀라며 용자를 더욱 강한 힘으로 끌어안았다.

용자의 눈물이 기일의 가슴을 타고 흘러 내려왔다. 기일 자신에게 따뜻한 피가 흐르는 심장 같은 건 이미 오래 전부터 없다고 여겼었는데 심장이 둘러쓴 갑주도 그리 단단한 것은 못 되는 모양이었다.

"내가 인민군 사령관이니까 두려운가? 너를 유린할 것 같아서. 그런 거냐? 용자야?"

기일의 손이 용자의 눈물 흐른 얼굴을 어루만졌다. 용자가 흘린 눈물의 온기가 기일에게 절실하게 느껴졌다.

'그렇게 하겠다 내게 말하지 않았나요?'

소리 내어 묻고 싶었지만 목소리가 되어 나오지를 않았다.

"평소의 내 성정이었다면 용자를 살리기 위해서 이런 수고를 감내하지는 않았을 것이다. 하지만 나도 모르겠다. 왜 네게 내가 이런 마음이 드는 것인지. 너를 소중히 여기고 싶다는 생각이 들었다. 네가 눈을 뜬 순간에도 이렇게 열에 들뜬 눈으로 눈물 흘렸을 때에도."

커다란 기일의 손이 용자의 부드러운 등을 쓸어 내렸다. 그의 손이 허리에 놓였을 때 용자는 깨달았다. 자신이 어느 틈엔지 이 남자를 사랑하고 있다는 것을. 사내의 거친 고백을 아무 이유 없이 받아들였다는 것을.

여자에게 몸 달아 하는 사내의 목소리가 아니었기 때문이었을까?

'왜 난, 이렇게 되었을까?'

이유를 알 수 없어도 기일의 마음은 고스란히 용자에게 전해졌다. 서서히 온몸의 감각이 돌아왔다.

기일이 용자의 등을 여러 번 쓸어 내렸을 무렵에는 둔하게 느껴지던 발끝도 손끝도 모두 풀려 있었다. 막혔던 경혈이 뚫리고 조그만 자극에도 반응하던 예전의 몸으로 돌아가고 있었다.

흐릿했던 기억이 점점 뚜렷해지고 명료해졌을 때 용자는 자신을 안고 있는 사내가 기일이라는 걸 확실히 알게 되었다. 기일은 더욱 느린 손길로 용자의 등을 쓸어 내렸다. 온몸의 기를 바르게 순행할 수 있도록 하는 단순한 동작이었음에도 용자는 입술을 깨물며 비명을 참아내었다.

이제 얼어붙었던 감각은 난생 처음으로 느끼는 낯선 감각에 아우성을 치고 있었다. 그런 식으로 만지지 말라고 소리를 지르고 싶었다. 참아내기 정말 어려웠다.

"점점 좋아지는 것이 눈에 보이는군."

용자는 사령관인 기일이 그런 부드러운 음성을 낼 수 있으리라고는 생각지도 못했었다.

세상에서 가장 귀하고 소중한 여인을 품에 안은 사내처럼 따뜻한 눈빛으로 용자 자신을 바라보는 자가 대한민국을 배반하고 인민군인으로 돌아와 아무것도 모르는 아버지를 반동분자로 몰아 고문하고, 잡아다 가두고, 소까지 빼앗아 잡아먹은 북한 괴뢰군들. 그 냉정한 빨갱이 같은 인물이라는 것이 믿어지지 않을 정도였다.

'그는 나를 알아보지 못했구나, 나라는 걸 모르고 있어. 맑아진 눈으로 들여다본 그의 얼굴, 동물 같은 정욕은 없었다. 왜 저렇게 그윽한 눈으로 날 들여다보고 있는 걸까?'

기일의 시선을 받아내자니 용자는 가슴이 아렸다.

"밤은 길고 내게는 시간도 많군. 니가 거부한다면……. 이 조그만 입술을 훔친 내가 죄 많은 사내가 되는 건가?"

물음이 아니었다. 기일의 입술이 바로 뒤따라 왔다.

용자는 기일의 어깨를 부여잡았다. 밀어내야 한다는 생각은 들지 않았다. 이 순간만큼은 그저 남자와 여자였다. 아니 기일과 용자일 뿐이었다.

그날 일을 앞으로 얼마나 긴 시간 동안 후회할지 모르지만, 용자는 기일이 내미는 온기를 거부하고 싶지는 않았다. 그녀는 기일의 따뜻한 체온을 찾아 바짝 몸을 밀어붙였다.

기일의 입술은 용자 전부를 집어 삼켰다. 이런 느낌일 거라고 상상도 못해 봤었다. 자신과는 거리가 먼 일이라고 생각했었다. 어느 샌가 용자는 기일의 넓은 가슴에 눌리다시피 해서 부드러운 침상 위에 누워 있었다.

굶주린 사람처럼 기일은 용자의 입술을 소유했다. 마치 지난 6월 25일 새벽에 인민군이 안인진에 침략해 들어오는 것처럼 기일의 혀는 용자의 연약한 입 안쪽의 살을 더듬으며 용자의 모든 이성과 사고의 끈을 빼앗았다.

어느 샌가 두 사람 모두 용자의 상처는 잊고 있었다. 전신을 감싸는 감미롭고 무서울 정도로 아름다운 느낌에 용자는 힘없는 손을 들어 기일의 넓은 어깨를 감쌌다.

기일의 입술이 거칠어질수록 용자는 그의 어깨를 더 세게 거머쥐었다. 두 사람에겐 더 이상 창밖의 세상은 존재하지 않았다.

"너한테서 향기가 난다."

기일의 입술에서 낮은 신음처럼 흘러 나온 말에 용자는 그를 더 세게 끌어안았다. 용자의 붉은 입술이 신음을 참으며 핏물이 배어나올 정도로 야멸차게 다물어졌다. 그런 그녀를 내려다보던 기일은 하얗고 건강해 보이는 이로 마치 육식동물이 연약한 사슴을 물어뜯듯 용자의 귓불을 물어 잡아 당겼다.

"용자야, 두려워 마라. 난 그저 기일이고 너 역시 그저 용자다. 남자와 여자일 뿐 그 이상도 그 이하도 아니다."

귓가에 그의 뜨거운 숨결이 퍼부어졌다. 손가락 하나 까딱할 수 없을 만큼 용자는 기일에게 취해 늘어져 있었다.

"옛날처럼 기일 오빠라고 불러봐. 네가 부르는 내 이름이 듣고 싶다니."

옛날에 용자는 기일을 '기일 오빠야, 기일 오빠야' 하며 좋아하고 따라다녔다.

"기일 오빠야."

언제고 불러보고 싶은 이름이었다. 그런데 기일은 적군인 인민군 사령관이 되어 어색하게 불러야 하는 이름이 되고 말았다.

자신을 부르는 용자의 목소리에 흡족해 하면서 기일은 낮게 웃었다.

"그래. 그렇게 날 불러줘. 참 듣기 좋아."

기일은 그렇게 중얼거리더니 절반 정도 머리카락에 가려 보이지 않는 용자의 얼굴에 자신의 얼굴을 가까이 댔다.

"앞으로 더 자주 이런 모습으로 널 봤으면 좋겠다. 눈이 부셔."

그 말에 용자는 감았던 눈을 번쩍 떴다. 바로 위에서 그가 자신을 내려다보고 있었다. 그의 눈동자에 가득했던 차가움은 온 데 간 데 없었다. 기일의 눈빛이 너무 따뜻해 보여서 용자는 손을 내밀어 그의 눈가를 만져 보았다.

"우리 아버지를 살려주래요?"

용자는 자신도 모르게 그냥 잠꼬대처럼 말을 하고 말았다. 그러면서도 계속해서 기일의 얼굴을 만졌다.

"아, 그건 참 아쉽구나. 어쩌다 우리는 이렇게 되었을까."

그 상황에 기일은 약간 기분이 상했지만 그냥 이 분위기를 지키기로 했다.

"세상사 모든 이치에 달했다고 생각했었는데, 널 만나기 전까지 내가 너무 오만했던 모양이다. 일별에 마음을 너에게 빼앗겼다는 걸 믿지도 않았는데."

기일은 잠시 말을 끊었다. 단아한 기일의 입가에 어린 웃음이 어둠 속에서 더 날름하게 빛났다.

"아버지."

기일의 머리가 온통 풀꽃 향기로 어지러웠다. 그것이 용자의 향이었는데 갑자기 용자가 아버지를 부르는 소리에 그는 자신의 눈가에 닿는 용자의 손을 잡아 입술로 가져갔다.

"그래 알았다니. 하지만 용자 널 놓아줄 생각이 전혀 없다니. 앞으로 많은 밤이 올 테니 오늘밤은 그냥 곤히 자도록 해."

"용숙이?"

용자가 갑자기 용숙의 이름을 불러댔다. 용자와 있을 때나 중요한 자리에 늘 용숙이 끼어들었다. 우연치고는 그런 우연도 없을 정도였다. 그래서 늘 일을 망치고 되는 일이 없었다.

"아직도 헛소리를 하는 걸 보아 성치도 않은 널 괴롭힐 생각은 없다. 그래 잘 자라. 용자야."

기일에게는 처음으로 내보이는 인간적인 면이었다. 용자는 든든한 기일의 품안에서 가물거리는 의식을 놓았다. 그리고 한참 동안 깊은 잠을 잤다. 용자가 잠들었을 때에도 기일은 깨어 있었다. 돌연히 나타나 자신의 마음을 빼앗은 여인의 머리카락을 그는 오래 오래 쓰다듬어 주었다.

존재하는 것만으로도 기쁨을 주는 여인이 그의 품안에 있었다. 지난날의 안인 장거리 동네에서 용자와 용숙과의 그 아름다웠던 처녀들이 눈앞에서 활동사진처럼 펼쳐지고 있었다. 그건 참으로 생생했다.

기일은 신용자라는 이름을 가진 여자가 한 사람이 아닌 여러 사람인 것처럼 느껴졌다. 목소리와 분위기와 표정이 단순히 다양하다고 표현할 성질이 아닌, 각자 다른 여러 사람을 보는 듯했다. 고즈넉이 있으면 아름답고 현숙한 여인의 모습이었다가 장난을 할 때는 발랄하고 귀여운 소녀가 되었다.

기일의 눈에 비친 용자의 모습은 포근하고 편안한 동네 여동생이었다가도, 눈에 물기를 머금고 자신을 바라볼 때는 아찔하게 빨려들 것 같은 매혹적이고 요염한 여인이 되었다.

스며드는 향기와 맞잡은 손에서 느껴지는 체온조차도 딴 사람처럼 느낌이 달랐다. 그것이 용자의 마음이나 기분의 어떤 상태에 따라 달라지는 것인지는 짐작할 수 없었다. 그렇지만 그에 따라 기일의 설렘도 각기 다른 색으로 출렁거렸다.

"기일 오빠얏!"

용자가 기일의 팔을 흔들었다. 혼자 깊은 생각에 잠기느라 용자의 말을 못 들었나 보다.

"몇 번을 불렀는데 대답도 안 하고 무슨 생각을 그리 골똘히 하시드래요?"

기일은 쑥스러움을 무릅쓰고 용자에게서 느꼈던 다양한 분위기들을 이야기했다.

"그렇구나. 재기 오빠는 그런 말 안 했는데, 기일 오빠께만 그렇게 보이나 봐요. 우리가 연인이라서 그런가?"

거기까지 밝은 목소리로 말한 용자는 진지한 표정을 지었다. 안인 장거리 마을 국도를 건너서 논길을 따라 걸었는데 어느새 군선강 강뚝 길을 걷고 있었다.

"기일 오빠야, 약속 하나 해주래이."

용자가 걸음을 멈추더니 기일을 깊은 눈으로 쳐다봤다.

"어떤 약속?"

"앞으로는 혼자 결정하기 어려운 일이 있으면 나랑 의논하겠다고 약속해요. 누구에게 말 못할 고민이 있거나 의논할 상대가 필요할 때 저부터 찾겠다고 약속하시라니요."

"그래 용자야."

기일의 목소리가 떨려 나왔다. 너무 벅차고 떨려서 다음 말을 이을 수가 없었다.

"아까 오빠의 쓸쓸한 뒷모습을 보면서 안타까웠어요. 오빠 혼자 먼 나라에서 온 사람처럼 넘치도록 외로웠잖아요. 아직도 등과 어깨에 그 외로운 흔적이 남아 있는 것 같아서 너무 마음이 아팠어요. 어서 약속해 줘요. 혼자라는 생각이 들기 전에 저를 먼저 떠올리며 절 찾겠다고 얼른 약속해요."

기일은 용자의 말을 들으며 가슴이 먹먹했다. 바라보기만 해도 아득해질 만큼 아름다운 용자의 마음이 저리도록 깊게 와 닿았다.

더워진 가슴에서 뭔가 뜨거운 것이 끓어오르려는 것을 겨우 억누르며 기일은 힘 있는 목소리로 약속했다.

"용자 니 말대로 한다. 어떤 거라도 숨기지 않고 용자 니한테 다 말하고 의논할게. 그게 부끄러운 거라고 해도 다 말하고 의논할게."

용자는 흡족한 표정으로 등을 두드려 주면서도 다시 다짐을 받으려 했다.

"맘에 들어요. 그럼 새끼손가락 걸어요."

기일은 그 새하얀 손가락에 자신의 손가락을 걸며 또렷한 목소리로 말했다.

"나도 언제나 용자 편의 맨 앞에 있을 거야. 어떤 경우에도, 어떤 모습으로든 용자 곁에 있을 거야."

그 말에 용자의 눈이 감동으로 젖어들었다. 용자는 그 감동을 숨기기라도 하려는 듯 손수건으로 눈가를 찍더니 금세 개구쟁이로 변했다.

"내가 재기 오빠랑 결혼해도 내 곁에 있을 거래요?"

깜짝 놀란 기일이 아무 말도 못한 채 입만 쩍 벌렸다. 용자는 그 모습을 보며 까르르 웃더니 팔짱으로 파고들었다.

"농담이에요. 그런 일은 절대 없을 테니 걱정 마요. 오빠 정말 아이 같아서 뭔 말을 못하겠드래."

용자는 군선강을 따라 걸으면서 기일이 정신을 가다듬을 틈도 주지 않았다.

화사한 모습으로, 매혹적인 모습으로, 때로는 귀여운 모습으로 현란하게 변신하며 기일의 마음을 아득하게 했다. 얼을 빼앗았다가 돌려주었다가 다시 빼앗아가는 용자로 말미암아 기일은 황홀하고 행복한 바보가 되었다.

강뚝 길 양 옆으로 옥수수가 자라고 보리가 패서 바람에 파도처럼 일렁거렸다. 그런데 저만치에서 커다란 황소가 콩밭에 이리저리 뛰어다니며 한참 자란 콩싹을 뜯어 먹고 있었다.

황소는 용자네 소였다. 말뚝에 매어 논 고삐가 풀린 것이었다. 그리고 콩밭은 기일네 밭이었다.

기일은 콩밭에 뛰어들어 소를 붙잡으러 달려들었다. 소는 잡히지 않으려고 이리저리 뛰고 있었다. 그러자 콩밭은 더 쑥대밭으로 변했다.

기일은 소를 살살 달래어 고삐를 손에 쥐었다. 소는 모처럼만에 고삐가 풀려 무척 흥분해 있었다. 흥분한 소가 뿔로 기일의 어깨를 받았다. 순간 기일은 저만치 나가떨어졌지만 고삐는 쥔 채였다.

소를 진정시킨 기일은 소를 집으로 몰고 와 마당 말뚝에 매어 놓았다. 그런데 소가 기일을 들이받는 바람에 어깨가 까져서 피가 흘렀다.

집에는 아무도 없었다. 어른들은 밭에 김매러 나갔고, 용자 동생들도 학교에서 돌아오질 않았다. 그래서 기일은 웃통을 벗고 봉당에 누웠다. 용자는 기일을 치료하겠다고 콩잎에 된장을 반 숟가락 정도 퍼왔다. 그 된장으로 기일의 어깨와 가슴에 찍어 바르고 있었다.

용자와 같이 있으면서 행복한 바보가 되느라 통증을 느낄 겨를이 없던 기일이었다. 부드럽게 마사지를 해 주는 용자의 손길이 더 깊게 느껴졌다. 두근거림과 설렘도 더 커져서 용자의 손이 닿는 곳마다 세포가 황홀함으로 부르르 떨었다. 사람의 손길이라고 믿기 어려울 만큼 보드라운 손이 기일의 가슴을 어루만졌다.

맨몸에 닿는 달착지근하고 감미로운 숨결만으로도 아득한데 용자는 도톰하고 촉촉한 입술을 동그랗게 내밀더니 한 가슴에 후욱하고 입김을 쏟았다. 그 황홀한 입김에 자지러질 것 같은 자극을 받은 기일은 혀를 깨물고서야 겨우 신음을 숨길 수 있었다.

아득한 감촉에 까무러칠 것 같은 기일의 사정도 모른 채 용자는 더 정성껏 다친 부위를 문지르고 어루만졌다. 그 포근한 정성에 자꾸 쾌감을 느끼는 게 용자에게 미안하여 기일의 얼굴이 붉게 달아올랐다. 자꾸만 피가 아랫도리로 몰리는 것을 억누르려고 기일은 이를 악물었다.

가슴이 불타는 듯한 기일에게 용자는 서러울 만큼 달콤한 말로 기름을 끼얹었다.

"우리 기일 오빠 정말 멋져."

매혹적인 얼굴을 마주 보는 게 두려워서 눈을 질끈 감았다가 떠보니 용자의 눈이 기일을 깊게 내려다보고 있었다. 그건 기일에겐 견디기 힘든 고문이었다.

용자의 손길과 숨결과 짙어지는 향기로도 미칠 지경인데 아름다운 눈이 자신을 보고 있으니 차라리 고문이었다. 이젠 눈을 감으면 더 부끄러워질 것 같아서 눈을 감을 수도 없었다. 파닥거리며 쩔쩔매는 기일이 마냥 귀엽고 사랑스럽게 보이는 용자는 더 섬세해진 손길로 정성을 다해 어루만졌다. 사랑과 정성을 담뿍 담은 아름다운 눈과 얼굴은 더 고혹적으로 빛나는 듯했다.

기일은 쾌감에 허덕이는 모습으로 용자를 무안하게 하지 않으려고 초인적인 의지를 발휘해야 했다. 뒤가 마려운 아이처럼 어쩔 줄 모르는 그런 기일의 모습이 용자에겐 더 풋풋하고 사랑스러웠다. 그 사랑스러운 모습에 이끌려 용자는 기일을 어제처럼 깊숙하게 안아주었다.

"예쁜 우리 기일 오빠야."

그 녹아날 듯 달콤한 목소리와 함께 용자의 볼이 가슴에 닿자, 기일은 숨이 넘어갈 지경이 되었다. 용자의 몸에서 나는 향기가 봉당을 자욱하게 채웠다. 숨을 들여쉬는 것만으로도 자지러질 것처럼 황홀한 향기였다.

파닥거리던 기일은 순간 놀라운 느낌이 들었다. 놀랍다기보다는 신비한 느낌이었다. 황홀하고 고혹적이던 향기가 포근하고 아늑하게 바뀌고 있었다.

분명 좀 전과는 다른 향기였다. 아득한 쾌감으로 괴로웠던 가슴이 편안해졌다. 용자의 품이 달콤하게 느껴지는 것은 조금 전과 같지만 아찔한 색이 빠진 포근함과 편안함이었다.

숨쉬기도 한결 나아졌다. 그래도 눈물이 날 만큼의 아늑함은 고스란히 남아 있었다. 자신이 직접 겪고 있으면서도 믿기 어려울 만큼 신비스럽기까지 한 아늑함이었다.

쪼옥 소리와 함께 꽃잎 같은 입술이 기일의 이마를 살포시 눌렀다. 이어

볼에도 꿈결 같은 감촉이 닿았다.

기일의 입술은 주인의 의지와는 상관없이 행여나 하는 기대를 품은 채 순서를 기다렸다.

용자는 기일을 안은 그 상태로 보드라운 팔을 그의 목 뒤로 밀어 넣었다. 그리고 달콤하게 목을 받치며 기일의 상체를 일으켜 앉혔다. 주인의 의지를 거스르며 기대로 꿈틀거렸던 기일의 입술이 서러워서 아우성을 쳤다.

기일과 용자는 오늘도 담가 놓은 농주를 세 사발이나 비웠다. 발그레해진 용자의 볼이 어제보다 더 예쁘게 보였다.

"이러다가 막걸리를 다 마셔 버렸다고 야단맞는 거 아닌지 모르겠다."

그 말에 용자는 걱정하지 말라는 듯 싹싹하게 대답했다.

"막걸리는 소에게 조금씩 주려고 담근거래요. 우리 아버지는 소를 위한다면 이밥(쌀밥)도 줘요."

종모우라 용자 아버지는 사람은 못 먹여도 소에게 만큼은 뭐든지 다해 먹이고 있었다. 아무튼 소가 없으면 농사를 지을 수 없기 때문이었다.

농사를 지으려면 논밭 흙을 갈아엎어 골을 타야 했다. 소가 보습으로 밭골을 타서 씨앗을 뿌린다. 즉 소가 없으면 농사를 짓지 못한다. 그렇게 되면 식구들은 다 굶어야 하기 때문에 소만큼은 신 이상으로 여겼다.

"막걸리는 둘이서 전부 다 마셔 버려도 뭐랄 분이 없다 이 말씀이래요."

기일은 용자를 가슴에 안은 채 다독여 주고 싶다는 생각이 들었다. 용자의 다양한 모습을 보았지만 지금의 이 모습이 가장 아름답고 매혹적인 전형적 처녀의 모습이었다. 용자는 어떤 상황에서도 기일을 편하게 해 주는 마력을 가진 여자였다.

"오빠야. 내가 너무 이뻐서 넋이 나갔나 봐. 하긴 내가 좀 예쁘긴 하지래."

그 새치름하고 여우 같은 말이 기일의 발을 움직이게 해 주었다. 뇌쇄적인 자태의 여인은 사라지고 아름답고 포근한 동네 여동생 같은 생각만 남아 있었다.

기일은 촉촉하게 젖어드는 용자의 눈을 보다가 얼른 자리에서 일어나며 집에 가야겠다고 말했다. 그 자리에 있다가는 다시 용자의 품으로 끌려가서 황홀한 고문을 당하며 버둥거릴 게 뻔해서였다.

이제 기일도 용자의 눈빛이 분위기와 목소리와 향기와 관계가 있다는 것을 어느 정도는 깨달을 수 있었다. 용자의 눈빛을 보면 또 어떤 색깔로 자신의 넋을 빼놓을지 대충은 짐작할 수 있었다. 왜 그런지는 아직 알 수 없었지만 눈빛과 그런 설렘의 요소들은 분명히 관계가 있었다.

지금 용자는 그 향기와 분위기가 가장 매혹적이고 아찔해질 때의 눈빛으로 자신을 보고 있었다. 저 눈빛에 빠지면 감당하기 어려울 만큼 고혹적인 분위기와 향기 속에 또 이를 악물고 버둥거려야 할 게 뻔했다.

도망치듯 일어나서 가려는 기일을 용자는 그냥 내버려 두지 않았다. 두 발짝도 못 옮긴 기일의 등에 용자의 장난기 섞인 목소리가 촉촉한 물기까지 머금고 사뿐 날아와서 향긋하게 달라붙었다.

"기일 오빠야. 내가 업어 드릴까요?"

기겁을 한 기일은 얼른 뛰었다. 정말 용자가 달려올지도 모른다는 생각에 뛰고 나서야 가만히 한숨을 내쉬며 뒤를 보았다.

기일도 용자의 눈빛이 분위기와 목소리와 향기와 관계가 있다는 것을 어느 정도는 깨달을 수 있었다.

달콤하고 포근한 늪에 사로잡힌 기일은 가라고 떠밀어도 갈 수 없는 상태가 되어 버렸다. 용자가 허락하지 않으면 절대 빠져 나올 수 없는 늪이었다.

'정말 용자와 결혼한다면…….'

웬일인지 가슴이 저리고 설렌다. 편안하고 든든하게 느껴지면서도 이상하게 가슴 깊은 데까지 시릴 만큼 안타까운 느낌이 들었다. 자신의 마음 속에 자신이 모르는 또 다른 용자가 있는 것 같다고 생각되었다.

가슴 속을 가득 채운 아스라한 감정의 정체를 용자는 아무리 생각해도 알 수 없었다. 자신이 다른 여인과는 다르다는 것을 아직 깨닫지 못한 용자이기에 모를 수밖에 없었다.

정체가 뚜렷하지 않으면서도 깊은 그 설렘에 이끌린 용자는 기일의 입술에 자신의 입술을 포갰다. 어느 때보다 더한 자극에 부르르 떨며 자신도 모르게 신음을 내뱉었다.

마당가에서 둘이 손을 잡고 있는데 하필 그때 용숙이 지나가고 있었다.

"오빠야, 용자랑 지금 머(뭐) 하나?"

용숙은 용자와 열아홉 살 동갑내기였다.

"아무 것도 아니다야 용숙아. 내가 소한테 떠받쳐서 다쳐서 그런 거다야."

기일은 당황해 떨면서 말했다.

"머래(뭐야)? 다쳐? 내 보긴 아닌데? 둘이 지금 붙어서 지랄들 하는데?"

그 말에 스스로 놀란 용자는 얼른 기일의 손을 놓으며 얼굴을 붉혔다.

"용숙이 니 이 아픈 오빠를 그래 말하나?"

용자는 용숙에게 눈을 흘기며 말했다.

"야, 니 못 믿나? 봐라 정말 다쳤다니."

기일은 자신의 어깨를 까 보여주었다.

"응? 정말이네. 용자야. 이 오빤 나를 더 좋아하는 기 너 알지래?"

"그래 안다. 니도 오빠를 더 좋아하지래?"

"니 자꾸. 오빠를 만지고 하지 말래. 내 말은 이 오빠한테 엉뚱한 맘먹지 말라는 거래. 넌 재기 오빠를 좋아 안 했나? 재기 오빠가 닐 너무 좋아하더라니."

용숙의 말에 용자는 가슴이 무너지는 느낌과 동시에 눈에서 눈물이 나오려고 했다. 그 두 사람을 두고 집으로 와 안으로 뛰어 들어갔다.

용자는 방에 들어와서 울고 있었다. 용숙의 말대로라면 기일은 자신만을 좋아하고 있는 줄 알았는데, 용숙까지 좋아하며 양다리를 걸쳤다는 생각에 배신감을 느꼈다. 그리고 배신감과 억울함에 울음만 나왔다.

해질 무렵이었다. 감자밭에서 김을 매고 산에 올라가 소꼴 한 짐 지고 돌아온 용자 아버지는 소에게 꼴을 주지 않았다고 목소리를 높였다. 그것도 모자라 용자에게 성질을 부리며 마구 야단을 쳤다. 그 때 기일의 아버지가 씩씩대며 풀물이 든 저고리와 핫바지 가랑이를 펄럭이며 용자네 집 마당에 들어섰다.

"야! 신가 눔아. 소 새끼 똑바로 매!"

기일의 아버지는 용자 아버지의 멱살을 잡고 주리를 틀듯 끌고 갔다. 용자 아버지는 영문도 몰라 팔려나가는 똥개처럼 끌려가기만 했다.

"말을 하게, 말을."

"눈깔이 멀쩡하면 저기 좀 봐라 니."

기일네 콩밭이었다. 그 콩밭은 말 그대로 쑥대밭이 되어 있었다.

"왜 콩밭이 하루아침에 이 모양이다니?"

"뭐래? 니 소 새끼가 이 지랄을 했다니. 이거 니 어떡할 거래?"

그제서야 용자 아버지는 자신의 소가 한 짓이라는 걸 깨닫고 잘못을 시인했다.

"콩 두 가마니. 됐지?"

그 말에 기일이 아버지는 가래침을 툭 내뱉고는 용자 아버지를 뒤로한 채 가 버렸다.

저녁에 용자는 소를 잘못 맸다는 이유로 아버지에게 호되게 야단을 맞았다.

다음 날이었다. 점심 때 쯤에 강동지서 경찰이 용자 아버지를 찾아왔다. 그 경찰은 용자의 사촌 오빠 신수선이었고, 용자 아버지한테는 조카였다.

"작은 아버지요, 기일이 아버지가 작은 아버지를 폭행으로 고소했다니요."

"뭐래? 고소."

"야. 작은댁 소한테 받쳐서 기일이 어깨가 나갔다네요. 작은 아버지 지서에 좀 와서 합의를 봐야 할기래요."

용자 아버지는 지서에 가서 또 쌀 두 가마니로 합의를 보았다. 거기다 콩 두 가마니도 있었다.

기일네가 그렇게까지 했다는 것이 너무했다는 생각이 든 용자는 그때부터 기일이 싫어지기 시작했다.

두 집도 사이가 점점 좋지 않았다.

한편 기일은 자신의 아버지가 사랑하는 용자네를 그런 정도로 매정하게 대했다는 점에서 화가 났고, 용자의 마음이라도 상했을까 봐 걱정을 하고 있었다.

용자와 입맞춤이 생각나서 미치고 환장할 지경이었다. 정성스럽게 어깨를 어루만지던 용자의 손끝에서는 물씬물씬 향기가 피어나는 듯했다. 코로만 느껴지는 향기가 아닌 눈으로도 보이는 듯한 향기였다. 그것도 잔잔하고 아늑한 향기가 아닌 늪처럼 짙고 매혹적이며 황홀한 향기였다.

혀끝으로도 느껴지는 향기였다. 온몸의 오감을 통하여 가해지는 자극에 기일은 무방비로 허우적거렸다. 부둥켜안지도 않은 상태에서 느끼는 그 황홀함은 폭발 직전에 느꼈던 오르가즘보다도 더 아찔했다.

엎드린 채 세심하고 찬찬히 어루만지는 용자의 달착지근한 숨결에 점점 더 깊은 나락으로 빠져들고 있던 기일을 아버지가 손바닥으로 어깨를 톡 때리는 바람에 정신이 번쩍 들었다.

"야, 니 용자네와 발 싹 끊으래."

"아버지는 그만 일로 왜 지서에다 고소해 가지고 그래요?"

기일은 아버지에게 목청을 높였다.

"니 미쳤나? 지금 용자네 편드나? 그 지랄할려믄 용자네 집에 가서 살아뿌래."

아버지의 말을 뒤로 하고 기일은 집을 나왔다. 그 발길은 용자네 집을 향하고 있었다. 용자한테 무릎이라도 꿇고 용서를 빌고 싶었다. 그런데 용자네 집 마당에 용자가 소를 내몰고 있었다.

용자는 방에서 용숙과 얘기하다 소의 울음소리를 듣고 소가 여직 외양간에 있었다는 걸 알고 나와 고삐를 풀어 소마당 말뚝에 고삐를 매고 있었다.

기일은 용자에게 달려가서 용자 앞에 무릎 꿇고 앉았다.

"용자야. 미안해. 우리 아버지 대신 내가 사과할끼니."

"아니야 오빠야. 다친 데는 괜찮아요?"

"어른들 때문에 우리 사이 안 변했으면 좋겠다야."

"나도 안다니 오빠야."

그 모습을 어느 틈에 나타났는지 용숙이 바라보고 있었다.

용숙은 용자네 방에서 나왔다. 용숙은 용자 아버지가 지서에 다녀온 소문을 듣고 용자에게 위로차 들렀던 것이다.

"오빠야? 자꾸 왜 그러나? 날 좋다고 하고선 용자한테 지금 머하나?"

"그게…… 용숙아."

기일은 또 당황해 하며 말을 얼버무렸다. 그리고 꿇었던 무릎을 펴고 일어섰다. 얼굴에는 난처한 빛이 역력했다.

"그래 우리 셋이 잘 만났다니. 오빠는 우리 둘을 좋아하니깬, 둘 중에 하나 찍어내."

용숙의 말에 기일은 이번 기회에 확실히 해 둬야겠다는 마음으로 쾌재를 불렀다.

"좋아. 난 용자다. 그러니깐 용숙이 니는 앞으로 더 이상 날 찾지 마."

세 사람 사이에 대번 싸늘한 어색함이 맴돌았다. 그리고 용숙은 원망의 눈으로 용자를 째려보았다. 그 눈빛에 부딪친 용자는 순간 얼굴을 붉혔다. 그리고 용자는 새침한 표정을 지어 보였다.

"기일 오빠야. 솔직히 난 오빠를 안 좋아했네. 오빤 용숙이를."

용자는 말을 하다 말고 입을 다물었다. 눈물이 나오려고 해서 차마 말을 다 하지 못했다. 또한 솔직히 기일을 안 좋아했다는 그 말은 진심이 아니기 때문에 더 그랬다.

기일을 좋아했지만 용숙과 기일의 관계를 잘 알고 있어서 용자는 그 자리에서 그렇게 말할 수밖에 없었다. 그런데 안 좋아했다는 말에 기일의 얼굴 근육이 움직이면서 용자의 손을 거세게 잡았다.

"용자야. 갑자기 그기 무슨 소리래?"

그 말에 용자는 울음을 터뜨렸다. 그리고 후다닥 집 안으로 들어갔다. 기일도 용자를 잡으려고 뒤따랐지만 용숙이 기일의 팔을 낚아채는 바람에 용자를 붙잡지 못했다.

"용자가 오빠를 싫다는데 오빠는 왜 자꾸 그래?"

용숙은 기일의 팔을 잡은 채 끌었다. 기일은 용숙이 이끄는 대로 못 이기는 척 끌려갔다.

기일과 용숙은 용자네 집에서 멀어지고 있었다. 저만치 나란히 걸어가는 기일과 용숙을 지켜보고 있던 용자는 눈물만 흘리고 있었다.

저녁이 되었다. 용자 아버지는 기일이 집에 찾아왔었다는 소식에 대번 용자를 불러 세워놓고 야단을 쳤다. 또한 기일네는 기일네 대로 기일 아버지는 용자에게 찾아가서 사과를 했다는 말을 듣고 기일을 집에서 내쫓아 버렸다.

집에서 쫓겨난 기일은 어디로 갈까 하다가 동갑이자 친구인 재기네 집을 찾아갔다. 마침 재기 방에는 용자와 용숙이 와 있었다. 이러니 저러니 티격태격하던 재기와 기일은 결국 용자와 용숙에게 선택권을 주기로 합의했다.

"용자와 용숙이에게 결정권을 주자."

"그래 좋다니. 보나마나 용자는 나를 선택할끼니."

두 사람은 그렇게 결정하고 하루 동안의 생각할 시간을 주고 다음날 만나기로 했다.

다음날이었다. 기일과 재기는 용자 집에 들러 용자를 데리고 용숙의 집을 찾았다. 그들은 용숙의 방에 들어가 둘러앉았다. 네 사람 모두 굳은 얼굴에 싸늘한 공기가 맴돌았다. 거기에 재기가 입술을 달싹였다.

"어떡할래, 가위 바위 보로 할기래."

"머 그럴 필요 있을까. 용자 니부터 우리 둘 중 택해."

기일이 제안했다.

"그래 좋아. 용자 니부터 해."

재기의 말에 용자는 머뭇거리고 있었다. 그 때 용숙이 용자의 옆구리를 찌르자 용자는 용숙을 빤히 바라봤다. 용숙은 재기를 택하라는 눈짓을 보내고 있었다.

"용숙이 니부터 둘 중에 찍어."

용자는 자신이 먼저 택하기보다 용숙에게 양보를 했다. 거기에 기일의 눈이 반짝거렸다.

"나야 당연히 기일 오빠지."

용숙은 머물 틈도 없이 용자의 말에 대답을 했다. 그 말에 기일은 벌레 씹은 얼굴로 미간을 찌푸렸다.

"그럼 용자는? 아 잠깐, 만약에 용자도 기일을 택했을 때, 둘이잖아. 그땐 기일이가 둘 중 한 사람 택한다. 어때? 동의하는 거지?"

재기의 설명에 기일은 미간이 펴졌다. 그럴 것이 용자가 자신을 택한다면 자신은 당연히 용자를 택할 수 있다는 선택권을 가지는 것이었다. 그러니 이 순간은 용자가 자신을 택해 주길 바라고 있었다.

모두 동의했다. 그리고 모두 용자의 입으로 시선을 두고 대답이 나오길 기다렸다.

"용숙이가 기일 오빠를 찍었으니, 난 당연 재기 오빠."

용자는 떨리는 목소리로 간신히 대답했다. 그리고 기일의 얼굴을 바라보며 아쉬움의 눈빛을 보냈다. 거기에 기일은 원망의 눈으로 용자를 힐끔거리다 고개를 푹 숙였다.

결정이 되었다. 용숙은 기일을 선택했고 용자는 재기를 선택했다.

용자는 기일을 용숙에게 빼앗겼다는 패배감, 아니 친구의 우정을 위해서 양보했다는 나약한 생각이 들어 자신을 책하며 용숙의 방에서 먼저 나왔다. 그리고 집으로 향했다.

재기도 용자를 따라 나왔지만 용자의 기분을 이해하고 용자를 잡지 않았다.

"오빠. 이제 오빠는 완전 내 꺼야."

용숙은 승리감에 촉촉하게 젖은 목소리로 말했다. 보드라운 질감이 느껴지는 매혹적인 용숙의 목소리였다.

그러나 기일은 화가 났다. 사랑했던 용자가 재기를 찍었다는 사실에 화가 났다. 지금까지 용자만 바라보고 왔던 기일은 더 이상 살 가치를 잃었다. 부모는 물론 용자까지 자신을 버렸다고 생각되었다.

그는 홧김에 용숙을 확 덮치고 말았다.

기일은 용숙이 무서워하면서 도망이라도 가길 바랐다. 그런데 도망은커녕 오히려 기일에게 매달렸다.

기일은 자신이 용숙을 욕보이는 것 같은 느낌에 울고 싶었다. 그런 기일의 마음을 알 리 없는 용숙은 매혹적으로 기일에게 안겼다.

"기일 오빠야. 눈 떠 보래요."

어렵게 떠진 기일의 눈이 젖어 있었다. 용자를 생각한 나머지 미안함과 당혹스러움에 금방 눈물을 쏟아낼 것 같았다. 기일은 울 것 같은 표정을 지은 채 울먹이듯 말했다.

"용숙아. 미안하다. 나도 모르게 그만."

그런 기일이 용숙에게는 더욱 사랑스럽게 보였다. 용숙은 그 사랑스러운 만큼의 설렘을 담아 볼을 쓰다듬어 주었다.

"바보 같아, 오빠야. 우린 연인인데요."

볼을 어루만져 주던 용숙의 팔이 기일의 목을 끌어당겼다. 기일의 얼굴이 용숙의 봉긋한 가슴에 파묻혔다.

"아!"

용숙의 가슴에 안긴 기일은 자신도 모르게 신음을 터뜨리며 온몸을 부르르 떨었다. 쾌감 때문이 아니었다. 예의 그 신비한 느낌을 용자 대신 용숙에게 다시 느꼈기 때문이었다.

좀 전까지 기일을 숨 막히게 했던 농염한 향기가 포근하고 잔잔한 것으로 바뀌고 있었다. 향긋함과 설렘은 여전히 그대로지만 그 색채가 너무 달랐다. 조금 전의 향기가 진탕한 여인의 아찔한 향기였다면 지금은 아늑하고 포근한 용숙의 향기였다.

그 신비한 느낌에 몸을 떨면서 기일은 또다른 사실을 어렴풋이 깨달을 수 있었다. 용숙의 몸이 결코 평범하지 않은 이기(異器)라는 것을 온몸으로 깨달았다. 기일도 특이체질에 대한 상식이 어느 정도는 있었다. 다른 사람에 비하여 오히려 더 많은 편이었다.

자신을 어루만지는 용숙의 수시로 달라지는 몸과 분위기와 눈빛과 향기에서 기일은 이기의 흔적을 뚜렷하게 느낄 수 있었다.

용숙의 보드라운 손이 자신의 가슴을 어루만지고 쓰다듬어도 이젠 아늑하고 포근하기만 했다. 기일의 표정이 편해지는 것을 본 용숙은 사랑스러워 어쩔 줄 모르겠다는 듯이 속삭였다.

"이렇게 이쁜 우리 오빠야. 이젠 내 낭군."

포근함에 젖어 있던 기일은 그 매혹적인 속삭임에 빙그레 웃을 수 있었다.

마사지를 끝낸 용숙이 가슴을 찰싹 때리며 모든 상황을 한 마디 말로 예쁘게 마무리지었다.

기일은 꿀 먹은 벙어리가 되었다. 조금 전까지 그 아슬아슬하고 황홀함 속에서 허우적거리며 걱정하였던 어색함은 이미 사라져 버린 뒤였다. 자신을 너무 좋게만 보는 것 같아서 기일은 미안한 마음이 들었다.

"나, 용숙이 생각하는 만큼 순수하지 못해. 난 용자를……."

용숙이 무슨 말이냐며 동그래진 눈이 커졌다.

"오빠야. 그래도 잘 참았다야. 금방은 모르겠지만 차차 용자가 잊혀질 거라니. 시간이 흐르면 원래의 모습으로 회복한다구요."

거기까지 말한 용숙은 또 여우 같은 표정을 지었다.

"오빠야. 너무 순진해서 미워."

미처 말하지 못했던 것까지 다 털어놓으며 용숙이 어떻게 생각할지 몰라서 가슴 졸였던 기일이었다. 그런데 자신을 이해할 뿐만 아니라 마음까지 쓰다듬어 주는 용숙이 더 포근하게 느껴졌다. 찌꺼기를 덜어낸 만큼의 가슴 빈자리에 용숙이 더 크게 담겨 있었으면 했다. 그러면서도 왜인지는 모르게 기일의 마음은 용자에게 달려가고 있었다.

용숙의 품으로 끌려가며 기일은 미친 사람처럼 변해서 용숙의 옷을 거칠게 마구 벗겨 버렸다. 가냘프고 황홀한 여체에서 배어 나오는 향기가 짙었다.

표현이 안 되는 황홀한 용자의 향기였다. 마치 오르가즘의 극점에 이른 것처럼 황홀하게 하는 향기였다. 그러나 자신이 덮친 여인이 용자가 아니라 용숙이었음을 깨닫는 순간 기일은 자신의 실수를 질책하고 있었다.

며칠 후였다. 기일과 용숙이 바람났다는 소문이 온 동네에 나돌았다. 용자도 그 소문을 듣고 있었다. 물론 처음 그 소문을 들었을 때는 기일에 대한 배신감과 억울함이 한꺼번에 밀려와 울었다. 설마했던 기일과 모든 게 끝났다는 사실에 서운했다. 하지만 기일은 용자를 계속해서 찾았다. 기일은 사실은 그게 아니었다고 변명했지만 용자는 기일을 벌레 보듯 냉정하게 거절했다.

그렇게 용자한테 거절당한 기일은 점점 나약해져 갔다. 거기다 동네에서는 용숙이 기일한테 강간당했다는 해괴한 소문이 나돌았다. 용숙이 얼굴을 들고 나갈 수가 없어 미칠 것만 같았다. 어쩌다 동네 사람들을 만나면 기일을 똥 피하듯 하고, 뒤에서는 나쁜 놈이라고 손가락질을 해댔다. 그렇게 되자 기일은 동네에 발붙일 수 없게 되었다.

기일은 목이라도 매 죽고 싶었지만 차마 죽을 수가 없었다. 아니 죽기는 싫었다. 그래서 도피라도 하듯 군대에 지원을 했다.

용자 아버지인 재한은 딸을 방에 불러다 앉혀 놓았다. 재한은 딸에게 여자는 시집갈 때까지 정조를 지켜야 한다. 용숙이처럼 바람나면 집안이 망한다는 둥 일장연설을 늘어놓았다.

"아버지요. 저는 절대 그러지 않으니, 맘 푹 놓으시래요."

그 후 동네에서는 기일이 어떻게 사라진 줄도 모른 채 조용했고 평온했다.

용자는 잠에서 깨어났다. 자신이 낯선 곳에 누워 있음을 알아 차렸다. 꽤 묵직한 팔이 그녀의 가슴 위에 있었다.

용자는 따뜻하고 든든한 품에 묻힌 얼굴을 천천히 들었다. 아직 밖은 어둑어둑했다.

"어?"

기일이었다. 그랬지. 잠들기 전에 안인에서 같이 있었던 일들을 한꺼번에 떠올리며, 그렇게 해서 군에 입대했던 기억을 하면서 자는 척했었다.

자신이 여전히 발가벗은 상태로 있음을 알고 용자는 얼굴을 붉혔다. 어젯밤엔 신열이 높아서였다고 둘러댈 수 있지만 지금은 아니었다.

돌이킬 수 없게 되기 전에 수습해야 했다. 용자는 서둘러 기일의 침상에서 빠져 나가려고 했다. 하지만 용자의 움직임에 선잠을 깬 기일은 용자의 가는 허리를 두 손으로 잡았다.

"아직 어둑한데 어딜 가려고?"

"저……."

'바보같이 보이겠지만 내가 이 상황에서 뭐라고 말을 해야 한다는 건가?'

뭔가 적당한 말을 찾으려던 용자는 말을 잇지 못하고 신음만 깨물었다.

"음."

서늘한 맨 어깨에 갑작스럽게 닿는 기일의 뜨거운 입술에 놀라 용자는 숨을 들이마셨다.

"너무나 서늘하고 부드럽구먼."

붕대를 감은 팔을 조심해 가며 기일의 큼직한 두 손이 용자의 가슴을 완전히 감싸 쥐었다.

죽을 것만 같았다. 민감하게 몸서리를 치는 용자의 어깨에 낮은 웃음을 터뜨리면서 기일이 얼굴을 묻었다.

"참으려고 하는데 유혹이 너무나 크군. 불쌍한 사내를 위해서 그대 꽃 같은 입술 정도야 내줄 수 있겠지?"

물음이 아니라 확신이었다. 손을 가슴에 둔 채 기일은 용자의 목덜미에 뜨거운 입술을 비볐다.

호흡이 가빴다. 용자는 참았던 숨을 내쉬지 못하고 석상처럼 몸을 굳혔다.

"괜찮아. 물 흐르듯 맡겨 봐. 상처 주지는 않을 테니."

그의 믿음직한 음성이 경직된 몸으로 흘러 들어왔다. 메마른 대지가 단비를 받아들이듯 용자도 그의 마음을 듬뿍 받아들였다.

망설임을 버리고 용자가 돌아눕자, 기일은 향긋한 냄새가 풍기는 가슴 사이 골짜기에 코를 묻었다. 용자의 향기를 한참 들이마시던 그는 입술에 이어 혀로 용자의 감촉을 느꼈다.

기일은 손안에 들어올 만한 용자의 가슴을 홀린 듯 바라보았다. 지금까지 가져 보았던 다른 미희들보다 더 어리고 덜 성숙하고 풋내 나는 가슴이었지만 더할 나위 없이 아름다웠다.

이 사랑스러운 유두를 입에 머금으면 용자는 몸을 사릴 것이 분명했다. 기일은 자신의 욕망을 위해 용자가 겁먹는 것을 원하지 않았다.

용자는 아직 모르는 것이 너무나 많은 것 같았다. 그리고 기일 역시 용자에 대해서 아는 것이 하나도 없었다. 하지만 확실히 알고 있는 것은 이렇게 될 운명이었다는 것이다. 그러나 그 운명은 신이 아니라 바로 기일 자신이 만든 것이었다.

기일은 천천히 다가서서 용자를 온전히 소유할 작정이었다.

"난 아직도 용자를 원한다. 용자야. 강제로 가질 수도 있지만 난 용자의 허락을 구하고 싶다. 날 받아 주겠니?"

"네."

용자는 조금도 서슴지 않고 대답을 했다. 쉽게 대답한 이유는 아버지를 보호하려는 의도에서였다.

"정말 믿어도 돼?"

"대신 조건이 두 가지 있어요."

"조건? 뭔데?"

"나를 가지려면 사령관직을 그만둬요. 그만두고 나하고 안인에서 같이 사는 거래요. 할 수 있겠어요?"

기일은 대답이 없었다. 갑자기 미간을 좁히더니 고민을 하는 듯했다.

"또 하나는?"

"가두었던 우리 아버지를 찾아줘요. 죽었다면 살려 줘요."

용자는 대답을 기다리는 대신 기일을 껴안았다. 용자의 마음이 닿았는지 기일은 일어나 천천히 나머지 옷을 벗기 시작했다.

옷을 벗는다는 건 사령관을 그만두고 용자를 택하겠다는 뜻이었다. 옷을 벗었어도 기일의 인민군 사령관다운 기상과 위엄은 조금도 줄어들지 않았다. 하지만 그의 나신은 조각가가 정성스레 깎은 조각처럼 아름다웠다. 그가 너무 아름다워서 손을 내밀어 만지고 싶을 만큼 탐나 보여서 용자는 눈을 감았다.

"눈을 떠. 나를 보라니. 그리고 느껴 봐. 내 모든 걸. 내가 이렇게 하는 것처럼."

기일의 속삭임이 귓가에 들리는가 싶더니 어느새 그의 벌거벗은 가슴이 눈앞으로 다가왔다.

"답해 주세요?"

용자의 긴 손가락이 귀밑으로 흘러내린 기일의 머리카락을 귀 뒤로 넘겨주었다. 그리고 대답을 기다렸다.

"그래 알았다."

"우리 아버지는요?"

"당장 풀어주지."

용자는 그 말에 화가 났다. 하지만 화를 밖으로 표출하지 않았다. 용자는 몸을 바치면서까지 아버지를 구하여 이곳에서 벗어나려고 하는데, 한편 기일은 용자의 몸을 빼앗을 목적으로 안심시키는 말만 하고 있었다.

흠칫 용자가 몸을 떨었다. 그리고 기일은 용자만큼은 아니지만 스스로도 눈치 채지 못할 만큼 미약하게 손가락을 떨었다.

너무 귀하고 사랑스러워서 함부로 손대고 싶지 않았다. 더구나 갓난아기만큼이나 이 세상 더러움에 물들지 않은 것처럼 보이는 용자를 자신의 욕정만을 위해 상처 입히고 있다 싶으니 자신이 짐승 같았다.

기일의 표정을 살피던 용자가 기일의 뺨을 어루만졌다.

"사령관도 그만두실 거지요?"

봄바람 소리보다 더 가늘고 작은 용자의 목소리가 그렇게 말하자 기일은 어설프게 몸을 떨었다.

"나도 모르겠구나. 내게도 어떻게 정할 것인가. 그러니 이제 여기서 나가라."

기일은 무척 화나 있었다. 그 화를 많이 참고 있는 것 같았다. 솔직히 결정하기 어려운 것 같았다. 그래서 모든 것을 포기하고 일어나 옷을 입기 시작했다. 용자도 고쟁이를 찾아 몸에 꿰고 옷을 찾아 입고 있었다.

옷을 다 찾아 입은 기일이 먼저 나갔다. 그리고 용자가 나왔다. 그 앞에는 인민군 보초병이 서 있었다. 초병은 용자를 안내했다. 그 초병을 따라간 곳은 인민군 지프차였다.

"타라 용자 동무."

용자가 뒷좌석에 올라타자 기일도 앞좌석에 올랐다.

지프차는 강릉 시내를 지나 반고개를 넘었다. 지프차는 안인리 입구에서 멈추었다. 그리고 기일이 차에서 내렸다.

"난 장거리까지 들어갈 자신이 없구나. 몸이 성치 않지만 여기서 살살 걸어가."

용자는 고개를 숙이고 걸었다. 그러자 기일도 지프차를 돌려서 돌아가 모습을 감추었다.

기일은 마음이 영 불편했다. 그래서 마음을 달랠 겸해서 시내 경포관으로 차를 몰았다.

그 곳에서 전에 손을 댔다가 만 여인이 기일을 맞이했다. 여인은 기일을 뒤쪽에 있는 조용한 방으로 안내했다. 둘이 마주하고 앉아 얘기하고 있던 중에 술상이 들어왔다.

몇 순배의 술잔이 돌았다. 여인의 얼굴에도 기일의 얼굴에도 희미한 홍조가 피어올랐다.

"오늘 나는 용자한테 채였다. 그래서 많이 괴롭구나."

"사령관 동지. 부대를 이렇게 비워놓고 술을 마셔도 될까요."

"여긴 내가 최고야. 누가 사령관을 뭐라고 해."

"감히 누가 뭐라고 하겠어요. 아참, 강릉에 장관으로 지냈던 김 씨와 국회의원으로 지냈던 최 씨가 살고 있는데, 고위직 그 사람들 북으로 보내면 안 될까요?"

"동무 아무 소리 말아라. 오늘은 동무를 안아야겠다."

여인은 그 말을 듣고 기일에게 다가가 얼굴을 가슴에 기댔다.

기일은 여인의 옷을 하나씩 벗겨냈다. 점점 옷이 벗겨 나가자 비단결 같은 여인의 머리채가 아름다운 나신을 절반쯤 가리고 있었다.

가슴 위로 올라온 기일의 손을 의식하기도 전에 불처럼 뜨거운 입술이 뺨에 닿았다. 뺨에서 머물던 기일의 입술은 여인의 향기와 감촉을 기억하려는 것처럼 아주 느린 속도로 여인의 입술로 내려갔다. 마주 닿은 입술은 서로의 호흡과 심장소리에 귀기울이며 한 순간 움직이질 않았다.

"두려운가. 동무?"

두렵다고 하면 기다려 줄 생각으로 물었지만 여인은 햇살 같은 미소를 머금고 고개를 저었다. 그 바람에 여인의 입술이 기일의 귓불에 닿았다.

"이렇게 하면 되는 건가요?"

그렇게 물으면서 다가온 여인은 기일의 귓가에 사랑스러운 입맞춤을 했다. 기일은 무서워하는 여인을 강제로 안고 싶지는 않았다.

아름답고 사랑스럽고 귀여운 여인은 남자를 알기에는 이르다고 생각되는 기일이었다. 하지만 그런 생각은 여인의 입술이 귀에 닿자 산산이 흩어져 버렸다.

조그맣고 탐스러운 여인의 입술을 남김없이 탐하고 싶다는 생각밖에는 할 수가 없었다. 자신의 머리칼을 흐뜨리는 여인의 두 손을 머리 위로 올려 한 손으로 그러쥐고 기일은 여인의 벌어진 입술을 빨아들였다.

그러나 아무리 탐해도 부족했다. 일단 여인을 안고 나면 양귀비꽃에 취한 사람처럼 여인에게 중독될 것 같았다.

기일의 입술이 여인의 맥이 뛰는 연약한 목덜미로 내려오자 여인은 잡힌 손을 빼내기 위해 몸을 틀었다. 그 바람에 찬 공기와 흥분으로 인해 얼굴을 내밀고 오뚝하게 서 있던 연분홍색 사랑스러운 꽃 봉오리가 기일의 맨 가슴을 스쳤다.

숨 들이마시는 기일의 호흡소리가 뜨거운 열기로 가득 찬 실내에 메아리쳤다.

"더는……."

기일은 더 이상은 말을 하고 싶지 않았다. 보이는 것만큼 달콤한지 맛보지 않고는 견딜 수가 없었다. 그렇지 않으면 모든 신경이 끊어질 것 같았다.

기일의 입술은 그래도 서둘지는 않았다. 여인의 목덜미에서 미끄러진 입술이 가슴부터 시작되는 둔덕으로 내려올수록 여인의 숨소리가 거칠어졌다.

아직도 손을 잡힌 채로 여인은 가쁜 숨만 내쉬고 있었다. 기일의 입술이 가슴의 정상으로 올라와 향기를 내뿜는 유두를 물었다.

기일의 귀에 여인의 신음을 깨무는 소리가 들렸다. 너무나 감촉이 좋았다. 덜 익은 풋과일 같은 향이 났다.

기일의 혀가 여인의 꽃봉오리를 휘감고 애무하자 그녀는 더 거세어지고 신음을 참기 위해 입술을 깨물었다.

"제발."

거칠게 빨아대는 그의 입술 감촉 때문에 하얗게 멀어지는 의식 저 너머에서 신음 반 흐느낌 반으로 여인은 기일을 불렀다.

"위수지구인민군 사령관님, 제발."

갑자기 기일이 고개를 들었다. 그는 한 여자를 온전히 가진 남자의 얼굴을 하고 있었다.

"저어, 사령관님. 저한테 이러시면 사령관님 다쳐요."

"내가 왜 다친다고 하느냐. 나는 너만 안으면 된다."

기일은 팽팽하게 부풀어 오른 여인의 가슴 위에서 낮게 중얼거렸다.

여인이 되뇔 사이도 없이 기일은 다시 가슴을 애무하기 시작했다. 여인은 정신을 차릴 수가 없었다. 그가 몰고 가는 곳까지 끝없이 떨어져 내렸다.

여인의 수줍은 교성에 더욱 거칠어진 기일은 향긋한 가슴을 한 입에 덥석 베어 물었다. 가슴에만 신경이 몰려 있던 여인은 어느 샌가 온몸으로 기일을 느끼고 있었다.

이제 여인의 두 손은 그의 속박에서 풀려 있었다. 자유로워진 여인은 기일의 넓은 등에 손을 얹었다. 살과 살이 닿고 영혼과 영혼이 닿았다. 마주 닿은 가슴이 아릿할 정도로 두 사람은 맞붙어 있었다.

"동무."

기일은 여인을 불렀다. 그의 부름에 눈으로 대답하던 여인의 입술이 동그랗게 벌어졌다. 깊은 곳에서 전율이 일어났기 때문이었다.

기일의 손이 눈처럼 하얗고 꽃잎보다도 부드러운 여인의 허벅지를 어루만졌다. 그의 손길에 여인의 온몸에 신경이 올올히 일어섰다.

기일의 손이 여인의 허벅지를 쓸고 더 깊이 올라갔다. 본능적으로 다리를 오므리는 여인에게 기일은 자신의 마음이 담긴 입술을 내주었다.

성마르게 빨아들이거나 샅샅이 핥아대는 입맞춤이 아니었다. 입술은 잠자리 날개보다 더 연약하고 아기의 속살만큼이나 부드럽게 움직였다. 천천히 움직이는 그 입술을 따라서 여인은 천천히 답했다.

여자의 두 눈이 입맞춤의 여파로 거의 감겼다. 두 사람은 철저하게 맞닿은 상태로 서로를 바라보았다. 남성다운 굵직한 기일의 육체와 굴곡이 부드럽고 나긋나긋한 여인의 육체는 서로를 끌어당기고 있었다.

"사령관 동지. 이번 제3진 의용군은 몇 명이나 됩니까."

기일은 그 말에 대번 이상함을 느꼈다.

아까부터 고위직 인사에 관심을 가진 것부터 그랬고, 다칠 것이라는 말도 그랬었다. 아무리 생각해도 이 여인은 보통 여자가 아닌 공산당 당원이라는 걸 느꼈다. 그녀가 당원이라면 기일의 일거일동을 지켜보고 있지 않았던가.

기일은 정신이 번쩍 들었다. 하지만 그녀에게 표내지 않았다.

이 여인을 그냥 이대로 보낼 수 없다. 강제라도 정사를 치러야 한다. 정사를 치르면 아무래도 당에다 불충성으로 보고를 하지는 않을 것이라는 생각을 했다.

"오늘은 그냥 동무와 나는 남자와 여자일 뿐이다."

여인은 조금도 기일을 거부하지 않았다. 아니 여인은 더 이상 머뭇거릴 수 없었다. 무릎으로 여인의 다리를 벌린 기일은 잔뜩 커진 자신을 여인의 몸에다 묻었다. 얇은 막이 기일의 몸을 따라 여인의 내부에서 공명했다.

기일의 어깨 위에 놓인 여인의 손에 힘이 들어갔다. 사랑스럽게 활짝 열렸던 눈동자도 고통으로 작아졌다. 비명을 억지로 깨무느라 핏빛이 선명해진 여인의 입술을 보면서 기일은 자조했다.

여인에게 입맞추며 기일은 자신을 더욱더 깊이 여인에게 쏟아 부었다.

기일은 자신의 품에서 몸을 웅크리고 잠이 든 여인의 머리카락에 얼굴을 묻었다. 몸은 피곤한데도 잠이 오질 않았다. 기진한 여인은 잠이 들었지만 밖이 어슴푸레해진 것이 이제 새벽인 모양이었다.

기일은 여인의 이마에 입술을 댔다. 풀꽃 향기가 풍겼다.

'난 나쁜 놈이다. 네가 당원이라도 어쩔 수 없구나.'

도저히 손을 뗄 수가 없었다. 그래서 초야에 기진할 때까지 안아 버리고 말았다.

여인의 안에 머물 때의 그 느낌은 말로 표현할 수가 없었다. 마음까지 움직여 안은 여인이어서 더욱더 절정을 맛볼 수가 있었다.

그 순간에도 기일의 몸은 채워지지 않는 욕망으로 꿈틀거리고 있었다. 항상 긴장해서 살아가는 기일의 몸과 마음이었지만 지금 이 순간만큼은 작은 여인을 안고 있으니 서서히 이완되었다.

기일의 숨소리가 조금씩 조금씩 옅어졌다. 얼마를 잠결에 있었을까 기일은 사그락거리는 소리에 잠에서 깨어났다. 언제 잠이 들었는지 깊이도 잔 모양이었다. 그런데 가슴 한 편이 서늘했다.

기일은 침상에서 벌떡 일어나 앉았다. 옆을 둘러보니 그 여인이 옷을 입고 앉아 있었다.

"사령관 동지. 어디 불편한 곳은 없습니까?"

"아, 음. 동무는?"

여인은 어리지만 어디서 꺼내 들었는지 권총을 기일에게 겨누고 있었다.

"놀라지 마시라요, 사령관 동지. 저는 중앙공산당 당원입니다. 이 총은 위대한 수령 김일성 장군님께 충성치 못하면 이 총으로 자살하라는 겁니다."

"그래, 넌 신분을 숨기고 지금까지 나를 감시해 왔었구나. 그런데 넌."

"당에서는 사령관 동지를, 이 지역 출신으로서 이 지역 지리를 잘 알고 있어 이 지역 위수지구 사령관으로 보냈습니다. 그런데 사령관 동지께서는 임무완수가 너무 저조합니다. 용자인가 하는 여성동무를 잊지 못하고, 비서동무와는 쾌락에 빠져서는 당에서 원하는 반동분자 색출과 의용군 모집 목표달성은 언제 합니까. 불충성에 이 총으로 쏘고 싶지만 그래도 사령관 동지와 행복한 짧은 시간을 보내 봐줍네다. 사령관 동지 조선민주주의인민공화국에 최선을 다해 충성하시오."

그 여인은 방에서 나갔다.

기일은 그제서야 사령관을 그만두고 용자를 택했어야 했다고 생각하며 후회했다.

솔직히 용자의 뜻을 택할 수도 있었다. 그런데 할 수 없었다. 그건 죽음을 자초하는 일이었다. 인민군 사령관을 그만 둔다면 북쪽이든 남쪽이든 양쪽에서 자신을 가만 놔두겠는가. 그 뒤에 용자는 충격에 얼마나 괴로워하고 아파할 것인가를 생각해서 이러지도 저러지도 못했다.

그런 복잡함으로 이곳을 찾았는데 하필 그 여인이 당원인 줄 누가 알았겠는가.

당원이라도 정사를 나눈 사이로 봐줄 줄 알았다. 그런데 그 여자와 정사와는 아무 상관없이 그 여자는 당에 충성을 아끼지 않았다.

기일은 지금 방에서 이런저런 생각만 하고 앉아 있을 여유가 없었다. 당장 그 여인을 잡아 감금 아니면 아무도 몰래 죽여야만 할 것 같다.

기일은 권총을 꺼내 총알 장전을 확인했다. 분명 사살용 총알이 박혀 있었다.

"동무?"

있어야 할 여인이 없었다. 흔적도 없었다. 기일의 눈동자에 다시 한기가 서렸다. 인민군복을 정제하고 방 안을 성급하게 서성거렸다. 꿈이었을까. 보통 여인이 아니었다는 건 알았지만 인민군 사령관인 자신을 감시하는 요원일 줄은 정말 몰랐었다.

도대체 어디로 간 것일까. 기일의 감정이 격하게 변하고 있었다. 몰래 떠난 당원에 대한 분노에서 정사를 나눈 몸으로 가 버린 그 여인에 대한 걱정까지, 기일의 정서적 기복은 시시각각 변해 갔다. 걱정과 분노로 감정의 기복을 심하게 느낀 기일은 '충성' 이라는 단어를 떠올리고 '임무완수' 와 '목표달성' 만이 살아남을 수 있는 길이라는 걸 새삼 절실하게 느꼈다.

피난

점령을 당해 공산화가 되는 바람에 안인의 주민들은 공포에 떨며 숨을 죽이고 있었다. 소위 내 것은 없고 모든 게 공동이었다. 이런 인민정치에 익숙하지 못한 주민들은 기회만 주어지면 멀리 도망갈 궁리만 하게 되었다.

용자와 사촌간인 갑선은 인민위원회에 잡혀서 의용군으로 징발되어 북쪽으로 끌려가던 중 탈주를 시도했다. 그 후 그의 행방을 찾을 길이 막연했다.

막강한 권력을 장악한 인민점령군—. 이들은 매일 정기적으로 한두 번씩의 회의를 하고서는 관할지역의 모든 상황을 파악하고 종합 대책을 세웠다. 인민회의에서 반동분자 색출, 애국지사 연금과 의용군 및 학도의용군 징발, 점령군 환영대회 개최, 보급품 수송, 전리품 관리 등 다양한 업무를 관장하였다.

평화롭던 안인 장거리 마을은 불안과 공포와 초조와 불신의 늪으로 점점 빠져들어 가고 있었다. 그것도 부족해서 절친했던 이웃들이 서로 등을 돌리는 상황이 되었다.

처서가 지난 늦여름, 푸르름으로 울창하게 우거진 나무숲에 벌과 나비와 산새들은 이런 전쟁이 일어난 줄도 모르고 평화롭게 노래를 부르고 있었다.

자연의 아름다움이란 바다가 있고, 개울이 있고, 뜰이 있고, 산이 있어야 제격이다. 그런 지역이 바로 안인이었다. 그런 안인을 두고 피난을 한다는 것은 죽기보다 싫었다. 하지만 자유가 있는 곳으로 떠나야 했다.

안인과 자연이 조화롭게 어우러진 촌락에서 몸을 담고 몇 대째 형제처럼 살아온 사람들이 목적지도 정하지 않은 채 남쪽으로 떠나고 있었다.

불행하게도 마음의 빗장을 닫아 걸고 서로를 경계하며 삭막한 질곡 속에서 살아온 삶은 고통과 상처투성이였다. 김기일은 공산당 중앙당원이었던 그 여인과 정사를 가진 후부터 많은 생각을 하느라 외부로 나서지 않았다. 부인인 용숙과도 별거하고 있었다.

기일은 혼자라는 생각이 들어 마음이 심란했다. 그래서일까. 이상하게 최금녀 생각이 났다. 여자를 안아 본 지가 수일이 되었다. 오늘은 유난히 여자 생각에 기일은 밤이 늦도록 사령관사로 퇴근을 하지 않고 있었다. 자연 비서인 금녀도 퇴근하지 못하고 있었다. 밤이 깊었다. 기일은 금녀를 불렀다. 부속실에 있던 금녀는 사령관실로 들어왔다.

"부관들은 작전상황실에 가 있으라고 하고, 들어와."

지시를 받은 금녀는 부관실에 지시사항을 전달하고 다시 사령관실로 들어왔다. 기일은 다짜고짜 금녀의 손을 잡고 안쪽에 있는 밀실로 들어섰다.

일반적으로 서로 몸을 섞고 살을 탐하면 상대에 대한 신비감이 떨어진다고 한다. 그러나 이 두 사람에게는 해당되지 않는 말이었다. 볼 때마다 새로워지고 안고 나면 더 깊어지는 설렘에 아련해지는 두 사람이었다.

달빛이 은은하게 비친 창문을 등지고 서 있는 금녀는 하늘에서 선녀라도 내려온 것처럼 아름다웠다. 그 아름다운 여인이 뿜어내는 달콤한 향기가 밀실을 가득 채워가고 있었다.

"비서동무? 인민을 싫어하는 반동들은 다 떠났다."

"이젠 우리의 세상인가요?"

"그렇군."

모자를 벗은 기일이 천천히 금녀에게 다가가서 아름다운 얼굴을 두 손으로 소중한 듯 어루만졌다. 그 정성스런 손길에 금녀의 가슴이 더워지고 아랫도리가 뜨거워졌다. 기대에 몸을 떠는 금녀의 달착지근한 숨결이 기일의 얼굴을 황홀한 질감으로 어루만졌다.

"아직도 범호 동무가 보고 싶은가?"

범호는 이미 이 세상 사람이 아닌 줄 알면서도 기일은 그렇게 묻고 있었다.

"보고 싶긴 하지만, 사령관 동지께서 가지 말라면 안 갈 거래요. 사령관 동지가 더 좋아지는 것 같습네다."

금녀를 안아 침대에 뉘인 다음 기일은 서둘러 자신의 옷을 벗어 던졌다. 여름이라 얇은 금녀의 옷은 기일의 알몸에게 큰 자극을 주었다.

입술로 금녀의 귀를 빨면서 기일의 한 손이 금녀의 사타구니로 내려가서 금녀의 발목부터 더듬어 올라갔다. 치마 속으로, 가루가 묻어날 것처럼 보드랍고 따스한 허벅지를 기일의 따스한 손이 금녀의 속옷에 닿았다. 손이 고쟁이(속옷) 고무줄 부분에 닿자 금녀는 대번에 활처럼 허리를 휘며 엉덩이를 들어 올렸다.

기일은 천천히 금녀의 속옷을 끌어 내렸다. 금녀의 목 뒤로 팔을 받쳐 감아안은 채 귀를 어루만지며 아랫도리를 비볐다. 자극에 쾌감이 불꽃처럼 일어나 두 사람은 몸 속에 뼈가 녹아가는 느낌에 빠져들었다.

그 때 금녀는 엉덩이를 들썩거리며 몸을 뒤틀었다.

"이상해요. 색다른 느낌이. 금녀가, 아래가 저리는 것 같드래요."

그 말에 자극을 받은 기일은 더욱 힘을 주며 밀어 붙였다. 그러자 금녀는 다리로 기일의 허리를 감고 세찬 힘으로 조였다.

"사령관 동지와 같이 있을 거래요."

기일은 금녀를 으스러질 듯 안았다. 낯설면서도 엄청난 자극이었다. 자지러질 듯한 감촉과 눈부신 쾌감에 두 사람은 함께 몸을 부르르 떨었다.

뼈 없는 연체동물처럼 하체를 비비꼬며 금녀가 내뱉었다.

"왜 이렇게 좋은 기라요?"

이윽고 욕정으로 눈이 풀려 눈동자가 하얗게 변한 금녀는 기일이 보기에 더 아름다웠다. 사람을 녹이고 삶아 버릴 듯한 치명적인 아름다움이었다.

금녀는 머리를 좌우로 흔들며 도리질했다.

"사령관 동지. 저 뱃속에 아이가 들어섰단 말이요. 그래서 살살."

안타까움과 쾌감에 몸을 떨던 기일은 순간적으로 금녀의 몸에서 떨어져 나갔다.

"동무? 지금 뭐라고 했어?"

"아이 뱄다고 했어요."

"뭐? 뱃속에 누구의 아인데? 그럼 범호?"

박범호는 총살시켜 죽고 없지 않은가. 그런데 금녀가 아이를 가졌다는 말에 기일은 정신이 번쩍 들었다.

"걱정하지 마시래요. 범호일 겝니다."

김기일이 기겁을 하고 놀라는 바람에 금녀는 얼른 범호의 아이라고 둘러댔다.

그제서야 기일은 안심이라도 된 듯 몸에 걸친 천을 전부 벗어 던지고 눈부신 알몸이 되어 드러누웠다.

지금 임신이고 뭐 그런 것에는 개의치 않았다. 오직 금녀에게 묻히고 싶은 욕심뿐이었다. 탄력 있고 보드라운 몸에 올라탄 기일은 가녀린 목을 끌어안고 거칠게 금녀를 몰아붙였다.

금녀의 몸에서 뿜어져 나오는 향기는 달콤하고 뜨거운 숨결과 버무려져 질감을 두텁게 하며 기일을 쓰다듬고 있었다.

그 때였다. 누군가가 밀실문을 열어 젖혔다. 감히 사령관실의 밀실문을 열어 젖힐 사람이 누구란 말인가.

문을 연 사람은 다름 아닌 한용숙이었다. 별거하고 있던 용숙은 자신에게 임신이 된 것을 알고 반가움에 관사로 찾아온 것이었다. 그러나 관사에 기일은 없었다. 사령관실 쪽을 바라보았다. 불빛이 보였다. 용숙은 좋은 소식을 전하고 싶어 서둘러 사령관실로 들어갔다. 아무도 없었다. 그냥 나가려는데 밀실에서 이상한 소리가 나서 문을 열었던 것이다.

용숙은 자신의 눈앞에서 벌어진 해괴한 풍경에 그만 넋을 잃고 말았다. 쾌감에 깊이 취한 기일과 금녀는 용숙이 문을 열고 들어온 줄도 모르고 있었다.

"지금 무슨 지랄들 하는 거래요!"

자지러지게 놀란 그들의 움직임이 뚝하고 멈추었다. 기일이 고개를 돌려 소리 나는 쪽을 바라보았다. 아내인 용숙이 잔뜩 화난 얼굴을 하고 있었다. 기일과 눈이 마주치자 용숙은 문을 열어 놓은 채 나가 버렸다.

"이제 우리 어떻게 되는 거래요? 사령관 동지."

기일은 금녀의 말에 가슴이 미어졌다.

"당장 북으로 넘어가야겠다."

"싫은데 난. 이제 난 범호 오빠보다 사령관 동지가 좋아졌대요."

"그러게 말이야 동무."

"전 사령관 동지를 두고 안 갈 거래요."

"아이도 가졌다면서. 범호 동무가 기다리고 있는 곳으로 넘어가라."

"싫어요. 사령관 동지가 더 좋다니요."

"알았다. 우선 동무는 일단 근무에만 충실하라우."

금녀는 옷을 주워 입고 퇴근했다.

3일 후였다. 검은 치마에 하얀 적삼을 입은 금녀가 안인에 살고 있는 용자를 찾았다. 금녀는 붉은 완장을 차고 있었다. 용자는 금녀를 자신의 방에 데리고 들어갔다.

"용자야, 나 애 가졌다니."

"언아(아이)를 가져?"

"응, 용자야."

"누군데? 범호 오빠?"

"……."

금녀는 대답 대신 고개를 가로 저었다.

"그럼 누구야?"

"김기일 사령관."

"뭐? 그럼 기일 오빠도 알아?"

"몰라. 아니 범호 오빠 아이라고 말했어."

용자의 눈이 휘둥그레졌다.

"범호 오빠가 아니고 어떻게 기일 오빠 애야? 잘못 알고 있는 거 아니야?"

"한약방에 가서 알아 봤는데, 난 명기체래. 명기체는 본래 애를 가질 수 없대."

"명기체가 뭐야."

"몰라. 여자가 너무 세면 애가 안 들어선대. 애를 가지려면 남자가 세고 여자는 약해야 하는데, 기일 오빠와 처음 할 때 무서워 가만 있었더니 그때 들어섰나 봐."

"확실해?"

"한약방에서 하는 말이 다 맞아. 참, 난 북조선으로 넘어가."

용자는 금녀 때문에 여러 번 놀라고 있었다.

"북에? 왜? 뱃속의 애는?"

"그건 나도 몰라. 아무에게도 말하지 마. 난 멀리 간다고 너한테 이별 인사하러 왔어."

"꼭 가려고? 가지 말고 숨어 있어."

"가기 싫어도 가야 해. 3일 전에 기일 오빠와 밀실에서 하다가 용숙이한테 걸렸어. 그래서 가야 해."

"어머야? 용숙이한테?"

"응. 참, 용숙이도 앨 가졌드래."

"어떻게 그렇게 됐나? 그래도 북에 넘어가면 여기와는 많이 다를 텐데."

"내가 안 넘어가면 먼저 넘어간 범호 오빠를 가만 두지 않을기래. 그래서 가야 해. 그리고 감시자가 따라와서 어쩔 수 없어."

두 여인은 그렇게 서로 부둥켜안고 눈물을 흘리고 있었다. 용자는 금녀의 흐트러진 머리카락을 쓰다듬어 주었다.

"금녀야. 가서 잘 살아."

금녀는 얼굴을 곱게 찡그렸다. 한참을 울어서인지 금녀의 어여쁜 코끝이 빨개졌다.

"용자야, 가서도 범호 오빠를 못 만날까 봐 겁나."

구슬 같은 눈물이 한 방울 매끄러운 뺨 위로 굴러 내렸다.

"북한 땅에 가서 살아간다는 건 무서운 일이 아닐 거야. 뱃속의 아기도 낳고, 다복하게 잘 살아야지."

용자는 어머니처럼 금녀를 안아주었다. 금녀는 용자의 품안에 얼굴을 묻고 한참을 있었다. 금녀는 정말이지 북으로 가고 싶지 않았다. 금녀는 언제까지나 안인 장거리에서 어린 처녀로 남고 싶었다.

두 여인은 그렇게 그림 같은 모습으로 서로를 안고 있으려는데 창 밖에서 사람들의 소리가 들렸다.

"금녀 동무. 어서 갑시다래."

"금녀야. 저 사람들 벌써 가자고 하네."

금녀는 거울 앞에 그냥 앉아 있었다. 미지의 세계 북한이 불안하기만 했다. 정말 떠나도 살아갈 수 있을 것인지. 금녀는 다시 한 번 무거운 한숨을 내쉬었다.

한숨이 커져 바람이 되었는지 문이 열렸다. 초가을의 바람이 따뜻했다.

"기다려요. 곧 나갈기래요."

금녀는 뒤도 돌아보지 않고 말했다. 그리고 화장대 앞에 턱을 괴고 앉아서 슬프게 웃었다.

"니 재기 오빠와는 이상 없지?"

용자는 고개만 끄덕였다.

아무튼 그때 금녀는 인민군에 의해 그대로 끌려 나갔다. 대열에 끼어 걸어가던 금녀는 방고개로 향해 걸어가다 용자가 있는 곳을 바라보았다.

그 때 탕탕 커다란 총소리와 함께 꽁지깃을 날리며 꿩이 날았다. 그 뒤로 몇 명의 인민군이 날렵하게 움직였다.

동네를 바라보던 금녀는 손을 포개어 이마에 댔다. 그리고 자세를 낮추어 허리를 꺾고는 고개를 숙였다. 큰절을 하고 있었다. 장거리 동네에다 하직 인사를 올리는 것이었다.

금녀는 강릉지역의 의용군과 함께 북으로 북으로 향해 걸었다. 임신한 몸으로 도착한 곳이 함경남도 함흥의 바닷가 어촌이었다. 사랑하는 박범호를 찾았으나 그는 북에 넘어오지 못하고 죽었다는 소식을 접하고 말았다. 금녀는 그 말을 듣고 하늘이 무너지는 것 같은 절망을 느끼고 실신했다. 그리고 깨어났을 때는 김기일에게 속았다는 것을 뼈아프게 느껴야 했다.

금녀는 기일을 공산당에다 고발하고 싶었지만 참았다. 뱃속의 아이를 생각해서라도 참아야 했다.

9월 하순경이었다. 강릉 상공의 까마득한 높은 하늘에 B-29 폭격기가 바닷가를 돌아 군선강다리 쪽 상공을 선회하고 있었다. 비행기에서 뿌려진 아군전단지에는, 인천 상륙작전을 성공적으로 완수하여 서울 수복이 곧 이루어질 것이다. 지금 인민군들은 남쪽 전선에서 북쪽으로 퇴각하기 시작했으니 주민들은 국군과 유엔군이 다시 북진할 때까지 인민군에게 절대 협조하지 말라고 쓰여 있었다. 비행기에서는 안내 전단을 뿌리며 방송을 했다.

그러한 전단을 부락세포위원장 홍포일이나 분주소장 표남일, 그리고 인민군 위수사령관 예하부대에서도 다 알게 되었다.

그렇게 되자 후퇴하기 전에 반동분자를 색출 처형한다는 소문이 동네에 퍼져 주민들은 더 더욱 불안에 떨었다.

전단지가 뿌려진 이후 홍포일과 표남일은 물론 분주소를 드나드는 공산당 앞잡이들을 포함하여 여성동맹원과 인민위원회 간부 등 살기등등한 패거리들은 기세가 한 풀 꺾여지고 있었다.

시간이 갈수록 무엇인가에 쫓기고 당황해 하는 모습이 역력했다. 그런가 하면 대한반공청년단원들이 밤이면 자주 분주소를 습격했고, 소금창고에 감금되어 있던 반공 애국지사들을 구출해 갔다.

그런가 하면 전방에서 후퇴하던 인민군들이 안인마을에 들어와서 마을 뒷동산으로 줄을 지어 오르고 있어 온통 마을 전체가 뒤숭숭했다. 그리고 어느 날인가 저 멀리서 인민군 복장을 한 군인이 트럭에 탄 채 안인마을 입구에 들어서고 있었다.

그들은 소금창고 앞에 차를 멈추었다. 그런데 나중에 알고 보니 그들은 인민군 복장으로 위장한 인민군이 아닌 대한청년단원들이었다. 이때 인민군으로 위장한 대한청년단원들은 인민군들이 인민군 만세를 부르며 몰려들자 그 인민군들을 향해 집중 사격을 해서 인민군 7명을 사살했다.

그리고 소금창고 문을 열었다. 감금되어 있던 애국지사 20여 명을 구출하여 산으로 도망치게 했다. 이만한 일은 분주소를 늘 정탐하며 청년단에게 연락해 준 용자의 첩보활동으로 그 공로가 컸다.

용자는 매일 밤 반공청년단원들에게 쌀과 된장 그리고 김치 등 먹을거리를 가져다 주었다. 그리고 분주소의 근황과 그들의 활동 상황, 소금창고에 관한 정보를 김재기 단장에게 전했다. 남 보기에는 그녀가 조용히 집에 있으며 집안 일을 돕는 것처럼 보였지만, 은밀하게 대한청년단원들과 행동을 함께 하며 사실상 정보원의 역할 분담을 잘해 내었다.

며칠 후였다. 인민군들은 사람들을 동원해 우마차로 식량과 군수품을 남쪽으로 수없이 실어 나르고 있었다. 그래서인지 오후에 B-29 폭격기가 군선강 다리 부근에 폭탄을 투하하였다. 교각은 파괴되지 않고 개울과 논밭에 떨어져 깊은 웅덩이가 파였다. 폭탄 투하로 개울에는 황어와 은어 등 많은 물고기들이 펄떡거렸다. 폭격이 끝난 줄 알고 마을 사람들은 하천에 하얗게 떠 있는 고기를 잡으려고 채 바구니와 망태기를 들고 물고기를 건져 올리고 있었다. 끊어지지 않은 군선교를 끊으려고 제2, 제3의 공습이 있어 고기를 건져 올리던 주민이 폭격을 맞아 목숨을 잃기도 했다.

폭격으로 군선교 교각은 중간 부분이 칼로 자른 듯이 두 동강났다. 이튿날 분주소장과 강릉지구위수사령관과 많은 공산당원과 인민군은 이 참혹한 현장을 보고는 너무 허탈해 하다가 마침내 복구 명령을 내렸다.

강동면 인민위원회와 분주소장은 강동면민에게 우마차와 연장들을 챙겨 들고 군선교 다리 복구공사에 참여하도록 강제동원령이 내려졌다. 빠른 시간 내에 전방으로 군수품을 실어 날라야 하기 때문이었다.

동네 별로 힘깨나 쓰는 사람들이 모여 앞산에 가서 소나무를 베어 왔다. 시멘트 다리 위에 임시로 나무를 걸쳐 교량복구 공사가 완공되었다.

끊긴 군선교 때문에 운반하지 못하던 인민군 군수물자 수송 차량이 나무 그늘에 숨어 있었다. 인민군들은 밤을 이용하여 군선교를 통해 십십 대가 줄을 지어 남쪽으로 군수물자를 수송하고 있었다. 그런데 대한반공청년단은 그냥 보고만 있을 수가 없어 산에서 다리 경계 상황을 염탐하고 있었다. 대한반공청년단 김재기 단장이 지휘를 했다. 늦은 밤(새벽녘) 그들의 수송 차량이 뜸하고 병력이 느슨해진 틈을 타서 응급 복구한 다리에다 석유 십여 초롱을 가져다 붓고, 한쪽에서는 광목천에 석유를 적셔 새로 놓은 나무다리에 겹겹이 걸쳐 놓고, 또 그 위에 기름으로 절인 톱밥을 부어 놓고 불을 붙였다. 결국 군선교는 화마가 삼키고 말았다. 대한청년단은 다리를 지키는 초병을 사살하고 그들의 군수물자 운반을 막아냈다.

다음 날이었다. 위수사령관과 인민군 병사들이 다리 부근에 주둔을 하고 경계하며 불순분자 색출에 혈안이 되어 있었다. 그러던 중에 인민군 사령부에서 용자를 데려갔다.

인민군 사령부에서는 대한청년단원들의 짓이라는 정보를 캐어내려고 용자를 불러 심문했다.

사령관실의 정보장교는 용자에게 김재기를 아느냐고 묻기도 하고, 협박도 하며 여러 가지를 캐물었다. 그 인민장교는 용자와 김재기 반공청년단장과는 예전부터 잘 아는 사이라는 첩보를 입수한 모양이었다. 물론 김기일도 짐작한 일이다.

"여성동무? 반동 김재기 그 자가 지금 어디 있음매?"

그 장교가 책상을 쿵쿵 치며 난리를 칠 때였다. 그 때 위수사령관 김기일이 조사과정을 참관하러 들어왔다. 심문하던 인민장교를 내보냈다.

"차를 한 잔 가져오라."

비서에게 차를 가져오게 해서 용자에게 차를 마시게 했다.

"정말 재기 동무를 만난 적이 없어, 용자?"

다소 긴장되고 나직한 목소리로 물었다.

"있다면은요."

용자는 앙칼지게 물었다.

"난 알고 있었지. 그래서 내가 나왔다. 그래도 우리 옛날에 참 좋았는데. 옛날처럼 우리는 안 될까?"

이렇게 해서 기일은 조금 누그러진 음성으로 흘러간 옛 얘기를 나누었다.

"기일 오빠도 사랑했지만 서로 적으로 만난 이상 지금은 재기 오빠를 사랑해요."

"그래? 적이라. 난 용자한테는 아무 소용이 없겠구나."

"미안해요. 서로 적이라 어쩔 수 없잖아요."

"그렇지. 나도 이제 한계가 온 것 같다."

"한계라니요, 기일 오빠."

"공산당은 졌다. 졌으니 난 북조선으로 간다. 그런데 용자 없이 북조선에 도착할지 모르겠다."

"왜 그런 말을."

"다 용자 때문에, 다 용자를 위해. 난 북조선에 가서 남아 있을지도 모른다."

기일은 그런 의문의 말을 남기고 자신의 지프차로 용자를 태워 안인 집에까지 데려다 주고 돌아갔다. 온 가족이 용자 때문에 크게 걱정을 하고 있었기에 가장인 재한은 딸을 보는 순간 안도의 한숨을 몰아쉬었다.

깊은 밤이었다. 분주소의 인민군 병사와 몇몇 분주소원들이 재한과 동네 사람들을 찾아다니며 삽을 들고 밤 10시까지 분주소로 모이라는 것이었다. 재한도 동네 사람들과 삽을 들고 분주소로 나갔다.

"오늘밤 반동분자들을 처형하는 날이요. 현장에 가서 적극 협조하시오. 만일 거역하는 동무는 그 자리에서 처형할 것이오."

며칠 전 소금창고와 군선교 화재사건으로 비협조적인 마을사람 또는 반동성향이 있는 사람을 반동분자로 몰아 소금창고에 감금해 놓았다.

그 소금창고는 일본강점기시대 때부터 쌀과 소금을 주민들에게 배급해 주던 창고였다. 그러니까 그 창고에 감금해 두었던 인사들을 밤중에 뒷산 골짜기로 끌고 가서 총살한 뒤 매몰작업을 하기 위해 삽을 들고 나오라고 한 것이었다.

총살시킬 명단을 인민군 사령부로부터 분주소장이 인수 받아 온 모양이었다. 분주소와 인민군은 그 사람들을 끌고 가서 잔인하게도 죽창으로 살해했다. 그리고 동원시킨 주민들에게 땅을 파게 해서 시체를 매장하게 하였다.

이틀 뒤였다. 소금창고 안에는 재한의 친구와 이웃 동네의 사람들 20여 명이 또 감금되어 있었다.

밤이었다. 소금창고에 감금된 주민을 밧줄로 두 손을 묶고 끌어냈다. 그들은 살려줄 것을 애원했으나 그런 것은 아랑곳없다는 듯 뒷산 골짜기로 끌고 갔다. 동원한 주민들이 구덩이를 파 놓은 곳에 처박고 차례차례로 총질을 가해 사살했다.

그뿐 아니라, 산에 피난하여 숨어있던 주민들을 잡아 윗도리를 벗기고 한꺼번에 죽이기도 했다.

놈들은 후퇴를 대비하여 사령부와 강동면 인민위원회에서 반동분자 13명을 포박하여 소금창고에 또 가두었다. 오후에 인민위원회에서 처형하라는 지령이 내려졌다. 처형 장소는 바닷가였다.

밤중에 30여 명은 바닷가로 끌고 가서 백사장을 파게 했고 죽창으로 찔러 처형했다. 처형된 시체는 동원된 주민들이 끌어다 파놓은 구덩이에 묻었다. 그들의 만행은 극에 달했으며 총성 없는 전쟁이 밤마다 이루어졌다. 그래도 재한과 마을 사람들은 은밀히 연고자를 찾아 사체의 매장장소를 알려주며 죽은 자의 명복을 비는 데 주저하지 않았다.

후일 동네 아이들이 소 먹이 갈 때에는 그쪽으로 가지 말도록 재한은 아이들에게 이르기도 했다. 인천상륙작전이 성공함에 따라 많은 애국인사를 반동분자로 몰아 청소하라는 붉은 군대의 명령이 그 얼마나 잔악한 것인지를 이 전쟁에서 말해 주고 있다. 그런 일이 있은 얼마 후였다.

점령군 강릉지역 위수사령관인 김기일은 위수사령관으로 충성과 목적 달성에 부족하다며 인민보위 고위 장교가 찾아와서 성토했다. 기일은 신랄한 자아비판을 받았다.

점령지에서의 훈령을 제대로 수행하지 못하여 그 자신이 상부로부터 철저하게 감시를 받고 있었다는 사실을 알게 되었다. 그제서야 기일은 경포관의 그 여성이 자신을 감시하고 밀고했다는 것을 알게 되었다. 그래서일까. 기일은 자신감을 상실한 채 자학하는 낌새가 엿보이기까지 했다.

비록 국방군으로 있다 월북한 공적은 인정되었으나 현지에서 반동분자 색출 및 반체제 지식인 처형의 실적이 부진했다는 것이다. 다음은 고향 선후배들로부터 청탁을 받아 뇌물을 챙겼다는 것이다. 거기다 여인들과 쾌락에 빠져 제대로 치안활동을 수행하지 못한 책임 등등 죄목도 가지각색이었다.

특히 남한의 저명인사 납치 북송 실적이 거의 없었다는 건 치명적이었다. 결국 북으로 복귀조치를 받았다.

기일은 어찌해야 할지 난감하기 짝이 없었다. 북에 넘어간다면 임신한 아내 용숙을 어떻게 할 것인가. 더구나 고향의 친지들을 배신한 일에 대한 심한 갈등으로 고뇌는 더 깊어졌다.

자신의 의지와는 상관없이 기일은 북쪽으로 넘겨졌다. 대암산을 넘어 원산에 닿았다. 먼저 넘어간 금녀를 찾아서 만났다.

금녀는 범호를 죽이고 자신을 북에 넘긴 원수라며 기일을 물어뜯기라도 할 듯 달려들었다.

그러나 김기일은 금녀에게 사죄하듯 말했다.

"내가 죽으면 너는 북에서 살지 마라. 꼭 기회를 보아 반드시 남쪽으로 탈출하여라. 고향에 가서 내 아내를 만나면 북쪽보다 남쪽이 더 자유롭고 살기 좋으니 절대로 태어날 아기와 북쪽으로 올 생각을 말고 반드시 남쪽에서 살라고 전하여 다오."

기일은 그리고 다시 인제군 보병부대장으로 발령받아 떠났다. 작전을 수행하던 기일은 어느 날 자신의 귓구멍에다 권총을 대고 방아쇠를 당겼다.

한편 김기일이 떠난 강릉에는 남쪽에서 올라오는 패잔 인민군들과 지리산 쪽에서 올라온 인민군들이 합류했다. 합류한 인민군들은 하비령, 만덕봉, 능경봉, 선자령, 대관령 그리고 오대산에서 강릉을 포위하고 강릉시가지를 공격했다.

강릉에는 국군 전투 병력이 거의 없었다. 치안을 유지하는 경찰기동대 소수의 병력과 경찰서를 지키는 최소한의 경찰관들만이 지키고 있을 뿐이었다. 국군의 주력부대가 38선 이북의 북한지역에 화력을 쏟아부으며 북진하는 상황에서 뜻밖에도 북한 인민군 1개 여단 병력이 강릉을 또 휩쓸었다.

강릉은 수없이 시련을 겪고 있었다. 비교적 전쟁의 피해는 없는 편이었는데 막상 후퇴하는 북한 인민군의 습격으로 강릉경찰서는 불타 버리고 또 경찰기동대와의 시가전으로 인하여 시내의 건물이 화염에 휩싸여 초토화가 되었다.

지역의 애국지사와 반공청년단 약 80여 명이 그들에게 체포되어 무참하게 학살을 당하였다.

강릉경찰서는 쑥대밭이 되었다. 각 관공서도 거의 파괴되었으며 인명 피해도 많아 시가지에는 시체들이 즐비하게 널려 있었다. 끌려간 애국지사들은 구정면 여찬리 앞의 하천에서 모두 처형되었다.

인민군들은 총탄이 아까워 죽창으로 찔러 죽였다. 그 틈바구니에서 죽창에 십여 군데를 찔리고도 천명으로 생존한 경관들이 있었다.

북한 인민군들이 무참하게 학살을 행하고 급히 떠나간 후였다. 가족들의 시체를 찾고 생사를 확인하기 위해 모여든 수많은 시민들로 인해 구정면 여찬리 마을은 아수라장이 되었다.

그리고 점령군에서 일했던 소위 빨갱이를 색출하는 데 모두가 한 마음이 되었다. 일부 과격한 이들은 비밀리에 빨갱이들을 잡는 자생적 모임을 만들기도 했다. 그들 중에는 공비 출몰에 대비하여 밤마다 경찰서에 가서 소총 무기를 대여 받아 밤을 지키기도 했다.

식량 조달을 위한 경쟁도 치열했다. 또한 일부 군경과 민간청년들은 무기고를 지키는 데 신경을 곤두세우고 있었다. 오히려 인민군이 점령할 때보다 더 혼란스러웠다. 반공청년단원들과 경찰들, 군부대가 합동으로 부락별로 신고체제를 강화하고 있었다. 또 패잔병들의 퇴로를 감시하며 토벌작전에도 전력을 다했다.

이런 상황에 대처하기 위해서 사상이 투철하고 전투 경험이 다소나마 있는 청년들을 경찰기동대로 차출해 갔다. 이 때 반공청년단장인 김재기는 점령지에서 반공청년으로 활동한 공을 인정받아 인민군 토벌 경찰기동대 간부로 임용되었다.

이 지역의 사정을 누구보다 잘 알고 불굴의 투지를 지닌 인물이었기에 공비토벌에 실질적으로 많은 공을 세웠다.

나머지 인민군을 토벌하기 위해 강릉경찰기동대가 별도로 창설되었다. 강릉경찰기동대는 태백준령의 산골짝을 누비며 국군부대와 합동으로 공비토벌 작전을 벌였다. 특히 지형적으로 산악지대가 많아 강릉일대의 산과 계곡에서는 국지전으로 인한 총성이 끊이지 않았다.

겨울 추위가 서서히 닥쳐오기 시작했다. 전세를 가다듬은 공비들과 중공군이 합동작전으로 또 다시 남침을 감행한다는 어두운 소문들이 파다했다.

1월 4일에 서울이 또 다시 북한 공산군의 수중에 들어갔다는 뉴스가 보도 되었다. 그 바람에 피난길의 행렬은 흘러 넘쳤다.

재한도 가족들을 이끌고 피난길에 올랐다. 큰집과 동생 집과 함께 떠나는 대가족의 피난길이었다.

쌀 다섯 가마니와 이부자리, 솥 등 취사도구를 우마차에 가득 싣고 걷기 어려운 어린 조카들은 우마차에 태웠다. 눈이 펑펑 쏟아지는 국도 7호선을 따라 성재를 넘었다.

목적지도 없이 남으로 향하는 발걸음이 무거웠다. 더구나 부모님이 피난길에 함께 하지 못해 걱정이 태산이었다. 부모님은 둘째 동생 댁에 모셔다 놓고 며칠 후에 모처에서 만나기로 약속을 했지만 어쩐지 마음이 놓이지 않는 것이었다.

신작로는 피난 행렬로 북새통이었다. 국군들은 혹여 있을지 모를 인민군의 공습으로 인한 막대한 피해에 대비해 피난민들을 통제하기도 했다.

재한의 가족은 하는 수 없이 마을 안길을 이용하여 피난길을 재촉하였다. 사흘 뒤에는 삼척의 정라진에 이르게 되었다. 부득이 강을 건너야 했는데 몰려드는 피난민들 때문에 도저히 우마차는 작은 나룻배를 통해서 이동할 수가 없었다. 그래서 어쩔 수 없이 그 곳에서 며칠 머무르며 우마차에 실었던 짐들을 다시 분배하여 등짐으로 십여 리를 돌아 날랐다. 우마차 또한 편리하게 분해하여 본체를 나르고, 바퀴를 나르고 하여 강을 건넌 뒤에야 다시 우마차를 조립했다. 이렇게 이동하는 바람에 다른 피난민들보다 뒤에 처지는 피난길이 되었다.

재한의 친척 일행이 피난길에 함께 동행하게 된 것은 북한 공산당이 말하는 이른바 최악질 반동가족으로 낙인이 찍혔기 때문이었다. 북한 공산당에 전혀 협조하지 않았을 뿐만 아니라 의용군을 한 사람도 보내지 않았다는 소문이 마을 안팎에 파다하게 퍼졌다. 그냥 집에 눌러 있다가는 인민군의 보복에 도저히 살아남을 수 없을 것 같아 피난길이 그 누구보다도 절실했다.

재한 가족은 궁촌초등학교의 교실에서 살을 저미는 것 같은 모진 추위와 고통 속에서 어렵게 밤을 새웠다. 다음 날에는 호산의 어느 작은 양조장 시멘트 바닥에서 바람을 피하며 추위를 달래야 했다.

마침내 강원도의 남쪽 끝인 울진(경북) 죽변까지 내려가게 되었다. 그나마 극적으로 10여 일 남짓 시간이 흐른 뒤에 허겁지겁 달려온 부모와의 재회를 접하게 되었다. 적의 공습이나 갑작스런 비상 통제로 인해 가족을 잃는 일이 다반사로 발생했다.

논두렁과 밭 언저리에는 말할 것도 없고 좁은 산길은 피난민들의 행렬로 길이 메워졌다. 그러다가도 한 순간 쌔액 쌕 소리를 내며 날으는 쌕쌔기(폭격비행기, 제트기) 소리만 들리면 일제히 주저앉고 엎드려야 했다. 낮은 산자락은 정말 형형색색의 빨래를 펼쳐 놓은 듯 온통 거대한 모자이크 판으로 채색되어 버렸다.

그 같은 상황에서 불행하게도 전투기의 오인(誤認)으로 기총소사나 폭격이 피난민들에게 가해지면 아비규환, 그야말로 생지옥의 참혹함이 그대로 재현되었다.

또한 남으로 밀려오는 피난민들의 행렬과 학생의 신분으로 군에 입대하려는 청년들, 또 후퇴하는 국군들이 곳곳에서 쏟아져 나오는 바람에 남쪽으로 향하는 길은 그야말로 인산인해였다.

이런 상황에서 후퇴 중인 국군에 의해 재한의 동생은 보급요원으로 강제징용에 동원됐다는 소식을 접했다. 동생의 건강이 매우 좋지 않았다. 재한도 강제징용에 동원됐다. 어쩔 수 없이 재한도 가족들과 생이별을 할 수밖에 없었다.

"곧 돌아올 테니, 가급적 그 때까지 이곳에서 머물면서 나를 기다려."

가족을 안심시킨 재한은 군수품을 짊어지고 군 병력과 함께 서남쪽으로 걸음을 옮겼다. 잔설(殘雪)이 깔린 밤중에 무거운 포탄을 등에 짊어지고 태백산 높은 중턱을 몇 번이고 오르내렸다.

어느 날이었다. 포탄을 지고 나르던 재한은 중공군의 습격을 받고 산 밑으로 나뒹그러졌다. 한동안 정신을 차릴 수가 없었다. 정신을 차렸을 때 재한은 구렁텅이에 처박혀 있는 자신을 발견했다. 그런데 구덩이에는 중공군 시체로 가득 채워져 있었다.

순식간에 태양 빛이 사라져 버린 느낌이었다. 재한의 작은 몸은 끝없는 나락으로 떨어졌다. 한참을 떨어져 내리면서 재한은 쉴 새 없이 전쟁을 저주했다. 그리고 안인에 두고 온 가족들을 떠올렸다. 그렇게라도 해야 의식을 놓지 않을 것 같았다.

다리에 심한 통증을 느꼈다. 다리뼈가 부러진 것 같았다. 그러나 통증의 완화보다도 더 절실한 것은 어떻게든지 이 구렁텅이를 벗어나 살아야 한다는 것이었다.

그러다 재한은 어느 순간 정신을 놓아버렸다. 그는 어두운 구렁텅이에서 시체들과 어렴풋하게 비치는 한 줄기 빛을 찾아 부러진 다리를 질질 끌며 앉은뱅이걸음을 걸었다.

사방이 어둡고 축축한 이곳, 이 다음에 죽어 묻히면 무덤이란 곳이 딱 이럴 거란 생각이 들었다. 재한은 빛을 찾아서 계속 나아갔다.

"넌 누구냐?"

빛이라고 생각했던 건 온몸에 쇠막대가 박힌 대로 절벽에 매달린 사내였다. 가까이 다가갈수록 그 빛은 더욱 밝아져 그가 매달린 절벽의 사방을 밝게 비추고 있었다.

빛만큼은 살아 있었으나 전체적인 피부 빛은 사자(死者)의 것처럼 푸르죽죽했다. 귀신인가 사람인가. 어쨌든 예는 갖추고 보자. 재한은 공손하게 머리를 숙였다.

"저는 국군의 보급대원입니다. 성은 신가이고 이름은 재한이라 합니다."

"산 자가 어찌하여 이곳 시체더미에 들어가 있느냐?"

"포탄을 지고 올라가는데 중공군이 사격을 가하는 바람에 죽은 체하고 있느라고 그랬습니다."

그는 국군이었다. 푸르스름한 낯빛을 하고서도 퍼져 나오는 목소리만큼은 생기가 있었다.

"보아하니 거 아버지 뻘 되는 분이 어떻게 이런 보급대원으로 일합니까. 어서 가족들이 있는 곳으로 돌아가시오."

그 국군의 말을 듣고 보니 더 이상 이렇게 지체할 일이 아닌 것 같았다.

재한은 서둘러 산을 내려왔다. 내려오던 중 중공군 한 떼가 무리를 지어 있는 것을 보았다. 보급품 운송대열이었다. 재한은 흰 눈이 깔린 낮은 산비탈에 납작 엎드렸다.

다음 날 동이 틀 무렵 중공군이 움직였다. 재한은 가족에게 기다리라고 한 죽변으로 향했다. 다행히 가족들은 죽변에서 재한이 돌아오기만을 기다리고 있었다. 어렵게 재회한 가족들은 기쁘기 한이 없었다. 그러나 재한은 인민군에 복역한 것이 나라에 큰 죄를 진 것처럼 큰 부담을 느꼈다. 가끔 국군들을 대하게 될 때면 당황하거나 미안한 마음이 들었다.

차가운 겨울바람이 모질게 불어오는 2월 초순이었다. 피난민들을 통해 전하여지는 소문에 의하면 인민군과 중공군이 전세가 불리해서 강릉이나 묵호까지 영향을 미칠 수 없을 것이라는 소식이 전해지고 있었다.

재한은 또 다시 피난 보따리를 가족들에게 꾸리게 하고, 고향을 향한 북상길에 올랐다. 우마차는 전쟁이 끝나면 가져갈 요량으로 호산의 친구 집 울타리 옆에 남겨두고 소와 가족들만 데리고 하루에 십리길 남짓 걸었다. 그렇게 해서 며칠 후에는 옥계 현내의 장터에 이르게 되었다.

매사에 신중하여 빈틈이 없는 재한은 가족들과 동생을 머물게 하고 먼저 밤이 되어 안인에 들어갔다. 그 곳 상황을 조심스럽게 살핀 후 가족을 집으로 데려가려는 것이었다.

피난민들이 어지럽게 거쳐 간 집의 안팎을 말끔히 청소한 재한은 주변에 주둔하고 있는 국군장교를 찾았다. 그 장교는 아직은 강릉 시내로 피난민이 들어가지 못하게 도로를 막고 있다고 했다.

피난 떠날 때 묻어두었던 양식이 궁금하여 확인해 보니 피난민들의 소행인지는 몰라도 모두 다 가져가고 빈 항아리만 남아 있었다.

"산 입에 거미줄이야 치겠느냐?"

낙천적인 성품의 재한은 그렇게 생각하고 서러움을 삼켰다. 그는 가족들을 안인 집으로 데려왔다. 동네 사람들의 말에 의하면 인민군 빨갱이들이 재한의 집에 머물면서 작전도 세우며 중요한 회의를 하였다고 한다. 그러나 며칠 못가 우리 국군들이 복귀하면서 빨갱이들은 도망가 버렸다고 했다.

이제 다시 국군이 강릉지역을 접수하자 재한의 집은 국군 중대본부로 사용되었다. 강릉과 삼척으로 가는 해안도로(7번국도)에 초소도 설치되었다.

통행인과 군 차량들이 일체 통제된 상태에서 동네의 집들은 감당할 수 없을 만치 많은 피난민들로 들끓었다.

국군이 진주하기는 했지만 아직 강릉시내로 피난민들이 들어갈 수 없게 국군이 통제하는 바람에 시내 외곽에는 피난민이 많이 몰려 있었다.

초소에서는 치안 및 공비 침투에 대비해서 검문검색을 강화했고 모든 피난민들의 행동을 통제하고 있었다. 그렇게 전방도 아니고 후방도 아닌 상황 속에서 하루하루를 보내자니 불안했다.

아랫마을에 살고 있는 피난민들 중 몇 사람이 뒷동산으로 땔감을 구하러 갔다가 수상한 사람을 발견했다. 그 형상들이 인민군 같다며 황급하게 국군 중대본부에 신고를 했다. 머리를 산발한 수상한 이들이 토굴 속에 은신하고 있다는 것이었다.

신고를 받은 중대장은 즉시 국군을 출동시켰다. 얼마 후 정말 머리카락이 길어 짐승 같은 한 사람이 포박되어 끌려 왔다. 그를 보는 순간 재한은 자신도 모르게 소리를 지를 뻔했다.

군중 속에서 그 사람의 눈과 마주친 재한의 어린 아들이 눈을 크게 뜨고 소리쳤다.

"아버지. 저 사람이 우리 소를……."

재한이 얼른 아들의 입을 손바닥으로 막았다.

"이눔아, 넌 어른들이 하는 일에 입 다물고 가만 있거래?"

그는 바로 세포인민위원장이었던 홍포일이었다.

잠시 후였다. 잡혀온 홍포일을 소대장은 동네 사람들이 지켜보는 가운데 심문했다. 소대장이 다그치듯 물었다.

"그간 어디서 살아 왔으며 왜 토굴에 숨어 지냈는지 거짓 없이 사실을 말하시오."

"사실 저는 안인 아랫동네에 사는 홍포일입니다. 북한 인민군이 쳐들어 왔을 때 얼마간 공산당 인민위원회의 일을 담당하면서 북한군을 앞장서서 도운 것은 사실이지만, 그것은 저 자신의 목숨을 부지하기 위해 할 수 없이 그들의 일을 봐준 것이지, 결코 북한 공산당이 좋아서 앞잡이 노릇을 한 것은 절대 아닙니다. 이 집 주인에게 물어보아도 잘 알 것입니다."

너무 뻔뻔스러웠다. 그는 인민위원장으로 있으면서 재한을 몇 번이나 처형하려 했던가. 그런 사람이 어떻게 재한한테 물어보라는 말을 할 수 있는가. 그러나 위험에 처하게 되면 누군들 안 그러겠는가.

장교의 심문은 계속되었다. 그렇게 기세가 당당하던 홍포일의 모습은 전혀 찾아볼 수 없었다. 홍포일은 울먹이다가 눈물까지 흘리는 행동을 보이며 답변에 충실하게 임하려는 진지한 모습을 보이기도 했다. 결국 조사가 끝날 무렵에 중대장이 재한에게 다가와 물었다.

"도대체 저 사람은 어떤 사람입니까?"

재한은 침착하게 대답하였다.

"그래요. 이 사람은 방금 진술한 대로 이름은 홍포일이고, 안인에 살고 있으면서 전쟁 이전에는 농사일도 가끔 함께 하던 이웃동네의 내 친구임에 틀림이 없습니다. 그런데 인민군이 이곳을 점령하였을 때 우리 마을에서 부락세포인민위원장을 지냈습니다. 그러나 동네 사람들에게 피해를 주는 일도 없이 착하게 살아온 사람이니 선처해 주시기 바랍니다."

사실 지난날을 생각한다면 홍포일을 당장 총살시켜도 시원치 않을 인물이었다. 그러나 옛정을 생각해서도 홍포일이 죽도록 내버려둘 수는 없었다.

"중대장님, 그 자를 용서해 주시지요."

재한은 다시 중대장에게 선처를 부탁했다.

그러자 그 자리에 모여 있던 동네 사람들 중에는 재한의 말에 감동을 받아 꺼이꺼이 소리를 내어 우는 사람들까지 있었다.

원수를 사랑하라는 성경의 가르침을 재한은 삶의 현장에서 몸소 실천해 보였다. 동네 사람들은 한결같이 재한의 너그러움을 칭찬해 마지않았다. 그러나 몇몇 사람들은 홍포일의 잔인함을 낱낱이 고발하지 않은 재한의 우유부단한 태도에 분통을 터뜨리기도 했다.

중대장은 홍포일을 일단 천막 안에 감금시켜 놓았다. 그리고 장교들을 소집하여 회의를 했다. 회의를 마친 그들은 저녁 식사를 위해 동네의 주막으로 자리를 옮겼다.

세상 사는 이치가 다 그렇듯 심은 대로 거두는 법이다. 콩 심은 데 콩 나고 팥 심은 데 팥 나는 것이 아닌가. 주막에 있던 몇몇 동네 사람들이 장교들에게 술잔을 권하며 약속이나 한 듯이 홍포일을 성토했다. 절대로 홍포일을 살려줘서는 안 된다는 것이 그들의 한결같은 주장이었다.

"주인집 아저씨의 말을 액면 그대로 다 믿으면 절대 안 됩니다. 그 빨갱이 새끼가 그 집 황소, 종모우를 인민해방군들에게 대접해야 한다며 강제로 빼앗아 잡아먹고 그것도 모자라 재한을 처형하도록 만들었습니다. 또 교장 선생님 아들이 경찰관인데 그것도 철저하게 트집을 잡아 교장 선생님을 반동분자로 몰아 처형시키려고 한 장본인이 바로 홍포일 그 놈입니다."

묵묵히 듣고만 있던 중대장은 확인이라도 하듯 동네 사람들에게 반문을 하였다.

"그것이 정말 사실입니까? 정말로 분명하게 알려주어서 고맙습니다."

저녁식사를 끝내기 바쁘게 숙소로 돌아온 중대장은 홍포일을 다시 심문했다. 몇 시간 전과는 전혀 다른 어조로 홍포일을 강도 높게 심문했다.

다음날 오후 2시였다. 중대장은 병력 1개 분대를 완전 무장시켜 앞마당에 대기시켜 놓았다. 그리고 홍포일을 마당으로 끌어냈다.

다시금 장교들을 불러 진지하게 상의를 한 중대장은 군선강변 소나무 숲의 노송 앞으로 홍포일을 끌고 갔다. 흰 수건으로 홍포일의 얼굴을 가렸다.

약 10미터 전방에서 1개 분대가 M1 소총으로 홍포일의 흉부를 겨냥했다.

홍포일은 그렇게 불운한 삶을 마감했다. 홍포일이 삶을 마감한 자리는 종모우를 강제로 빼앗아 도끼로 무참하게 찍어 죽였던 바로 그 자리였다.

저녁 무렵 재한은 홍포일의 집에 연락을 취하고 시신 거두는 일을 마무리한 뒤에 동네 사람들에게 말했다.

"우리 서로 살아생전에 베풀며 살아갑시다."

마을 사람들은 재한의 말이 무엇을 뜻하는지 얼른 알아차리고 숙연한 표정을 지으면서도 고개들을 끄덕였다. 이 일이 있은 후부터 동네 사람들은 '소 죽은 귀신이 있다' 고 수근거렸다. 하필이면 종모우가 죽은 그 자리에서 홍포일이 죽다니 말이다.

국군 측에서는 병력도 부족했지만 특히 보급품 운반 인력 보충을 위해 지원자를 뽑았다. 부락별로 청장년들을 징발하기도 했다.

재한은 비록 강제에 의해 어쩔 수 없이 한 일이기는 했지만 인민군 보급대원으로 징발되어 적군을 도와준 것이 못내 마음에 걸렸다.

보급대에 지원한 재한은 자신보다 젊은 권오철과 함께 전방으로 떠났다. 아내는 통곡하며 남편을 말렸고 형도 말렸지만 어느 누구도 재한의 의지를 꺾지는 못했다.

강릉에서는 생각보다 많은 인원이 보급대에 지원했다. 신재한과 권오철은 인제군을 거쳐 양구의 산골짜기로 배치되었다.

전방의 높은 산에는 흰 눈이 고지를 뒤덮고 있었다. 밤이 되면 추위가 더욱 심했다. 소변이라도 보려고 천막 밖으로 나갈라치면 살을 에는 바람이 살점을 마구 헤집어 놓는 것 같았다.

군번 없는 보급대원

푸르름을 자랑하는 계절—, 여름이다. 이 계절은 만물이 더욱 평화로워야 했다. 그런데 이곳 전장은 평화롭기는커녕 오직 긴장감이 팽배했다. 빼앗느냐 빼앗기느냐를 놓고 아군과 적군간의 전투가 한창이었다.

화약 냄새가 진동하는 전투병들은 생존의 담보도 없었다. 그저 움직이고 있으면 목숨이 붙어 있는 것일 뿐, 오직 적을 향해 총구를 겨누는 동작만이 지속되고 있었다.

오직 이기기 위한 전투 현장에도 밤은 찾아들었다. 전선의 산중 밤공기는 차가웠다. 마음들이 더 차가웠는지도 모를 일이다. 여름철의 잦은 안개비로 중부전선의 고지대는 일교차가 무척 심했다. 산세의 험악하기가 이루 말할 수 없는 고지대의 밤은 주검의 빛으로 어슴푸레하기만 했다.

죽음의 빛과 밤의 한기가 어우러져 공포감이 막사 안을 뒤덮고 있었다. 그럴수록 전선의 밤은 말할 수 없는 공포감을 자아냈고 몸을 더욱 움츠러들게 하였다.

소변이 마려워도 일단은 참아야 했다. 정말 참기 어려워 천막을 들치고 밖으로 나가면 그 무겁고 무서운 긴장감에 몸을 떨어야 했다.

세계정세는 숨막히게 돌아가고 있었다. 휴전회담에서 군사분계선이 유리하게 선정될 수 있도록 남북 쌍방 간에 총격전이 치열하게 벌이지고 있었다. 중동부전선은 지형적으로 전쟁의 승패를 좌우하는 허리로 피아간 한 치도 양보할 수 없는 요지였다.

한 시간 반이나 치열한 교전이 전개되었다. 피아간에 많은 사상자가 발생했다. 교전이 잠시 소강국면으로 접어들자 재한은 갑자기 고향 땅에 남아 있는 가족들이 생각났다. 눈물이 뚝뚝 떨어져 땅을 적신다.

'아내와 자식들은 잘 있을까. 딸 용자가 재기와 결혼을 한다고 했는데, 둘은 혼인식이라도 올렸을까.'

적막과 함께 어두움이 막 내려앉고 있었다. 어둠은 저 골짜기에서부터 밀려오고 있었다.

1951년 6월 4일, 재한은 민간인 보급지원 요원으로 도솔산 전투에 투입되었다. 도솔산은 양구군 동면에 있었다. 국군은 인민군 12사단과 전투 중이었다. 이곳은 해발 1,148미터의 험준한 산악지대였다. 드높은 능선이 겹겹이 쌓여 있었다. 그뿐만이 아니라 이상기후가 계속 발생하는 지대이기도 했다.

유난히도 짙은 안개가 온 누리를 짓누르고 있었다. 한 치의 앞도 분간할 수 없을 정도였다. 재한이 상황근무를 하다 잠자리에 든 시간은 새벽 2시경, 쉽사리 잠을 이룰 수가 없어 가족들을 생각하다가 겨우 잠이 들었는가 싶었다.

그런데 이상한 예감이 들었다. 소변을 볼 겸해서 천막 밖으로 나왔다. 있어야 할 경계병이 보이지 않았다. 바짝 긴장하여 주위를 살피는데 아래쪽에서 사람 끌고 가는 소리가 났다. 적이 침투한 것을 재빨리 알아차린 재한은 천막에 들어가 M1소총을 들고 나와 총구를 하늘로 향해 탕! 탕! 두 발을 발사했다.

총소리에 놀란 중대장이 뛰어나왔다.

"적이 침투했어요!"

재한은 중대장한테 전했다.

“4소대 조명탄 발사! 1, 2소대는 공격준비!”

중대원들은 재빨리 은폐호로 들어가 전투태세를 갖추었다.

“사격개시!”

상공에는 수없이 많은 조명탄이 터지고, 기관총 소리와 M1소총 소리가 마치 콩 볶는 듯 요란했다.

얼마 지나지 않아 총성은 멎고 도솔산의 새벽은 다시 깊은 정적으로 빠져 들어가고 있었다.

날이 밝자 전황 파악에 들어갔다. 인민군은 마지막 능선까지 공격해 들어왔었다. 상당수의 인민군이 침투했지만 모두 사살 당한 것으로 확인됐다.

재한이 아니었다면 도솔산의 국군 1중대는 전멸을 면치 못했을 것이다. 또한 도솔산 능선은 적의 수중에 떨어지고 말았을 것이다. 재한이 아침에 주먹밥으로 식사를 마치고 주변 탐색작전을 준비하고 있었다. 간밤 전투로 인해 탄알이 거의 바닥이 났다.

“신씨 아저씨! 대원들과 함께 보급지원대에 가서 탄환을 인수해 오시오.”

병사들은 재한을 신씨 아저씨라고 불렀다. 그럴 것이 재한에게는 22세의 딸이 있으니 병사들은 거의 자식뻘이었다.

“알겠습니다. 중대장님.”

지시를 받은 재한은 다른 보급요원들과 하산해서 탄알과 포탄을 져 날랐다.

1951년 4월 22일, 중공군은 서울을 세 번째 탈취할 목적으로 엄청난 전투병력을 투입했다. 그러나 중공군은 엄청난 손실만 입고 끝내 후퇴하고 말았다.

5월 16일이었다. 중공군은 주력부대를 양구와 인제 쪽으로 돌려 물밀 듯이 쳐들어오고 있었다. 중공군은 미군에 비해 전투력이 약한 국군의 방어지역을 집중 공격한 것이다.

선두부대의 일부는 속사리까지 진격했다. 그러나 시간이 더할수록 중공군의 병참선이 길어져 전투력도 한계에 도달하였다. 반면 UN군의 방어력은 강화되었기 때문에 공산군의 5월 공세는 공격개시 일주일 만에 778고지 한계리, 풍암리, 속사리, 주문진을 연계하는 전선에서 일단 전세가 꺾이게 되었다.

이를 계기로 작전의 주도권을 장악한 미8군은 중공군이 철수할 기미를 보이자, 5월 23일부터 즉시 공세작전으로 전환하였다. 이 작전에서 미8군단은 적에게 치명적인 타격을 주었다.

그 결과 그해 5월말에 우리 국군은 4월 공세 이전의 화천 저수지(파로호), 양구에서 원통까지 진출하였다. 인접 부대인 국군도 간성까지 진출하면서 전세를 가다듬은 아군이 '캔자스선' 을 재확보하게 되었다.

UN군 측은 전쟁 전의 경계를 회복하자, 본격적으로 공산측과 휴전협상을 모색하는 한편 군사작전을 캔자스선을 유지하는 선에서 국지적인 공격전으로 전환하였다. 이 때 미군은 휴전협상 과정에서 캔자스선을 주저항선으로 확보하기 위해서는 그 북방에 비무장지대 설치와 경계부대를 운용할 공간을 확보해야 하므로 현재의 방어선을 북쪽으로 최소한 32킬로(20마일) 전진시켜야 한다고 판단했다.

따라서 수차의 긴급작전회의를 걸쳐 중부전선에서는 철의 삼각지대 저변인 철원과 김화 그리고 금성의 분지를 제압할 수 있는 지형을 확보하도록 하였다. 중동부 전선에서는 공산군의 전략적 요충인 해안분지를 감제하고 방어에 유리한 지형을 확보하기 위해 캔자스선을 화천저수지와 1304고지, 산두머리곡산, 향로봉, 고성을 연하는 전선(신 캔자스선으로 명명)으로 북상 조정했다.

국군은 일단 이 지역을 점령토록 명령을 받았다. 재한도 이곳에 투입되었다. 재한에게는 해병대원 부상자들을 업어 하산하는 일이 배당되었다.

재한의 주변에는 전사자의 시신들이 참혹하게 널려 있었다. 재한은 그런 시신들을 한 구 두 구 업어 날랐다. 재한이 땀을 흘리며 시신들을 업어 나르고 있을 때였다.

"재한 형님이 아니오."

누군가가 아는 척을 했다.

"누구야? 오철이 아닌가?"

권오철도 국군 시체를 나르는 작업을 하고 있었다.

반갑기 이를 데 없었지만 너무 살벌하고 바쁜 처지라 맘 놓고 반가워할 여유도 없었다.

시체가 너무 많아 산 아래로 옮긴다 해도 유해를 모실 적당한 곳이 없었다. 할 수 없이 재한은 전사자들의 목에 걸린 인식표를 입안 치아에 끼워 넣고, 총을 거꾸로 땅에 박은 뒤 철모를 걸어두었다.

이 일은 중요한 일이었다. 인식표에는 군번과 이름, 혈액형, 부대기호가 표시되어 있다. 녹이 슬지 않는 스텐레스로 만들었다. 그리고 끝부분이 오목하게 파여 들어가 있다. 그걸 치아에 끼워서 걸어주었다. 먼 훗날에 어느 국군병사의 유골인지를 알게 해 주기 위해서였다.

이 작업을 재한과 오철이 하고 있었다. 작업을 하면서 살아 있는 병사가 있으면 업어서 산 아래 부대로 옮겼다. 그러던 중 아들같이 어린 북한 병사 한 명을 발견했다. 북한 병사는 총상을 입어 피를 흘리며 죽어가고 있었다.

재한은 북한 병사를 업었다. 험준한 고지를 오르내리느라고 바짓가랑이가 찢기고 피가 흐르는 것도 아랑곳하지 않았다. 재한은 의무관에게 간곡히 부탁했다. 의무관은 아군을 치료하기에도 바쁜데 언제 적군까지 돌보느냐며 내버려 두라고 했다. 그러나 재한의 간곡한 사정을 뿌리치지 못한 군의관은 북한군 병사를 치료해서 살려냈다. 재한은 국군의 시체에서 군복을 벗겨 북한군 병사에게 입혀 줬다.

6월 4일 아침 8시였다. 국군 해병대 대령의 지휘 아래 도솔산 지구 총공격이 강행됐다. 치열한 전투가 오전 내 계속되었다.

"아니, 오 하사님!"

방공호에 들어가 적의 맹렬한 포격을 피하던 재한이 눈을 들어 옆을 보았을 때였다. 오 하사가 총구를 자신의 목에 겨누고 방아쇠를 당기려 하고 있었다. 포탄에 맞아 두 다리가 절단된 처참한 모습이 얼른 눈에 들어왔다.

재한은 잽싸게 목에 겨눈 총을 걷어차 버렸다. 그리고 서둘러 응급처치를 했다. 오 하사를 업고 내리뛰었다. 정신없이 내닫던 재한은 순간적으로 이상한 감각을 느꼈다. 오 하사의 숨은 이미 멎어 있었다. 맥이 빠져 버린 재한은 그 자리에 털썩 주저앉아 버렸다.

그 와중에도 적의 포탄은 쉴 새 없이 날아들어 여기저기서 폭발했다. 재한은 오 하사 시체를 그대로 두고 고지로 뛰어 올라갔다.

생과 사의 급박함이 옆에 있는데 비어 있는 자리 여기를 봐도 저기를 봐도 병사들이 보이지 않았다. 일단 다시 국군중대가 있는 곳으로 올라갔다. 군인들이 다급하게 외쳤다.

"빨리 탄알 대줘!"

쉴 사이 없이 떨어지는 적의 포탄을 뚫고 재한은 이리 저리 자리를 옮겨가며 탄알과 포알을 대주었다.

총알이 비 오듯 쏟아지고 포탄이 쉴 새 없이 터지고 있었지만 그런 중에도 수면 부족과 갈증에 시달리는 병사들은 총알이 귀밑을 스치고 지나가도 꾸벅꾸벅 졸고 있었다.

배고픔은 참아도 목마름은 참기가 더 힘들었다. 마실 물이 없어 새벽이면 철모의 위장포를 벗겨 이슬을 받아먹어야 했다. 그것도 부족하여 오줌을 받아 나누어 마시기도 했다.

전투식량 공급도 재대로 이루어지지 않았다. 이런 상황에서 배고픔과 목마름의 극한적인 고통을 이기기란 그렇게 쉽지 않았다.

"물, 물 좀 마시자!"

피를 철철 흘리며 목숨이 경각에 달려 있는데도 물을 찾는 병사가 있었다. 재한은 빈 수통 두 개를 들고 계곡의 물을 찾아 나섰다.

천만다행으로 물은 가까운 데서 찾을 수 있었다. 수통에 물을 담아 적을 피해 조심스럽게 올라왔다. 병사들은 물을 마시자 하늘을 날아갈 것 같다면서 재한에게 고마워했다. 그러나 피를 철철 흘리던 병사는 물 몇 모금도 마시지 못한 채 그만 숨을 놓아버리고 말았다.

그렇게 9일간의 격전을 치렀다. 많은 희생을 치른 끝에 캔자스선, 즉 북한군의 공격 기도를 분쇄하고 방어에 유리한 지역을 축으로 설정한 주저항선은 임진강과 화천호, 양양을 잇는 전선으로 확대되었다.

북한군은 최강을 자랑하는 5군단 예하 제12사단과 제32사단의 병력과 지형상 유리한 고지를 점령하고 있었다. 이에 비해 국군은 고작 1개 연대 병력 밖에 안 되는 수적 열세에다 위치상으로도 불리한 상태에서 대항해야 했다.

그 많은 희생을 치르고 나서야 도솔산을 거점으로 한 15개 목표고지를 점령하는 데 성공했다. 무엇보다 아쉬운 것은 해병대의 손실이 막대하다는 것이었다.

치열한 전투도 전투려니와 계속된 강우와 짙은 안개로 항공 및 야포지원이 제대로 이루어지지 못한 것이 큰 원인이었다.

6월 19일 0시였다. 국군은 도솔산 공격을 개시했다. 이는 도솔산에 대한 마지막 야간공격으로 국군 공격부대는 야음을 틈타 적진 근처까지 접근했다. 그러다가 새벽 5시 반에 일제히 돌격했다.

처절한 백병전까지 전개한 끝에 24개의 지역 목표를 점령하는 데 성공했다. 비록 군번 없는 민간 보급대원들이었지만 포탄을 등에 지고 고지를 오른 그들의 공이 컸다.

7월이 되었다. 전쟁은 소강사태였다. 그러나 북한 5군단은 소강상태를 틈타 국군 해병 1연대를 공격해 왔다. 방심하고 있던 해병대는 큰 타격을 받았다.

해병이 전열을 가다듬는 사이 북한군은 12사단을 예비로 전환시키고 대신 부대 정비를 완료한 32사단을 대우산 일대에 투입했다. 북한군은 진지를 보강하기 위해 수많은 지뢰를 매설하고 있었다.

해병 1연대는 1대대를 투입하여 강력한 방어진지를 구축하고 완강하게 저항하는 적을 공격하였다. 대우산과 주저항선 사이에 위치한 1100고지와 1001고지를 연결하는 선에서 공격이 저지되었다.

국군연대가 재공격을 준비하고 있을 무렵인 7월 10일이었다. 해병 1연대의 상황을 지켜본 미 해병사단장은 불굴의 공격정신으로 무장된 해병대라 할지라도 적의 저항이 완강한 데다가 연대가 그동안 혈전을 펼쳤기에 계속 공격한다는 것은 무리라고 판단했다.

차후의 전투를 위해 일단 공격을 중지토록 하였다. 그러나 현 위치 사수라는 명령을 하달 받은 해병대는 도솔산을 중심으로 한 주저항선의 진지보강과 전방지역에 대한 정찰활동을 철저하게 펼쳤다.

그러나 정찰기지 확보작전이 부진하자 미 군단장은 7월 15일에 지난 6월부터 양구 북방에서 북한군과 치열한 공방전을 펼친 미 해병사단을 군단예비로 있던 미 2사단과 교대시켰다.

재한은 보급대원으로 동원된 비전투원의 신분이었다. 그러나 정규병 이상으로 임무를 수행하여 전선을 사수하는 데 크게 공을 세웠다.

고통 받는 젊은 부상병 후송작전에도 힘을 보탰다. 뿐만 아니라, 자신의 허기진 배를 움켜잡으면서도 주먹밥을 아꼈다. 아사 직전의 동료에게 나누어주며 묵묵히 탈진한 이들과 갈증으로 고통 받는 병사들을 도왔다.

그것은 재한의 일상생활의 연장일 뿐이었다. 그는 그런 식으로 지금까지 살아왔다. 험한 일을 해내는 걸 마치 하늘로부터 허락받은 소임인 양 그렇게 헌신적으로 살아왔다.

고지를 놓고 다시금 전투가 벌어졌다. 싸움은 지루하게 계속되었다. 총알은 총알대로 포탄은 포탄대로 여기저기서 수도 없이 날아오고 날아갔다. 마치 비가 오는 듯했다.

"악!"

갑자기 들려오는 비명소리가 있었다. 재한은 중대장 바로 옆에 있으면서도 중대장이 넘어지는 것을 몰랐다. 이와 같은 경우를 천우신조라고 하던가. 적의 포탄 뒷부분이 중대장의 뺨을 스치고 지나간 것이다. 만약 그 포탄 파편이 정통으로 얼굴을 때렸다면 어떻게 되었을 것인가. 재한은 생각만 해도 몸서리가 쳐졌다.

"위생병 어디 있어?"

급한 마음에 재한이 소리소리 지르며 위생병을 불렀지만 대답이 없었다. 대답이 있을 리 없었다. 위생병은 이미 후송되어 버렸기 때문이었다.

"위생병!"

공허한 메아리만 되돌아 왔다. 그래도 정신없이 계속 불러댈 수밖에 없었다. 당장 급한 게 위생병이었다.

재한은 급한 대로 지혈제로 담뱃가루를 상처 자리에 바르고 옷을 찢어 압박붕대를 만들어 동여맸다. 다행히 피가 멈추고 중대장은 얼마 후에 의식을 찾았다. 그러나 중대장은 "내가 너희들과 끝까지 할 수가 없게 되었구나. 정말 미안하다"는 말만 남기고 다시 의식을 잃었다. 재한은 중대장을 들쳐 업고 최대한 빠른 시간 안에 후송시켰다.

2소대장은 현장에서 전사하고 다른 소대장들은 이미 후송한 뒤라 중대장과 화기소대장이 고군분투하고 있었는데, 중대장마저 깊은 상처를 입고 후송됐다.

지휘관이라고는 화기소대장 한 사람밖에 없었다. 중대원들은 앞이 캄캄할 수밖에 없었다. 어떻게 해야 이 난관을 헤쳐 나간단 말인가.

그렇다고 언제까지 망연자실한 채 넋을 잃고 있을 수만은 없는 일이었다. 무조건 싸워 이기고 살아서 돌아가기 위해서는 눈물을 감추고 이를 악물며 싸워야 했다.

"화기소대장님, 이렇게 있다간 우리 다 죽어요. 소대장님이 중대장 지휘봉을 잡으십시오."

재한이 소대장에게 제의했다.

"신 대원님, 내가 어떻게?"

"손실병력의 충원이 가능할지는 모르겠지만 그 때까지는 남은 병력으로 버텨야 합니다. 화기소대장님이 중대장 지휘봉을 잡고, 선임하사들이 소대장의 지휘봉을 잡으십시오. 선임하사도 없는 소대는 선임분대장이 소대장 역할을 하면 되잖소."

"신 대원님의 말씀이 옳습니다. 소대장님, 명령을 내리십시오!"

화기소대장이 중대장 지휘봉을 받았다. 그리고 재한이 제의한 대로 선임하사가 소대장으로, 선임하사가 없는 소대는 분대장이 소대장으로 편성을 마쳤다. 그리고 병사들의 신경은 온통 화기소대장에게 쏠리고 있었다. 만약 화기소대장마저 잘못 된다면 중대는 갈 곳이 없었다.

유능한 병사가 아무리 많다고 해도 지휘관이 없으면 오합지졸이 되는 법이었다. 그래서 무능한 지휘관이라 할지라도 전쟁터에서는 반드시 지휘관이 필요한 존재라는 것을 병사들은 수많은 전투를 통해 익히 알고 있었다.

피로 맺은 보급대원과 병사들의 전우애가 이심전심으로 유감없이 발휘되고 있었다. 어디서 피웅! 총알 날아오는 소리만 들려도 전우들은 소대장을 몸으로 덮치거나 엄호했다. 마지막 지휘관을 보호하려는 그들의 전우애가 인간 방패가 되기를 주저하지 않게 만들었던 것이다.

병사들과 보급대원들 사이에서도 전보다 더 돈독하고 진한 전우애가 형성되어 피를 말리는 절박한 상황을 함께 헤쳐 나갔다.

뱃속에서는 쪼르륵 소리가 들리고 목은 타들어 가고 앞에는 적의 총구가 노리고 있었다. 잠시 휴식을 취하고 나서 어두워지기가 무섭게 병사들과 대원들은 은폐호를 만들기 시작했다. 삽이 없으니 맨손으로 할 수밖에 없었다.

얼마 지나지 않아서 재한의 손끝에 피멍이 들기 시작하더니 시간이 갈수록 피멍이 터져 살이 헤지고 뼈가 보일 정도까지 되었다.

그래도 압박헝겊으로 손가락을 동여매고 압박붕대가 없는 병사는 탄알주머니를 뜯어 손을 싸매며 땅을 팠다. 그런 와중에 그 누구도 신음소리 하나 내지 않았다. 은폐호를 다 파고 나니 새벽녘이었다. 모두 한숨도 자지 못한 상태였다.

일자로 길게 파놓은 은폐호 여기가 최후의 격전지라는 각오로 총력사수의 의지를 다졌다. 은폐호 양끝에 기관총을 배치하고 각자는 M1소총과 수류탄을 휴대했다. 정 중앙에 화기소대장이 최고지휘관으로서 자리잡고 있었다. 그 옆에 보급대원 재한을 비롯해서 3명이 있었다. 대원들은 탄통과 수류탄을 쌓아 놓고 보급해 줄 준비를 갖추었다. 병사들은 만전태세를 갖추고 날이 새기를 기다리고 있었다.

날이 밝았다. 안개가 걷히고 2킬로미터 전방에 적들이 고지를 향해 다가오고 있었다. 적들이 50미터 앞까지 다가왔다.

"중대는 적을 향해 사격!"

화기소대장이 명령을 내렸다. 그러자 중대원들의 병기가 불을 뿜었다. 재한도 수류탄의 핀을 뽑아 적을 향해 힘껏 던졌다.

한 시간 반 정도의 치열한 교전 끝에 인민군은 고지를 포기한 채 후퇴하고 말았다. 인민군의 시체가 겹겹이 쌓여 있고 피는 강을 이루었다.

재한의 눈에 눈물이 어렸다. 눈물 속에 고향 집의 모습이 비쳤다. 아내는 딸 용자와 자식들을 보살피며 잘 있는지 궁금하기 이를 데 없었다.

이곳은 하늘과 맞닿은 높디높은 산마루다. 독수리조차 날개를 접었다 쉬어 오른다는 험준한 곳이다. 이런 험한 곳에 쳐내도 쳐내도 끝이 없는 인민군과 대치하고 있는 상태에서 언제까지 버틸 수 있을지 그저 막막하기만 했다.

오늘도 국군은 북한 인민군과 대치하고 있었다. 재한은 매일같이 반복되는 보급지원 일을 하면서도 아내에게 돌아갈 생각으로 하루하루를 견뎌내며 열심히 임무를 수행해 냈다.

멀고 험한 산을 오르내리면서 가족들의 소식을 듣지 못하는 재한의 심장은 아예 찢어지는 듯했다. 같은 민족끼리 총부리를 맞대고 전쟁을 치르는 것에 안타까움과 분노가 재한의 가슴을 여러 갈래로 찢어놓고 있었다.

그 때였다. 느닷없는 총소리와 함께 국군병사 한 명이 적의 총에 맞고 쓰려졌다. 김 상병이었다. 재한은 쓰러진 김 상병을 끌어안고 김 상병을 울부짖듯이 불러댔다.

병사의 시체는 그대로 살아 숨쉬는 것 같았다. 파리한 낯빛이 그저 조금 아픈 사람처럼 보일 뿐이었다. 재한은 병사의 시신을 안고 몸부림쳤다. 그리고 애달픈 마음으로 병사의 인식표(군번)를 치아에 끼워주었다.

모질게 추운 겨울날이었다. 가족들을 고향 땅에 놓아두고 이곳에 온 지도 어언 반년이 넘었다. 언제 끝날지도 모르는 전쟁에 살아남아서 가족들과 만날 수 있다는 보장이 없었다.

재한은 포탄을 등에 지고 백석산 고지를 올랐다. 지난 밤 치열한 전투로 강원도 양구군 방산면의 백석산 949 고지에는 여러 구의 시체가 밟히고 있었다. 시체는 작은 산처럼 쌓여 있었다. 참호 속으로 피는 냇물이 흐르는 듯 흘렀다. 그야말로 생지옥이었다. 정말 끔찍한 전투였다.

하늘에는 수십 차례에 걸친 공습이 있었고 지상에서는 육박전이 벌어지고 있었다. 그 상황에서 국군 병사들의 장렬한 전사를 수 없이 지켜봐야 했다. 재한은 격분한 상태에서 자신도 모르게 시체의 총을 빼앗아 들고 병사처럼 전투에 임했다.

1951년 10월 중순이었다. 모진 추위가 엄습해 와 마치 겨울 같은 매서운 날씨였다. 국군과 유엔군은 접전을 개시하였다. 이 전투는 12월 18일까지 계속되었다.

그 전투에서 북한군 어린 병사를 사로잡았다. 그 병사는 지난 날 재한이 군의관에게 사정사정하여 살렸던 바로 그 소년이었다.

"지난번에 살려 줘서 고맙습네다."

"고맙긴. 내 조카도 의용군에 끌려가서 인민군으로 있을 것인데."

"나와 같이 있던 신갑선이라는 전우도 남조선 강릉이라 했습네다. 그런데 그 사람은 남쪽으로 탈출해 갔습네다."

갑선이라는 말에 재한은 눈이 커졌다.

"거기가 어딘데?"

"그건 모르겠는데 하여튼 그 전우는 다시 남조선 군대로 간다며 남조선으로 갔을 겝네다."

"니, 갑선을 어디서 봤냐 말이다."

"내래 거기 어딘 줄은 모릅네다. 근데 신갑선 전우는 중화인민공화국 의용군이었는데 제68군단 선발대에 몰래 따라 넘어간다며 내래 인사를 했습네다. 그리고는 잘 모릅네다."

재한은 중공군 제68군단이 백석산에 있다는 것을 알아내 그쪽으로 보급지원을 신청했다. 결국 백석산 전투에 투입되었다.

휴전회담에서 다루어질 군사분계선의 설정과 관련하여 피아간에 유리한 고지를 확보하기 위한 각축전이었기에 고지는 붉은 피로 물들었다. 피의 능선, 치열한 전투가 치러진 산 중턱마다 온통 아군 적군할 것 없이 시체들이 물먹은 빨래처럼 널려 있었다.

재한은 여러 대원들과 함께 탄알과 물을 져 날랐다. 끼니를 건너뛰었기 때문에 허기가 졌다. 허기진 다른 용사에게 주먹밥을 주어버렸기 때문이었다.

아내를 생각하던 재한은 갑자기 과질(한과)이 먹고 싶었다. 아내가 곧잘 해 주던 하얗고 보슬보슬한 과자가 눈앞에서 어른거렸다. 집에 가면 아내에게 부탁해 과질을 실컷 먹어야겠다는 생각을 했다.

재한은 포탄을 지고 미로처럼 꼬인 가파른 산을 올랐다. 국군의 총탄과 포탄이 떨어지기 전에 능선에 도착해야 하기 때문에 서둘러야 했다. 익숙해진 눈으로 산을 더듬어 올라갔다.

재한이 한 발 한 발 내디뎌 오르는데 바로 앞에 아름다운 자색의 버섯이 보였다. 투명한 자색으로 반짝이고 있는 빛이 참으로 고운 조그맣고 동그란 버섯이었다.

"색이 고운 건 독이 있는 거란다, 재한아."

아버지의 목소리가 들려 왔다. 어릴 적 재한은 아버지의 무릎 위에서 많은 것을 배웠다. 이 세상 어떤 아버지보다 자상한 아버지였다.

"배암도 그렇고 사람도 그렇지. 예쁘고 아름다운 사람한테는 독이 있단다. 그렇지만 그 독은 치명적이지 않는 한 크게 해로울 건 없지."

그나마 사람이 먹을 수 있는 것을 이틀 만에 처음 보니 시장기가 더해졌다. 총탄이 빗발치는 속에서 하루의 구별이 잘 가지는 않았지만 재한은 그저 막연하게 이틀이 지났다고 여겼다. 그러나 실상 벌써 일주일이나 지나 있었다.

산속은 다른 곳보다 시간이 더 빨리 지났으나 더디 느껴지는 곳이었다. 산속에서의 시간 개념은 그러하였다.

'먹어야겠다. 배고파서 죽을 지경이다. 어차피 죽으려면 먹고라도 죽자. 그렇게 죽으면 굶어서 말라죽는 것보다는 얼굴색이라도 좋겠지.'

재한은 손을 내밀어 버섯 세 개를 움켜쥐었다. 달콤한 냄새가 버섯을 쥔 손에서 풍겨 나왔다. 위장이 뒤집힐 정도로 격렬하게 반응했다. 망설이고 자시고 할 것 없이 재한은 버섯들을 입안으로 집어넣었다.

씹으니 흘러나오는 육즙은 냄새만큼이나 달았다. 얼마나 속이 비어있었던지 식도를 타고 흘러 내려가 위장에 닿은 버섯 즙이 감각으로 느껴질 정도였다.

그러나 버섯들을 모두 삼키고 나서 한숨 한 번 내쉬기도 전이었다. 재한은 피를 토한 채 그 자리에서 쓰러졌다.

'독버섯이었던가?'

가물가물한 의식 속에서 재한은 그렇게 생각했다.

'그럼 나는 죽겠지.'

재한은 지금 자신의 상황이 대수로운 것이 아니라고 생각했다. 이 정도쯤의 아픔은 아픔도 아니라고 생각했다. 병사들은 적의 총에 맞고도 적을 향해 사격을 하는 것과 비교해 볼 때 이 정도쯤은 정말 아무 것도 아니었다.

재한은 독버섯에 중독되고도 오직 국군을 돕는 데만 정신을 몰두하여 자신의 중독 상태를 전혀 위험하다고 느끼지 못하였고 쓰러진 몸을 일으키려고 발버둥치며 입가에는 핏물이 흘러 침(타액)과 뒤범벅이 되어 탈진상태였다. 고향에서 함께 이곳까지 온 권오철은 재한보다 다섯 살 아래여서 늘 재한의 앞에서 때로는 뒤쪽에서 서로를 의지하며 종군생활을 했는데 재한의 몸부림치는 고통을 보고 부축이다가 입가에 붙어 있는 버섯을 보고 배가 고파 독버섯을 먹고 탈이 난 것을 알아챘다.

오철은 수통에서 물을 자기 입에 한 모금 빨아 넣고 재한의 입을 벌려 서로 입맞춤하듯 물을 재한의 입에 불어넣고도 의식이 돌아오지 않아 몇 번이고 반복하다가 다음에는 재한을 비탈진 산에서 거꾸로 눕혀놓고 배를 문질러 토하게 하다가 그것도 여의치 않아 수통 입구를 재한의 입에 넣고 물을 주입한다.

그리고는 솔잎 순을 꺾어 자기 입에 넣고 씹어서 재한의 입에 강제로 넣어준다.

그래도 안심이 안 되어 산비탈 습한 풀숲에 가서 두리번거리더니 넝쿨 더미를 헤집고 풀뿌리를 캐어 온다. 수통 물에다 풀뿌리를 대충 씻어 돌에다 짓이겨 물즙이 생긴 것을 재한의 입에 가져다 들이민다.

그 때였다. 위생병이 급히 와서 주사하므로 통증이 멎었는지 잠시 뒤척이다가 무릎을 꿇고 기다가 일어선다. 오철은 고향 강릉에서 독버섯에 중독되면 물로 씻거나 토하게 하거나 하고 산야에 많이 서식하는 제미(稊米) 뿌리로 제독하는 방법을 알고 있어 쉽게 회복할 수 있었다. 제미는 잔디싹, 일명 강아지풀이라고도 하며 독버섯 중독에 구전해 오는 산중처방법이었다.

얼마나 다행한 일인가. 서로 의지하는 두 사람은 잠잘 때도 함께하고 산으로 보급품을 나를 때도 함께하는 분신이어서 다른 동료들로부터 형님 아우라는 별명도 붙어 있었다.

이 같은 상태에서 회복한 재한을 비롯한 보급요원들은 병사들의 탄약과 주먹밥, 그리고 마실 물을 공급하느라 숨 쉴 틈이 없었다. 그 와중에서도 재한은 혹시 조카를 만날 수 있지 않을까 하는 기대감을 잃지 않은 채 열심히 군무 지원활동을 했다.

보급요원들은 병사들과 일심동체가 되었다. 먼저 보급조달이 원활해야 전투에 승리할 수 있기 때문에 요원들은 보급 운반에 사력을 다했다.

국군은 어은산 남쪽의 주요 고지인 949고지를 전면 공격하라는 지령을 받았다. 재한을 비롯한 보급요원들은 밤낮을 가리지 않고 철저히 준비하여 보급품 조달 임무를 빈틈없이 수행했다.

기습공격을 받은 중공군 제68군단의 전초부대들은 국군의 포병 및 전차의 지원 사격에 혼비백산하여 분산 도주하였다. 일부는 완강하게 저항을 하였으나 역부족이었다. 국군사단은 공격 개시 이틀만에 백석산 고지를 점령하게 되었다.

전투를 치르는 동안 그렇지 않아도 상처투성이였던 육체는 지칠 대로 지쳐 있었다. 총탄이 소낙비처럼 쏟아지는 상황에서 며칠 밤을 바위 밑에서 쪼그리고 지새웠다. 온통 불바다 속에서 살아남은 것이 기적이었다.

총탄이 비 오듯 쏟아지는 사이로 보급대원들은 임무를 수행하기 위해 탄환상자를 두세 개씩 져 날랐다. 어느 코스에서는 어깨에 메고 고지를 향해 기어올랐다. 그러는 동안 총알이 날아오다가도 기적처럼 비켜 가는 체험을 수도 없이 겪었다.

앞뒤를 돌아볼 시간적 여유도 없었다. 오직 가슴을 두근거리게 하는 긴장감이 짙은 어둠으로 덮여 올 뿐이었다.

격전 끝에 가까스로 점령한 국군의 고지가 적의 수중에 다시 넘어갈까 봐 초조와 불안 속에서 지새운 적이 몇 번인지 몰랐다.

재한과 오철은 자신들의 몸은 죽더라도 조국의 승리를 위해 끝까지 고군분투하겠다는 의지를 다졌다.

어둠이 내려앉은 밤에는 중공군이 인해전술로 무자비하게 돌진하여 전면전을 펼치기도 했다. 총탄에 쓰러진 중공군 시체가 널려 있음에도 불구하고 중공군은 산을 깔아뭉갤 듯 거센 힘으로 고지를 향해 진격해 왔다. 나무와 사람이 구별이 안될 만큼 그렇게 많은 중공군이 강물처럼 밀어 닥쳤다.

그러나 결사적으로 항전하는 국군의 기갑부대 포격과 전투기의 야간 폭격에 버티지 못하고 후퇴한 공산군들의 시체가 산을 이루고 피의 강을 이루어 놓았다. 그야말로 시산혈하(屍山血河)였다.

이와 같은 승리의 배경에 보급요원의 공이 지대하다는 것은 두 말할 필요도 없다. 이번 전투에서도 재한은 보급반장 격으로 보급대원들을 일사분란하게 지휘하여 지도자의 능력을 유감없이 발휘했다.

밤이면 피곤하고 지칠 대로 지쳐 곤히 잠들기도 하였다. 어떤 날은 아군과 적군의 시체 곁에서 잠을 잤던 일도 한두 번이 아니었다.

어느 날이었다. 재한은 오철과 함께 수류탄을 지게에 져 나르고 있었다. 중공군이 물밀 듯이 몰려오고 있는 모습이 보였다. 그건 마치 개미떼가 이동하는 모습과 같았다.

서둘러야 했다. 속히 국군에게 수류탄을 갖다 주지 않으면 비참한 결과를 초래할 것이라고 생각되었기 때문이었다. 그러나 무거운 수류탄을 지고 빨리 움직일 수가 없었다. 우선 적들에게 들키기 전에 숨어야 했다. 그런데 막상 숨자니 적당한 곳도 없었다. 또 급했다. 급한 나머지 중공군 시체더미에 파고 들어가 죽은 체하고 있었다.

밑에서는 수를 헤아릴 수 없는 중공군이 안개처럼 밀려 올라오고 있었다. 이대로 있다가는 이 산을 그대로 내주게 되었다. 그보다 고지에 있는 국군은 모두 몰살을 당할 판이었다.

재한과 다른 보급대원들은 어차피 죽을 바에야 중공군을 몇 명이라도 더 죽이자고 뜻을 모았다. 그들은 지고 올라온 수류탄을 몰래 내리굴리기로 했다. 밀려오는 중공군이 적당한 거리까지 다가오면 수류탄 핀을 뽑아 내리굴리는 것이다.

재한은 몰려오는 중공군을 향해 수류탄을 마구 내리굴렸다. 밀물처럼 밀려오던 중공군 수백 명이 쓰러졌다. 중공군이 밀고 올라오는 대로 수류탄은 계속 터졌다. 중공군은 마구 쓰러져 나갔다. 마치 수백 개의 나무토막처럼 암반 밑으로 굴러 떨어져 시체더미로 산을 이루었다.

결국 중공군은 후퇴하였다. 휴전을 앞둔 공방전에서 군번 없는 보급지원대와 중공군의 1개 연대병력과의 전투에서 대승리를 거둔 것이다.

이 전투에서 승리함으로써 '백석산의 무적해병 보급지원대' 라는 칭호도 얻게 되었다.

재한은 포로가 된 앳된 중공군과 인민군을 볼 때마다 자식처럼 느껴져 비상한 관심을 가지고 돌봐 주기도 했다.

1951년 11월 18일, 재한은 백석산 전투에 또 투입되었다. 재한이 자원한 것이었다. 조카가 중공군 68군단 선발대에 배치되어 있다는 소식을 들었기 때문이다. 어쩌면 이번에는 조카를 꼭 만날 것만 같은 예감이 들었다.

해병대원들은 재한을 형님같이 또는 부친같이 따랐다. 해병대 병사들은 재한을 '맏형' 이라고 부르기도 했다. 재한을 따라 오철도 같이 남았다. 오철은 재한과 고향 동지였기에 서로를 의지하며 큰 위안으로 삼았다.

재한과 오철, 그리고 몇몇 요원들은 부지런히 탄약과 주먹밥을 고지로 져 날랐다. 병사들이 참호에 누워 주먹밥을 먹고 있을 때였다.

재한은 먼발치에 있는 참호에서 조카를 발견했다. 조카 갑선은 박범호, 이학봉과 더불어 강제로 의용군에 끌려갔었다. 그런 조카가 국군의 군복을 입고 백석산 전투에 참여하고 있다니, 참으로 믿어지지 않는 일이었다.

"여보게, 오철 아우, 저기 내 조카 갑선이가 아닌가?"

재한은 자신의 눈을 의심하면서 옆에 있던 오철에게 물었다.

"정말! 갑선이 맞네. 갑선이는 의용군으로 끌려가지 않았나?"

"갑선아? 니 갑선이 아니래?"

재한이 다가가서 묻자 갑선도 어안이 벙벙해서 일어나 재한에게 다가왔다.

"맞아요, 저 갑선이 맞아요. 저 신갑선이래요. 작은아버지! 작은아버지가 여기서 뭐해요?"

"나 보급대원이다. 그런데 너 인민군에서 빠져 나왔구나. 니, 잘 빠져 나왔다."

갑선은 작은아버지를 끌어안았다. 소나기처럼 쏟아지는 총탄 속에서도 재한과 갑선은 부둥켜안고 반가움의 눈물을 흘렸다.

갑선은 의용군으로 끌려가다가 탈출해서 국군의 군장을 져 날라주고 귀향하여 다시 군대에 입대하였다고 했다. 그래서 재한은 조카가 국군이 된 것을 전혀 몰랐다.

재한은 갑선의 부사수가 되었다. 옆에서 주먹밥을 먹여주며 마치 조수호위병처럼 있었다.

갑선에게 실탄을 날라다 주면 갑선은 적군에게 사격을 가하고 재한은 수류탄의 핀을 뽑아 적에게 던지곤 했다.

"갑선아, 난 니 부사수다. 얼마든지 탄알을 대줄 테니. 닌 방아쇠만 땡기라."

그들은 서로 떨어질 줄 몰랐다. 죽어도 같이 죽고 살아도 같이 살아야 할 그들이었다.

세상에! 전쟁터에서 조카와 삼촌이 병사와 보급대원으로 전선을 지키다니, 그것도 동족상잔의 전쟁터에서…….

고지장악 작전이 성공하자, 갑선은 계속하여 고지를 지키고 있었고, 재한은 조카의 무사안일을 빌며 하산을 하게 되었다.

재한은 국군 8사단 949고지 전투에 투입되었다. 그 뒤로 재한과 조카 갑선은 서로의 소식을 접할 수가 없었다. 생사를 확인할 길도 없었다.

재한은 보급 물품을 쉴 새 없이 져 날랐다. 치열한 중부전선 펀치볼 일대의 고지마다 재한의 발자국이 안 찍힌 곳이 없었다.

작전상 보급대원을 소단위로 분산 배치하라는 명령이 하달되었다. 재한은 오철을 비롯한 30여 명과 더불어 철원의 백마고지로 이동했다.

재한은 자신의 안위보다는 조카의 무사안일을 빌며 백마고지의 젊은 국군 용사들을 도왔다. 국군이 부상당하면 재한이 그 자리를 메웠다. 휴식시간에는 고향에 있는 가족들의 안위는 물론 양구전선의 조카 갑선이 무탈하기를 빌고 또 빌었다.

1952년 3월, 계절의 전령사가 전해 주는 봄기운마저도 이곳 중부전선만큼은 무색하게 느껴졌다. 하늘을 찌를 듯 높이 솟은 고지와 협곡엔 아직도 늦겨울 바람에 자꾸만 온몸이 움츠러 들었다.

중공군이 꽹과리를 치면서 고지를 향해 불개미 떼처럼 기어오르고 있었다. 재한도 사정없이 방아쇠를 당겼지만 중공군은 끝도 없이 밀려오고 있었다. 결국 실탄이 떨어졌다. 재한은 죽은 병사의 시체를 파고들었다.

인해전술로 고지를 점령한 중공군들은 국군 병사의 시체를 샅샅이 뒤져 안경을 주머니에 넣는가 하면 시계는 물론 반지와 목걸이, 심지어는 죽은 병사의 금니(金齒)를 개머리판으로 쳐서 탈취해 갔다.

그런 끔찍한 모습을 보면서 재한은 시체인 양 누워서 길고 긴 하룻밤을 보냈다. 눈부신 아침 햇살에 온 세상이 환하게 밝아오고 있었다.

중공군은 재한을 군화발로 걷어차 보고서도 의심이 안 풀렸던지 담뱃불로 얼굴을 지져댔다. 재한은 이것만은 도저히 참아내기가 힘겨웠다.

온몸에 힘을 주며 참아내려고 하였지만 인내에도 한계가 있었다. 재한은 자신도 모르게 몸을 벌떡 일으켰다. 돌발상황에 놀란 중공군 병사는 뒤로 나자빠지고 말았다.

그 때였다. 천우신조(天佑神助), 정말로 창조주이신 하나님의 도우심일까. 갑자기 쌕쌔기가 산능선을 타고 저공비행하며 기총소사를 퍼붓기 시작했다.

그 바람에 쓰러졌던 중공군이 혼비백산하여 줄달음치고 말았다. 재한은 잽싸게 벙커 속으로 뛰어들었다. 기적이라는 말은 실로 이런 경우를 두고 생겨난 말인 듯했다.

비행기 기총소사에 힘입은 아군이 다시 고지를 점령하기 위하여 전면공격을 펼쳤다. 전투기가 무섭게 폭탄 세례를 퍼붓는 바람에 재한은 다소 고조되었던 긴장감을 풀고 행보를 할 수 있게 되었다.

사선을 넘어 또 다시 본연의 임무를 수행하게 되니 감개가 무량했다. 피아간 전투가 뜸한 틈을 타 전사자 수습에 박차를 가했다. 처참하게 목숨을 잃은 시신들이 널려 있었다. 정말 아비규환의 생지옥이 따로 없었다.

자식 같은 나이에 불행하게 삶을 마감한 국군 병사의 사체 두 구를 들것에 담았다. 목 아래 부분이 잘려 나가 머리 밖에 수습할 수 없는 안타까운 형편이었지만 정성을 다해 조심스럽게 수습해서 초병들이 있는 임시 전사자 안치소로 옮겼다.

시신을 수습하여 안치소로 옮기는 일도 보급요원의 임무였지만, 이것은 전쟁이 빚어낸 또 하나의 참혹한 인간 생지옥이었다.

중공군들은 수류탄만을 들고 인해전술을 앞세워 끊임없이 줄지어 고지를 향해 올라왔다. 독주를 마신 상태에서 꽹과리를 치며 미친 듯이 돌진해 왔다. 국군의 사기를 저하시킬 뿐만 아니라 혼란스럽게 하는 심리전술이었다.

계속된 전투로 인해 열흘 남짓한 나날을 거의 충혈된 눈으로 꼬박 지새웠다. 중공군과 북한군이 파죽지세로 고지를 공격해 왔다. 병사들의 시체가 여기 저기 나뒹굴고 있었다.

참호 속에 몸을 피하여 며칠을 지새우던 중 재한은 총상을 입어 신음하는 어린 북한 병사를 발견하게 되었다. 죽음에 직면해 공포와 갈증의 고통에 시달리는 어린 병사의 얼굴을 보는 순간 고향에 두고 온 자식들과 전선에서 싸우고 있는 조카의 모습이 떠올랐다. 도저히 그대로 버려둘 수 없었다. 수통의 물로 목을 축여주고 비상용 주먹밥 억지로 입에 밀어 넣어주었다.

열사의 무더위보다 더한 갈증
땀방울 핥으며
피의 전선을 지키는 전우들

배곯던 전쟁터
죽은 전우의 몫까지 챙기며
동지의 사체 앞에 눈물을 삼켜야 했다.

소낙비 퍼붓는 총탄 사이로
밥알은 흐트러지고
동상 걸린 손 대신
지뢰밭에 혀를 내밀던 용사들

모래알 섞인 밥알
본능처럼 혀끝으로 찍어 올려
타액에 씻어 먹던
가칠봉 7부 능선 주먹밥
죽음보다 더 잔인한 지옥이었다.

도솔산 오르고 넘던
펀치볼 전투, 피 묻은 주먹밥
받아 들고
피의 능선 지켜 온
한국전쟁의 신화였다.

– 〈가칠봉의 주먹밥〉

며칠간 북한군의 어린 병사를 시체 옆에 뉘어놓고 고지를 비밀리에 오르내리며 정성껏 보살펴 주었다. 어린 병사는 기적처럼 기력을 회복했다.

생명의 강인함과 소중함을 다시금 인식하게 된 재한은 조금은 망설이다가 기적 같은 이 사실을 소대장에게 알렸다. 소대장의 지시로 그에게 국군 군복을 갈아입힌 뒤 등에 업고 후방으로 보냈다.

1952년 10월 6일, 강원도 철원군 묘장면 산영리의 해발 395미터에 불과한 고지—. 이른바 백마고지다. 누구도 눈여겨보지 않던 무명고지에서 한국군과 중공군은 열흘간 혈전을 벌였다. 치열한 격전의 현장에서 물을 붓듯이 쏟아진 포탄, 그것은 한 마디로 포우(砲雨)였다.

산등성이는 하얗게 벗겨져 마치 백마가 누운 형상이 되었다. 백마고지는 그렇게 해서 이름 붙여졌다. 고지의 주인이 12번이나 바뀌는 치열한 공방전 끝에 중공군은 1만여 명, 국군도 무려 3천 400여 명의 전사자가 발생한 끝에 고지는 아군의 손에 들어왔다.

재한과 보급요원 일행 30여 명도 백마고지의 보급요원으로 지원에 나섰다. 보급요원들이 충원되고 실탄과 보급품 공급이 원활하게 되자 국군 병사의 사기가 충천하였다.

백마고지 참전 병사들은 그 어느 때보다 사기가 높아졌다. 적의 공격으로 쓰러져가는 전우들을 지켜보면서도 강한 전우애로 인하여 오히려 사기가 더욱 뜨겁게 불타올랐다.

적들은 장비를 소련식으로 교환하는 등 화력을 증강해 백마고지에 맹공을 퍼부으며 공격했다. 그러나 전역에서 국군사단은 죽음을 무릅쓰고 결코 후퇴하지 않았다. 훗날 백마사단이라는 칭호를 얻어낼 정도로 투혼을 발휘했다.

"저토록 고귀한 목숨을 바친 젊은 병사들의 값비싼 희생을 잊어서는 안 될 것이다. 또 이러한 엄청난 비극이 다시는 이 땅에서 일어나서도 안 된다."

재한은 그것을 절감하며 보급요원들에게도 목쉰 소리로 누누이 말했다. 그런 와중에도 대인지뢰를 밟아 발목이 절단된 동료의 목숨을 구하는가 하면 육체적 피로에 지쳐 쓰러진 동료를 대신해 고지를 몇 번이고 오르는 재한이었다.

그와 같은 불굴의 희생정신에 소낙비처럼 퍼붓는 총탄조차 번번이 재한의 몸을 비껴갔다. 그 덕분에 재한은 부상을 당하는 일도 없이 임무를 수행할 수 있었다.

10월 8일 새벽, 중공군은 1개 연대를 추가로 투입해 다시금 공격을 개시했다. 국군은 사력을 다해 싸웠으나, 짙은 안개로 포병과 항공지원을 받지 못해 어쩔 수 없이 주봉을 적에게 내주고 말았다. 아침 8시 10분이었다. 그러나 국군사단은 오후 5시에 2개 대대를 투입해 필사의 공격을 감행한 끝에 밤 11시 5분에 다시 주봉을 탈환하고야 말았다.

5차에 걸친 공방전에서 많은 피해를 보았지만 국군사단은 적 포로의 진술을 기초로 적의 공격이 당분간 계속되리라는 판단하에 만전을 기하고 있었다.

9일 밤 자정이 지나면서 적의 파상공격으로 고지 주봉과 그 우측 능선 일부를 다시 빼앗겼다. 그리고 고지를 다시 탈환하기 위해 육탄용사인 안녕권 병장, 오규봉 하사, 강승위 소위의 공격이 매우 컸으며, 그들 가운데 보급대원 재한이 함께 했다. 이것은 한국전사에 남을 만큼 큰 전적이었다.

다시 날이 밝아오기 시작했다. 고지탈환을 위한 아군의 공격이 개시되었다. 최대한 짧은 시간 내에 적을 제압하고자 혼신의 힘을 모아 공격을 시작하였다.

시간이 얼마나 지났는지 분간할 수 없는 상황에서 앞에서의 저항이 무뎌지는 것 같더니 이내 잠잠해졌다. 총격을 멈추고 사태파악에 들어갔다. 적은 거의 소멸된 것 같았다.

그 때였다. 재한이 병사처럼 적진으로 뛰어 들어가며 수류탄을 터뜨렸다. 모두들 경악을 금치 못하고 있는데 재한은 씨익 웃으면서 손짓을 했다.

"어이 이 상병 빨리 와 봐."

"신 아저씨 위험해요."

그 때, 야! 하는 함성과 함께 전 병사가 고지를 향해 돌진하기 시작했다. 재한의 수류탄 몇 발로 아군의 동정을 살피던 적이 전멸을 하고 만 것이었다.

고귀한 피를 많이 흘리고 천신만고 끝에 장악한 고지였지만 기쁨보다는 허망한 마음이 가슴을 조여오고 있었다. 재한을 비롯해서 대원과 병사들이 그렇게 잠시 동안 넋을 잃고 앉아있을 때였다.

"야! 적이다!"

국군이 올라온 반대 방향에서 고지를 향해 적군이 시커멓게 기어오르고 있었다. 수를 헤아릴 수 없을 만치 새까맣다. 겨우 죽음의 고비를 넘겼나 했는데 또 전투라니 그저 막막할 따름이었다.

중대는 일자대형으로 전열을 정비했다. 다시 전투가 시작되었다. 고지 정상을 향해 기어오르는 물체들을 향해 방아쇠를 당기기 시작했다.

재한은 적의 포탄에도 아랑곳없이 탄통을 나르다가 그만 적의 포 파편에 맞았다. 피를 철철 흘리면서도 병사의 총을 빼앗아 든 재한은 인민군을 향해 총을 발사하면서 그 속으로 뛰어 들었다.

인민군 지휘관이 그 자리에서 쓰러졌다.

이 전투에서 국군의 피해도 만만치 않았지만 지휘관이 죽은 것을 확인한 인민군은 조용히 철수하기 시작했다.

세습의 광란(狂亂)

백마고지의 아군 진지에서는 신재한 보급대원을 전사자로 분류했다. 휴전이 임박한 탓이라 백마고지는 군사적 요충지여서 쌍방 간에 고지를 탈환하려고 치열한 전투가 벌어지다 보니 주인이 수시로 바뀌는 고지였다.

그런데 하늘이 도왔다고나 할까! 적군이 야음을 틈타 고지를 돌진해 오면서 수류탄 파편에 맞아 피를 많이 흘려 정신을 잃었던 재한이 의식을 되찾았다. 그리고 포로가 되어 그들의 야전병원으로 후송되었다.

그 후 치열했던 전투가 멈추면서 휴전이 되었다.

한반도의 허리를 남북으로 가르는 비운의 휴전선이 결국 1953년 7월 27일에 그어진 것이다.

한 많은 철책선이다. 반세기가 넘게 통일을 염원했던 7천만 민족의 가슴에 깊고 아픈 상처를 냈고, 진한 피를 토해내게 만든 비운의 역사가 되어 아직도 민족의 족쇄로 뿌리박고 있다.

자유평화통일의 염원을 송두리째 빼앗아간 세습도당의 또 다른 철의 장막으로 가늠쇠를 겨누고 있는 숨구멍이다.

놈들은 소고삐처럼 통치의 끈을 북한 동포들에게 매달아 죄수처럼 이리 끌고 저리로 내몰며 탄압을 했다.

협동농장 일터에선 짐승으로, 전선에선 인간병기로, 바다에선 어뢰로, 잠자리에선 김일성 유일사상 세뇌교육으로 노예처럼 부려먹었다.

해방의 기쁨을 채 맛보기도 전에 또 다시 38선 분단의 아픔에서 휴전선으로 갈라져 총칼로 맞서 살아온 60여 년, 1천만 이산가족과 함께 7천만 민족은 고난의 침묵으로 역사 앞에 피맺힌 고혈을 짜내고 있는 형편이다.

이 얼마나 슬픈 일인가?

이 얼마나 통곡할 일인가?

이 얼마나 억울한 일인가?

이리떼 같은 놈들! 6.25 한국전쟁을 일으켜 동족의 가슴에 총부리를 겨눈 포악한 악정의 사냥개가 아닌가?

6.25 한국전쟁을 일으킨 무쇠도끼(김일성)는 젊은 나이에 한반도를 피로 물들이고 적화통일 야욕에 혈안이 되어 동족 따위는 안중에도 없이 짐승 같은 전쟁범죄자가 되었다.

오직 적화통일, 그것만 신봉하는 매국노, 남한에 대한 침략전쟁을 조금도 부끄러운 행동인 줄 모르는 동족상쟁의 주모자로 살다가 1994년 7월 8일 권좌를 물려준 그 자식으로부터 죽임의 벼랑으로 버림을 당하였다.

썩어가는 권좌를 왜 그리 탐을 내는지 쟁취하려는 부자간의 갈등이 북한을 더욱 꽁꽁 얼어붙게 만들었다.

살아생전 자신의 공산체제만이 지상낙원인 것처럼 외치더니 남로당파 연안파 모두를 죽이고 자식과 함께 인간병기가 되었다.

이 부자(父子) 중 하나는 죽은 병기, 하나는 살아 있는 병기로 한반도를 공포분위기로 몰아갔다. 국제 공산당의 꼬임(스탈린과 마오쩌뚱)에 빠져 독재 권력의 야욕을 버리지 못하고 민족에게 총부리를 겨누는 미치광이로 6.25 한국전쟁의 잔악한 전범자다.

그러면서도 남침으로 얼룩진 역사 앞에 사과 한 마디 없이 북한 땅을 통치하면서 2천만 북한 동포들을 자기 수족같이 부리며 전쟁병기로 만들고 전쟁폭탄으로 세뇌시켰다.

휴전협정이 체결된 후 오늘에 이르기까지 60여 년 동안 동족이란 말이 어울리지 않게 이질적 만행으로 민족에게 살상과 폭정을 신앙화했다. 그리고 침략전술을 펴 오면서 폭탄 같은 무서운 괴물이 되었다.

오로지 권력 침탈과 정권 유지를 위해 북한 주민을 인간병기, 인간폭탄으로 무장시켜 동족상쟁의 전초병으로 내세웠고, 남파 간첩 무장공비를 수도 없이 휴전선 이남으로 내몰았다.

6.25 한국전쟁 당시 적화통일 대업을 이루지 못한 패배의식에 사로잡혀 자기 민족에게 총검으로 살육을 일삼아온 폭군, 세계 여러 민족 가운데에서 그 유례(類例)를 찾아볼 수 없는 독재자임을 입증이라도 하듯 날이 갈수록 침략전술을 다양하게 펴 보이며 민족을 괴롭혔다.

248km의 휴전선과 서해안의 NLL을 눈엣가시처럼 여겨 수시로 도발을 일삼았다. 침투전략을 버리지 못하고 국지전으로 침탈행위를 감행했다. 휴전 이후 패배의식에 사로잡혀 가슴앓이를 하다가 그 분함을 삭히지 못하고 매년 7월 27일을 승전기념일로 위안삼아 대대적인 축하행사를 벌였다. 승전의 깃발 아래 휴전이 이루어진 것처럼 호도하면서 새로운 도발야욕을 모색하였다.

자라나는 세대들에게 '조국해방전쟁' 이라고 세뇌하면서 "조국해방 전선을 가로막고 남조선이 북침을 했다" 고 생떼를 쓰는가 하면, "평화롭던 어느 날 무차별 폭격으로 북조선 땅에 전쟁의 불을 지른 남조선 괴뢰도당" 이라고 헛소리를 해대었다. 세계 모든 사람들이 다 알고 있는 남침 사실을 북한 인민들에게는 이렇게 거짓 선전을 했다.

또한 북한의 최고권력자 김일성은 무소불위의 권력을 자식에게 독단적으로 세습하기 위해 그 자식 김정일에게 전쟁인자를 키워주기 시작했고, 북한체제를 다지면서 북한 주민들을 병기로 복사하는 데에도 부자간의 손발은 잘 맞았다.

주민들의 인권을 유린하고 기계처럼 부리는 독재체제의 쇠사슬은 점점 북한을 동토의 죽은 땅으로 꽁꽁 묶어나가기 시작했다.

정치기반을 확실하게 다지는 데 핏발을 세워 날뛰면서 갖가지 침략의 기회를 호시탐탐 노려 왔다. 동해안과 서해안에서 어선을 납치하는가 하면 의도적으로 남한 해군과 수십 차례 교전을 벌여왔고 이러한 남침행각은 지속되고 있다.

1964년부터 5년 정도의 기간에 한국에서 월남전에 파병하여 안보상 취약점이 생겼다고 오판한 무쇠도끼는 2차 남침 야욕을 시도했으나 중국으로부터 거절당하자 전면적인 남침야욕을 포기하고 부분적인 게릴라 침투전략을 폈다. 차츰 안정적인 무력증강을 해 오던 북한은 전쟁 미치광이의 본심을 감추지 않았다. 소위 적화통일을 운운하며 게릴라전의 기회를 호시탐탐 엿보고 있었다.

수십 차례의 도발과 간첩침투를 병행했지만 거듭 실패하게 되자 공산당 35호 청사(정찰총국)의 기밀실에서는 은밀한 새 작전을 구상하게 되었다.

김정태를 중심으로 124군부대의 8개 기지가 꾸려지고 비밀작전을 위한 인간병기들이 만들어지기 시작하였다.

1967년 7월 전국 각 부대들에서 뽑혀 온 우수 병사들이 남조선 요인 암살을 목적으로 벌이는 훈련을 펼치기 시작하였다.

새벽 다섯 시부터 시작되는 훈련은 밤 열두 시가 되어서야 끝나는데 누더기 같은 훈련복에 안락함이란 전혀 느낄 수 없는 움막 같은 막사, 그리고 험악한 산악훈련, 인간 이하의 참혹한 생활을 강요받았지만 그 누구도 무자비한 처벌이 두려워 괴로움을 밖으로 나타내거나 불만을 표출할 수 없었다.

단 한 마디의 불만이라도 나오는 순간 흔적도 없이 죽음의 길로 사라질 정도로 감시망이 철저하였다.

고된 훈련 중에 훈련 성적이 나쁘다거나 행동이 수상쩍다면 곧 사상검토를 받게 된다. 많은 대원들이 사상검토를 받았으며 '당성' (공산당사상)이 약하다고 보이면 훈련도중 독가스실을 거쳐 쥐도 새도 모르게 사라졌다.

'왜 처형을 해야 하는가?'

훈련은 남한 각 도처의 주요시설의 모형도를 갖춰놓고 파괴하는 것이 기본이었기 때문에 외부 누출을 막기 위해서는 인간의 목숨도 파리 목숨처럼 가볍게 여겨진다.

드디어 1968년 1월 16일 긴장이 흐르는 가운데 정찰국장 김정태를 비롯한 험상궂은 남파 요원들이 근엄히 서 있는 가운데 작전명령이 하달되었다.

"위대한 수령 김일성 동지께서 내리신 명령을 하달하겠다. 이번 작전은 위대한 수령 김일성 동지의 특별명령이며 이런 임무를 받아 안게 된 데 대하여 최상의 영광으로 생각해야 할 것이다. 또한 이 혁명적 임무수행 과정에서 절대로 실패가 있어서는 안 된다는 것을 명심해야 한다. 이번 임무는 남조선을 해방시키는 데서 가장 중요한 역할을 하는 동무들의 과업으로서 그 어떤 일이 있어도 목숨 바쳐 수행해야 한다. 훈련을 통하여 겸비한 대로 실천에 옮겨야 하며 잡혀서는 안 되며 만일 잡히는 경우 무조건 자폭정신으로 한 몸을 그대로 날려 버려야 한다. 위대한 수령 김일성 동지를 위하여 한 목숨 서슴없이 바치자!"

도열한 북한 병사 모두는 따라 외치기 시작한다.

"바치자! 바치자! 바치자!"

함성이 쩌렁쩌렁 훈련장 골짜기를 뒤흔든다.

인간폭탄이 되겠다고 외치는 저 괴물들의 함성!

인간폭탄이 되겠다고 광분하는 저 괴물들!

과연 그들은 누굴 위해 삶을 포기하는 것인가?

그들은 왜 아버지 어머니가 준 소중한 생명을 독재자 한 사람을 위해 바치는 시한폭탄이 되었는가?

사람이 아닌 인간병기들이 지르는 포악한 비명, 이런 것이 세뇌의 결과인 것이리라.

1968년 1월 17일 밤 10시, 군사분계선을 넘어 남쪽 비무장지대에서 1박, 미2사단 지역 '석포' 에서 철조망을 끊고 통과하여 시간당 10km로 얼어붙은 임진강을 걸어서 건넜으며 낮에는 잠복하고 밤에만 걸었다.

1968년 1월 19일 오후 2시경, 경기도 파주군 법원리에서 나무꾼 형제에게 발견되어 신고 못하도록 협박한 후 삼봉산 중턱에서 필요 없는 휴대품들을 매장하여 모두 버린 다음, 21일 저녁 8시쯤 하산하여 서울 세검정까지 침투하였다. 그러나 나무꾼 형제의 신고에 의해 총출동한 경찰에 쫓기던 그들은 모든 무기를 버리고 자폭용 수류탄을 하나씩 들고 흩어졌다.

1968년 1월 22일.

"청와대를 습격하여 박정희의 목을 따러 왔다."

이 말에 국민 모두가 경악했다. 이때 나무꾼을 비롯한 모든 주민들의 신고정신은 그 어느 때보다 투철했다.

남파된 특별 공작대원들은 자기네들의 정체가 발각되면서 퇴근길에 정차한 시내버스에도 수류탄을 투척하여 많은 사상자를 발생케 하였다. 이로

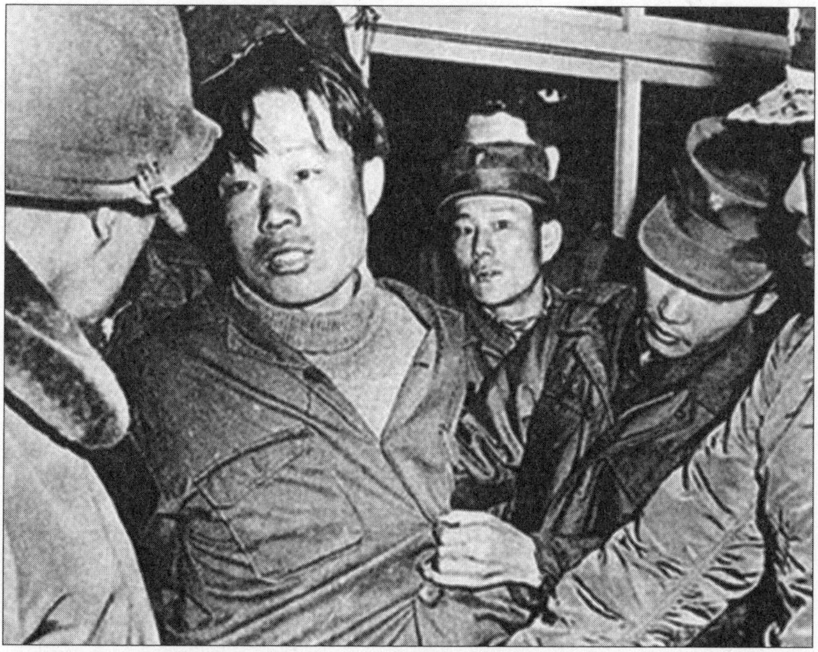

▲ 1968년 1월 21일 청와대 습격사건(1.21사태) 때 유일하게 생포된 북한 124군 소속 김신조 소좌. 그는 그후 대한민국에 귀순 전향하여 현재는 개신교 목사로 목회활동을 하고 있다.

써 그들의 야만적인 행동은 스스로 인간폭탄이라는 것을 확인해 주었다.

기습공격은 완전히 실패하였으며 이로 인하여 남한은 향토방위를 위해 예비군 설치법을 만들게 되었다.

향토예비군법이 설치됨에 따라 전국 각 마을에는 북한 게릴라 침투가 거의 불가능하게 되었다. 마을마다 향토예비군 초소가 설치되어 전국적인 방위체제가 완벽해졌다.

이러한 남한 주민의 안보규탄 목소리에도 불구하고 무쇠도끼는 제2, 제3의 무력도발을 멈추지 않았다.

청와대를 까부수는 작전이 실패하자 독이 바짝 오른 고양이 새끼마냥 재차 침략전술을 모색하였다.

"남조선 괴뢰도당이 날치지 못하도록 게릴라전을 펴서라도 남조선 전 지역을 들쑤셔 놓아야 한다. 인민무력부의 위력을 확실하게 보여주어야 하며 만일 우리가 게릴라전을 펼친다면 남조선에 배치되어 있는 우리 측 지하조직원들도 나설 것이다."

1968년 10월 30일, 피비린내를 풍기는 명령으로 만반의 준비를 갖춘 124부대 특수요원들이 원산항을 출발하여 또 다시 울진, 삼척 고포지구 앞바다로 야간 침투하였다. 무장공비 120여 명으로 구성된 공작대는 30명씩 소단위 조를 편성하여 산간마을 고수동에 나타나 주민들을 강제로 집결시켜 놓고 북한을 찬양토록 강요하였다.

"말 안 듣는 놈들은 총탄이 아까우니 대검이나 돌로 쳐서 죽이라우! 그러고 실탄을 아낍세다."

이렇게 떠벌이더니 반항하는 주민들을 본보기로 칼로 찌르고 돌로 치며 그 자리에서 죽였다. 그야말로 천인공노할 일이었다. 동족이라고 말하기도 부끄러운 짐승과 다름없는 인간병기들이다.

동족을 죽이는 일은 자신이 살아남는 유일한 길이라고 세뇌교육을 받았기 때문에 공비들은 아무런 두려움이나 죄의식이 없이 살인행위를 감행하였다. 나무꾼 형제의 투철한 신고 사실을 1.21사태에서 알아차린 이들은 산

▲ 강원도 평창군 운두령 초입의 이승복 기념관 내 우측에 세워진 이승복상. 그의 '나는 공산당이 싫어요' 라는 외침이 아직도 들려오는 듯하다.

에서 만나는 그 누구도 그냥 살려 보내주는 실수는 안 했다.

이때 실패한 게릴라 공비들은 2~3명씩 조를 편성하여 태백 준령을 타고 북으로 철수하면서 먹을거리를 찾아 독가촌에 침투하여 식량을 뒤지다가 방에 남아 공부하던 어린 학생에게 총과 대검으로 위협했다. 그러나 어린 초등학생 이승복은 공비들에게 굴복하지 않았다.

"나는 공산당이 무서워요!"

이렇게 외치며 방바닥에서 일어서자 놈들은 총칼로 마구 찔렀다. 총칼에 죽임을 당하면서도 이승복은 또 다시 외쳤다.

"나는 공산당이 싫어요!"

이 처절한 소리는 아직도 귓전에 들리는 듯, 가슴 아픈 민족의 절규로 각인되어 있다.

어린 초등학생도 무자비하게 죽이는 야만행위, 이것은 무쇠도끼만이 자행할 수 있는 핏물에 물이 든 흡혈귀의 만행이 아닐 수 없다.

연이어 미국 군함인 프에블로호 납치사건이 일어났다.

승냥이가 풀을 먹을 수 없듯이 인간의 피비린내를 즐기고 권력의 야욕으로 끓어 번지는 침략자는 단 한 순간도 멈추지 않고 불장난을 하였다.

1970년이었다.

동해와 서해 바다에서 도발행위를 지속적으로 벌이는 한편 월남 전선처럼 땅굴을 파는 작전을 세워 은밀하게 추진하였다. 이어서 전국 각지에서 신분환경이 문제가 있다고 생각되는 사람들에게 신분 상승의 기회를 선언했다.

"우리 노동당의 희망이신 친애하는 지도자 김정일 동지께서 당신들에게 갱생의 기회를 주셨다. 당이 부르는 곳에 탄원하면 신분에 대한 제한 없이 입당을 할 수 있다."

이때 신재한도 탄원을 하였다. 하지만 신체검사에서 60세가 다 된 재한의 건강에 문제가 생겨 보류되었다.

국군포로(백골부대)로 재한과 같은 처지에서 인간 이하의 차별을 받으며 지내오던 민규의 탄원은 승인되었다. 이 즈음 재한과 민규 같은 국군포로가 어디 한두 명이겠는가! 이번 탄원에 국군포로 동료들이 많이 참여할 것을 민규는 예측해 보았다.

이 아오지탄광에도 많은 국군포로가 숨죽여 가며 지내고 있지만 벌목장에 들어간 국군포로도 수천 명으로 알려져 있다. 그런데 먹을거리도 빈약하여 하루 세 끼를 강냉이죽으로 버티며 벌목 일을 한다는 것은 죽기 아니면 살기로 생사의 기로에 처한 상황이다. 톱질을 하고 원목 가지치기와 자동차 종점까지 4~5km를 등짐으로 운반한다. 그야말로 죽지 못해 꿈틀거리는 짐승 같은 노역장의 동물모습인데 웬만한 각오가 아니고서야 좋은 조건을 제시하는 그곳으로 탄원하지 않겠는가! 바꾸어 생각하면 국군 포로병이 적화통일을 크게 도와주는 꼴이 되는 셈이 아닌가?

아무튼 그때면 함께 병원생활을 하던 국군포로 동료들도 죽지 않았다면 만날 수 있으려나 기대도 해 본다. 북한에 억류되어 있는 많은 포로병들은 죽을힘을 다하는 순간마다 이순신의 말처럼 "생필즉사(生必卽死)요, 사필즉생(死必卽生)―살고자 하면 죽을 것이오, 죽을 각오를 하고 싸우면 살 것이니"를 몇 번씩 뇌이며 탄원할 것으로 생각된다.

민규는 탄광을 떠나면 어찌 될지도 모르는 목숨, 재한 어르신이라도 찾아뵙는 것이 도리라 생각되어 만나 뵙기로 다짐했다. 탄원이 접수되고 찾아뵙는다는 생각에 마음이 아주 가벼웠다.

떠나가기 전날 민규가 재한을 찾아왔다. 그들의 만남은 처음이다. 같은 탄광에서 십여 년을 함께 일해 왔지만 이렇게 마주 앉기는 처음이다.

재한에게 있어 민규는 남한에 두고 온 딸 용자보다는 한두 살 많아 보였다. 소문에 의하면 민규는 전쟁이 일어나던 해 국군 '백골부대'에 21살의 어린 나이로 입대하였는데 첫 전투가 벌어지면서 바로 포로가 되었다. 특히 국군포로 교환 당시 병원에서 치료를 받느라 포로자 명단에서 누락되어 남한으로 영영 돌아갈 수 없게 되었다는 것이다.

한국군 포로라는 신분 때문에 전쟁 당시 인민군을 사살한 악질반동의 신분으로 낙인 찍혀 다른 사람들의 예리한 눈초리를 받아왔다. 재한도 역시 같은 처지의 억울함으로 숨죽이며 쥐 죽은 듯이 사는 처지였다. 때론 고향의 그리움 때문에 마주앉아 술 한 잔 나누며 향수에 젖고 싶었지만 절대로 위험천만한 일이었다.

만일 두 사람이 몰래 만났을 때 그 어떤 억울한 일이라도 뒤집어씌우면 그대로 써야 했고 그 어떤 변명도 효력이 없다. 때문에 서로가 정다운 눈길 한 번 나눠본 적이 없고 마주치면 서로가 피하는 것으로 위로해 주었다.

그런데 민규가 대담하게 재한을 찾아왔다.

"형님이라고 부르고 싶었습니다."

그러면서 어르신이라고 부르면 별 탈이 없을 듯싶어 마음 놓고 술을 권했다.

"어르신 술 한 잔 해요. 이제 제가 내일 떠나가면 언제 돌아올지 모르니깐 한 잔 부어드리고 싶어요."

"왜 그리 심신이 허약한 말을 해요? 열심히 일해서 꼭 기쁜 마음으로 돌아와요."

"그래야죠. 그런데 돌아와서는 과연 가벼운 맘으로 살 수 있을까요?"

"그렇겠죠. 당에서 믿어준다고 했으니까 아마도 한결 편하게 눈치 보지 않고 살 수 있을 거요."

"하지만 저에게…, 아니 저의 온 가족에게 붙여진 '백골부대' 라는 이름은 지워지지 않겠죠. 저에게도 아들놈이 있는데 그 애가 자라서 철이 들면서 '백골부대' 가 뭔 말이냐고 묻는다면 어찌 대답할까요. 그래서 이번 길에 나갔다가 아버지의 체면이라도 유지할 수 있는 공로라도 세워야 할까 생각합니다. 휴~."

"잘 생각했어요. 난 건강하지 못해 불합격되었어요."

민규는 마음 놓고 고향의 그리움을 털어놓는다.

"고향을 생각하니 부모, 형제, 그리고 쓰러져 가는 초가삼간도 무척 그립습니다."

재한도 맞장구를 친다.

"아무렴요. 나 역시 매일 밤 꿈속에서 고향의 들판을 걷다가 뛰기도 하고 징검다리 개울물도 봅니다."

오래간만에 두 사람 얼굴에 웃음이 피어난다.

그렇다. '고향' 이라는 두 글자를 불러보기만 해도 가슴 속에 따스한 온기가 돌며 입가에 웃음꽃이 떠날 줄 모른다.

재한에겐 아직도 동구 밖 길목에 나와서 사랑하는 남편이 돌아오기만을 두 손 모아 기다릴 아내의 모습이 두 눈에 선하다.

그리고 시집 갈 나이가 되었어도 응석과 어리광으로 아빠의 목에 매달리며 깔깔대던 사랑하는 딸들이 보고 싶다.

이 두 사람의 포로는 무언의 그리움을 토해내면서도 북에서 생긴 아내와 아이들 때문에 드러낼 수는 없었다. 이런 시간에는 잠깐이나마 행복감에 빠질 수 있는 꿈결 같은 순간이다.

이제나 저제나 기약 없이 남편을 기다리고 있을 아내에게는 더없이 죄스럽지만, 민규는 함께하는 짧은 시간이나마 떠나는 아쉬운 마음을 재한에게 훌훌 털어놓는다.

"형님, 저는 이 길이 두렵습니다. 왜 그런지 발걸음이 떨어지질 않아요. 당에서는 마지막까지 충성한다면 공로자로 등록하여 신분을 많이 올려준다고 하지만 우리들 처지가 어디 변함이 있을까요?"

"물론 맞는 말이오. 그런데 우리에게 주어진 기회가 이것밖에 없질 않겠소? 자라는 자식들에게 면목이 없고 때로는 살아난 것도 후회가 될 때가 많지 않소."

"그래요. 그때 날아오는 포탄에 맞아 죽어버렸다면 이런 고통은 겪지 않았을 것인데…."

"그래도 우리 힘을 내봐요. 정말 아버지로서 면목이 없지만 그럴수록 힘을 내서 자식들을 잘 키워요. 그리고 우리 같은 사람들과 일생을 함께 해 주는 지금의 아내를 생각해서라도 열심히 살아요."

맏형님 같은 재한의 말에 민규는 수긍을 한다.

"네. 그래야죠. 이 몸이 부서지더라도 내 아들만은 그늘 없이 키우고 싶건만 사회적인 압박과 차가운 눈길이 그대로 자식에게 옮겨질 것 같아 가슴이 아픕니다. 흑흑…."

"땅을 치고 가슴을 쥐어뜯어도 소용이 없고, 가슴에 맺힌 얼음덩이는 나날이 더욱 커만 가는데…, 아! 그리운 내 고향, 너무나도 가고 싶은 고향. 흑흑~."

"모두가 그리움 병에 걸린 불구자일 뿐입니다."

오늘만큼은 실컷 울고 싶은 두 사람이다.

그 누구에게도 터놓지 못했던 고향에의 그리움.

한 마디의 말로는 뱉어낼 수 없어도 오랜만에 터뜨려 보는 오열이다.

"통일이 될까요? 과연 우리의 가슴 속에 흐르는 분노의 피는 언제나 멈출 수 있을까요? 통일이 되어 고향땅을 밟아볼 수는 있을까요?"

흘러내리는 눈물로 앞섶을 적시는 민규를 바라보는 재한 역시 두 볼이 질퍽해졌다.

"형님, 한 가지 부탁드려도 될까요?"

"그러시게. 뭔 부탁…?"

"만일 제가 공사장에 갔다가 돌아오지 못한다면 저의 아내에게 이혼수속을 하라고 전해 주세요."

"동생, 왜 그런 나약한 말을 하는 거요? 아직 젊은 나이에 다른 사람들이 다 견디는 노동일은 얼마든지 할 수 있지 않소. 그런 말은 자식에게 더 큰 상처를 주는거요. 남편을 손꼽아 기다릴 아내와 아들을 생각해서라도 힘을 내서 꼭 살아서 돌아와야 해요. 그리고 이 사람도 매일매일 동생의 무사귀환을 바라는 마음으로 기도할 거요."

"죄송해요. 그래서 만일이라고 하잖아요. 아들에게 아버지가 포로라는 신분상의 족쇄를 물려주지 않으려고 해 보는 말입니다. 저도 죽을힘을 다해 노력할 거예요. 그렇지만 일이 맘처럼 되지 않으니 형님을 믿고 부탁드리는 겁니다."

"동생, 이제 말을 놓겠네. 자네가 떠나면 자네 아내도 얼마나 외롭고 적적할 것인가. 함께 시련을 이겨낼 터이니 걱정하지 말게나. 우리 집 사람이랑 의논해서 자주 찾아보겠네. 겨울철엔 석탄 마련이랑 구들목 청소는 내가 가서 늘 도와주겠네."

"형님! 정말 감사해요. 제가 돌아와서 꼭 은혜 갚을게요."

"은혜라니 우린 형제가 아닌가. 건강 잘 챙겨 무사히 돌아오는 것이 나에겐 더없이 값진 선물이네. 나는 자네를 믿네."

"형님, 제가 돌아오는 그날까지 몸 건강하세요."

민규는 무릎을 꿇고 정중히 절을 한다.

순간 재한은 와락 그를 끌어안는다.

"형님!"

"동생!"

억세게 맞잡은 두 사람의 손끝으로 전율이 흐른다. 그 누구에게도 터놓을 수 없는 애수가 담긴 두 사람의 손과 마음. 그들은 통일의 그날까지 영원히 그 손을 놓지 않을 것 같았다.

출입문을 열고 나서니 아내가 서성이고 있다. 순간 재한은 가슴이 뭉클했다. 혹시 두 사람의 만남으로 인해서 뭔 일이라도 생길까 싶어 은근히 망을 보고 있던 아내다.

너무도 갈망해 왔고 오랜만에 그들의 만남이 이루어졌음을 잘 알고 있는 아내이기에 술상을 차려주고 말없이 조용히 밖을 지키고 있었던 것이다.

재한은 이런 아내가 더없이 고마웠다. 아내의 보살핌이 너무 미안하고 고맙고 긴장되고 숨 막힌다.

민규가 떠나간 때로부터 3년이 지난 1973년, 민규의 가족에게 한 장의 표창장과 훈장이 내려와 정중히 차려졌다. 이렇게 알림으로써 민규의 생은 끝난 것이다.

사랑하는 남편 대신 도착한 한 장의 종이와 훈장을 앞에 놓고, 일곱 살짜리 아들을 껴안은 채 통곡하는 민규의 아내, 남편의 영혼을 모시고 비통해하는 아픔을 알아줄 사람은 아무도 없다. 그저 전달자와 오직 수령 동지만 알고 있을 뿐.

"민규 동무는 위대한 수령 김일성 동지와 친애하는 지도자 김정일 동지께 마지막 순간까지 충성을 다하였습니다."

"아! 아이고! 아이고!"

슬픔에 찌든 민규 아내의 통곡소리가 먼 산꼭대기 등고선을 흔든다. 그러다가 땅이 꺼져라 통곡의 설움을 토해낸다. 어찌하여 돌아올 수 없는 것인지 구체적으로 설명 한 마디 하지도 않고 훈장만 전달하는 군관원 동무가 야속하기만 하다.

남편을 잃은 설움이 어느 정도 사그러진 달포 후 재한과 그의 아내는 조용히 민규의 처를 찾아갔다.

"민규가 없는 아들을 보니 민규가 떠나가면서 나에게 부탁한 말이 생각나네요. 저…, 사실 무슨 영문인지는 몰라도 자신이 돌아오지 못하면 이혼수속을 꼭 하도록 전해달라고 부탁하고 떠났어요. 혹시 집에서는 무슨 말을 남기지 않았나요?"

"아뇨. 자기가 돌아올 때까지 아들을 잘 키워달라고만 했어요. 흐흑…. 여보~! 저는 절대로 이혼하지 않을 겁니다. 왜 그런 기가 막힌 유언을 하고 갔어유? 여보~~."

구들바닥에 쓰러져 통곡을 하는 그녀를 바라보는 재한 부부의 심장도 칼로 도려내듯이 쓰려왔다.

"민규 아우 그가 남겨둔 아들이 무럭무럭 잘 자라길 빌게요. 힘을 내서 아들을 잘 키운다면 저승에서나마 민규 아우가 웃음을 짓고 편히 잠들 수 있을 겁니다. 집안에 손질할 일이 생기면 언제든지 연락 주세요."

"고맙습니다. 정말 고맙습니다."

세상엔 절대적인 비밀이란 있을 수 없는 법. 그런 일이 생긴 후 3년이 흘러 기가 막히는 소리가 들려 왔다.

민규는 남침용 땅굴을 파는 작전에 동원되어 강원도의 어느 전방으로 실려 갔던 것이다.

그곳에서 사람들은 실지 무엇 때문에 어느 방향으로 땅굴을 파는지 모른다. 오로지 명령에 따라 굴착기마냥 흙을 파내서 밖으로 끌어내면 그만이다. 두더지처럼 빛 한 점 없는 땅굴에서 먹고 자고 일한다.

아무런 사고대비책도 마련하지 않았기 때문에 무너지는 흙더미 속에 묻혀 생매장도 당한다. 파낸 시체는 어디론가 실려 가고 남은 사람들은 애도할 틈도 없이 작업장에 또다시 내몰린다.

땅굴 파는 작업장에서 지쳐 쓰러진 노령자는 당분간 땅굴 파는 작업에서 쉬도록 별도의 휴식 시간을 주다가 20~30명 정도 되면 어디론가 실어간다.

'도대체 어디로 실려 가는가?'

더 이상 일할 수 없는 상태가 되면 귀가 조치가 아닌 독가스생체실험소로 이송한다. 그들에겐 일거양득이다. 땅굴 작업에 대한 비밀도 담보되고 생체 실험을 위한 자원도 확보되는 것이다.

땅굴 작업에 나갔던 사람들은 단 한 명도 살아나오지 못해 이런 사실이 영원한 비밀로 묻히는 듯했으나 생체 실험소에서 근무하던 사람이 누설하여 어둠을 헤치고 여기 저기로 퍼져 나갔다. '발 없는 말이 천리를 간다' 는 옛말이 조금도 틀리지 않는다.

수많은 사람들의 억울한 죽음을 알리는 입 없는 말들이 소리 없이 매일 들려온다. 그런 사실을 누설한 사람은 정신병자가 되었는데 치료 과정에서 이 사실을 발설하였다는 사실이 밝혀져 즉시 사라졌다고 한다.

그러나 이러한 사실은 은밀히 사람들의 마음에서 숙성되고 가슴으로 뜨거워져 입 없는 말로 확산되더니 이 귀 저 눈 속으로 파고들어 말로 표현할 수 없는 무서운 공포로 세상을 숨죽이게 하고 있었다.

제1땅굴, 제2땅굴, 제3땅굴은 서울에서 52km, 101km, 44km 거리에 각각 위치하고 있다. 알게 모르게 땅굴은 20여 곳 이상 판 것으로 추정된다.

땅굴을 파는 일에 얼마나 많은 북한 주민들이, 또 국군포로와 저들이 말하는 반동분자가 징발되어 생매장 당했을 것인가! 놈들은 쓸모없다고 생각되면 반동분자라는 누명을 뒤집어씌워 남침작전에 공을 세웠다 해도 죽임으로 폐기처분한다.

남한 초토화 침략전술로 북한 주민을 강제 노역시키는 것은 무소불위의 독재자가 아니고서는 절대로 할 수 없는 짓이다.

남한을 침탈하여 피 말리려는 적화야욕은 부자간의 공통된 목표였고 북한 주민들을 전쟁도구로 만드는 일에도 부자가 같은 생각, 같은 방법을 쓴 것이다.

▲ 경기도 파주시 도라산역 인근에 설치된 제3땅굴 조형물. 1975년에 발견된 3호땅굴은 서울에서 44km 거리에 위치하여 위협적인 존재였다.

1970년대에도 새로운 야욕이 통도끼(김정일)로 하여금 무수히 저질러졌고 세상 뉴스거리가 되어 터져 나왔다.

1976년 8월 18일 북한의 호전성에 의해서 무자비한 도끼만행사건이 발생하였다. 판문점 공동경비구역 안에서 북한군이 미군 장교 2명을 살해한 군사도발사건이다.

여름에 무성해진 미루나무 가지로 인해 '돌아오지 않는 다리' 를 바라보는 전방 관측에 어려움이 생긴 유엔군 측 장교와 경비병이 이날 상오 10시 45분 경, 한국 노무자 작업인원을 인솔해 UN군 측 제3초소 부근에서 미루나무 가지치기 작업을 하고 있었다.

이때 10여 명의 북한군 장교와 경비병이 나타나 작업 중단을 요구하였다. 유엔군 측이 이를 거부하자 북한군 장교가 "미제국주의자를 요절내자우!" 라고 충동하여 20여 명의 북한 경비병들은 이미 준비해 온 곡괭이와 작업현장에 있던 도끼를 들고 난동을 부리기 시작하였다.

물론 이들의 이러한 행동은 사전에 계획된 것으로 돌발적이며 충동적인 행동이 아니다. 상황보고에 대하여 무자비하게 대항하라는 통도끼의 지시가 없이는 일어날 수 없는 행동이다.

살인행위를 밥 먹듯 하는 이 만행으로 유엔군 측 경비중대장 미군 대위와 경비소대장 미군 중위가 현장에서 살해되고, 한국군 대위 1명과 상병 3명이 중경상을 입었다. 또 차량 3대가 파손되고 '돌아오지 않는 다리' 남쪽에 자리한 유엔군 측 제 3초소가 파괴되었다.

이런 철면피 같은 만행을 보면서 그들을 동족이라고 부르기에는 너무나 슬픈 현실이다. 지구촌에서 이런 일이 또 어디 있단 말인가?

1960년대와 1970년대에 연이어 도발사건을 벌이면서 기회를 노리던 북한은 사안에 따라 계엄령 선포와 미군의 빈틈없는 대응 전략으로 남침야욕이 좌절되어 가자 또 다시 큰 사건을 꾸몄다.

1983년 10월 9일. 세계를 경악하게 만든 미얀마(버마) 아웅산국립묘지 폭탄테러사건이 발생했다.

▲ 1976년 8월 18일 판문점 공동경비구역에서 자행된 도끼만행사건.

남한 정부 특히, 동남아 순방길에 오른 전두환 대통령을 비롯한 내각관료들의 투철한 안보 의식에 찬물을 끼얹는 끔찍한 테러였다. 정부 요인을 흔적도 없이 깔아뭉개겠다는 일념으로 장소와 시간을 가리지 않았다. 다양한 테러행위를 벌이는 북한의 비열하고 뻔뻔스러운 망상, 이 폭탄테러사건은 전두환 대통령을 암살하는 데 초점을 맞추었으나 오인하여 현장에 도착하기 직전에 폭파되었지만 서석준 경제부총리를 비롯한 17인의 각료가 폭탄세례를 맞고 현장에서 서거했다.

이 사건으로 북한공산당의 잔악성이 여지없이 드러나면서 온 세상 사람들을 놀라게 했다. 그러나 정작 그들은 사람을 수없이 죽이고도 너무나 뻔뻔하게 자기들의 소행이 아니라고 모르쇠로 일관했다.

이는 외교사상 유례없는 일대 참변으로서 무쇠도끼로부터 세습체제의 인정을 받기 위하여 통도끼(김정일)가 저지른 치밀한 살인테러 사건이기도 한 것이었다.

당시 주범 2명은 현장 인근에서 체포되어 수사 및 재판을 거쳐 사형을 선

▲ 1983년 10월 9일 북한의 폭탄테러로 아웅산국립묘지에서 순국한 17명의 외교사절과 수행원의 희생을 기리기 위해 마련된 순국사절추모비 제막식 광경(2014년 6월 6일)

고하였고 미얀마 정부는 북한과 국교를 단절하였다. 또한 미얀마 정부는 UN에 북한의 소행임을 보고하였으며 아웅산 테러의 북한 공작원 강민철은 통도끼(김정일)의 지시임을 증언하였다.

1987년 11월 29일, KAL기 폭파사건이 또 다시 세계를 뒤흔든다. 이 또한 아비의 권력을 무조건 세습 받기 위해 통도끼가 저지른 테러행위로 무쇠도끼의 인정을 받아야 했던 끔찍한 사건이다.

승객과 승무원 115명을 태우고 이라크의 수도 바그다드를 출발하여 아랍에미리트의 아부다비에 기착한 후, 다시 방콕에 기착하기 위해 비행하던 이 여객기는 11월 29일 오후 2시 경 미얀마의 벵골만 상공에서 무선보고를 끝으로 소식이 끊어졌는데 발생 15일 만인 12월 13일 양곤 동남쪽 해상에서 파손된 KAL기의 부유물 7점이 발견됨으로써 비행 중 폭발에 의해 추락되었음이 확인되었다.

수사 결과 KAL기는 하치야 신이치와 하치야 마유미라는 일본인으로 위장한 북한 대남공작원 김승일과 김현희가 부녀간의 승객으로 위장하여 인간병기 제2호인 통도끼의 친필 지령을 받고 기내에 두고 내린 시한폭탄과 술로 위장한 액체폭발물(PLX)에 의해 폭파되었음이 밝혀졌다.

김승일은 자살하였고 자살을 시도하였던 김현희는 실패하여 체포되었다.

통도끼는 김승일과 김현희에게 "남조선 KAL기내에 여행객으로 위장하고 잠입하여 시한 액체폭발물을 설치하고 다음 기착지에서 갈아타고 타국으로 우회해서 귀국하라"는 명령을 하달했다는 것이다.

사건의 진상이 공식적으로 발표되자 1988년 2월 10일에는 이 사건의 토의를 위해 국제연합 안전보장이사회 긴급회의가 소집되어 많은 국가 대표들이 북한의 테러행위를 규탄하였다. 이 사건으로 북한은 국제무대에서 테러국가로 지목되어 외교적 불이익을 자초하는 결과를 감수해야 했다. 이 사건은 88서울 올림픽 개최를 저해할 목적에다 남한 적대행위로 저질러진 만

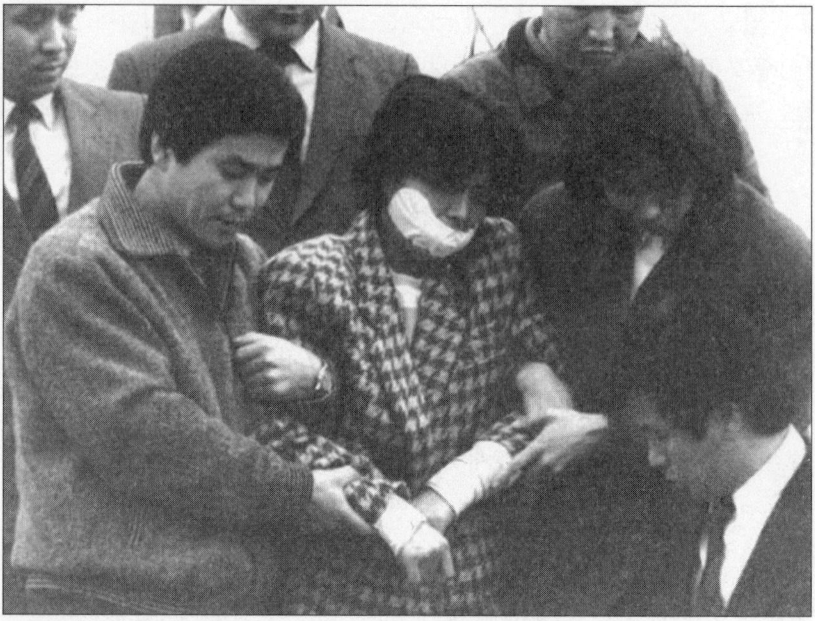

▲ 1987년 11월 29일 발생한 KAL기 폭파사건의 주범 김현희의 압송 장면.

행인데 이렇게 극심한 살인테러행위들로 인하여 북한은 국제무대에서 규탄과 저주를 받고 테러국으로 낙인찍히며 더 이상의 국제적 도움을 받을 수 없게 되었다.

1994년 7월 8일, 무쇠도끼(김일성)가 사망한 후 더욱 극심한 경제파탄에 이르자 새로운 탈출구를 모색하면서 노동당은 긴장하며 주민을 더욱 옥죄이며 달러를 벌어들이기 위하여 외교행랑에 아편을 숨겨 팔다가 덜미를 잡혔고, 위조 달러를 발행하는 등 국제적 망신을 다반사로 당하였다.

테러국가로 지정되어 국제사회에서 지원을 받을 수 없는 국제 미아의 현실이다. 이렇게 북한은 국제사회에서 어떠한 구제도 받을 수 없도록 완전히 외면당했다.

그러나 외부와 단절된 환경에 묻혀 살아온 북한 주민들은 이러한 사실을 알 리 없이 그저 위대한 김정일 장군 동지로 높여 불렀다.

어쨌든 북한은 김일성 사망과 함께 몰아친 극심한 기근으로 더 이상 헤어나올 수 없는 나락으로 추락하게 되었다. 별 수 없이 김정일은 인민을 호도하며 1995년도 후반부터 '고난의 행군' 을 선포하였다. 사람을 죽음의 현장으로 내모는 강행군이다.

고난의 행군을 선포한 다음해인 1996년에 100만 명이 아사 당했고, 1997년에는 200만 명 이상이 굶어죽더니 온 산야가 헐벗어 까까머리 중처럼 되었다. 수해로 인하여 협동농장은 황폐화되고 지원해 줄 이웃나라가 없으니 식량공급이 안 되어 300만 명 이상의 아사자를 내며 고난의 행군은 민족 앞에 큰 죄를 지은 살인행군이 되어 버렸다.

선전포고 없는 전쟁이었다. 배고픔을 참으라며 식량배급을 중단하고 적대관계에 있는 인민을 몰살시키는 정치 무대가 되었다. 마을 입구와 외진 길가에 즐비한 시체더미는 미처 치우지 못해 악취의 근원이 되었고 비탈진 한 곳에 큰 구덩이를 파놓고 시체들을 마구 쓸어 넣었다. 마치 전염병에 걸린 가축을 한 곳에 매장하는 듯한 처사였는데 인간의 존엄성이라곤 조금도 찾아볼 수 없는 통도끼의 잔악무도한 망국 정치의 행태였다. 지상낙원이 아니라 그 누구도 경험할 수 없는 최악의 지옥인 것이었다.

무쇠도끼처럼 통도끼도 민족을 죽음의 벼랑으로 내몰더니 자기가 죽을 때는 권좌를 또 다시 자식에게 세습시키는 거지 같은 정신병자다.

썩어도 남에게 주긴 아까워 자식에게 썩는 냄새가 나는 권좌를 물려준 패륜자다. 세습으로 얻은 정치는 실패하고 고난의 행군도 실패하고 실패한 정권을 자식에게 또 넘겨주는 세상. 뿔도끼 김정은의 광란에 휘말린 질주는 벌써부터 아비 통도끼보다 아슬아슬하다.

스위스 유학의 길로 북한 민족의 기대감이 컸으나 미운 오리새끼로 전락하여 막가파가 된 채 아비인 통도끼와 할아비 무쇠도끼보다 더 포악한 냄새를 풍긴다. 외국에 유학한 젊은이가 서방의 자유주의 국가 모델을 제대로 배우지 못하고 악정만 일삼는 것은 선대로부터 물려받은 DNA가 포악하기 때문일 것이다.

자기 고모부인 장성택을 살해하고 시체를 화염방사기로 태워 흔적 한 점 남지 않게 없애 버린 인간병기, 인간의 탈을 쓴 패륜 상속자, 그 아버지에 그 아들이다.

이러니 겁에 질린 많은 북한 주민들이 탈출하게 되는 것이다. 배가 고파서 탈북하는 것보다 뿔도끼의 패륜적 망동에 두려움이 팽배하고 자라나는 후손들에게 행복의 풍토를 마련해 주기 위해 탈북한다.

이런 굴레 속에서 살아남은 북한 주민들에게 증오도 많았을 턴데 신용희는 체면도 없이 남조선에 발길을 들여놓는다는 것이 미안한 일이면서 받아준다는 고마움에 눈물이 마르지 않는다.

참모습의 민족애가 이런 것이 아닌가 싶다.

그러나 얼마나 많은 아픔을 겪었는가! 돌이켜 보면 사소한 것 하나하나가 노예로서 또 인간병기로 산 세월이 꼬리에 꼬리를 물고 한국대사관 문을 노크하듯 침묵과 함께 되살아난다.

용희는 북한 땅에 살았다는 그 자체가 정말 싫다.

'과연 남조선에서 어떻게 대해 줄까?'

순진한 그녀 용희는 아버지 신재한의 고향 품안으로 가도 되는 것인지 아직도 실감이 나질 않는다.

2010년 3월 26일. 북한제 300톤급 잠수함은 어뢰를 장착하고 공해상으로 나가 한국의 초계정이 순항하는 길목 백령도 앞바다에 은밀히 침투하여 천안함을 어뢰로 폭침시켰다. 그리고는 공해상으로 탈출 도망했는데 이 해상테러 행위로 남한의 해군 장병 46명이 전사하였다.

천안함은 두 동강 났다.

5천 만 국민이 피눈물로 함수와 함미의 인양작업을 지켜보며 아픈 가슴을 쥐어뜯었다.

슬픈 눈물로 범벅이 된 역사의 바다!

어머니의 눈물과 자식의 울음소리가 아직도 귓가에 들려오는 듯하다.

저, 슬픈 바다의 눈빛

– 천안함과 한 준위

가슴 찢고
피눈물 짜내는 검푸른 바다

어둠 가르고
물살 쪼개던 함정(艦艇)
수미(首尾)의 아픔, 진정 조국을 잊었더냐!

태연한 바다 아무 일 없었던 듯
단숨에 들어 삼킨
생사의 문 꾹 닫고
황토 빛 변명 누굴 보고 하는가?

실종의 적막감
온 바다에 뿌려 놓고
성난 이빨처럼 휘말아 감는 파도
세상 깨우는
용사의 눈빛마저 빼앗는가?

까맣게 타 들어가는 마음
엄마 아빠가
대신할 수 없는 겨레의 눈빛

미로의 생명선 움켜쥐고

아들아, 아들아
빨리 돌아오라고 외치며
3월은 통곡한다

거울에 투사한
영혼의 꽃
46 용사는 뜨거운 침묵중이다

적화통일과 정권 세습을 위해 참으로 많은 남한의 장병을 수장시키지 않았던가?

그날도 민족의 피가, 형제와 어머니의 진한 피가, 자식의 흐느낌과 함께 서해 바다를 붉게 물들이고 있었다. 그냥 세습이 아니다. 폭정과 폭군과 인간병기로서 뿔도끼에게 전하는 대물림이다.

살인행위를 할 수 있는 인간병기로 세습하는 악마 같은 대물림이다. 오직 전쟁을 위해 자식을 전쟁병기로 만들어 내세우는 세습이다. 그래서 휴전 60년 만에 3대에 걸친 전쟁세습이 뿌리를 내려 인간병기들이 탄생하였다.

북한에서 인간병기가 조립되기 시작한 것은 휴전 이후부터 시작되어 오늘에 와서는 3대 전쟁병기 세습체제가 능숙한 통치수단으로 이용되고 있다. 북한 주민을 노예로 만들고, 젊고 아리따운 처녀들은 성노예화하여 집단 수용시설에 감금시켜 놓고 권좌의 노리개로써 정치도구로 활용하고 대물림하는 폐습적 독재행위를 서슴지 않고 있다. 구체적으로 거명하여 인간병기 제1호는 무쇠도끼, 인간병기 제2호는 통도끼, 인간병기 제3호는 뿔도끼라고 이름해 본다.

이렇게 인간병기 1, 2, 3호는 시대의 흐름에 따라 아비가 1호, 아들이 2호, 손자가 3호로 조련되어 자식과 손자가 전쟁을 일으키는 병술만 답습하여 지구촌을 위협하는 인간 테러분자가 된 것이다.

인간병기 1호, 2호, 3호가 갈증을 풀어내지 못해 숨 막힐 듯, 가슴 쥐어뜯

▲ 2010년 3월 26일 천안함폭침사건으로 희생된 46용사 위령탑.

는 미친 짓이며 자식을 살인무기로 만드는 도깨비 같은 아비의 무지한 발작의 소산이다.

천안함을 두 동강 내고, 연평도를 박살내는 전쟁 답습은 인간병기 3호를 만드는 데 서슴지 않는 도발행위다. 세습을 위해 피비린내 나는 전쟁 무기로 그를 세뇌시킨 것이다. 자식 대대로 물려주는 인간병기, 먼 훗날 그 후손이 그들의 조상들을 보고 무어라고 말할까?

북한의 인간병기들이 핵무장을 하는 동안 한반도의 전쟁은 계속 진행 중이다. 특히 뿔도끼가 장성택을 숙청하고 북한 최고위 권좌를 공고히 하면서 북한의 핵무장은 더욱 가속화되어 통도끼(김정일) 시대보다 더 큰 위협이 되면서 3대 세습체제는 완료된 것이다.

동토의 국군포로집

탈출하기 위해 중국 땅 어느 이름 모를 식당 뒷방에서 동토의 악정 그 지긋지긋한 전쟁세습의 광란을 회고하던 용희의 머릿속은 혼란으로 온통 뒤범벅이 되었다. 아버지의 죽음과 함께 연이은 가족의 죽음 앞에 눈물 한 번 맘 놓고 흘려보지 못하였던 그녀의 얼굴에서는 뜨거운 눈물이 하염없이 흘러내리고 있었다.

두려움도 많았으리.

반세기나마 철천지원수로 귀에 못이 박히도록 사상교양학습을 받아왔던 용희는 남한으로 가는 이날도 한국대사관 숙소에서, 또 비행기를 기다리는 동안 한국행 비행기에 올라탄다는 것도 믿기지 않았지만 과연 남한 주민들이 어떻게 대해줄지? 소름이 끼치도록 무서웠던 북한의 악정을 생각할 때 남한으로 가는 것도 두렵고 불안하긴 마찬가지였다. 어쩌면 전쟁세습의 장막이 남한까지 위협하는 건 아닌가 하여 탈출하는 이 순간이 탈출하기 이전보다 더 불안하기만 한 것이다.

아버지가 떠나가신 후 앓아누워 계시던 어머니로부터 들은 기막힌 사연들, 그리고 철이 들면서 직접 겪은 여러 가지 침략전술전략들이 연이어 꼬리를 물고 떠오른다.

마침내 용희는 한국행 비행기에 몸을 실었다. 공항을 이륙하면서 비행기 동체가 흔들린다.

무엇인가가 가슴 깊은 곳에서 욱 치밀어 올라 숨을 쉴 수가 없다.

"아, 아버지가 그렇게도 그리워하시던 남조선으로 내가 가는구나."

비행기 차창으로 펼쳐지는 구름을 바라보는 한 여자의 두 볼을 타고, 뜨거운 눈물이 하염없이 쏟아진다.

눈물이 아닌 피가 쏟아지는 듯하다.

'흑 흑.'

새어나오는 흐느낌 소리.

들먹이는 두 어깨.

얼굴을 감싼 두 손 사이로 붉고 진한 눈물이 뚝뚝 떨어진다.

격한 울음을 터뜨렸던 용희는 한참만에 진정이 된 듯 의자에 기대어 스르르 눈을 감았다.

주마등처럼 흘러가는 지난 날, 피가 흐르는 삶의 흔적, 파르르 떨리는 그녀의 눈초리만 보아도 아픈 기억을 더듬는 듯하다.

"용희야, 용희야, 통일이 되면 꼭 너의 언니를 찾아보아라. 이름은 신용자. 너무 미안하고 너무 보고 싶어했다고 전해 주렴."

임종의 순간 아버지가 남긴 마지막 유언이다.

하루하루 고향을 그리며 버티어 오시던 아버지가 삶의 마지막 끈을 놓던 그 순간 들려주신 혈흔이 역력한 이야기를 가슴에 안고 오열하며 몸부림치던 이 여성이 바로 국군포로 신재한의 딸 신용희다.

아버지가 그토록 오매불망 그리던 한국행 비행기에 몸을 실은 용희.

운명을 앞둔 아버지가 남긴 이야기는 과연 무엇인가?

백마고지에서 수류탄 파편에 맞아 흉부와 다리를 부상당한 신재한이 눈을 뜬 곳은 북한군 야전병원이다.

쑤시는 상처의 아픔보다 눈앞에 펼쳐진 현실 때문에 가슴이 찢어지는 듯 운명의 전쟁 상처가 너무나 가혹했다.

"아, 끝장이로구나. 이제 고향으로 돌아가기는 틀렸구나."

보급요원으로 종군했기 때문에 휴전 이후 포로병으로 대우받지 못하고 북한 땅에 버려진 그는 눈앞이 아득하였다. 그러면서도 한 편으론 농부의 평화롭던 고향생활이 무척 그리웠다.

가혹한 고문을 동반한 신상조사를 받고 나오니 어디론가 싣고 간다.

정처 없이 달리는 열차에 몸을 싣고 밤낮을 달려 부려진 곳은 아오지탄광! 어두컴컴한 굴속에선 방금이라도 괴물이 뛰어나올 듯 무시무시했고 'ㄷ' 자 모양의 합숙소의 낡은 문짝들은 탄 먼지에 그을려 거무칙칙하다.

자그마한 탄광 합숙방에 봇짐을 풀어놓은 재한은 땅이 꺼지도록 한숨을 내쉬었다.

귀가 떨어져 너덜거리는 다다미 한 개와 닳아빠진 국방색 낡은 담요 한 장과 얇은 이불 한 개가 전부다.

이제 그가 매일 할 일은 지하막장에서 탄 캐는 일이다.

정전으로 모든 것이 파괴된 탄광은 말 그대로 폐허인데 당국이 정한 계획량은 무조건 달성해야 한다.

주야간 근무를 해서라도 계획량을 채워야 하며 미달된 경우에는 그 비판이 죽음보다 더 날카롭고 총칼보다 더 무서웠다.

그뿐이 아니다.

지치고 허기진 배를 끌어안고 쪽잠이라도 좀 자볼라치면 영락없이 고함소리가 서릿발처럼 내리꽂힌다.

"천리마운동 사상교양 학습시간이꾸마. 교양학습책 가지고 재개재개 모입소."

3시간에 걸친 교양학습을 마치고 나면 이어지는 생활총화 모임.

"요번 주에는 호상비판을 좀 강하게 해야겠소. 애들 장난도 아니고 비판이 왜 그리 약하오? 그러니까니 계획량을 초과할 수 없지 않소? 시작하기

오."

정말 정신 차릴 수 없으리만치 신랄한 비판이 오간다.

낯 뜨거울 때도 있다.

작업 중 휴식시간에 함께 담배를 피우고도 먼저 비판하면 그만이다.

그중에서 '계급교양' 시간이 재한은 가장 두렵고 싫었다.

나라를 강점한 일제군국주의로부터 시작하여 전쟁과 관련하여 서릿발 같은 목소리로 두 주먹을 움켜쥐고 단죄의 구호를 외칠 때면 재한의 심장은 오그라들고 만다.

"불을 즐기는 미제국주의자들과 그의 앞잡이 남조선 괴뢰도당을 불로 태워 버리자!"

함께 소리를 지르면서도 가슴 속에는 절규하는 피가 흐른다.

'누가 전쟁의 불을 먼저 질렀는데. 지들이 먼저 들이치고는 뭔 개소리여.'

천만 번 소리를 질러 버리고 싶건만 절대로 입밖으로 발설해서는 안 된다. 거의 1년 가까이 고문을 받으면서 재한이 도장을 찍고 나온 내용이 바로 절대로 남조선에 대하여, 그리고 전쟁에 관련된 내용을 발설하지 않겠다는 것이었다.

열 개 손가락에 검은 잉크를 묻혀 꾹꾹 찍고 나왔다.

생각만 해도 몸서리쳐진다.

하루 일과를 마치고 자리에 누우면 몸이 천근만근 땅으로 꺼져 잦아들고 피눈물도 다 말라 버리다 보니 멍하니 천정을 쳐다보며 고향에 두고 온 처자 생각에 눈물만 솟아나와 잠자리를 뒤척인다.

이렇게 밤을 새운 적이 한두 번이 아니다. 그런데 핏발이 선 눈으로 출근하면 사람들이 이상하게 쳐다보며 수군댄다.

"남조선으로 도망가자고 밤새껏 생각했는지 눈이 시뻘겋게 된 꼴을 보니 무섭쑤꾸마."

"경각심을 바싹 차려야재. 언제 저런 눔들이 갱을 폭파시킬지 알게 뭐람?

누구나 다 감시자가 되어 걸음걸음 여겨봐야 되겠꾸마."

참으로 야속하다. 완연한 함경도 사투리도 차츰 익숙해지니 그들이 뱉어내는 함경도 사투리가 참으로 생사람을 잡는다.

가장 고통스러운 것은 작업장에서 누구도 말을 건네주지 않는 것이다.

그리고 재한의 이름을 알고 있음에도 부를 때마다 '국군', '국포', '포로'라고 하는데 이젠 이 부름도 자연스러워지고 얼굴이 화끈거림도 없어졌다.

휴식시간이면 떠들썩하게 이야기들을 나누지만 재한은 한 구석에 쭈그리고 앉아 머리를 푹 숙이고 발끝만 내려다보고 있다.

'과연 내 인생은 이 탄굴에서 끝나는 것인가. 죽은 목숨이나 마찬가지인데 콱 자살이라도 해 버릴까.'

하루에도 수천 번씩 이런 생각이 뇌리를 스친다.

숨 막히는 탄광 생활 속에서 그래도 따스하게 느껴지는 하나가 있었다.

탄광합숙소 식당에 가면 머리 가운데 가리마를 타고 뒤로 쪽진 머리를 예쁜 비녀로 묶은 여자가 있었는데 유독 그만이 재한을 보면 살며시 웃어준다. 웃을 때면 뭔 영문인지 오른쪽 입귀가 더 올라가 버려 살짝 삐뚤어진다.

처음에는 가슴이 섬뜩 하였다.

'왜 나 보고 웃음을 짓지? 혹시 보위부? 왜?'

벤또(도시락)를 내밀 때면 두 손으로 받쳐 주었고 재한의 벤또는 언제 닦아주었는지 유난히 반짝거린다.

반복되는 그의 행동은 따스한 봄빛마냥 재한의 얼어붙은 가슴을 녹여주기 시작하였다.

마감 생산을 위해 연이어 3교대를 하니 다행히도 하루의 휴식이 왔다. 지친 다리를 끌고 밀린 빨래하러 강으로 나간 재한이 훌훌 물을 휘젓고 있는데 발걸음소리가 났다.

얼핏 돌아보던 재한은 자신도 모르게 벌떡 일어났다.

그 여자가 다가오고 있는 것이다.

"신재한 동무, 안녕하심까? 휴식임까?"

"어어, 예. 휴식 날이어서 밀린 빨래를 좀 하러 나왔어요."

"어우, 남자들이 빨래를 하문 을매 잘 하겠슴까? 내 빨아 달람까?"

"괜찮네요."

"호호, 이젠 혼자 해나서리 버릇된 모양임당. 일없슴다. 내가 인차 빨아 주겠슴다."

더 묻지도 않고 와락 빨래 소랭이를 당겨간 그 여자는 절벅절벅 물을 휘저으며 시원스럽게 빨래를 해 나갔다. 쪽진 머리를 바라보니 40은 넘은 듯 싶다.

재한은 얼른 주위를 둘러보았다. 혹시 누가 본다면 자신의 처지가 변변하지 못해 이 여자에게 피해를 주지 않을까 싶어서다.

"신 동무, 남조선에 가족이 있었슴까?"

불쑥 묻는 그의 물음에 재한은 전율을 느꼈다.

탄광에 와서 일한 지도 5년이 넘었건만 그 누구도 물은 적이 없는 가족이야기이기 때문이다.

'왜 묻는 걸까? 나의 동향을 감시하는 사람인가?'

"저어, 아내와 딸, 아들이 있어요."

"그렇슴까? 나는 포격에 가족을 다 잃고 혼자 삼당. 전쟁 난리통에 이리저리 피난 다니다가 바위 꼭대기에서 잤더니 이렇게 입이 살짝 돌아가 버려서 빙신이 됐슴다. 기가 막혀서, 쯧."

"네에, 그래도 아직 예쁩니다."

"에고, 뭔 소리 함까, 이젠 할망구가 다 됐슴다."

이날의 대화는 서로를 조금씩 알아가는 계기가 되었다.

그 후 여러 번의 만남으로 식은 올릴 수 없었지만 서로의 아픈 상처를 보듬어주며 살아보자는 약속으로 조촐한 밥 한 그릇을 놓고 가정을 이루었다. 이때 재한의 나이 마흔일곱 살이고 아내는 마흔 살이었다.

그 이듬해인 1959년 봄, 귀여운 딸이 출생하였다.

그녀가 신용희인데 메마른 가슴에 생기를 넣어주는 가정의 귀염둥이로 무럭무럭 자라났다.

그리고 1961년 봄에 딸 용화가 태어났고, 그 이듬해 가을에 아들 광호가 태어났다.

사회적으로 차가운 눈초리를 받으며 지하막장에서 묵묵히 벙어리처럼 탄을 캐는 재한에게 빛을 주고 웃음을 주는 나비 같은 두 딸과 믿음을 주는 기둥 같은 아들. 무럭무럭 커가는 자식들을 바라보니 한 편에선 두려움이 자라고 있었다.

여전히 사라지지 않고 끈덕지게 불리어지는 '포로집.'

애들이 학교로 진학하게 되면 얼마나 상처가 클까.

재한에게 쏟아지는 온갖 비난과 수모는 다 참고 견딜 수 있어도 아이들에게만은 손가락질을 하지 말았으면…. 그러나 공산체제하에서는 결코 재한의 과거가 덮어질 수 없으니 그 누구도 그의 가슴 속에 맺힌 원한의 응어리를 돌아보려 하지 않았다.

매일매일 시한폭탄을 안고 사는 것처럼 심장을 조이고 살아가는 재한에게 견디기 힘든 시련이 닥쳐왔다.

누군가가 탄광 변소간 문짝에 '박정희 장군 만세!' 라고 낙서를 했다는 것이다. 탄광 마을이 발칵 뒤집혔다. 가장 의심되는 자로 곧바로 지목된 사람은 당연히 재한이었다.

보위부의 부름을 받고 가는 재한의 두 다리는 후들후들 떨리고 온몸에 경련이 일어났다.

'내가 그랬다는 것처럼 주목받게 누가 그랬지? 내가 뒤집어쓰는 것이 아닐까? 과연 나는 깨끗하다는 것을 어떻게 인정시키지?'

창백한 얼굴로 재한이 들어선 보위부 지도원 방에는 이미 여러 번 만나본 적이 있는 보위부 담당지도원과 낯선 사람 세 명이 도사리고 앉아 있었다.

"신재한 동무, 오늘은 솔직해야 하오. 그래야 용서를 받을 수 있소. 만일 후에 밝혀진다면 어찌 되는지 알지 않소."

먼저 글을 써 보라고 한다.

백지 열장을 가져다 놓으면서 여러 가지 내용의 글을 써 보라고 한다. 심지어 자술서도 쓰라고 한다.

와들와들 떨리는 손에 만년필을 쥐고 글을 써 내려가려니 식은땀이 줄줄 흐른다.

"떨긴 왜 떠오? 한 짓이 있소?"

철퇴로 머리를 맞은 듯하다.

'용기를 내어 쓰자. 내가 쓰지 못하면 바로 범죄자가 된다.'

재한은 겨우 팔목에 힘을 주어 썼다.

이번에는 백묵을 주면서 흑판에 가서 써 보라고 한다.

난생 처음 써 보는 흑판 글씨라 난감하였으나 부르는 대로 써 내려갔다.

"우정(고의적으로) 삐뚤삐뚤 쓰는 거 아니요? 왜 글자들이 춤을 추오? 정확히 쓰오."

벼락같이 지르는 이 소리에 재한은 풀썩 주저앉았다. 후들거리던 다리가 힘이 쭉 빠지면서 더 이상 지탱할 수가 없었다.

네 사람이 뭐라고 수군대더니 담당 보위지도원이 소리친다.

"한 짓이 없다면 왜 저리 떨겠소? 집으로 돌아가서 고백서를 5장 써가지고 내일 저녁 7시까지 다시 오시오."

허둥지둥 밖으로 뛰쳐나온 재한은 누가 붙잡기라도 하는 듯 줄달음쳐 집으로 왔다.

문을 열고 들어서니 부엌 마루 위에 쪼그리고 앉은 아내가 졸고 있다. 문 닫히는 소리에 눈을 뜬 아내는 와락 재한을 끌어안으며 묻는다.

"어떻게 됐담까? 용희 아부지가 아니라고 밝혀졌담까?"

"아직. 내일 또 가야 하오."

아내는 더 이상 묻지 않았다.

하루 이틀에 끝날 일이 아니라는 것을 너무도 잘 알고 있는 아내다.

"술 한 잔 하겠심까?"

"아니요. 애들은 내가 보위부 간 걸 모르죠?"

"다행히도 모르잼까."

두 사람은 말없이 잠자리에 들었다.

아직도 두 다리는 후들거리고 맥없이 내리감은 두 눈에서 뜨거운 눈물이 줄줄 흐르고 있다. 아내가 흐르는 눈물을 닦고 있으나 멈출 수 없이 솟구치는 눈물은 점점 진해졌다.

퉁퉁 부어오른 얼굴로 출근을 하니 분위기가 심상치 않다.

여기 저기 모여 있는 사람들이 재한에게 손가락질하며 수군대는데 한쪽에는 보위부 지프차가 와 있다.

두근거리는 심장을 진정하며 출근도장을 찍고 있는데 누군가가 부른다.

"재한 동무, 조회실로 가 봅소. 아까 담당보위지도원이 찾든디."

쿵! 하늘이 무너지는 듯하다. 분명히 자신을 찾는다고 했다.

이때 지프차 문이 열리더니 옆구리에 권총을 찬 담당보위지도원이 훌쩍 뛰어내린다.

"재한 동무, 함께 가야겠소."

순간 재한은 비틀거렸다.

눈앞이 보이지 않고 등에 메고 있던 배낭이 주루룩 흘러 내려 땅에 떨어졌으나 전혀 의식할 수 없었다.

"어서 올라 타오. 군 보위부에 갔다 올 거요."

웅성거리는 소리가 더욱 커지고 지프차에 시동이 걸린다.

무의식적인 동작으로 차에 탔으나 또 다시 온몸에 경련이 일어난다.

"어젯밤 잘 생각해 봤소? 우겨봐야 소용이 없으니까 고분고분 실토하는 게 좋소. 빼긴다고 될 일도 아니고 매만 차려지니깐 잘 생각하오."

'인정하라고 협박한다. 이 협박이 두려워 인정해 버린다면 나뿐만 아니라 가족이 보위부수용소로 끌려간다. 어쩌면 좋단 말인가….'

미처 생각할 겨를도 없이 도착한 군 보위부 취조실은 그 분위기부터 으스스하다.

거무틱틱한 나무 의자에는 핏자국 같은 검은 흔적이 여기 저기 남아 있고 창문틀 위쪽에는 족쇄가 덜렁거리고 있다.

어디선가 고문이 시작되었는지 비명소리가 들려오고 피비린내가 풍겨오는 듯하여 등에 소름이 쫙 돋는다.

문이 열리더니 깔끔한 인상의 낯선 사람이 들어온다.

"시작해 볼까. 솔직히 반성한다면 용서받을 기회를 줄 수 있으나 계속 뻰다면 좋은 일은 없으니 시간 보낼 것 없이 도장이나 찍으시오."

재한에게 내민 종이 한 장.

'저 종잇장으로 내 운명이 결정된단 말인가.'

턱이 덜덜 떨려 들릴 만큼 "딱 딱" 이가 맞쪼이는 소리가 들리고 경련을 일으킨 두 손에 쥐어진 종잇장이 흔들댄다.

"신재한은 낙서에 대하여 시인도 부정도 못하였다…."

"내가 언제…."

"야, 너밖에 누가 있어? 뒈질 만큼 얻어터져야 불겠냐?"

째는 듯한 소리와 함께 눈앞에서 불꽃이 인다.

얼마나 힘차게 귀뺨을 후려갈겼는지 저만큼 몸이 날아갔다.

"일어나, 다시 묻겠다. 네 수작이지?"

"아닙니다. 저는 절대 아닙니다."

"이 사회에 반감을 품고 사는 너 같은 반동분자가 아니면 누가 밥 먹고 그 지랄 하겠냐? 뼈가 부러져 봐야 알겠냐?"

머리를 사정없이 짓밟다 보니 코피가 터져 나오고 눈두덩이가 퍼렇게 멍이 들었다.

또 다시 군화발로 걷어차는데 순간 귀가 먹먹해 온다.

오른쪽 귀에서 피가 흘러나온다.

"일어나 앉어, 이 반동새끼야."

코피와 귀에서 흘러나오는 피로 얼굴은 피범벅이 되고 얼굴은 멍들어 부어올랐다.

"손도장을 찍어!"

"내가 한 짓이 아닙니다. 절대로 아닙니다."

"덜 정신 들었구나."

머리를 거머쥐고 옆구리를 걷어찬다.

"헉!"

비명소리와 함께 쓰러진 재한을 또 다시 구타하기 시작한다.

이성을 잃은 듯 시뻘겋게 상기된 얼굴로 매질을 하던 조사관은 출입문이 열리자 멈추었다.

"조사관 동무, 잠깐 나옵소."

"일어나 앉아서 기다려."

출입문이 쾅 닫히자 재한은 일어나려고 몸을 일으켰으나 신음소리를 내며 쓰러졌다.

숨이 컥 막히는 것을 보니 갈비뼈가 부러진 듯하다.

그보다도 귀가 쑤셔대는 듯이 아파온다.

발길질에 앞면을 바로 채여 왼쪽 눈이 부어오른다.

외면상 터진 상처보다도 심장이 갈기갈기 찢어져 통증을 일으킨다.

'아, 살아 무엇 하랴. 내가 왜 이렇게 비참하게 되었는가.'

'벽이라도 들이박고 자살하고 싶다.'

'달리는 열차에 몸을 날려 죽고 싶다.'

이런 날조에도 반박할 수 없이 받아들여야만 하는 형편인데 과연 산목숨인가.

재한은 눈물도 나오지 않았다. 분통함과 억울함이 겹쳐 차디찬 콘크리트 바닥을 주먹으로 피나게 내리쳤다.

"재한 동무, 일어나오."

어느 결에 들어온 담당보위지도원이 그를 부축하여 준다.

"돌아가기오."

"뭔 소린지…."

"묻지 말고 집으로 돌아가기오."

'이건 또 뭔 홍두깨 같은 나발이냐. 무조건 손도장을 찍으라고 들이패더니 집으로 돌아가라니?'

"왜요? 나는 어떻게 되죠? 왜 집으로 보내죠?"

"묻지 말라 했잖소? 뭘 알려고 하오. 이젠 돌아가서 일만 잘 하면 되오."

지프차를 타고 오는 내내 도무지 이해가 되지 않는데 물어볼 수도 없다.

'혹시 이렇게 내놓았다가 어느 날 밤에 갑자기 가족과 함께 실어가려는 것이 아닐까?'

집으로 돌아오는 길이건만 재한은 전혀 기쁘지 않았고 점점 무서워지기 시작하였다. 집 앞에 이르러 차에서 내리긴 했으나 발길이 떨어지지 않았다.

'나 혼자 누명을 쓰고 죽는 것은 괜찮으나 가족이 함께 고통을 당하는 것은 참을 수 없다. 어떻게 할까. 이제라도 내가 한 짓이라고 거짓 토설을 하고 혼자 죽을까.'

"저 보위지도원 동지!"

"아, 그만 하오. 밝혀졌소. 밝혀지지 않았으면 당신이 나올 것 같소? 이제부터 정말 딴 짓거리 하지 말고 일이나 잘 하기오."

"네, 알겠습니다."

모든 아픔이 다 사라진다. 가슴 속에 품고 있던 불덩어리가 훌훌 날아가버리는 기분이다. 재한은 나는 듯이 달려가 문을 열어 제꼈다. 순간 온몸이 뚝 굳어져 버렸다.

아내와 함께 세 명의 아이들이 눈물범벅이 되어 앉아 있다. 재한을 쳐다보는 그들 역시 굳어져 버렸다.

대충 씻기는 했으나 여전히 남아 있는 멍든 흔적들을 본 그들은 얼마나 놀랐으랴.

허겁지겁 달려와 와락 안기는 아내, "아부지!" 하고 울부짖으며 동동 매달리는 자식들!

또 다시 기쁨과 안도의 눈물바다가 펼쳐진다.

잠결에도 흐느끼는 사랑하는 자식들을 바라보던 재한은 그제서야 갈비뼈가 아파오기 시작한다.

신음소리를 내는 재한을 바라보던 아내는 기겁한다.

"어머, 귀에서 피가 흘러나와요. 글구 왜 그럼까? 어디 불편함까?"

"아니, 갈비뼈가 조금 시큰거리고. 절대 다른 사람들에게 말하면 안 되오. 군 보위부에 갔다가 왔는데 범죄자가 밝혀졌다니 절대 밖에 나가서는 아는 내색 하지 마요."

"정말임까? 다행임다. 그치 않아도 얼매나 걱정했는데. 애들도 뭔 소리를 들었는지 집에 돌아오자마자 '아부지가 어디 갔냐? 다른 애들이 말하는데 아부지가 잡혀가서 영영 오지 못한다는데 사실이냐?' 고 하면서 엉엉 울어 번집디다."

"너무 면목 없소. 걱정하지 마오."

아내에게 부탁하여 가슴에 붕대를 칭칭 동여매니 한결 아픔이 가셔졌으나 귀앓이는 정말 참기 힘들었다.

아프다고 하여 떳떳이 병원에도 갈 수 없었다.

분명히 맞은 흔적을 의사들은 알아챌 수 있고 또 없는 말이 날개를 달고 퍼져 나갈 것은 뻔한 일이다.

혹시 자식들이 알면 어쩌나 하는 걱정에 출근하였다가 몸이 많이 불편하다고 이유를 적은 다음 조퇴하였다.

재한을 마주 보는 사람들의 눈길에 동정이 묻어 있었고 멍든 그의 얼굴을 보고 깜짝 놀라는 사람도 있었다.

그 모든 시선이 불편하다. 아예 그런 동정마저 하지 말고 모르쇠를 해 주는 것이 더 편하다.

집에 들어서니 아내가 눈물을 흘리고 있고, 용희가 머리를 갸웃대고 있다. 순간 가슴이 철렁했다.

'드디어 올 것이 왔구나!'

"아부지, 국군포로가 뭣입니까? 그리고 왜 우리 집을 '포로집' 이라고 하며 내하고 놀지 않겠다고 함까?"

순간 재한은 쇠방망이로 한 방 얻어맞은 것처럼 정신이 아찔했다.

풀썩 주저앉은 재한은 땅이 울음 절반, 반항 절반이 섞인 한숨을 길게 내쉬었다.

'내가 죄인이다. 내가, 어린 이것들에게 이런 수모를 넘겨줘야 하는 내가 죽일 죄인이다.'

이때 아내의 목소리가 들린다.

"용희야, 별 거 아니라니까, 일없다. 애들이 뭐라 하든 공부를 잘 하고 조직생활을 잘 하면 되니까 그런 말을 듣지 마라, 알았재?"

뭔가 석연치 않은 듯 머리를 기웃대던 용희가 아버지를 한 번 힐끗 쳐다보고는 숙제를 한다.

영원히 불릴 '포로집.' 다행히도 애들은 공부를 무척 잘하고 있다. 특히 글짓기를 잘하기로 소문난 용희가 1등을 한 작문을 들고 왔는데 제목은 '아버지의 웃음' 이다.

웃을 줄 모르는 줄만 알았던 아버지가 만점 맞은 딸의 시험지를 안고 너무 좋아 어쩔 줄 모르며 환하게 웃으니 집안에 웃음꽃이 활짝 피었다는 내용인데 웬일인지 재한은 서글퍼졌다.

그런데 공부를 잘하고 있는 것이 재한에게 크나큰 부담이었다.

용희는 원래 실력이 좋으나 토대(가정 내력)가 나빠 표창장 추천이 안 되었는데 초등학교 시절에는 그나마 어려서 스쳐 지나갔건만 상급학교로 올라가서는 재한이 겪는 사회적 고통이 고스란히 애들에게 옮겨간다는 것이다.

온갖 꽃이 만발한 봄날 재한의 집은 또 다시 눈물바다가 되었다.

실력이 높은 순위로 일주일간 야영을 가는데 용희를 제외하였다는 것이다.

어린 소녀는 얼마나 가고 싶을까. 그런데 학급에서도 성적이 1위인 용희가 빠진 것은 철들기 시작한 애들에게 큰 타격이 되었고, 무엇보다 학급 전원이 용희의 가정 내력을 알게 되었다는 것이다.

"용희아부지가 전쟁 때 적이었대. 인민군대를 죽이며 싸우다가 잡혔는데 겨우 용서하고 살려줬대. 용희는 아무리 공부를 잘해도 대학에 갈 수도 없대. 재네 아부지처럼 탄광일이나 해야 한다드라. 알고 보니 무서운 집이재."

무서운 집. 눈물범벅이 된 얼굴로 용희가 또 다시 피터지게 묻는다.

"아부지, 이 말이 사실임까? 진짜로 인민군대를 죽이는 적이었슴까?"

하늘도 무심하다. 조여드는 심장을 붙잡고 밖으로 뛰어나온 재한은 정처없이 산으로 달렸다.

얼마나 달렸을까. 마을이 보이지 않는다.

물먹은 담벼락처럼 스르르 주저앉은 재한은 참고 참았던 눈물을 펑펑 쏟아냈다.

'어찌 하란 말인가. 무슨 죄가 있어 저 어린 가슴에 아픈 상처를 내야 하는가.'

맘껏 울 수도 없었고 맘껏 소리칠 수도 없었던 그 지옥 같은 시간들을 견딜 수 있었던 것은 오로지 저 금쪽 같은 자식들 때문이었는데 이젠 그들에게 그 생지옥을 넘겨줘야 한다니 심장이 옥죄어드는 듯한 고통이 밀려온다.

캄캄한 밤하늘에 총총히 빛나는 저 별처럼 사랑하는 자식들만큼은 뼈를 깎아서라도 잘해 내세우고 싶었건만 이미 붙여진 '국군포로' 딱지는 영원히 뗄 수 없는 낙인이 되었다.

머리칼은 이미 반백을 넘기고 이마와 눈가에 깊게 패인 주름마다 고통의 흔적이 차고 넘치는 재한의 모습은 분열로 인한 민족의 아픔을 여실히 보여주고 있었다.

떠오른 별을 이고 집 앞에 당도하니 사랑하는 아내가 기다리고 있다.

눈물이 맺힌 그의 눈가에도 어느덧 피해갈 수 없는 아픔의 흔적이 깊이 패어 있고 언제나 웃음이 넘치던 입가엔 무거운 침묵이 자리잡고 있었다.

비지깨주택(성냥개비마냥 한 동 6세대가 사는 단칸방 주택)이라 옆집이 들을까 봐 재한의 손을 잡아끌며 방안에 들어선 아내는 애들이 잠들었다고 손가락을 입술에 곤두세워 댔다.

마주 앉은 내외는 한동안 말이 없었다.

"용희아부지, 어쩜 좋슴두? 앞으로 애들은 대학가긴 틀렸고 분명 탄광일밖에 시킬 수 없는데 너무 기가 막히잼두? 광호는 군대 나가지 못할 건 뻔한데 불쌍해서 어쩜까?"

할 말이 없다.

어느 명절엔가 공급받았던 술 한 병을 슬며시 내놓으며 내뱉는 아내의 말에 또 다시 한숨을 몰아쉬던 재한은 단숨에 반병을 확 마셔 버렸다.

그래도 가슴이 답답하다. 연거푸 남은 술을 마셔 버렸어도 여전히 얼어오는 가슴이 녹지를 않는다.

말없이 그를 지켜보는 아내의 눈가에 눈물이 고이더니 쭈루룩 쭈루룩 하염없이 내려오고 들먹이는 어깨는 멈추지 않았으나 울음소리는 없었다.

소리 없이 우는 울음이 얼마나 고통스러운지, 얼마나 억울하고 원통했으면, 그리고 사랑하는 딸들이 곁에 있어 소리 한 마디 지르지 못하고 뜨거운 눈물만 쏟아야 하는 그 아픔이 얼마나 괴로운 것인지 당해 보지 않은 사람은 모를 것이다.

사나이의 눈에서는 눈물이 아닌 핏물이 흘러내린다.

재한은 보위부에서 구타 당한 여파로 오른쪽 귀는 전혀 듣지 못하고 왼쪽 시력도 잃었다. 전쟁을 겪으면서도 불구자가 되지는 않았는데 보위부에 끌려가 매질을 당하고는 장애인이 되었다.

작업 중 갑자기 정신을 잃고 쓰러져 병원으로 실려와 의식을 회복한 재한에게 사형선고와 같은 진단이 내려졌다.

병원 침대에 누운 재한의 두 눈에는 생기가 없다.

간암 말기.

그를 붙잡고 통곡하는 아내.

얼마나 아팠을까.

그가 하루 결근하면 온 가족의 배급이 잘려 나가다 보니 아픔을 참고 지하 막장에서 탄을 캐 온 남편.

아마도 온갖 가슴 아픈 사연들이 그대로 암 덩어리가 되어 그를 압박했으리라.

탄광 사람들이 말하기를 그가 웃는 것을 통 못 봤다고 한다.

오죽하면 '감정 없는 사람', '분노할 줄 모르는 사람', '말하는 벙어리' 로 불렸겠는가.

그도 젊은 시절에는 참으로 명랑하고 낙천적인 인재였는데, 하지만 국군포로의 신분으로 낙인 찍힌 그 순간부터 그는 인간이 아닌 목석이 되었다. 또 숨을 쉬는 기계가 되었으며, 반항을 모르는 순진한 양이 되고 말았다.

이렇게 살았기 때문에 1950년대, 1960년대의 그 엄혹한 '반당반혁명종파분자 청산' 시기에도 살아남을 수 있었고, 1970년대의 '불순분자 숙청' 을 피해갈 수 있었다.

매일 매 시각 몸에 와 닿는 감시의 눈초리를 감수하며 따가운 시선 피해 골목길만 택하여 다녔으니 푸른 하늘을 몇 번이나 쳐다보았으랴.

출퇴근길에 누구와 눈을 마주쳐본 적이 없고 오로지 발끝만 보고 걸어 다녔다. 더불어 기쁨을 만끽할 수도, 슬픔을 토로할 수도 없었다.

생활이 이러하였으니 어찌 몸에 병이 생기지 않을 수 있었겠는가.

"아부재, 이게 웬일이람까."

허겁지겁 달려 들어와 울음을 터뜨리는 자식들.

희망을 송두리째 잃은 이들을 달랠 수 없는 부모의 속은 타버릴 대로 다 타버려 숯이 되었다. 가까스로 힘겹게 눈을 뜬 재한은 큰딸 용희의 머리를 쓰다듬으며 되뇌었다.

"미안하다. 정말 미안하다."

멍하니 누워서 천정을 바라보는 재한의 두 눈은 눈물마저 마른 듯했다.

단칸방 아랫목에 두툼한 이불을 깔고 몸져 누운 신재한.

이렇게 이 한 많은 세상을 떠나야 하나.

지옥 같은 이 땅을 하직하는 것은 두렵지 않으나 또 다시 이 험악한 곳에 아내와 자식들을 버리고 혼자 도망치듯 가는 것이 죄스럽기만 하다.

간을 먹어 들어가는 암의 발광으로 전해지는 통증보다도 이 가엾은 목숨들을 책임질 수 없고 국군포로라는 딱지까지 넘겨주고 갈 생각을 하니 또 다른 비수가 심장을 찌르는 듯하다.

"여보, 오늘 저녁에 조용히 용희를 만나야겠네. 용화와 광호는 빼고 용희만 불러주게."

"알겠소. 용희아부지, 넘 낙심하지 마오. 내 어쩌든지 최후 노력을 다하겠소."

무릎에 두 손을 포개고 용희가 다가와 앉는다.

"아부지, 내가 왔습다. 많이 아픔까?"

"오냐, 용희가 왔냐? 아프지 않다. 졸업이 언제냐?"

"담주엔 졸업식을 하는데 나는 탄광기능공학교에 명단이 들어갔습다. 돈이나 많이 벌어 텔레비전도 사고, 아부지도 좀 휴식하게 하고, 내가 다 컸잲지 않습니까?"

하얀 이를 드러내며 웃음을 짓는 큰딸 용희.

얼마나 가고 싶던 대학인가.

신분에 대하여 느낀 그날부터 대학을 포기하고도 언제 한 번 부모를 원망하는 말을 해본 적이 없는 용희다.

공부를 하지 않느냐고 물으면 "책을 들여다보면 머리가 아파진다"며 공부체질이 아니라고 넘겨 버리던 용희.

다른 애들이 대학입학 시험을 치러 가는 날엔 집안 구석구석을 다 뒤져 빨랫감 한 임 만들어 강가로 나가 온종일 들어오지 않은 용희다.

몇 년 사이에 훌쩍 성장해 버린 믿음직한 딸을 정겹게 바라보던 재한의 부르터 갈라진 입술이 움직인다.

"용희야, 이젠 네가 듣고 이해할 수 있는 나이가 된 듯하다. 아버지의 고향은 저 남쪽 강원도 강릉의 안인이다."

이렇게 시작된 신재한의 이야기는 전쟁 전으로 옮겨졌다.

거의 2시간에 걸쳐 이어지는 아버지 재한의 이야기를 듣는 용희의 얼굴은 눈물범벅이 되었다.

가끔씩 가쁜 숨을 몰아쉬는 아버지의 타들어가는 입술을 사탕물로 적셔 드리며 용희는 한 마디 한 마디 새겨 넣는다.

"용희야, 미안하다. 이 못난 애비를 용서해 다오."

"아부지, 이게 왜 아부지 잘못임까? 분열의 비극임다."

"용희야, 한 가지만 명심해라. 절대로 분노를 표현하지 말고 맘속으로 새기거라. 그리고 통일이 되면 안인으로 가 꼭 용자 언니를 찾아 보거라. 만나거들랑 아버지가 많이 미안해 하고 무척 보고 싶어 했다고 전해 주렴."

"네. 아부지. 통일 되면 그날로 달려가 찾아볼검다."

"너무도 가고 싶은 고향이다. 종모우를 부려 마음껏 농사짓던 그 시절로 다시 돌아가고 싶다."

1978년 봄, 신재한은 고향 안인을 그리워하며 이렇게 한 많은 세상을 떠났다.

암으로 인한 고통보다 더 극심한 사회정신적 고립과 압박, 피해의 고통으로 저 푸른 대지의 공기를 마음껏 마셔 보지도 못하고, 남겨두는 가족들에게 다가올 또 다른 불행에 대한 근심으로 눈을 감지 못한 채 통일의 그날을 기다리지 못하고 한 줌의 흙으로 변하였다.

아버지의 무덤에서 눈물을 흘리는 용희네 가족. 아버지의 국군포로라는 신분으로 하여 온 가족이 신분차별을 당하면서 언제 한 번 어깨를 쭉 펴고 걸어본 적이 없다.

다른 사람들처럼 불편함을 이야기할 수도 없었고, 모든 범죄사건의 조사 대상 1번으로 조사받았다.

철이 들어 아버지의 이 비통함을 이해하고 보니 세상에서 가장 불쌍한 아버지이다.

언제 한 번 맘 놓고 껄껄 웃어본 적 없으시고 고향 그립다는 말 한 마디 못하고 살아오신 아버지.

만점짜리 시험지를 보시고 빙그레 웃음을 지으시며 어깨를 두드려 주시고 돌아서시며 눈시울을 찍으시던 아버지.

갈기갈기 찢긴 마음을 달래시며 억세게 일하시어 삼남매를 키워주신 아버지가 떠나가셨다.

"아버지!"

때론 아버지를 원망도 많이 해 보았건만 분명한 것이 아버지의 잘못은 아니지 않는가?

엄연히 말하면 아버지도 분단조국이 낳은 피해자인데 어이하여 전범자의 신분으로 사셔야 했던가?

무덤을 끌어안고 목 놓아 우는 어머니가 가엷다.

동생들도 엉엉 소리 내어 운다.

'힘을 내자. 나에게 가족을 맡기시고 가신 아버지가 편히 눈을 감을 수 있도록 최선을 다하여 가족을 지키리라!'

어려서부터 노동을 해 오던 엄마마저 허리병이 도져 겨우 운신을 하는지라 용희에게 세대주라는 무거운 짐이 얹혀졌다.

탄광으로 진출한 용희는 막장까지 들어가 광차를 끌어내오는 광차운전공이 되어 가장의 역할을 하였고 용화와 광호 역시 연이어 탄광으로 진출하였다.

용화는 원래 신체가 허약하여 막장까지 들어가지 못하고 갱 밖에서 탄을 부리는 일을 하였다.

광호는 아버지처럼 갱 막장까지 들어가 탄을 캐는 일을 하였다.

한 해 두 해 애들이 커가니 엄마의 걱정 역시 커갔다.

맘에 드는 대상자를 만나 결혼을 했으면 좋으련만 아버지가 떠나간 그때부터 웃음을 잃은 용희는 묵묵히 일만 하였다.

꽃처럼 활짝 피어난 용희를 누구나가 욕심을 내었지만 국군포로의 딸이라는 신분 때문에 좋은 대상자를 선택할 수가 없었다.

1985년, 용희 나이 27세가 되던 해 집안에 전기가 들어오지 않아 지붕 위에서 이것저것 건드리고 있는데 웬 청년이 성큼 올라와 수리해 주었다. 이것이 계기가 되어 가까이 지내게 되었는데 대상자는 병약하여 군 입대를 할 수 없기 때문에 일찍이 사회보장경로동(노동능력상실 진단을 받은 사람들만이 모여 일하는 곳)에 사는 청년이었다.

건강하지 못한 젊은이건만 신랑 쪽의 반대가 만만치 않았다. 국군포로의 집안이랑 결혼하였다가 언제 보위부에서 실어갈지 모른다는 것이었다. 그렇지만 신랑은 아예 용희의 집으로 들어와 버렸다.

몸은 비록 허약했지만 맘은 선량하고 아주 착했다.

몸져누워 계시는 용희의 엄마를 잘 대해 주었으며 용화와 광호도 친 동생처럼 돌봐주었다.

임신 사실을 접하던 날 용희는 무서웠다.

태어나는 이 아기가 또 다시 자기와 같은 '국군포로집' 딱지가 붙으면 어쩔까. 과연 이 아기에게 아픔을 주지 않고 키울 수 있을까.

조용히 엄마에게 의논해 보았다.

"일없다. 애기 아부지가 토대가 좋으니깐 일없을 게다. 튼튼하게만 낳아라."

너무나도 기뻐 아픈 몸으로 이밥에 고깃국을 끓여 주시던 어머니는 아기의 울음소리도 듣지 못하고 6개월 후 이 세상을 하직하였다.

아버지 신재한과 어머니의 산소를 찾아온 아기 안은 용희.

"아부지, 엄마, 용희가 왔습다. 손녀를 안고 왔습다."

하염없이 흘러내리는 눈물은 나무푯말을 적시고 있다.

이렇게 전쟁 1세대가 떠나가고 그 아픔은 2세대에게 고스란히 넘어가고 있었다.

1994년 7월 8일. 김일성의 사망과 함께 전국이 요란했다. 먹을거리가 없어 도둑이 들끓었고 사회 안전망이 와해되어 질서가 무척 심각해졌다. 도둑놈들이 활개치고 강도떼가 들끓어 거리에는 시체더미가 너절하게 쌓여갔다. 고난의 행군이 선포된 때다.

자고 깨면 동네 여기저기에서 통곡소리가 터지고 줄초상이라 관을 미처 만들어 대지 못했다.

특히 관 하나를 만들려면 한 가족이 두세 달 먹을 식량 값이 들어가는 판이라 웬만하면 가마니에 둘둘 말아 소달구지에 덜렁덜렁 싣고 가서 장례식도 없이 묻어버리면 그만이다.

날이 거듭될수록 경악할 일이 터진다.

강냉이가루에 쥐약을 버무려 꼬장떡(빈대떡)을 만들어서 온 가족이 한 개씩 먹고 집단 자살을 한다.

며칠을 굶었을까. 들어오는 노인이 개같이 보여 아들이 몽둥이로 머리를 까 눕혀 기절해 죽은 노인. 아들이 다른 집 소토지밭을 습격하다가 주인한테 맞아죽었어도 억울한 말 한 마디 못하고, 그 사실에 대하여 행악 한 마디 할 수 없던 엄마. 그뿐이 아니다.

농장 밭에는 무장경비원들이 서 있다.

농장 밭 근처에 얼씬대기만 해도 사격을 해 버리다 보니 뒷간을 본다고 강냉이 밭에 들어갔던 사람이 총에 맞아 죽기도 했다.

농장 소를 훔쳐다 도살해 먹은 두 청년이 총살당했다.

월경도주의 죄명으로 매일과 같이 인민재판이 벌어지고 줄줄이 감옥으로 끌려간다.

군에 위치한 노동단련대는 사람이 차고 넘쳐 사람 위에 사람이 잔다고 한다. 사람 사는 세상이 아니라 철창 없는 감옥, 생지옥으로 변해 간다.

용희네 역시 예외가 아니다.

어느 날 용화가 없어졌다.

용화가 가장 사랑하던 화장품 통을 열어보니 한 장의 쪽지가 있다.

"언니, 조금만 기다려. 내가 중국에 가서 돈을 벌어가지고 인차 올게."

기가 막힌다.

매일 한 끼 죽도 변변히 먹지 못하면서도 결근 한 번 할 수 없었던 용화는 도강에 경험이 있는 친구를 따라 탈북했다.

'제발 무사하여라.'

퇴근하여 들어온 광호도 소리 없이 어깨를 들먹인다.

다음날 직장에서 용화를 찾아 왔으나 용희는 모른다고 딱 잡아뗐었다.

그런데 일주일 후 탄광담당보위지도원이 용희를 찾아왔다.

"다른 사람들이 탈북하는 것보다 너희 집안이 움직이면 어찌 되는 줄 알지? 용화가 잡혀 나왔는데 살아날 가망이 없다. 그러니 광호 너도 조심해."

한달음에 달려 노동단련대에 가서 면회를 신청하니 죽도록 매를 맞아 형체를 알아볼 수 없는 용화가 다리를 질질 끌며 면회소로 나왔다.

"어찌된 일이니? 왜 걷지 못하니?"

"……."

울기만 하는 용화에게 펑펑이가루(옥수수를 튀겨 만든 가루)를 넣어주고 돌아왔다.

중국 땅을 밟아 보지 못하고 국경연선에서 바로 잡히다 보니 다행히 인민재판은 모면하고 2개월간의 노동단련으로 판결이 났다.

일주일에 한 번씩 면회물(신발, 옷, 생활필수품, 옥수수 미숫가루)을 넣어줄 때마다 용화는 "언니, 미안해. 정말 미안해" 하면서 울먹였다.

노동단련대에서 풀려나온 용화는 다리절름발이가 되었다.

국경연선에서 붙잡혀 보위부로 끌려간 용화가 안내자를 밝히지 않자 무섭게 매질을 하였고, 결국 다리뼈가 부러졌는데 치료를 제대로 받지 못하다 보니 삐뚤어지게 붙어 오른쪽 다리가 짧아졌다는 것이다.

용화의 다리를 붙잡고 용희와 광호, 셋은 통곡을 하였다.

허약해질 대로 허약해진 용화는 자리에 몸져누웠다.

사로청조직에서 비판장으로 끌어내기 위해 데리러 왔으나 용화의 몰골이 너무도 처참하여 며칠 말미를 주고 돌아갔다.

시장에 소금 사러 갔다 오니 용화가 없어졌다.

혹시 변소간에 갔다가 쓰러지지 않았을까 찾아보아도 아무데도 없었다.

설마 하는 생각에 또 다시 용화의 화장품 통을 열어보던 용희는 또 다시 경악했다.

쪽지가 있었다.

"언니, 다시는 잡혀오지 않을게. 그리고 자리잡으면 꼭 돈도 내보내 주고 도와줄게. 내가 언니를 많이 애먹였는데 이번에는 꼭 성공할게. 소식을 기다려. 동생 용화 드림."

용희는 털썩 주저앉았으나 눈물이 나지 않았다.

얼른 쪽지를 불태워 버렸으나 심장이 두근거린다.

'하느님! 제발 용화를 살려주세요. 제발 불쌍한 내 동생을 구원해 주세요.'

언제 한 번 불러본 적도 그려본 적도 없는 하느님에게 간절하게 기도하였다. 밤마다 물 한 사발을 정히 떠놓고 광호와 함께 빌고 또 빈다.

'아버지, 어머니, 제발 용화를 도와주세요. 불쌍한 용화가 무사하도록 꼭 한 번만 도와주세요.'

그 기간 탄광 사로청조직과 보위부에서 수십 번을 찾아와 캐묻곤 했으나 용희 남매는 '모른다' 라는 한 마디로 버텼다.

열흘, 한 달이 흘렀다.

잡혔다는 통지가 없는 걸 봐서는 무사히 강을 건넌 것 같았다.

친척 하나 없이, 그것도 성한 몸이 아닌 그가 어디서 무슨 고생을 하고 있을까.

들리는 소문엔 탈북한 여성들이 짐승처럼 매매된다고 하는데 어찌 지내고 있을까.

나날이 가슴이 찢어지고 안타까워진다.

문득 얼굴이 컴컴해진 광호가 용희에게 조심스레 말한다.

“큰 누나, 사실인지 모르겠는데….”

“왜? 어서 말해. 용화 소식이 왔어?”

“저, 좋은 소식이 아니야.”

“엉? 무슨 소식인데? 어서 말해. 속이 뒤집히니깐.”

“용화 누나가 건너갈 때가 딱 장마때였잖어. 그때 물이 엄청 불어서 그 시기 건너간 사람들이 물에 빠져 거의 다 죽었대. 장마가 걷히고 물이 찌니깐(줄어드니깐) 두만강 근처에 시체가 엄청 널려 있었다는데 여자가 대부분이고. 그런데 얼굴이 다 썩어서 누군지 알아볼 수 없어 군대에서 그 시체들을 다 모아서 한 군데다 파묻었대.”

“엉?”

할 말이 없다.

“누나, 그래도 혹시 모르니깐 기다려 봐야지.”

“절대로 우리 용화는 죽지 않았어. 얼마나 강한 애라구. 꼭 어디엔가 살아있을 거야.”

이렇게 말은 하였지만 용희는 터져 나오는 울음을 참을 수가 없었다.

나날이 식량난이 극심해졌다.

이 난국에 용희의 남편이 신장병(뇨독증)으로 부종이 심하여 시간을 다투고 있었으나 약을 살 수도 없었다.

병원도 약이 없어 개인 약장사에게서 약을 사가야만 주사를 놔주는 지경이고 링거도 설탕을 가져가야만 제조해 주었다.

산 사람 입에 거미줄 치지 않는다고 하지만 정말로 거미줄이 쳐질 것 같았다.

하루 한 끼 죽물도 연명하기 힘든 상황이라 병석의 병자는 오죽하겠는가.

탄광은 전기가 들어오지 않고 설비가 부족하여 폐갱이 되다 보니 기력이 있는 사람들이 오소리 굴같이 기어들어가 곡괭이로 탄을 캐서 한 배낭씩 메고 나오는 정도이다.

한 배낭은 탄광 본부에 내야 하고 한 배낭은 집으로 메고 오게 되는데 이것을 팔아 강냉이 쌀을 사든지 소금을 산다.

죽물을 마시고 이 힘든 노동을 하는 광호도 허약해질 대로 허약해졌다.

이런대로 유지하면 좋으련만 설상가상 일이 터졌다.

드디어 광호가 일을 저질렀던 것이다.

친구들과 함께 탄광 전기선(동선)을 잘라 밀수꾼에게 팔려고 했는데 누군가의 밀고로 들통이 나 버린 것이다.

3명의 친구들과 군 안전부로 압송된 광호는 온갖 고문과 심문을 받았다.

그런데 억울한 것은 세 명은 노동단련대 3개월로 판결되었고 광호는 주모자가 되어 인민재판을 받는다는 것이다.

"왜 우리 광호만 재판받습네까?"

"주모자라고 실토했어."

"주모자라니? 네 명중에 무엇 때문에 우리 광호가 주모자가 됨까?"

"본인의 진술이야. 너하고도 꿍꿍이 한 거 아냐? 전기선을 자른 것은 단순한 경제건이 아니라 이건 정치건에 해당하는 것이야."

하늘이 무너진다.

그러니깐 모든 죄를 광호가 다 뒤집어쓰고 감옥으로 가는 것이다.

신분마저 떳떳하지 못하니 다른 애들은 간단히 다 살아나고 광호 하나만이 심판장에 올라선다.

뇌물을 주면 살아날 수도 있다고 하는데 지금 형편에선 방안의 환자도 살릴 힘이 없다. 울고 싶어도 울 곳이 없고 울어도 소용없다.

'불쌍한 내 동생들아!'

인민재판이 열리고 광호에게 징역 3년형이 내려졌다. 판결을 듣고 광호가 졸도해 버린다. 앉아 있던 용희도 기절하였다. 눈을 떠 보니 가쁜 숨을 몰아쉬는 남편의 곁자리다. 용희는 눈을 뜨기조차 싫었다. 이대로 그냥 죽어 버렸으면 좋으련만 살아 있는 것이 고통이다.

"여보, 힘내서 일어나야지. 떠나는 광호에게 따끈한 밥 한 그릇이라도 해 먹여 보내야지."

가까스로 몸을 일으킨 용희는 비상미로 남겨두었던 쌀을 씻어 가마솥에 넣고 불을 지피면서 어깨를 들먹였다.

꾹꾹 눌러 담은 벤또와 몇 가지 옷을 챙겨들고 안전부로 가서 광호 면회를 신청했다. 족쇄에 묶인 채 걸어 나오는 광호를 보던 용희는 또 다시 정신이 가물가물해졌다.

순간 피가 나게 이를 앙다물고 정신을 가다듬었다.

'이제 쓰러지면 우리 광호를 다신 못 본다. 정신 차리자.'

"누나!"

그래도 광호는 씩 웃는다.

"그래, 광호야, 아픈 데는 없니?"

머리는 벌써 빡빡 깎아버렸고 홀쭉해진 두 볼의 보조개는 온 데 간 데 없다.

"매부는?"

"좀 나아졌다. 시간이 없는데 어서 먹어. 앓지 마라. 누나가 한 달에 한 번씩 면회 갈게."

"누나, 오지 마오. 나는 견딜 수 있소. 내가 깡다리(강한 힘) 좀 있잖소."

"그래, 내 동생은 강하지. 꼭 이겨내고 나와야 해."

"걱정 마."

피식 웃는 동생을 보니 더욱 울음이 터져 나오는데 이제 울면 동생이 떠나갈 때 얼마나 슬플까 싶어 입술을 꾹 깨물었다.

"남기지 말고 다 먹고 가."

족쇄를 찬 상태로 밥을 먹는 동생이 야속하여 용희가 떠 넣어 주었다.

철이 덜 들었는지 아니면 누나를 기쁘게 해 주려고 그러는지 싱글벙글 웃으며 밥을 받아먹는 광호가 안쓰럽다.

"내가 애기 같소. 꼴똑(가득) 먹었소. 배가 터질 지경이오. 누나가 병이 나면 안 되니깐 주의하오."

광호는 전거리 교화소로 떠나갔다.

그가 떠나간 지 며칠이 지나 광호와 함께 작당을 했던 애들 중 가장 나이가 많았던 애의 엄마가 용희를 찾아왔다.

"광호가 누나를 좀 도와달라고 부탁했소. 그래서 우리 세 집에서 돈을 모아 가져 왔소."

그녀는 용희 앞에 만5천원(강냉이 100kg을 살 수 있음)을 내놓았다.

"우리 광호가 이 돈을 받기로 하고 모든 죄를 다 뒤집어썼소?"

"그건 아니고…."

"그럼 왜 돈을 가져다주오?"

"광호 말이 누나가 불쌍하다면서 도와줬으면 해서 애원하기에 인간적으로 가져왔당께. 우리도 먹고 살기 바쁘오. 남아서 가져온 줄 아오?"

돈을 바닥에 던지고 홱 돌아나가는 그 여인을 바라보는 용희는 울 힘도 없어 털썩 주저앉았다.

'결국 이 돈을 위해 내 동생이 징역 3년 살러 갔구나!'

동생의 징역생활과 바꾼 그 돈을 절대로 쓰지 않는다 하였건만 목구멍이 포도청이라 눈물을 머금으며 손을 댔다.

광호가 떠난 지 보름이 채 되지도 않았는데 남편이 사망했다.

마지막 순간에 남편은 용희의 손을 꼭 잡고 유언했다.

"불쌍한 광호에게 면회를 자주 가고 용화도 꼭 찾아야 하오. 그리고 당신이 힘드니깐 우리 딸은 엄마가 그냥 키우도록 내두오."

장례를 마치고 광호 면회를 떠난 용희의 가슴 속에는 서러움의 피가 가득 차 있었다.

열차가 다니지 않아 도로에서 지나가는 자동차를 기다려 타고 도착한 전거리 교화소는 스산하기 짝이 없었다.

혹시나 싶어 고양이담배(브랜드이름)를 두 갑 사가지고 갔는데 역시 잘했다. 투덜대는 보초병에게 한 갑 질러주니 바로 '해시시' 하며 면회명단에 이름을 넣어준다.

반나절 기다려 순서가 되었다. 면회물이라야 고작 돼지고기 반찬, 삶은 계란 두 알, 감자 반찬, 쌀밥이다.

그래도 맛있게 먹어줄 광호를 생각하며 기다리는데 문이 벌컥 열리며 "누나!" 하는 소리가 들린다.

까까머리에 핼쑥해진 광호가 밝게 웃으며 껴안는다.

"매부는? 작은 누나 소식 있소? 금주는?"

"어서 먹기나 해. 네가 먹을 때 내가 말할게."

"와, 맛있는 거 많네. 오늘은 생일이다."

"힘들지? 겨울이 다가오는데 감기 조심하고 위반행위를 하지 말고. 우리 집 사람들은 다 잘 있어."

"알았소. 내가 뉘기오. 생활 잘하문 모범 출소도 된다니깐 내 열심히 생활 잘해서 모범 출소하겠소. 힘든데 자꾸 면회 오지 마오. 그 돈이면 매부를 살리오."

순간 용희는 울음이 터져 나왔으나 울 수가 없었다. 광호가 매부의 죽음을 안다면 얼마나 가슴 아파할까 생각하니 절대로 표현해서는 안 된다.

"알았다. 걱정하지 마라. 그리고 평평이가루를 20kg 넣었으니 그리 알고 조절해 먹어라."

"뭔 소리요? 다신 가져오지 마오. 나는 감자반이어서 감자를 실컷 먹소. 생감자가 얼매 맛있는지 아오? 나를 보오. 감자살 오른 것 같잖소?"

능청맞게 익살을 부리는 광호를 보니 순간이나마 웃음이 나온다.

벌쭉대며 다시 교화소 정문을 걸어 들어가는 광호의 뒷모습을 보며 용희는 드디어 울음을 터뜨렸다.

'아버지, 어머니, 죄송합니다. 내가 동생들을 지키지 못했습니다. 내가 죽을힘을 다하여 광호를 꼭 살려내겠습니다.'

용희는 자신의 뼈와 살을 다 바쳐서라도 동생을 살리리라 다짐하며 힘차게 돌아섰다.

나날이 기근이 심각하다.

땅뙈기에 조금 심어놓으면 곡식이 여물기도 전에 도적이 먼저 베어가 버린다. 전기가 전혀 들어오지 않아 탄광은 멎은 지 오래 되었고 그러다 보니 땔거리마저 60~70리 밖에 가서 해결해야 하였다.

딸 하나를 거느리고 살기도 무척 힘들었다.

광호에게도 한 달에 한 번씩 꼭 면회를 가리라 다짐했는데 생각처럼 되지 않는다.

별 도리 없이 강냉이가 좀 생기면 불규칙적으로 다녀오곤 하였다.

벌써 1년이 지났다.

불현듯 안전부에서 호출이 왔다.

'설마?'

두근거리는 맘으로 들어서는 용희에게 안전부원이 통지서를 내민다.

'병보석통지서' 인데 그간 광호가 병이 심해져 감옥생활이 어렵기 때문에 잠시 집으로 나와 치료를 받고 다시 들어가야 한다. 한 달 전에 면회 갔을 때 조금 축간 것 같긴 했는데 그때 병이 생겼나 보다.

"심하답니까?"

"모르지. 내일이라도 당장 가서 데려오우. 통행증은 없어도 되오. 이걸 가지고 가오."

허겁지겁 집으로 달려온 용희는 광호 옷 몇 벌을 챙겨들고 농짝 밑에 숨겨둔 돈 5천원을 꺼내들고 큰 길가로 달려 나갔다.

'어디 얼마나 아플까?'

하루 지나가는 차 두석 대도 보기 힘든 도로였다. 그나마 지나가는 차마다 사람이 무너지게 올라타 있어 애당초 세워주지 않는다.

아무리 담배 갑을 흔들고 돈을 흔들어도 소용없다.

가까운 거리라면 죽어라 뛰어가고 싶었으나 자동차로 가도 두 시간 이상 걸리는 300리 길이다. 눈물범벅이 되어 하룻밤을 도로에서 보낸 용희는 다음날 새벽이 되어서야 간신히 차를 얻어 탈 수 있었다.

전거리 교화소 정문에 당도하니 욕설이 기다리고 있다.

"통지서 보낸 지 언젠데 인제야 오면 어쩌오? 동생이 죽어도 상관이 없소? 빨리 수속하오."

"심합니까?"

"심하오. 콜레라에 걸렸는데 걷지도 못하오."

잠시 후 들것에 들리어 광호가 나왔다. 몰골을 알아볼 수 없다.

뼈만 앙상한 얼굴을 보니 광호인가 싶다.

"광호가 맞니? 누나다. 눈을 떠봐라."

순간 눈을 번쩍 뜬다. 입귀도 흔들린다.

"이 새끼, 누나 목소리 들으니깐 눈을 뜨네. 숨이 겨우 붙어 있으니깐 얼렁 데려가서 궁둥이에 바람 넣어 살립소."

그런데 이런 상태로 걸을 수 없다.

"안전원 동지, 걸을 수 없는데 어찌 집에 데려갑니까?"

"내가 어쩌겠소. 나도 방법이 없소."

"업을 수도 없고 걸을 수도 없는데 어찌 데려갑니까?"

"돈 좀 있소? 돈이 있으면 휘발유 사오. 그러면 내가 교화소 자동차를 승인받아 보겠소. 하두 이 새끼가 일을 잘 하고 모범수이어서 도와주겠으니 어디 가서 휘발유 3천원어치 사오. 그럴 수 있소?"

"알겠습니다. 좀 도와주십소. 내가 가서 사오겠습니다. 광호야, 조금만 기다려라. 내가 인차 올게."

순간 광호가 용희의 손을 꼭 잡는다.

"그래, 기다려. 내가 인차 올게."

땀을 뚝뚝 흘리며 마을을 뒤져 휘발유 한 통을 사들고 뛰어오는 용희의 눈에는 뵈는 것이 없다. 오로지 광호가 어른거릴 뿐이었다.

목에서는 단 냄새가 확확 올라오고 잔등은 땀으로 질척거린다. 교화소 정문에 도착하니 모두가 놀란다.

"단수 좋네. 동생이 정말 귀중하네."

모두가 혀를 내두르며 비양조로 말했지만 개의치 않는다.

"광호야, 내가 왔다. 집으로 가자."

용희의 목소리를 들은 광호가 다시 눈을 떴다.

광호의 눈에서 눈물이 쭈루룩 흐른다.

"울지 마. 누나가 있으니 얼마든지 다시 일어날 수 있다."

2개월이 흘렀다.

광호는 설사가 겨우 멎어 이제야 혼자 일어나 앉을 수 있었다.

날마다 누나에게 죄송스러워 한다.

"광호야, 절대로 미안해 하지 마라. 나는 네 누나야. 우린 피를 나눈 가족이다. 언젠가 용화도 꼭 만날 수 있다. 힘내서 살아보자."

하루하루 건강을 회복해 갈수록 용희의 가슴이 더욱 아파온다.

원기를 찾으면 다시 그 생지옥으로 돌아가 형기를 마쳐야 하는 광호 본인은 얼마나 무섭고, 두렵고, 끔찍하겠는가. 만일 다시 교화소로 돌아가지 않는다면 지금이라도 광호가 벌떡 일어나 뛰어다닐 것 같다.

대신할 수 있다면 얼마나 좋으랴. 돈만 있으면 남은 형기 2년을 모범출소로 대신할 수 있다는데 그 거액이 어디 있으랴.

정말 안타깝다. 그런데 들리는 소문에 중국으로 가면 살기가 훨씬 좋고 잡히지만 않으면 돈도 벌 수 있다는 것이다.

벌써 마을에서 중국으로 간 사람은 엄청 많다. 자고 깨면 이런저런 풍문이 슬슬 돌아다닌다.

"뉘집 딸이 중국 갔소, 뉘집 아들이 잡혀 나왔소, 뉘집 딸이 돈을 내보내

줘서 그 집에서는 강냉이를 500kg을 샀소."

용희도 어디 정보를 좀 얻어 볼까 하여 장마당을 배회하던 중 고등 동창이 월경시도로 잡혀 들어가 3개월의 강제노동을 하고 집으로 돌아왔다는 소식을 알게 되었다.

용희는 그녀를 찾아갔다.

평시에도 용희는 그녀와 자주 마주 앉아 뜨개질도 하고 음식을 나눠 먹기도 하였으나 월경사실에 대하여서는 전혀 모르고 있었다.

그런데 그녀와 대화를 하던 도중 용희는 정신이 번쩍 들었다.

"용희야, 너네 아부지 남조선 사람이니까니 남조선에 친척이 있재? 지금 남조선에 있는 친척들이 밀수꾼들을 통해 돈을 보내준다재. 너도 주소를 안다면 연락해 봐라. 혹시 아니, 너희 친척들이 돈을 보내줘서 광호를 구원할 수 있을지도 모르잖니?"

"어떻게 연락하지?"

"주소만 정확히 알면 연락할 수 있다더라. 그런데 중국에 가면 자꾸 잡혀 나오니까 다 한국에 간다드라."

"한국은 뭐야?"

"남조선 보고 한국이라드라. 나도 이번에 강제노동장에서 들었재. 완으루 잘 산다드라."

순간 용희는 두 다리가 후들거렸다. 입이 떨어지지 않고 심장이 쿵쿵 뛰었다. 무서움이 섞인 눈길로 친구를 바라보았다. 그리고 황급히 집으로 돌아왔으나 여전히 심장은 뛴다.

'뭐야? 혹시 보위부 스파이가 되어 나를 떠본 것이 아닌가? 그렇다면 이제부터 나를 감시할 것이 아닌가?'

머리칼이 곤두선다. 함부로 혀를 놀리다가는 정말 쥐도 새도 모르게 정치범수용소로 실려 갈 판이다.

며칠 후 병문안을 구실로 그 친구를 찾아갔다.

강제노동장에서 매질을 당했는데 다리가 부러졌고 갈비뼈 3개에 금이 갔다고 한다. 가슴에 붕대를 감고 한쪽 다리를 뻗치고 누워있는 그녀를 보니 눈물이 났다.

"많이 아프재? 죽이라도 먹어라."

"고맙다. 죽을 끓일 낟알도 없다. 다리만 나아봐라. 그날 밤으로 또 훨 날아서 중국으로 가겠다."

"야, 이번에 잡히면 감옥 간다. 무섭지 않니?"

"이렇게 앉아 굶어 죽으면 어떻고, 가다 총에 맞아 죽으면 어떻고, 요래 죽으나 조래 죽으나 마찬가지재. 나는 중국 가서 이밥이라도 실컷 먹어보고 죽으면 원 없겠다."

"좀 있으면 나아지겠지. 좀만 참아보재."

"어휴. 넌 정말 암흑이네. 이젠 다 망했다. 누가 쌀을 준다니? 우리 죽은 담에 잘 살든 말든 상관 뭐냐? 내가 지금 굶어 죽게 될 판인데. 눈에 뵈는 게 아무것도 없다."

"아무 말이나 이렇게 막 하다가는 니 잡혀간다."

"니만 고자질하지 않으문 된다. 근디 너는 잘 살 거라는 미련이 있나?"

"모르재. 내 어찌 알겠니."

"내 너를 믿고 말하는데 나는 다 나으면 중국으로 해서 한국 가겠다. 한국은 정말 잘 산단다. 중국 조선족들도 돈 벌러 한국 간다재. 돈 벌어다가 집을 사고 아파트 사고 인간답게 산다재."

"헉."

용희는 숨이 나오질 않았다.

친구를 쳐다보았다.

어찌 이런 말을 이리 서슴없이 하는가.

이러다가 보위부에서 안다면 꼼짝없이 실려 갈 판인데….

"난 가겠다. 몸조리 잘 해라. 글구 입조심해라. 행동하기 전에 선선한 데(감옥) 가겠다."

용희는 또 다시 황망히 집으로 달려왔다.

당황하여 들어서는 그를 보며 광호가 묻는다.

"누나, 뭔 일 있소?"

"아니, 별 거 아니야. 저…. 됐다."

용희는 아니 아니 머리를 저었다.

다른 일이라도 해야 진정이 될 것 같아 술을 뽑을 날짜를 헤아려 보았다.

부엌 밑에 숨겨놓은 술독에서 냄새가 물씬 난다.

저녁밥을 짓는 시간을 이용하여 세 개의 쇠가마에 술죽을 나눠 부어넣고 술을 뽑아내야 한다. 끼 때가 지나 굴뚝에서 연기만 나도 안전원이 들이닥치기 때문에 밥 짓는 시간을 이용할 수밖에 없다.

약 1시간 동안 바짝 불을 때면 세 가마에 쏟아 넣은 술죽에서 7킬로그램의 원주(알콜농도 70% 이상)가 나온다.

이 원주를 자체로 만든 정수기(작은 양동이 밑바닥에 작은 구멍을 뚫은 후 숯을 깔고 그 위에 모래주머니를 놓고 다시 숯을 깔고 술을 부어 넣으면 맑은 술이 떨어진다)를 통해 말끔히 정제한다. 그 다음 도수계를 이용하여 25%가 될 때까지 맑은 찬물을 부어넣는다.

물론 밀주밀매는 금지되었으나 강냉이를 불리자면 이 방법이 최고이다.

뒷정리까지 말끔히 끝내고 캄캄한 방에 누웠으나 점점 정신이 또렷해진다. 아직도 친구의 말이 쟁쟁하다.

'한국으로 갈 거다. 기회를 보다가 중국에 있는 한국대사관에 들어서기만 하면 된다고 한다. 죽기내기로 달려들면 되겠지.'

'과연 가능한 일일까? 혹시 실패라도 하면 나는 다른 사람들과 다른 제재를 받을 것이다. 그러나 성공한다면 우리 광호도 살리고 아버지 고향도 찾아볼 수 있다. 무사히 갈 수 있을까?'

창밖에 날이 새도록 뒤척이었다.

"용희야! 광호는 좀 어떠냐?"

친구가 거의 완쾌되어 찾아왔다. 조금 절뚝거리기는 하나 훨씬 좋아 보인다.

"어머, 다 나왔네. 다행이다."

"죽을 수는 없지. 억울해서 못 죽지."

"어찌 이렇게 찾아왔니?"

"못 올 데 왔니? 네가 그동안 나를 돌봐주었는데 내가 강냉이죽을 한 가마 쒀놓고 왔다. 함께 가서 먹자. 너의 혹(딸)도 달고 온나. 광호도 먹을 수 있다면 올 때 담아 보낼게."

친구는 양 옆집에서 다 들으라는 듯이 큰 소리로 외쳐댔다.

그리고는 한 눈을 찔끔하더니 "얼렁 따라와라" 하고 가 버린다.

용희는 웬일인가 싶어 그녀의 집을 찾았다.

정말 강냉이죽을 먹음직스럽게 푹 삶아 놓고 기다리고 있었다.

큰 사발에 듬뿍 떠서 용희 앞에 척 내놔주고 자기도 한 사발을 가져다 놓더니 말을 꺼낸다.

"야, 용희야. 나는 11월 중순에 중국 갈련다. 너는 어쩔래? 그 감옥으로 광호를 다시 보내겠냐? 광호를 데리고 우리 중국 가자."

순간 용희는 숟가락을 떨구었다.

"엉? 벌써? 근디 나는 무섭다. 니도 알지만 우린 너희네 같지 않다. 광호는 총살 당할 수도 있다."

"안 잡히게 다 짰다. 강제노동장에서 도강문세를 펄펄 나는 언니를 만났댔는데 백발백중이란다. 겨울에 두만강이 얼면 넘어가는 길을 그 언니가 안단다. 생각해 봐라."

숟가락을 들 수 없이 떨린다.

'함정일까? 진심일까?'

"근데 왜 나를 이렇게 믿고 다 말해 주니?"

"나는 너를 안다. 얼마나 토대 때문에 맘 고생하며 살았니? 우리도 삼촌이 치안댄지 뭔지 했다고 딱지 붙어서 오빠가 10년 동안 군대 나가서 썩어지게 고생하고 왔지만 결국 입당도 못했재. 더러워서 못살겠다. 나를 믿어 봐라."

"고맙긴 한데, 아직 한 달 남았으니 좀 생각해 볼게."

"근데 용희야, 니가 안 가면 말고. 어디 가서 말하지 말라."

"그러재. 절대 안 되지."

또 다시 잠을 이룰 수 없다.

잠들지 못하고 뒤척이는 누나를 지켜보던 광호가 조용히 말했다.

"누나! 우리 중국으로 가기오. 나는 정말 죽인대도 다시 감옥으로 갈 수 없을 것 같소. 자살하고 싶은 생각도 든단 말이오."

이렇게 말꼭지를 뗀 광호가 감옥생활에 대하여 눈물을 흘리며 말한다.

전거리 교화소는 북부지구에서 가장 큰 교화소이다.

남자들만 가두어 놓은 감옥인데 노동 강도가 마소와 같다고 한다.

기계가 없이 모든 노동을 인력으로 하다 보니 말 그대로 사람은 '말하는 기계' 다. 농사를 전문으로 하는 농사반과 벌목을 하는 벌목반으로 나뉘어져 있다. 새벽 5시에 일어나 교양학습 30분을 하고 6시까지 아침 식사를 마친 다음 바로 작업장으로 떠난다.

식사라고 하는 것은 희멀건 강냉이가루죽 한 사발이 고작이다.

농사반에 들어가자면 '뇌물작전' 을 하여야 한다.

강냉이죽으로 허기진 배를 밭에 있는 날곡식으로 달랠 수 있기 때문에 한창 난알이 여무는 시기에는 그들의 볼에 제법 살이 오르기도 한다.

생강냉이와 생감자는 고급식량이고 그 외 소채(야채)들도 눈치껏 훔쳐 먹을 수 있다. 작업을 마치고 돌아올 때는 엄격한 몸수색이 있어 단 한 알의 강냉이도 가져올 수 없다.

벌목반은 일이 힘들기 때문에 점심 한 끼는 짝강냉이 밥(옥수수를 쌀알 크기만큼씩 타개서 만든 쌀)에 절인 무 한 조각이 전부이다. 나무를 수동 톱으로 베어 쓰러뜨리고, 가지를 치고, 심지어 운수수단이 있는 곳까지 메어 나르는 벌목일은 너무 위험하다. 만일 사고 나면 그 시체를 어떻게 하는가. 거적데기에 둘둘 말아 어디론가 실어가 버린다고 한다.

그 다음 유가족에게는 그 사람이 만기 되는 날 '병으로 사망했다' 고 통지만 보내는데 시체는커녕 유물조차 찾을 수 없으며 더욱이 억울한 것은 영원히 서류에 감옥생활로 남는다는 것이다.

안전원들의 집단구타로 죽었어도 눈썹 하나 까딱하지 않고 '병사통지'로 처리한다고 한다. 들을수록 사람이 아닌 짐승취급을 당하고 있는 것이다.

'아니 짐승도 팔아먹기 위해 얼마나 애지중지 보살피며 키우는데….'

눈물을 줄줄 흘리며 감옥생활을 떠올리는 광호를 바라보는 용희도 더는 할 말이 없었다. 하지만 성공을 기약할 수 없는 그 길을 어찌 선택할 수 있으랴. 잡히기만 하면 처형장에 서야 하는 그들이기에 엄두가 나지 않는다.

용희는 생사를 판갈이하는 운명의 갈림길에서 몸부림쳤다. 너무도 안타까운 나머지 아버지와 어머니의 사진을 다 꺼내놓고 묻고 물었다.

"아부지, 엄마, 내가 정말 떠나도 됨까? 통일은 멀고도 멀었고 아부지가 그렇게도 가고 싶어 하시던 고향땅에 나라도 가봐야 하는데 이런 모험을 하지 않으면 안 됨다. 하늘에서 아부지하고 엄마가 우리를 도와주시문 정말 성공할 수 있는데. 광호가 앞길이 없습니다."

용희는 결심했다. 조심히 광호에게 다가앉은 용희는 심각한 얼굴로 물었다.

"가자. 가다가 어떤 일이 있더라도 떠나자. 그런데 잡히게 되면 죽기보다 못하니깐 아편진액을 가지고 떠나자. 만일 잡히는 순간 먹고 죽자. 절대로 살아서 잡히면 안 된다. 그렇게 할 수 있겠니?"

"누나, 난 그 무엇도 무섭지 않소. 감옥으로 다시 가는 것은 죽는 것보다 못하오."

"아직 한 달 정도 시간이 있으니 우리 준비를 하자. 절대로 내색을 하지 말고. 그런데 내 딸은 데리고 떠나지 못하겠다. 아직 친할머니가 젊으시니깐 돌봐줄 수 있잖니. 그 위험한 길에 열네 살짜리를 데리고 떠날 수는 없구나."

결심은 했어도 용희는 흐르는 눈물을 멈출 수가 없었다.

아버지를 잃고 이제 엄마마저 떠나버리면 저 어린 것이 얼마나 무서우랴 싶다. 하지만 엄마가 있어 신분위축을 당하느니 출신 성분이 좋은 할머니 집에서 가슴 펴고 살았으면 싶다.

'탈북이 성공적이면 돈을 보내 주리라. 내가 피우지 못한 꿈을 내 딸은 펼치도록 하리라. 이것이 엄마로서의 마지막 최선이다.'

이를 꽉 다문 용희의 입술에 붉은 핏방울이 맺혔다.

'가리라. 아버지의 사진이라도 고향에 묻어 드리리라.'

용희는 아버지의 독사진과 가족사진, 그리고 아버지가 생존시 적어주신 주소를 준비했다.

두만강이 꽁꽁 얼어붙은 2000년 11월 22일.

희미한 달빛 아래 두만강의 하얀 눈 위에 발자국을 남기며 용감히 중국으로 향하는 용희와 광호.

총구도 무섭지 않고 얼음 구멍도 무섭지 않은 그들.

그 무엇도 죽음을 각오한 그들의 앞길을 막을 수는 없었다.

그들의 손에는 검은 약덩이(아편진액)가 쥐어져 있었다.

'산천초목아, 이들을 지켜주렴. 뺨 에이는 칼바람아, 잠시만 멈춰주렴. 부모의 원한 풀어드리려 죽음을 각오하고 떠난 이들을…'

용희와 광호 남매는 함께 강을 건너온 친구와 함께 수 개월간 북경 변두리 식당에서 일하며 머물렀다. 한국대사관으로 무사히 진입하기는 매우 힘들다. 중국 경찰이 수시로 대사관 밖 담장 주변을 순찰하기 때문에 성공할 수 없다.

그래서 한국대사관 인근 식당을 물색하느라고 몇 개월이 걸린 끝에 모두가 함께 이 식당에 올 수 있었다. 이 식당으로 옮긴 후 주도면밀한 관찰과 지형지물을 이용하는 방법 등을 세밀히 검토해 두고 기회를 노렸다. 대사관을 눈 앞에 두고 찬스를 기다리는 시간은 피를 말리는 듯 고통스러웠다.

대사관 진입에는 두 가지 방법이 있다는데 위조 출입증을 만들어 모험하는 것과 밤을 이용하여 대사관 담벽을 타고 들어가는 것이었다.

두 방법이 다 위험천만한 일이긴 하지만 모험을 하지 않고서는 들어갈 수가 없다.

그럭저럭 2년여의 시간이 지난 어느날, 친구가 다행히도 대사관 돌진을 시도하는 한패를 찾아냈다.

용희 남매도 그들과 합세하여 사다리를 준비하고 그믐날을 기다렸다.

칠칠야밤 새벽 2시 경.

대사관 담벼락에 바짝 붙은 사람들은 애들을 먼저 올려 보내고 여자들을 올려 보낸 다음 남자들이 올라가기로 계획하였다.

용희가 거의 담벽에 다 올라갔고, 친구가 중간에 올라왔는데 그 순간 호각소리가 다급하게 울려 왔다. 이를 어쩌면 좋단 말인가.

사다리 아래쪽에서 광호가 막 오르고 있는데 순식간에 경찰들이 달려들었다.

"광호야! 빨리 빨리!"

용희는 목이 쉬도록 소리를 질렀다.

친구가 다급하게 용희에게 손을 내젓는다.

얼른 그의 손을 잡아 젖 먹던 힘까지 다하여 당겼다.

그녀도 역시 담벽 위에 올라섰다.

"아!"

용희의 입가에서 비명소리가 길게 울린다.

벌써 아래쪽은 아수라장이 되었다.

여러 명의 탈북자들이 잡혀 질질 끌려가고 있는데 아직 허약한 상태인 광호도 보인다.

"광호야!"

용희가 막 뛰어내리려는데 친구가 붙잡는다.

"다 죽자고 그러니? 너라도 살아야 광호를 구원하지."

순간 광호의 목소리가 울린다.

"누나! 얼른 안쪽으로 뛰어내리오. 나는 약을 먹었소. 잘 가오. 성공하오. 누나!"

"안 된다. 광호야!"

순간 '쿵' 하는 소리와 함께 정신을 잃은 용희.

용희와 친구는 대사관 안쪽 마당으로 돌덩이마냥 쿵 나가떨어졌다.

"저기요. 정신 차려 보세요."

어슴푸레 들려오는 낯설지만 상냥한 여성의 목소리.

피부가 하얗고 가냘픈 여자가 조심스레 흔든다.

힘겹게 머리를 들어 보니 친구 역시 신음소리를 내며 일어나 있었다.

"여기가 어딥까?"

"여기는 한국대사관입니다."

순간 친구가 아픈 다리를 질질 끌며 용희에게 달려와 와락 끌어안는다.

"성공이다. 만세!"

그렇지만 용희는 웃을 수가 없었다.

"광호는? 우리 광호는?"

"끌려갔다. 그런데 무슨 약을 먹었다고 소리치더라."

"광호야! 광호야! 누나가 잘못했다. 네가 먼저 올라왔어야 했는데. 불쌍한 동생아!"

용희는 몸부림쳤다.

'이 세상이 왜 이다지도 우리 가족에게 모질단 말인가. 아버지와 엄마는 왜 불쌍하게 남겨둔 우리 형제를 도와주지 않으시는가. 죽고 싶다. 내가 혼자 살아서 무엇 하랴.'

용화는 몇 년째 소식 없이 두만강에서 익사했다는 흉흉한 소식만 들리고 광호마저 또 다시 잡혀갔다.

그런데 광호의 목숨이 위험하다.

분명히 아편진액을 먹었다고 했는데 아마도 소생할 가망이 없을 것이다.

적은 양이 아니다. 술을 뽑아 마련한 강냉이를 팔아 광호의 설사약으로 쓴다고 조금씩 사들인 아편진액이다.

용희와 광호는 어른 엄지손가락 크기만한 양을 절반씩 나누어 가졌다.

무게는 가늠할 수 없어도 그만한 양이면 극심한 고통과 함께 죽음을 면치 못한다고 한다.

용희는 얼른 옷섶에 감춰두었던 아편진액을 꺼내 입에 넣었다. 순간 친구가 그의 목을 움켜쥐고 필사적으로 용희의 입에 손을 밀어 넣었다.

"도와주시오. 용희가 독약을 먹었소. 빨리요."

그의 다급한 목소리에 두세 명의 사람들이 더 달려 나왔고 결국 삼키지 못하고 토해냈다.

"나를 왜 살려두니? 나는 살아갈 용기가 없다. 나를 죽게 놔둬라."

"얼마나 힘들게 들어왔는데 그런 소리를 하니? 네가 정신 차려야 광호를 구원할 돈을 마련해 보지 않겠니?"

"우리 광호는 죽는다. 아니 죽었다! 흐흑~."

"뭔 소리야?"

"광호도 이만큼 아편을 가지고 있었는데 그걸 먹었다는 소리다. 아~. 우리 광호가 죽었다! 아부지, 어무이, 이 일을 어쩜담까!"

가슴을 쥐어뜯고 땅에 뒹굴며 몸부림쳐 봐도 용희의 안타깝고 찢어지는 마음을 누가 알아주랴.

"전쟁이나 콱 일어나라. 조선이 망하는 날이 언제 오나~."

그렇다. 분단의 비극이 낳은 생존자들이 대한민국으로 찾아오고 있다.

사별과 이별이라는 가슴 아픈 상처들을 안고 대한민국에 들어서는 탈북자들! 그 누구를 막론하고 피가 뚝뚝 떨어지는 고통의 흔적들을 안고 있다.

남아 있는 분노

휴전 60년 동안 녹슨 철조망 사이로 바람과 철새는 자유 분망하게 오고 갔어도 자연의 섭리를 외면한 248km 휴전선은 동포를 둘로 갈라 원수로 삼게 했다.

총칼보다 더 무서운 정치세뇌로 겨레의 가슴에 남겨진 상처는 치유될 사이 없이 곪은 피가 흐르는데 여전히 칼날처럼 서슬 푸른 장막 안에서 남침 야욕은 넘실대고 있다.

휴전선은 허리 잘린 민족의 통증으로 응어리진 역사의 비명으로 세월에 녹슬고 민족의 한으로 남아 있지만 전선을 지키는 우리 병사들의 눈빛은 초롱초롱 별빛처럼 빛난다.

역사의 눈빛이다.

조국의 아름다운 눈빛이다.

평화의 불침번이다.

민족의 명예를 지키는 파수꾼이다.

전쟁의 회오리 속에서 태어난 박경대와 김준, 그리고 김남태는 비극적인 전쟁 중에 출생한 비운의 유복자(遺腹子)들, 어느덧 이순을 넘긴 장년이다.

우리의 아버지와 어머니는 모두 6.25 한국전쟁의 희생자로 비극적 운명을 타고 이 땅에 태어났다가 인생의 소중함을 제대로 맛보지 못하고 삶을 마감한 비운의 존재임을 다시 한 번 깊이 생각해야 한다.

이처럼 전쟁 중에 태어난 기구한 운명의 아픔을 달래기 위해서라도, 또 평화롭던 마을이 전쟁으로 인해 풍비박산이 되었고, 잘못된 이데올로기로 인해 증오의 편가름으로 남과 북은 대립과 갈등의 앙금이 더욱 심화되고 말았다.

같은 민족끼리의 증오심을 치유해야 한다고 병석에 누워서도 유언처럼 남태 어머니 용자는 늘 말하였다. 이 말은 경대, 준에게도 이모 같은 입장에서 당부하는 애절한 부탁이었다.

경대와 준의 모친은 남태 어머니와 함께 어린 시절 같은 동네에서 자매처럼 지내왔기에 동갑이긴 하지만 맏언니 격으로 용자가 각인되어 어떤 면에서 그들에게 동네 큰 어른의 말씀으로 여겨졌다.

안타깝게도 우리의 전후 세대들은 누가 무엇 때문에 이렇게 인류 역사상 참담한 비극의 현장을 만들었는지를 묻고 있다. 또 248km에 걸친 철책은 세계에서도 그 유례(類例)를 찾아볼 수 없는 슬픈 현실로 우리 눈앞에 놓여져 있지 않는가.

DMZ(비무장지대)를 어떻게 해야 없앨 수 있는가를 저마다 가슴으로 역사 앞에 통한의 심정으로 몇 번이고 물음을 던지고 있지만, 대치국면으로 치닫는 남과 북의 정치적 현상은 화해의 기미가 전혀 보이지 않아 그저 참담할 뿐이다.

현실적으로 무엇보다 안타까운 것은 아직도 후회와 뉘우침이 없는 북녘의 붉은 마수들은 철면피처럼 자신을 굽힐 줄 모르고 있다. 그들은 여전히 휴전선을 전쟁의 진행형으로 인식하여 전쟁준비에 광분하고 있다.

그런가 하면 남녘 하늘 아래에서는 너무나 많은 자유와 휴전선의 개념마저 잃어버리고 확고한 의지나 의식 없이 심지어 종북세력이 정치판에 뛰어들어 국가경영을 운운하고 있다.

기존의 질서와 가치가 처참하게 무너진 오늘날 이 땅의 많은 젊은 세대들은 실로 안타깝고 실망스럽게도 언제, 어떻게 세뇌가 되었는지 공공연하게 북침을 인정하는 듯한 발언을 하고 있다.

그러면서 반미를 외치며 붉은 옷, 붉은 머리띠를 두르고, 공산당의 붉은 색으로 나라를 물들이고 있다. 더욱 가관인 것은 일부 친북 세력들은 젊음과 목숨을 바쳐 오늘의 위대한 조국 대한민국을 한국전쟁에서 구한 것이, 오히려 자신들에게 불행을 자초하여 구속의 사슬을 운명처럼 수용하게 했다고 터무니없이 주장하기도 한다.

심지어 인천상륙작전을 승리로 이끈 더글러스 맥아더 원수의 동상마저 폭파시키겠다는 위협을 가하고 있는 현실에는 분노마저 앞선다.

참으로 덧없이 흘러버린 세월이 무심하고 역사의 정체성을 상실하고 망각한 변질된 젊은 민족혼이 참으로 무섭고 두려울 뿐이다.

어찌 동족이라면 원한의 6.25 한국전쟁을 잊을 수 있단 말인가!

조국의 부름을 받아 나라를 지키다가 산화한 젊은 목숨과 조국수호를 위해 흘린 피를 헛되이 할 수 있단 말인가?

오로지 5천 년 역사의 맥이 굽이쳐 흐르는 한반도의 평화와 민주주의를 위하여 아낌없이 흘려준 수많은 미군을 비롯한 UN 참전 16개 국의 젊은 그들이 흘린 피의 의미를 어찌 망각하고 욕되게 할 수 있는가를 반문하고 싶은 심정이다.

무엇보다 6.25 한국전쟁을 직접 체험하고 목격한 증언자로서 이 시대에 몸담으면서도 보다 밝은 미래의 지평을 열어갈 이 땅의 젊은이들에게 진정한 평화의 가치와 전쟁의 고통과 그 참혹함이 어떠한 것인가를 깨닫게 해주고 싶을 뿐이다.

자유의 소중함과 민주주의는 생명을 바쳐서라도 반드시 수호해야 한다는 인식의 전환, 결집된 힘을 일상의 감성으로 다시금 회복시키는 것이다.

우리의 비극과 불안은 휴전선이 우리에겐 휴전선으로 존재하지만, 북한 공산당에게는 치열한 전선의 경계로 폭넓게 인식되어 휴전 이후에도 많은 도발의 현장으로 무수히 이용하고 있다.

까닭에 '역사의 비명' 이라고 소리쳐 보는 것이다.

지금도 북한 공산당은 휴전선을 전선으로 오판하고 있기에 세습의 끈을 달고 언제나 휴전선을 넘어 침략전술 전략을 펴고 있다.

침략 근성을 이어받아 저지른 크고 작은 만행을 살펴볼 때 조국통일의 개념이나 방법은 그 차이와 틈새가 너무나 멀고 큰 그야말로 동상이몽으로 풀이할 수밖에 없다. 남북의 경제교류와 협력, 남북한 이산가족 상봉, 문화예술과 스포츠 교류 등 다양한 평화공존의 제스처는 있었으나 그 뒤에 숨겨져 있는 공산당의 근본적인 의도를 신중하게 검색하고 수용해야 한다.

그간 남한에서는 의약품, 농약, 곡물, 소, 옥수수, 비료 등을 지원하며 평화공존을 위해 최선을 다했지만 그들은 헌신짝 버리듯 외면하고 총칼로 맞서려는 잔악성, 그리고 서해 연평도교전이나 천안함 폭침사건 등은 지속적인 교류 진행에 있어 심사숙고할 문제임에 틀림없다.

천안함 폭침사건은 뿔도끼(김정은) 세습체제를 강화하기 위해 저지른 만행이라면 앞으로 뿔도끼의 통치행위는 지난 60년 동안 무쇠도끼(김일성)와 통도끼(김정일)의 잔악한 행태보다 더욱 비정하고 악랄하게 자행되어 올 것은 의심할 여지가 없다.

전범자들은 남침야욕에만 눈이 뒤집혀 마치 전쟁병기 같은 인간병기를 만들고 있다. 인간병기 3대 전쟁세습은 우리 민족에게 무서운 존재이다.

인간이 인간다워야 하는데 전쟁병기가 되면 무엇에다 쓰겠는가?

이들은 인류평화 공존에 이바지할 훌륭한 자식으로 기를 생각은 저버린 채 전쟁도구로 만드는 데 자기 자식을 이용했다. 무쇠도끼, 통도끼가 저지른 사건 하나하나를 답습하며 배운 손자 뿔도끼는 자기 할아버지, 아버지의 남침 적화야욕보다 더욱 치밀하고 호전적인 적화전술로 짜여져 세습되고 있어 남한의 젊은이들과 크게 비교된다.

뿔도끼는 고도의 전쟁 세습체제를 이어받아 적화야욕을 종전보다 더 참혹하게 벌린다면 국민들은 어떤 사고방식으로 휴전선을 지키고 그들을 바라보아야 할 것인가?

남한 국민 모두는 자유의 소중함을 일깨우기 위해서도 세습 인간병기보다 더 많은, 더 높은 안보 유지력을 발휘해야만 세습자들의 도발의식을 막을 수 있을 것이다. 유비무환의 안보 상상력을 길러야 할 젊은이들의 큰 책무는 자유를 만끽하는 것도 중요한 가치이지만 늘 깨어 있는 안보 상상력을 지니고 살아야 한다.

그렇다. 구체적인 조국통일의 정책이나 해법도 없이 북한의 만행에 대해 울분만을 토하며 격분하기만 한다고 해서 철저하게 갈등구조로 치닫는 남북대치 문제는 결코 풀어갈 수 없을 것이다.

보수와 진보로 국론 분열은 물론이고 사소한 문제에도 또 다시 '서울 불바다설' 이나 '보복성전' 이 강도 높게 비방 방송되는 현실은 묵과할 수 없는 것이다.

북한을 위해 인도주의 차원에서 적십자사를 통한 식량원조까지 퍼주기로 변질되는 어설픈 개념은 분명하게 정리되어야 할 것이지만, 6.25 한국전쟁이 북침함으로써 시작되었다는 그릇된 망발은 다시는 거론되지 말아야 할 것이다.

아직은 남북이 철저한 이념의 대립으로 인해 이 땅에 몸담고 있는 기성세대와 젊은 세대와의 상반된 이해관계 앞에서도 이념의 모순으로 오늘의 우리가 서로 불편한 것은 사실이지만, 역사의 정체성은 명백하여야 하고 충정을 바쳐 조국을 수호한 고귀한 희생은 반드시 왜곡이나 변질됨이 없이 정사(正史)로 빛나야 한다.

이 같은 국가적 혼란 속에서 6.25 한국전쟁의 그 비극적 운명을 대물림한 깊은 상처를 안고 살아가는 시련의 시간대에서는 서로가 인내하되 분명히 경계하고 삼갈 일이다. 우리는 이 땅에서 전쟁을 억지하고 자유민주주의를 수호하고 더 나아가 평화통일을 위해 한미동맹을 더욱 공고히 해야 한다.

아울러 참으로 암울한 동족상잔의 비극인 6.25 한국전쟁의 휴전 60주년을 지내며 우리는 역사 속으로 묻혀 들어가고 있는 6.25 한국전쟁의 실상을 다시금 되새기고, 그 교훈을 바탕삼아 다시는 이런 비극적인 전쟁을 막기 위해 모든 방편을 경주해야 한다.

그렇다. 실로 참담했던 6.25 한국전쟁은 3년 1개월간의 전쟁으로 막을 내렸지만 그 피해는 막심하였다. 20세기 최초의 동족간의 전쟁으로서 그 피해는 참담함 그 자체였다.

전쟁의 후유증으로 집 없는 국민들은 판자촌과 움막 속에서 비참한 생활을 할 수밖에 없었다. 당시 미국의 전폭적인 식량 원조가 있었으나 많은 국민들은 굶주림으로 고통 받았다.

이토록 많은 사상자가 발생하고 국토의 대부분이 파괴되는 비극은 우리나라 역사상 찾아볼 수 없었던 일이었기에 앞으로 남북간에 어떠한 갈등과 대립이 있을지라도 반드시 전쟁은 막아야 한다.

오늘도 5천 년 역사의 맥이 굽이쳐 흐르는 북한강의 강물은 더없이 푸른데 한반도의 허리를 가로지른 비무장지대에서는 젊은 병사들이 가슴에 총을 안고 훈장처럼 반짝이는 삶의 편린들을 눈물로 닦아내고 있다.

꿈 많은 유년시절의 그 기억의 강 저쪽—아버지 신재한과 종모우(種牡牛)처럼 아, 군번 없이 죽어간 수만의 원혼이 아직도 깃발처럼 찢기고 또 흐느끼는데, 온통 겨레의 서러운 한이 맥맥하게 자리한 휴전선은 저리도 뜨거운 침묵을 지키고 있다. 이 또한 슬픈 일이 아닐 수 없다.

그런데 6.25 한국전쟁 때처럼 폭탄세례를 퍼부으며 수 많은 양민을 무참히 사살한 만행이 연평도에서 또 벌어졌다.

어부가 살고 있는 서해 5도, 그중에서 연평도의 난세를 직시하고 민족의 상흔을 되새겨 보며 국민의 안보의식을 높여야 할 때라고 생각한다.

푸른 바다 위에서 꽃게를 잡던 어부들이 날마다 평화롭게 나비처럼 파도를 타던 연평도다.

폭탄세례로 아수라장이 된 마을, 아무렇게나 구겨져 버린 삶, 처절한 죽음의 현장이 되어 버렸다. 인간병기들은 폐쇄된 우물 속에서 탈출하려는 개구리 같다. 궤도를 이탈하고자 무모하게 행하는 침략난동, 아니 폭주를 마시고 폭탄을 마구 퍼부으며 갈증을 씻으려는 부자간의 패륜적 망상이다.

6.25 한국전쟁을 돌이켜보면, 소련이 1950년 6월 25일 새벽 민족의 패륜아 김일성을 앞세워 전쟁을 일으켰다. 중공의 지도자 마오쩌뚱이 미국과 적대적 관계를 유지하였기에 전투가 치열하게 진행되기를 은근히 바란 쪽은 바로 소련이다. 스탈린이 전술적으로 던져놓은 전략적 그물이었다. 미국과 중공 간에 치열하게 전쟁이 벌어지면 세계의 이목이 극동지역으로 쏠리게 될 것이고, 이 틈에 소련은 유럽 쪽을 요리해 볼 속셈을 가지고 있었다.

그래서 한국전쟁 당시 유엔 안전보장이사회 상임이사국 소집회의에 소련은 불참했는데, 바로 UN군이 발 빠르게 한국전쟁에 투입될 수 있도록 고도의 책략과 술수를 쓴 것이다. '미국과 중공간의 전쟁' 이 일어난다면 실로 엄청난 파장을 몰고 와서 3차 세계대전에 버금가는 큰 전쟁이 될 것이다.

소련의 이러한 꼼수를 김일성과 마오쩌뚱은 알아차리지 못했는데, 지금까지도 북한 공산당은 그 꼼수를 깨닫지 못한 아둔한 병기들이다. 그러나 스탈린의 의도대로 세계가 끌려간 것은 아니다.

1953년 7월 27일 휴전협정이 체결되면서 공산국가는 서서히 멸망하기 시작해 오늘에 이른 것이다.

아무튼 김일성은 중공과 함께 스탈린의 야심찬 전술 전략에 휘말려 동족상잔의 대재앙을 몰고 온 민족의 죄인이 되고 말았다.

그렇다. 이제 더 이상 이 땅 위에서 전쟁만큼은 일어나지 않도록 우리는 태어나는 순간부터 유비무환의 안보의식을 손에, 가슴에, 머리에 이고 살아야 한다.

우리 대한의 젊은이들이여! 인간병기 3호 뿔도끼보다 한 차원 높은 유비무환의 안보력을 가지고 예리한 마음의 눈을 크게 뜨고 휴전선을 바라보자.

비목을 세우며

팔십을 훌쩍 넘긴 신용자는 자신을 이모라고 부르는 박경대와 김준, 그리고 아들 김남태를 모이게 했다.

"돌아오는 토요일에 비목제를 올릴 것이니, 너희 가족들 다 모이도록 해라."

용자와 더불어 세 집 가족들은 관광버스에 올랐다. 6.25 한국전쟁 당시 치열하게 전투를 벌였던 중부전선 양구의 도솔산 기슭에 도착했다.

전쟁 중에 모두 유복자로 태어난 세 사람은 예순이 넘은 나이에 그들의 손자 손녀들을 앞세우고 가칠봉 기슭에 올라 세 개의 비목을 세웠다. 그리고 가지고 온 자리를 깔고 횡대로 서서 절을 하고 모두 고개를 숙였다.

남태가 주머니에서 추도문을 꺼내 읽는다.

추도문

저희 가족들은 오늘 조국을 수호하고 자유와 평화를 지키기 위하여 거룩한 희생을 하신 신재한 할아버지를 비롯하여, 박범호와 최금녀, 김기일과 한용숙, 그리고 호국영령들을 위로하고 충혼을 기리고자 이 자리에 모였습니다.

먼저 나라를 구하기 위해 장렬히 산화하신 할아버지 아버지 어머니께 삼가 명복을 빕니다. 그리고 이 자리에 함께 해 주신 신용자 할머니께도 충심으로 위로의 말씀을 드립니다. 전쟁 유복자로서 저희들도 아버지 없는 고통을 겪어야 했고 그 상처가 아직도 다 가시지 않고 있습니다.

그러나 저희는 할아버지와 아버지의 희생을 밑거름으로 해서 전쟁의 참화를 딛고 일어나 세계 속의 대한민국으로 우뚝 설 것입니다. 지금 우리가 누리고 있는 자유와 평화, 그리고 이 번영은 할아버지와 아버지를 비롯한 호국영령들의 피와 땀과 눈물이 만들어 낸 소중한 결실입니다. 할아버지와 아버지, 호국용사들의 살신성인의 정신은 시대를 초월한 교훈으로 저희의 가슴에 깊숙이 남아 있습니다. 저희 가족들은 영원히 기억하고 기릴 것입니다.

조국의 제단에 꽃다운 목숨을 바치신 할아버지, 아버지, 어머니, 그리고

▲ 강원도 양구 도솔산 기슭에 위치한 어느 무명용사의 비목.

호국영령들이시여! 조국이라는 대의를 위해 희생하셨던 님들의 애국충정이야말로 오늘날 저희가 소중히 간직해야 할 최고의 가치라고 생각합니다. 오늘 저희들은 힘을 하나로 모아 국가발전을 이루어 후손들에게 부강한 나라를 물려줄 것을 다짐합니다.

끝으로 비목제를 마련하신 신용자 할머님께 감사드리며, 어머님도 오래오래 건강하시길 기원합니다. 다시 한 번 할아버지 아버지 어머니들의 영원한 안식과 명복을 빕니다.

부디 영면하소서!

―후손 일동

남태의 낭독이 끝나자 모두 어깨를 들먹이며 눈물을 흘렸다. 젊음의 꽃을 제대로 피우지도 못한 채 고향과 가족을 그리다가 장렬히 전사한 선열들 앞에 죄송하고 미안한 마음 가눌 수 없어 그저 눈물만 흘리고 있는 것이다.

그때 두 번 절하고 무릎 꿇고 앉은 경대가 품속에 고이 간직한 빛바랜 낡은 종이 한 장을 조심스럽게 꺼내들었다.

김기일이 최금녀에게 남긴 유언장이다.

"내가 죽으면 너는 북쪽에 살더라도 기회를 보아 반드시 남쪽으로 탈출하여라. 고향에 가거든 내 아내 한용숙을 만나서 북쪽보다 남쪽이 더 자유롭고 살기 좋으니 절대로 북쪽으로 넘어올 생각 말고 태어날 아기와 남쪽에서 살라고 꼭 전하여다오. 1951년 김기일."

최금녀는 이 유언장을 다시 아들인 경대에게 전해 주었었다.

"어머니, 제가 어머니를 북한에다 두고 와서 죄송합니다. 언젠가는 꼭 어머니를 찾아서 대한민국으로 모셔 와서 편히 잠들게 하겠습니다. 그때까지 기다려 주세요. 어머니, 어머니!"

경대의 울음소리가 심심산천의 정적을 깨우고 있었다. 60년의 한을 한꺼번에 풀어내려는 듯 경대의 오열은 그칠 줄 몰랐다.

경대는 어머니의 '편지'를 준비해 가지고 왔다.

어머니의 비화(悲話)

1

남북이 갈라진 틈새에 끼워져
어둠에 반짝이는
달과 별을 품는 우리
서로 다른 땅에서 그리움을 토해냅니다.

물레방아 거친 멍석자리가
아랫목처럼 밀려와
몸부림치던 고향 냄새
핏물처럼 끓던 당신의 뜨거운 사랑
야광탄에 찢기어 보이지 않습니다.

사랑의 뜨거운 보석상자 속에서
시린 가슴만 어둠을 달래다가 씨줄과 날줄은 뒤엉켜
한 생명을 뱃속에 담고 분단의 비극적 역사 앞에 서서
평화란 무엇인가를 묻고 싶습니다.

피의 능선에 서서 사랑에 덮인 주검을 안고
시계 테이프를 뒤로 돌리고 싶어도
당신 얼굴 보이지 않는 황량한 시간들
이제는 퇴색된 세월입니다.

2

작별의 시간대가 산과 바다가 되어 막아서지만

당신은 끝내 내 가슴 속에 남아
뜨겁게 태운 삶의 징표가 되었습니다.

당신이 뿌린 씨앗 파도소리에 맴돌다가
하늘 밑 먼 남녘 땅에 있을
아버지의 흔적 찾아 그 아들에게
마지막 편지 한 통 보내드릴 겁니다.

무명 에델바이스 꽃잎 속에 담겨 있을 당신
피눈물 삼킬지라도
전해 줄 내 마지막 지상명령
북쪽 땅에서 지금 기르고 있습니다.

3

모진 세월 속에서도 꺼지지 않을 등불
바다로 물결에 밀리고 밀려
희미하게 찾아드는
꽃잎 같은 당신 얼굴
산산 조각난 퍼즐 맞추려는 아이처럼
만종의 종소리에 원혼 달래주러 갈 것입니다.

언 땅 환히 비쳐주던 우리의 빛
희미해짐을 느끼며 미완성의 목마를 타고
전쟁의 잿더미 속을 활보했던
생의 큰 짐 이젠 다 내려놓고
산새도 날아와 침묵처럼 지키고 선
그곳, 당신 곁을 찾아 나도 가렵니다.

〈어머니의 비화(悲話)〉라고 제목이 붙여져 있었다. 그러나 끝내 다 읽지는 못하고 눈물로 얼룩지고 말았다.

의식을 끝내고 모두 둘러앉아 가지고 온 음식들을 나누어 먹으며 전쟁의 이야기를 나누었다. 나라에 대한 원망도 많이 하고 공산당 욕도 많이 했다.

용자가 비장한 표정을 지으며 뼈있는 말을 한 마디 했다.

"6.25 한국전쟁 휴전 60주년을 맞이해 그간 북한에 많은 지원을 아끼지 않아 평화무드가 조성되리라 기대했는데, 북한에서는 여전히 배은망덕하게도 인간 전쟁병기 2호, 3호가 또 다시 도발해 오고 있으니 지금이야말로 유비무환의 정신무장을 강화해야 할 때다."

심각한 표정으로 듣고 있던 경대가 말을 이었다.

"이모님 말씀처럼 휴전 이후 60년간 남한을 괴롭힌 것도 모자라 북한은 김정은을 내세워 앞으로 또 60년간 남침야욕을 벌일 것이 뻔하다. 우리도 철벽 같은 안보의식으로 남침야욕의 근성을 뿌리 뽑아야 한다."

남태도 한 마디 거들었다.

"세월이 약이라고, 지난날의 상처가 차츰 잊혀지나 했는데 또 도발이라니, 우리 모두 정신 차려야 한다."

남태 어머니 신용자도 당부의 말씀을 잊지 않았다.

"다음부터는 해마다 비목제를 합동으로 지내주소. 그리고 그때마다 안보의식을 겸한 행사가 되게 해요."

세계인이 여기에 와서 비목제를 지내든 평화 메시지를 낭독하든 평화기념탑을 세워 모두가 크게 추모행사를 하도록 하자고 애원하듯 말했다.

용자 나이 스물세 살 때인 1953년 1월 어느날 그 아버지 재한은 백마고지 전투에서 산화하였다는 전사통지서만 받았을 뿐 유품 한 점 돌아오지 않았다. 투철한 국가관과 이웃 사랑을 몸소 실천해 보인 용자는 아들을 훌륭하게 키워 지금 그 아들이 환갑에 이른 것이다.

뜰 아래 장미꽃이 만개했다. 투명한 이슬방울이 순백의 꽃잎에서 눈부시게 빛나는 6월이 흐르고 있었다.

유월의 꽃

해마다 유월이 오면
이슬처럼 맺힌
붉은 피가 울컥거린다.

장미꽃보다
더 진한 당신의 핏물

생각에 비벼
가슴에 침전시키는 시간도
빨간 물이 듭니다.

하얀 구름 속까지
채워 둘 당신의 영혼
노을과 바꿀 수 없는 유월의 꽃입니다.

울컥거리는
이 땅 어디에서도
마르지 않는 핏물
겨레의 처연한 숨결입니다.

"남태 아버지요, 여보!"

용자는 강물처럼 흐르는 은하수를 응시하다가 파도가 하얗게 부서지는 유월의 밤바다를 조용히 바라보았다. 왠지 가슴에 응어리진 설움이 한 순간 북받쳐 올랐다.

해마다 6월이 오면 6.25 한국전쟁을 상기했다. 증오스런 남과 북의 갈등과 증오심을 누군가는 반드시 치유하여야 할 터였다. 하기에 늘 외할아버지의 유지를 받들어 농촌 계몽활동과 응어리진 동네 사람들의 마음을 달래기 위해 힘써야 한다는 말을 아들에게 유언처럼 남기곤 했다.

용자는 남편 재기가 공비토벌 작전에서 전사하던 날 태어난 아들 남태에게 큰 의미를 두었다.

훗날 아들에게 목사나 아니면 농촌 지도자가 되어 이 앙금을 치유하라고 유언처럼 이르고 일렀다.

"인생을 살면서 누구나 가슴에 옹이 몇 개쯤은 박고 살아간다. 그 옹이가 크든 작든 간에 한 사람의 인생에 있어 중요한 역할을 하게 된다. 물질이 우선이냐 정신이 우선이냐를 묻기 전에 스스로 깨닫는 작업을 통해 인생이 성숙하는 것처럼 옹이는 저마다의 가슴에 그렇게 박힌다."

하지만 용자는 옹이가 아니라 가슴 안에 씨앗 하나가 잉태되어 자라는 것을 느꼈다. 그 자람을 멈추게 할 수 있는 것은 아무 것도 없었다. 사랑이라 부르기엔 가당치 않은 은밀하고 매혹적인 감정, 그것은 바로 수절이었다. 전쟁에서 남편을 잃고 아들을 키워오면서 전쟁의 한과 분노, 그리고 증오가 승화된 그런 복합적인 감정이었다.

전쟁의 공포에 놀란 어린아이는 젖을 물려도 울음을 그치지 않았다. 아이 입을 막고 숨죽이며 달랬다. 그 아이가 자라 이제 환갑을 넘어섰다. 그 아이가 동네에선 없어선 안 될 인물이 되었다.

박경대, 김준에게 있어서 용자는 큰이모라 해도 틀린 말이 아닐 정도로 아끼는 정이 각별했다. 신용자, 한용숙, 최금녀는 장거리 마을 한 동네에서 자매같이 살아온 친구들이었다.

비록 아버지는 저 세상으로 갔어도 이 유복자 세 사람은 또 다른 과제를 안고 민족의 애환을 치유해야 하는 동지들이다.

백마고지에서, 도솔산에서 군번 없이 싸우다 장렬히 전사한 국군보급대원 신재한, 의용군으로 끌려가다가 인제군 서화리 산골짜기에서 공산당한테 총살당한 박범호, 인민군 사령관으로 있다가 전선에서 자살한 김기일, 이들은 시대를 잘못 타고 태어난 이 민족의 슬픈 할아버지, 아버지들이다.

"제발, 이제는 민족의 가슴에 총구를 겨누어서는 안 된다. 더 이상 민족 역사의 죄인이 되지 말아야 한다. 젊음의 넋을 조국에 바친 그대들의 희생은 헛되지 않을 것이다. 이 아픔은 조국수호의 사명을 되새기게 하는 민족의 빛이 되어, 우리들 가슴 속에 길이길이 머무를 것이다."

용자의 애절한 말이다.

6.25 한국전쟁 때 국가를 위해 싸우다 계급과 군번 없는 민간인으로 희생된 아버지와 남편의 원혼을 달래고 민족화합을 위해 마련한 비목제를 지내는 자리에서 용자는 절규했다.

6.25 한국전쟁에서 고혼이 된 영령들의 명복을 빌고 반백년이 넘는 세월 동안 수많은 갈등과 반목을 해원(解寃)하고 남북통일을 기원하기 위해 매년 비목제를 지내기로 동갑내기들은 마음을 다져 먹었다.

다음날. 그날도 동해의 장엄한 태양이 새벽을 건져 올리는 신선한 삶의 하루를 시작한다. 안인은 신재한의 목숨과도 같은 소중한 삶의 공간이고 마을이었다. 소먹이 사료 더미가 집채만큼 높이 쌓인 건초더미, 그 사이로 보이는 굴뚝에 둥지를 튼 새들의 지저귐은 그대로 살아 있는 그림이었다.

푸른 나뭇잎들의 풍경은 절로 흥겨운데 흐르는 여울에 몸을 담근 형형색색의 바위는 부끄러운 속살을 드러내고 햇볕을 맞이하고 있었다. 밤이면 푸른 은하수 아래 곤히 잠이 든 그들의 침상에 동화 속의 올빼미는 날개를 퍼덕이고, 동구 밖의 느티나무는 환상 같은 꿈을 두둥실 실어 나르고 있었다.

날 푸른 월광은 너무 섬뜩하여 눈이 부셨다. 어렸을 적, 그렇게 둥근 달이 떠 있는 시간이면 그들은 외양간에 모여 앉아 티 없이 깨끗한 동심으로 강물에 쏟아지는 달빛 같은 감미로운 선율로 노래를 불렀다.

올빼미는 건초더미에서 조금은 기분이 스산한 소리를 냈지만, '음매~애~' 울던 외양간의 송아지는 어린 그들에게 절친한 밤 동무가 되어 주기도 했다.

용자가 살았던 집은 바람과 달빛, 그리고 새들의 노래가 있었고, 마당 앞을 가로지르는 봇도랑에서는 방울 구르는 물소리가 밤의 정취를 고조시켜 주고 있었다.

정금(正金) 빛 햇살에 어둠의 자락이 잘려나가는 이른 시각엔 평생 농토를 육신처럼 소중하게 갈고 닦던 아버지 신재한의 삽질이 반복되곤 했다. 흙덩이를 밀어 올리며 파란 싹이 머리를 내밀 때, 생명의 환희는 신선한 감동으로 가슴에 안겨왔다.

초가지붕 밑에도 부챗살로 뻗어오는 햇살이 눈부시게 비칠 때면 종모우의 여유로운 울음소리가 외양간에서 흘러나왔었다.

평화로운 집 주위에서 한가롭게 모이를 쪼는 닭들과 풀을 뜯는 염소들은 말은 통하지 않지만 마음이 통하는 동무가 되었다.

계절 따라 익숙한 놀이에 마음을 빼앗기며 그렇게 철없이 인생의 숲길을 달려 왔다. 온통 푸르름이 채색된 들판 위에서 아무 생각 없이 마음껏 뛰놀던 그 어린 시절은 그야말로 동화 속에나 나올 법한 모습들이었다.

철없이 까르르 웃음을 토해내던 어린 날들의 꿈을 아프게도 분질러 놓은 것은 바로 전쟁이었다. 그것도 동족상잔의 피맺힌 한이 서린 집안싸움이었다.

다시는 이와 같은 비극이 일어나지 말아야 한다는 생각을 하며 경대는 시화로 준비한 어머니의 편지를 을지(乙支)전망대 앞마당에 걸어두고 집으로 돌아왔다. 판초우의를 입었던 그때와는 달리 6월의 햇살은 슬픔을 달래는 것처럼 유난히도 뜨거웠다.

작년 6월 마지막 주 토요일 양구 도솔산 가칠봉에서 비목제를 지낸 지 서너 달이 지난 10월 어느날. 용자에게 통일부 당국에서 뜻밖에도 한 통의 전화가 걸려 왔다.

"여보세요? 신용자 님이시죠? 축하드립니다. 아버님이신 신재한 님께서

▲ 1952년 10월에 6.25 한국전쟁 사상 가장 치열하게 전개되었던 백마고지 전투.

북한에서 1978년도까지 생존해 계셨습니다. 그리고 북한에서 이복동생 신용희 씨가 중국을 거쳐 입국하였습니다. 그 이복동생분이 언니 신용자 님을 애타게 찾고 있습니다."

"네! 뭔 말씀이시지요?"

순간 용자는 귀가 멍해 왔다.

분명히 아버지의 생존이 어쩌고저쩌고 했다.

'이게 뭔 소리지?'

백마고지에서 전사했다던 아버지 신재한이 살아있었다는 소식을 갖고 이복동생이 탈북해서는 자신을 애타게 찾는다고 하니 기절초풍할 일이다.

'60년이나 흘러간 지금에 와서…!'

전화기를 두 손으로 감싸 쥔 채 한참 동안 내려다보던 용자가 덤덤히 다시 귀에 댔다.

"아버지라니요? 혹시 전화를 잘못 하신 것 아닙니까?"

"놀라셨죠. 저희 직원이 조만간에 찾아뵐 겁니다. 너무 놀라지 마시고 들으세요. 신용자 여사님의 아버님이신 신재한 님께서 6.25때 전사하시지 않고 북한에서 살아서 생활하시다가 1978년도에 운명하셨다고 합니다. 축하드립니다. 구체적인 사연은 저희 직원이 직접 찾아뵙고 전하도록 하겠습니다."

곧바로 전화는 끊겼지만 용자는 물끄러미 수화기를 쳐다볼 뿐 내려놓을 줄 모른다.

'꿈이냐! 생시냐!'

용자는 슬며시 허벅지를 꼬집어보았다. 분명 아프다.

허둥지둥 밖으로 뛰어나온 용자는 길가에 서서 어디로 갈까 서성대고 있었다.

한참만에야 목적지를 정한 용자는 모든 이들이 놀라 쳐다볼 정도로 어른답지 않게 뛰어간다. 그녀가 멈춰선 곳은 박경대의 집이다.

"있나! 사람 있나?"

"네. 어머님. 무슨 일이 생기셨나요?"

용자의 얼굴을 쳐다보는 경대도 의아한 눈길로 다급히 물었다.

"여보게, 우리 아버님이 6.25때 돌아가시지 않고 살아계셨다네."

"네! 뭔 말씀이신지요?"

용자를 바라보는 경대의 눈빛 역시 놀라움으로 상기된다.

"글쎄, 금방 통일부에서 전화가 왔었는데 우리 아버님이 살아계셨다는 소식과 함께 이북에서 이복동생이 남한으로 들어왔다는 거야."

땅바닥에 풀썩 주저앉은 용자를 일으켜 세우는 경대의 손 역시 후들거린다.

"어디서 걸려온 전환데요? 제가 알아볼까요?"

"그러게. 조만간에 찾아온다고 하긴 했는데 난 한시가 새롭구먼."

"네, 진정하고 잠시만 계세요."

경대가 어딘가 전화를 걸어 알아본다.

"…… 사실이란 말입니까? 따님 되시는 분이 입국하셨단 말입니까? …… 네!"

핸드폰을 든 경대의 손 역시 놀라움에 잔뜩 굳어 있다.

"어머님, 사실이랍니다. 남태 할아버님께서 생존해 계셨었고 북한에서 할아버님의 따님 되시는 신용희 씨가 입국했답니다. 한 3개월 정도 경기도 안성에 있는 하나원이라는 데서 우리나라 정착에 관한 교육을 받은 다음에 나온다는데 그때 만날 수 있답니다. 그리고 남태 할아버님 사진을 가지고 왔답니다. 축하드립니다. 기다리신 보람이 있습니다."

"참말인가? 참말로 우리 아버님 사진을 갖고 왔다던가?"

용자는 어안이 벙벙한 채 도무지 믿어지지 않는다.

경대는 전화기에 불이 나도록 용자의 동생들을 비롯한 친지들, 그리고 김준에게도 알린다.

그 날 저녁 용자의 집은 터져 나가도록 사람들이 붐빈다.

울음 반 웃음 반 안절부절 못하며 서성이는 용자.

얼마나 놀랐을까. 수십 년간 감감무소식이더니 어느 날 갑자기 이런 기쁜 소식이 날아들다니….

온 마을이 잠을 이루지 못한다.

어이 그러하지 않으랴.

용자에게 있어 단 하루, 아니 단 한 순간도 잊어 본 적이 없는 아버지였고, 온 마을 사람들이 학수고대하던 소식이 아니던가!

드디어 예정된 석 달간의 정착교육을 마치고 용희가 강릉으로 온다던 날이 내일로 다가왔다.

용자는 가슴이 설레고 감격에 겨워 밤새 잠을 이룰 수가 없다.

'왜 하룻밤이 이다지도 길단 말인가.'

용자는 오늘 따라 더디게만 느껴지는 시계바늘을 쳐다보며 뜬눈으로 밤을 새운다.

"꼬끼오!"

새벽 첫닭이 홰를 친다.

용자의 눈길은 벌써 저기 도로에 나가 있다.

조반을 드는 둥 마는 둥 숟가락을 놓은 용자는 새 옷을 갈아입고 대문을 향해 걸어 나간다. 강릉고속버스 터미널까지 날아갈 것만 같다.

오늘 아버님도 돌아오신다. 비록 한 장의 사진으로 귀환하는 것이지만 생존의 모습을 모시듯이 맞고 싶다.

한편 안성고속버스 터미널에서는 하나원을 퇴소한 용희가 기대에 찬 눈빛으로 잔뜩 상기된 채 강릉행 고속버스에 몸을 실었다.

용희의 맘은 흥분으로 설렌다.

'용자언니의 모습은 어떨까.'

'아버님의 모습이 담겨져 있을까.'

'나를 어떤 맘으로 받아주실까.'

여러 갈래의 생각이 엇갈린다.

강원도 강릉 땅.

여기가 바로 아버님이 꿈결에도 못 잊어 그리시던 강릉이다.

차창을 내다보던 용희의 눈에서 또 다시 뜨거운 눈물이 흘러내린다.

낯설지 않은 땅이다.

태를 묻은 고향처럼 모든 것이 정겹고 아름다운 아버지의 고향에 첫발을 내딛는 그녀가 어이 눈물을 흘리지 않을 수 있으랴.

마지막 임종의 그 순간 처음으로 고향에 대하여 이야기하시며 미소를 지으시던 아버지.

그 아버지께서 함께 오셨으면 얼마나 좋았으랴.

한 장의 사진밖에 가져오지 못한 죄스러움으로 용희의 가슴은 더욱 아파온다. 옆자리에 앉아 함께 온 승객이 용희에게 강릉 도착을 알려준다.

"신용희 씨, 강릉 시내에 들어섰습니다."

창밖을 내다보니 시내 풍경이 펼쳐진다.

또 다시 용희의 심장이 두근거린다.

버스가 드디어 강릉고속버스 터미널에 멈춰 섰다.

용희의 눈길이 바빠졌다.

'언니분이 나와 계신다고 했는데…. 이렇게 많은 사람들 속에서 어찌 알아볼 수 있을까?'

부지런히 눈길을 돌려 인파를 살펴보던 용희의 눈길은 백발의 한 할머니에게서 멎었다.

그 분의 얼굴에서 아버지의 모습을 발견한 것이다.

'분명 저 분이야. 신통히도 아버지 모습을 닮았어.'

순간 용희의 눈언저리는 확 붉어지고 목에서 뜨거운 무엇인가가 치밀어 올라왔다.

손을 들어 외쳐 부르려 해도 컥컥 막혀 오는 오열 때문에 한 마디도 흘러나오지 않는다.

꿈과 현실 속에서 그 얼마나 그려보던 언니인가.

아버지가 살아생전에 안아보고 싶다며 가슴 속 깊은 곳에서 단 한 번도 잊어보신 적이 없는 맏딸 용자언니.

비록 백발이 흩날리고 깊은 주름이 역력해도 틀림없는 아버지의 모습이 담겨 있다.

말없이 서서 눈물만 흘리고 있는 용희를 알아본 상대방 여럿이서 총총히 다가온다.

흥분과 격동으로 비틀거리며 용희에게 다가오는 용자.

"저, 혹시 신용희 씨 아니십니까?"

떨리는 목소리로 조심스럽게 묻는다. 뒤이어 부들부들 떨리는 따뜻한 두 손이 용희의 거친 손을 포근히 감싸 쥔다.

"언니, 용자언니 맞으시죠? 흐흑…."

"그 먼 길을 오느라 참 수고가 많았구나. 어디 보자. 참말로 내 동생이 맞구나. 네 모습에 아버님의 옛 모습이 그대로 담겨있구나."

용희는 와락 용자를 끌어안았다.

따스하다. 아버지의 품처럼 포근하다.

주위를 둘러싼 여러 사람들도 모두가 눈시울을 적시며 축하의 인사를 건넨다.

“오시느라 수고했습니다. 정말 잘 오셨습니다.”

부둥켜안고 흐느끼는 두 여인의 모습이 바로 분단된 조국이 앓고 있는 비통한 모습이 아니던가.

60여 년이 지나도록 전혀 생각지도 못하고 맘속으로만 그려보던 혈육의 만남. 그저 눈물이 아닌 피눈물이 흘러내리는 그들의 상봉과 함께 분단조국의 아픔이 더욱 생생하게 느껴지는 현장이다.

“어서 가자! 어서 우리 집으로 가자!”

용자가 아들 남태보다도 한참 어린 동생 용희의 두 손을 잡아끈다.

마치 이제 놓치면 다시는 잡지 못할 귀중한 보물이라도 움켜쥐듯이 핏줄이 돋아나도록 꽉 움켜쥐고 승용차에 오른다.

분명 용자도 느꼈으리. 그 손은 단지 동생 용희의 손만이 아니라 꿈결에서라도 보고 싶었던 아버지의 손, 조용히 입속으로 불러만 보아도 사무치는 그리움이 가슴 깊숙이 파고들어 진한 아픔을 전해 주던 그리운 아버지의 손이다.

그간 수십 년 동안 얼마나 애태웠던가. 1953년에 전사통지서는 받았지만 시신은 물론 유품 한 점 전해 받지 못했기에 십중팔구 전사했다고 단정했었으면서도 맘속 한 구석에서는 살아계실 수도 있다고 믿으며 바람에 하느작거리는 촛불마냥 가느다란 희망의 끈을 놓지 않았었다.

‘우리 아버지는 강하신 분이다. 절대로 쉽게 이 세상을 떠날 분이 아니시다. 언제든지 나를 찾아주실 것이다.’

너무나도 애타고 간절히 바라는 소원은 이루어지는가 보다.

승용차 서너 대가 용자의 집을 향해 질풍같이 달려오더니 어느 틈에 나란히 멈춰섰다.

멈춰선 차에서 낯선 여자 용희와 용자, 그리고 용자의 동생들을 비롯한 친척들이 내리더니 왁자하게 용자의 집안으로 들어선다. 그러더니 미리 와 있던 인근 사람들과 빙 둘러싸여 만면에 화색을 듬뿍 담은 채 인사 소개를 한다.

"저, 고맙고 반갑습니다. 그리고 다시 한 번 만남의 감사 인사를 드립니다. 저는 북한에서 온 신재한 씨의 딸 신용희라고 합니다."

뒤 이어 모든 식구들이 돌아가며 인사를 나누었다.

인사가 끝나기 무섭게 용희는 들고 온 함에서 소중히 간직했던 한 장의 사진을 꺼내 용자 앞으로 내민다.

사진을 보는 용자와 동생들은 슬픔과 기쁨을 함께하는 말잔치를 벌였다.

북한에서 고생한 분명한 아버지의 얼굴 모습이다. 비록 살아있는 모습은 아니지만 아버지의 귀환이다. 민족의 아픔을 절절하게 담아 귀환한 아버지의 세월이 듬뿍 묻은 사진이다.

순간 용자가 자리에서 일어나 한 마디 한다.

"북한에서 동생 용희가 왔으니 내 몸이 아무리 불편해도 아버님을 위해서라도 비목제를 지내러 금년에도 한 번 더 도솔산 가칠봉에 따라가야겠다."

박경대, 김남태, 김준 등이 헌관이 되어 매년 지내기로 한 비목제는 장차 휴전선 인근 백마고지와 펀치볼 일대에 평화의 공원을 조성하여 세계인과 6.25 한국전쟁에 참가한 모든 나라의 전쟁 희생자(유엔군, 국군, 중공군, 인민군, 민간인 희생자 등)의 위패를 모셔 놓고 국가적 차원의 '평화위령제'로 거행되길 기대해 본다. 그날이 올 때까지 민족의 아픔을 되새기며 뜨거운 침묵은 계속 될 것이다.

평화란 전쟁을 행복으로 객토할 때만 완성되고, 민주주의는 자유를 소중하게 지키는 사람만이 누릴 수 있는 특권이다.

종장
– 도솔산의 비목

여기는 비무장지대 도솔산
깊은 골짜기까지 휘감는 적막감
아픔으로 가슴 찌르는데
잡초더미 돌무덤 속에
녹슨 철모 하나
60년 깊은 한 삭아 내린다.

붉은 꽃봉오리 채 피우지 못한
젊은 그대 겨우 스물 두서너 살
부서져 내리는 모정의 피맺힌
절규도 들린다.

그 날 그 낙동강 진격의 나팔소리
9.28 수복의 환희
압록강 물 한 통 수통에 담아
통일을 꿈꾸던 환희의 눈빛
어제런 듯한데…

후미진 골짜기 억새 숲에서
젊은 고혼 울어대는
멧새소리
북녘 하늘로 먼지처럼 흩어지고

▲ 화천 '평화의 댐' 경사면에 자리한 비목공원의 녹슨 철모.

60년 버려진 외연의 땅
DMZ에는
비목의 바람소리 처연하다.

나라 위해 내놓은 값진
그대들 목숨
아!
구국의 불빛으로 산화한 넋
고이고이 잠드소서
부디 고이 영면하소서.

*이 소설에 담겨 있는 역사 기록은 인터넷 기사를 활용하였음을 밝히며, 역사의 왜곡이 아니라는 뜻에서 그대로 이용했음을 양지해 주기 바란다.

뜨거운 침묵

•

지은이 / 신군선
발행인 / 김재엽
펴낸곳 / **한누리미디어**
디자인 / 지선숙

•

121-840, 서울시 마포구 잔다리로 35(서교동) 서운빌딩 2층
전화 / (02)379-4514, 379-4519
Fax / (02)379-4516
E-mail/hannury2003@hanmail.net

•

신고번호 / 제300-2006-61호
등록일 / 1993. 11. 4

•

초판발행일 / 2014년 8월 15일

•

•

값 18,000원

•

•

ISBN 978-89-7969-486-4 03810